Das Schicksal der Talente

Mira Valentin

www.mira-valentin.de
www.facebook.com/TalenteReihe
www.instagram.com/miravalentin

Das Schicksal der Talente

MIRA VALENTIN

FSC
www.fsc.org
MIX
Papier aus verantwortungsvollen Quellen
Paper from responsible sources
FSC® C105338

Auflage 1

ISBN: 9783753478432

Lektorat: Ulrike Weinhart
Korrektorat: Daniela Jäckle
Cover: Alexander Kopainski
Illustrationen: Anja »Mo« Kast
Buchsatz: Kathrin Wandres
Herstellung und Verlag: BoD – Books on Demand, Norderstedt

Bibliografische Informationen der Deutschen Nationalbibliothek: Die Deutsche Nationalbibliothek verzeichnet diese Publikation in der Deutschen Nationalbibliografie; detaillierte bibliografische Daten sind im Internet über dnb.d-nb.de abrufbar.

Für alle,

die immer noch Hoffnung haben

Personenregister

Talente

Jakob	17 Jahre, *Anführer* der Talente-Gruppe
Marie	*Kommunikatorin*
Elena	*Orakel*
Cem	zweites *Orakel*
Isabell	*Wettläuferin*
Victor	zweiter *Wettläufer*
Samira	*Telekinetikerin*
Rafail	*Muskelprotz*
Big T	zweiter *Muskelprotz*
Mike	*Tiersprecher* (und angeblich ein Erzengel)
Jessy	erste *Volltrefferin*
Kai	zweiter *Volltreffer*
Marvin	dritter *Volltreffer*
Matthias	vierter *Volltreffer*

Zukünftige Talente und Veteranen

Sylvia	künftiges *Orakel*
Henry	was auch immer aus ihm wird
Sarah	ehemaliges *Orakel,* Mutter von Sylvia
Bernd	Jakobs langjähriger Mentor
Walter Dönges	Waffenschieber und Veteran

DSCHINN

Levian	ein düsterer Wildgeborener
Morgana	seine Gefährtin
Leviata	seine Schwester
Nayo	Levians beste Freundin
Nayati	ihr Bruder
Luzilla	ist in Levian verliebt
Orowar	ein Schamane
Orowyn	seine Gefährtin
Tharos	oberstes *Orakel*
Deimon	ein abtrünniger Novize

Niemand ist wie du. Dein Lächeln ist einzigartig, dein Blick ohnegleichen, die Berührung deiner Hände unverwechselbar. Ich kann dich stundenlang studieren und sehe mich doch niemals an dir satt. Bis zum Ende meiner Tage werde ich wissen, wie dein Lachen klingt, und den Geschmack deiner Lippen auf meinen bewahren. Inmitten all des Wahnsinns, umgeben von Blut und Tod, bist du der Grund, warum ich immer noch atme. Marie, mein Engel. Du allein gibst mir die Kraft, mich diesem Leben zu stellen.

(Ein Zettel in Jakobs Schreibtisch, sieben Jahre zuvor)

Auf Wiedersehen, Leben!

Seit über einem Jahr warte ich auf diesen Tag. Nächtelang habe ich mir den Moment ausgemalt, der mein Leben verändern wird, und mir zurechtgelegt, was ich sagen werde. Aber nun, da sie so plötzlich vor der Tür stehen, kommt kein Wort über meine Lippen: ein großer, muskulöser Typ mit Lederjacke und Aktentasche und ein junges Mädchen mit kurzem, schwarzem Haar und tiefgründigen, dunklen Augen. Neben ihnen Bernd, mein Vormund und langjähriger Mentor. Er ist der Einzige, der über meinen Aufzug verärgert zu sein scheint.

»Jakob, verdammt. Zieh dir was an!«

Ich stehe barfuß im Flur, nur mit Boxershorts bekleidet. Hätte er vorher angerufen, dann hätte ich ihm das erspart. Aber ich habe eben nur mit dem Pizzaservice gerechnet. Es ist neun Uhr abends. Anständige Menschen machen um diese Zeit keine spontanen Besuche mehr. Anstatt auf Bernds Kommentar einzugehen, ziehe ich eine Augenbraue hoch und lächele dem Mädchen zu. Sie senkt nicht den Blick wie so viele andere. Dafür huscht ein amüsiertes Grinsen über ihr Gesicht.

»Wir machen es so«, schlage ich vor. »Ihr kommt rein und nehmt euch etwas zu trinken. Ich ziehe mich an, und danach tun wir einfach so, als hätte es diese Situation nie gegeben.«

Bernd stößt ein gereiztes Brummen aus. Aber der muskulöse Mann und das Mädchen zucken beide mit den Schultern und treten ein. Ich weise ihnen den Weg nach oben in mein Appartement. Ich habe nur dreißig Quadratmeter und die sind dummerweise nicht aufgeräumt. Aber ein paar Flaschen Cola werden sie finden.

»Wieso rufst du nicht an und sagst mir Bescheid?«, raune ich Bernd zu, als er ebenfalls an mir vorbeigehen will.

»Ich habe es garantiert hundertmal versucht«, entgegnet er unwirsch. »Wer auch immer in deinem Bett liegt – schick sie sofort heim!«

Das ist vermutlich ein sinnvoller Ratschlag. Ich nehme zwei Stufen auf einmal und husche an meinem Besuch vorbei ins Schlafzimmer, wo ich schnell die Tür hinter mir zuziehe. Caro ist wieder eingenickt. Sie liegt auf dem Bauch, nur halb zugedeckt. Die langen, dunklen Strähnen fallen seitlich über ihr Gesicht. Mein Blick schweift über ihre samtweiche Haut, das schnörkelige Tattoo, das sich vom Steißbein über den Rücken windet und seitlich unter ihrer Brust verschwindet. Ihren betörenden Duft kann ich bis hierher riechen. Das wird jetzt nicht einfach werden. Mir entfährt ein Seufzen.

Davon wird sie wach und richtet sich auf. »Hey«, sagt sie und streicht sich die Haare hinter die Ohren. »Was ist los?«

Es liegt Sorge in ihrer Stimme, Angst, dass ich sie hinauswerfe. Dabei gehört sie gar nicht zu den Mädchen, die sich bedingungslos an mich heranschmeißen und dann wie Kletten an mir kleben bleiben. Um Caro an den Ort zu kriegen, an dem sie sich gerade befindet, habe ich unzählige Abende voller Gespräche benötigt. Geklappt hat es schließlich nur, weil ich mich redlich bemüht habe, so etwas wie ein Abendessen für sie zu kochen, und dabei auf ganzer Linie versagt habe. Aber der Versuch hat ihr Herz erweicht. Ich hätte mir vorstellen können, sie noch öfter zu sehen. Dauerhaft vielleicht. Zumindest so lange bis … Verdammt, warum müssen sie gerade heute kommen?

»Du … solltest jetzt gehen«, sage ich möglichst unverfänglich. Caros Augen werden riesengroß. Dann taucht eine besorgniserregende Furche zwischen ihren Brauen auf. »Gehen? Hast du das gerade wirklich gesagt, Jakob?« Blitzschnell greift sie nach der Decke und wickelt sie um ihren nackten Körper.

Ich beiße die Zähne aufeinander. Das alles habe ich nicht gewollt. Caro schiebt die Unterlippe vor und starrt mich an, als wäre ich ein schleimiges Monster, das ungewollt in ihr Leben gekrochen ist.

»Ja«, antworte ich.

Einen Moment lang herrscht Funkstille. Dann schleudert sie die Decke von sich, steigt aus dem Bett und sucht ihre Kleidungsstücke zusammen, die im ganzen Zimmer verteilt sind. »Warum höre ich eigentlich nicht auf meine Freundinnen?«, zischt sie dabei. »Warum lasse ich mir von einem Typen den Kopf verdrehen, von dem jeder weiß, dass er nur das Eine von einem Mädchen will? Warum habe ich mir noch etwas darauf eingebildet, dass du mir diese schrecklichen, verbrannten Hamburger gemacht hast?«

Das tut weh. Sie hat recht damit, dass ich in der Vergangenheit oft zu sorglos mit meinem Talent umgegangen bin. Aber genau das habe ich in ihrem Fall nicht gemacht. Ich wollte sie anders gewinnen, auf die normale Art. Am liebsten würde ich es ihr sagen. Alles, die ganze Geschichte: dass meine Uhr tickt, dass ich seit Monaten darauf warte, endlich als Anführer eine eigene Truppe zu befehligen, dass sie mein letzter Versuch war, mir einzureden, mein Leben wäre normal. So wie ihres es jetzt wieder werden kann. Sie ist ohne mich besser dran.

»Tut mir leid«, ist das Einzige, was mir einfällt. Dabei erwische ich mich bei dem Gedanken, dass wir beide es im Grunde noch gut getroffen haben. Der Zeitpunkt hätte schlimmer sein können. Die Armee hätte später kommen können, wenn wir uns aneinander gewöhnt hätten, uns vertraut geworden wären. Wenn ich angefangen hätte, mich ernsthaft in sie zu verlieben. Dann besser jetzt.

»Mir tut es auch leid«, knurrt Caro, während sie ihre Jeans zuknöpft. Ihr T-Shirt ist noch auf links gedreht, aber sie merkt es nicht, schlüpft einfach hinein. »Es tut mir leid, dass ich dir begegnet bin. Und dass ich dich für einen guten Menschen gehalten habe, einen mit einem weichen Kern.«

Es ist genau dieser weiche Kern, der gerade unter den Messerstichen blutet, die sie mir versetzt. Ich schweige. Sie angelt nach ihrer Tasche, stopft ihr Handy hinein und will dann wortlos an mir vorbei zur Tür. Ich greife nach ihrem Arm.

Sie bleibt stehen. In ihren Augen steht eine Botschaft, die ganz anders ist als die Worte, die sie mir eben entgegengespuckt hat. *Mach es rückgängig! Sag, dass es nur ein Witz war!*, fleht ihr Blick.

»Draußen sitzen drei Gäste. Mach … keine Szene vor ihnen, okay?«

Nun verschwindet auch der letzte Funke von Sympathie aus ihrem Blick. »Warum sollte ich? Ich bin nur der abservierte Flirt des letzten Abends, nicht deine betrogene Ehefrau.« Dann rauscht sie hinaus.

Schnell greife ich mir aus dem Durcheinander von Kleidungsstücken auf dem Boden eine Jogginghose, schlüpfe hinein und renne ihr hinterher. Als ich sie eingeholt habe, steht sie in der Küche und starrt die drei schweigenden Talente an meinem Tisch an. Besonders das junge Mädchen scheint es ihr angetan zu haben.

»Caro …«

Es ist zwecklos. Sie dreht sich nicht einmal mehr nach mir um, sondern poltert hinaus in den Flur. Die Wohnungstür knallt hinter ihr ins Schloss. Ich kratze mich am Kopf und wende mich wieder meinen Gästen zu.

Der Veteran in der Lederjacke, der früher garantiert ein Muskelprotz gewesen ist, mustert mich amüsiert. Für ihn ist das alles nur Routine. »Zumindest muss ich dir nicht mehr erklären, dass damit nun Schluss ist«, lässt er verlauten.

Ich bin noch nicht so weit, um mich hinzusetzen und dieses Gespräch zu beginnen. Also nicke ich nur und fange an, das Durcheinander aus Salatblättern, rabenschwarzen Hamburgern, Brötchen und Röstzwiebeln vom Tisch zu räumen.

»Das ist Oberstleutnant Andreas Lücke«, stellt Bernd ihn vor. »Er ist Veteran und für die Talente im Hessischen Hinterland zuständig.«

Die Schüssel mit den Zwiebeln gleitet mir aus der Hand und kracht zu Boden. Ich bleibe stocksteif stehen. Das mit dem Hessischen Hinterland habe ich garantiert falsch verstanden! Ich bin in Frankfurt groß geworden. Talente bleiben in ihrer Heimat. Sie werden niemals in irgendwelche *Hinterländer* versetzt. Das meint er nicht im Ernst, oder doch? Ich muss Bernd nur in die Augen schauen, um zu erkennen, dass er keinen Witz gemacht hat. Was ich darin sehe, ist eher Bedauern als Spott, dennoch wühlt es mich unheimlich auf.

»Und die junge Dame hier ist Elena. Sie ist das Orakel deiner künftigen Truppe und hat dich als ihren Anführer gesehen.«

Die schöne Elena lächelt mir zu. Auch sie wirkt plötzlich angespannt. Ich bringe keinen Ton heraus. Zum Glück ergreift nun wieder Oberstleutnant Lücke das Wort, ohne auf eine Reaktion von mir zu warten.

»Du wirst eine Menge zu tun haben, um diese Truppe wieder gefechtsbereit zu machen. Vor Kurzem hat in ihrer Gegend ein Volksfest stattgefunden ... Wie hieß es noch gleich?«

»Kirschenmarkt«, antwortet Elena. Ihre Stimme klingt belegt.

»Kirschenmarkt, genau. Abends im Festzelt ist es zum Eklat mit der Spezies gekommen. Dabei wurden neben dem Anführer auch beide Volltreffer, ein Muskelprotz und der Tiersprecher getötet. Außerdem wurde die Kommunikatorin ausgesaugt. Das heißt, die Hälfte der Truppe ist ausradiert und du musst sie zusammen mit Elena und dem anderen Orakel neu aufstellen. Leider ist derselben Truppe das gleiche Schicksal bereits vor einem halben Jahr widerfahren. Niemand weiß, warum die Spezies dort so aggressiv ist.«

Ich zwinge meinen Körper zur Bewegung, aber nur, um mich auf den einzigen freien Stuhl plumpsen zu lassen.

»Wo ist das, dieses Hessische Hinterland?«, frage ich schwach.

»Es erstreckt sich von Marburg bis Dillenburg. Du wirst genau in der Mitte eingesetzt, in Biedenkopf.«

Ich habe noch nie etwas von diesen Orten gehört. Mein Leben findet zwischen den Wolkenkratzern und Spelunken der Großstadt statt. Ich wusste schon mit zwölf Jahren, wie man ein Messer benutzt und eine Pistole durchlädt, und das hatte nicht nur mit Bernds Erziehungsmethoden zu tun. Mit Kühen und Volksfesten kenne ich mich nicht aus. Was zum Teufel soll ich in dieser gottverlassenen Gegend nur anfangen?

»Warum ich?«, frage ich Elena.

Sie zeigt ein mitfühlendes Lächeln, ehe sie antwortet. »Das weiß niemand von uns so genau. Aber ich bin nicht die Einzige, die dich gesehen hat. Unser zweites Orakel, Cem, hat dich im Kaffeesatz gefunden.«

»Wie sehe ich denn in einem Kaffeesatz aus?«, frage ich verständnislos.

Ein kurzes, glasklares Lachen entwischt ihr. »Für mich war es nicht unbedingt nachvollziehbar. Angeblich sah er eine Pflanze namens Jakobskreuzkraut und den Frankfurter Commerzbank-Tower.«

Ich zucke zusammen. Mit dieser Pflanze kann ich nichts anfangen. Aber der Commerzbank-Tower ist das Sinnbild für den schrecklichsten Tag meines Lebens. Ich erinnere mich daran wie gestern, obwohl es mittlerweile elf Jahre her ist.

Meine Eltern und ich waren im Kino. Wir saßen bereits wieder im Auto in der Tiefgarage des Towers, als meiner Mutter einfiel, dass sie das Parkticket nicht bezahlt hatte. Sie stieg aus und ging in Richtung Kasse davon. Hätte ich gewusst, dass ich sie an diesem Tag zum letzten Mal lächeln sehen würde, so hätte ich von meinem Nintendo aufgeblickt, als sie die Tür hinter sich zuschlug. Stattdessen spielte ich weiter *Zelda*, während meine Mutter nur wenige Meter Luftlinie entfernt von einem Wesen der Spezies ausgesaugt und in eine gefühllose Hülle verwandelt wurde.

Als dann auch mein Vater aus dem Wagen stieg, um nachzusehen, was denn da so lange dauerte, wurde mir mulmig zumute. Ich beobachtete, wie er um die Ecke bog. Sein stolzer, aufrechter Gang, seine beeindruckende Körpergröße, die Entschlossenheit in seinem Auftreten. All das existiert nur noch in meiner Erinnerung. Die Schüsse hörte ich nicht, aber dennoch krampfte sich mein Herz zusammen wie noch nie zuvor in meinem Leben.

Lange traute ich mich nicht auszusteigen, sondern krümmte mich vor Angst auf dem Rücksitz zusammen. Aber nach einer Weile tat ich es doch. Ich ging dem Weg nach, den meine Eltern genommen hatten. Dann sah ich es: Der Körper meines Vaters lag in einer Blutlache direkt vor dem Kassenautomaten, sein Kopf zwei Meter entfernt. An der Wand lehnte meine Mutter, in ein Telefongespräch mit der Polizei vertieft, so ruhig und entspannt wie an einem Sonntagnachmittag beim Familienkaffee.

Ein weiteres Klingeln an meiner Haustür reißt mich aus meiner Erinnerung. »Der Pizzaservice«, murmele ich. »Entschuldigt mich bitte.«

Wie ferngesteuert verlasse ich den Raum, schlafwandele die Treppe hinunter und bezahle den Pizzaboten mit einem zerknüllten Zwanzig-Euro-Schein aus meiner Hosentasche. Diese Pizza ist für Caro und mich bestimmt gewesen. Wir sollten jetzt vor dem Fernseher sitzen, uns irgendeinen Hollywood-Streifen reinziehen und über meine Kochkünste lachen. Stattdessen das hier. Ich gehe wieder nach oben und stelle den Talenten den heißen Karton vor die Nase. »Bedient euch.«

Weder der Oberstleutnant noch das Orakel greifen zu. Nur Bernd zerrt ein Stück Pizza heraus. Dabei verdreht er die Augen, als kleinen Hinweis darauf, dass ich immer noch mit nacktem Oberkörper herumlaufe. Ich ignoriere ihn.

»Na schön«, sage ich. »Ich soll also eine Truppe von Dorfkindern am Ende der Welt anführen, deren Todesquote höher liegt als der Mount Everest. Irgendwie habe ich mir meinen Dienst in der Talente-Armee anders vorgestellt. Aber wenn zwei Orakel mich gesehen haben, ist es wohl unvermeidlich.«

Der Offizier nickt. Dann fängt er an, mich über sämtliche Regeln aufzuklären, die die Armee in den letzten Jahrtausenden aufgestellt hat. Ich kenne längst jede einzelne davon. Bernd hat sie mir fast täglich eingetrichtert, seit er mich damals aus dem Kinderheim geholt hat. Sie alle sind von Grund auf lebensfeindlich. Sie lassen keinen Raum für Individualität und persönliche Bedürfnisse. Ein Talent, das stellt nun auch Lücke klar, hat keinerlei Anspruch auf ein Privatleben, ein Hauptmann schon gar nicht.

Ich komme mir vor wie ein mittelalterlicher Knecht, der mit seinem Lehnsherrn einen Pakt zum lebenslangen Frondienst schließt, als ich am Ende seines Monologs aufstehe und den Schwur leiste, den jeder Anführer ablegen muss: »Ich, Jakob Seifert, stelle mein Leben in den Dienst der Armee der Talente. Ich schwöre, ihr treu zu dienen und die Seelen der Menschen tapfer zu verteidigen, solange mein Talent aktiv ist. Niemals werde ich Befehle erteilen, die gegen die Verfassung der Armee verstoßen. Ich gelobe, das Leben meiner Soldaten zu beschützen, selbst wenn es mich das Meinige kosten sollte. Bis zu dem Tag meines Ausscheidens werde ich der Liebe entsagen und niemanden auf den Mund küssen.«

Als ich fertig bin, ist es ganz still im Raum. Selbst Bernd scheint der Appetit auf Pizza vergangen zu sein. Es liegt so etwas wie Schwermut in seinem Blick.

Oberstleutnant Lücke räuspert sich, dann greift er zu seiner Aktentasche, lässt den Deckel aufschnappen und holt eine kleine Tattoo-Maschine heraus. »Dann wollen wir mal, Jakob.«

Ich weiß, was jetzt kommt: meine erste Tätowierung. Der erste Schmerz, den die Armee mir zufügen wird. Vermutlich wird es nicht der letzte und auch nicht der schlimmste sein. Ich setze mich und strecke Lücke meine linke Handfläche entgegen. Das Bannzeichen gegen die Spezies, das ich von nun an tragen werde, ist eine kopierte Vorlage aus dem Fundus der Armee. Wahrscheinlich laufen noch tausend andere Talente damit herum.

»Kann ich das bei meiner Truppe ändern?«, frage ich den Offizier. »Darf ich ihnen wenigstens etwas Persönliches in die Haut stechen?«

Lücke hält inne und betrachtet mich kritisch. Zum ersten Mal seit er hier ist, liegt so etwas wie Zweifel in seiner Miene. Weder als ich halb nackt die Tür geöffnet habe noch als Caro wütend an ihm vorbeigerauscht ist, hat er mich so angesehen. Aber diese kleine Bitte nach Individualität lässt offenbar seine Alarmglocken schrillen.

»Wieso?« Seine Stimme klingt scharf.

Ich bin nicht der Typ, der zurückrudert. Wenn ich das wäre, hätte ich die letzten zehn Jahre in der Unterwelt von Frankfurt nicht überlebt. »Damit sie sich weiterhin als Menschen fühlen und nicht als Nummern.«

Neben mir zieht Bernd scharf die Luft ein. Auch Elena versteift sich spürbar.

Oberstleutnant Lücke kneift die Lider zusammen. »Aber genau das werden sie sein, ebenso wie du«, sagt er dann überraschend gefasst. »Du wirst sie mit deinem Leben beschützen, doch sie bleiben Soldaten. Soldaten sind Nummern. Und sie tragen alle das gleiche Zeichen.«

Ich sage nichts darauf. Eine Weile schaut mein neuer Vorgesetzter mich noch prüfend an, dann beschließt er wohl, meine Frage nicht als schweren Ungehorsam zu werten. Allerdings habe ich den Eindruck, dass er mir sein uniformes Zeichen mit besonderer Inbrunst in die Haut sticht. Ich zucke dabei mit keiner Wimper, obwohl es wirklich nicht sonderlich angenehm ist. Auch die Rebellion in meinem Magen lasse ich mir nicht anmerken. Was zum Teufel kommt da bloß auf mich zu?

Die Einzige, die meine innere Zerrissenheit spüren kann, ist Elena. Mitten in der Prozedur legt sich plötzlich ihre Hand auf meinen Arm. Die Berührung ist warm und prickelnd.

»Es ist Schicksal«, raunt sie mir zu. »Eines Tages wirst du es verstehen.«

Ich schaue in ihre dunklen Augen. Was dabei passiert, geht ganz von selbst, ohne unser Zutun. Und es hat nichts mit Begehren oder Lust zu tun. Es ist ein Bund, wie ich ihn noch nie zuvor geschlossen habe. Ohne ein einziges Wort. In dem

Moment weiß ich, dass ich von jetzt an immer auf mein Orakel werde zählen können. Und sie auf mich.

»Ich kann dich reinigen, wenn es zu schlimm wird«, raunt sie mir zu.

Was sie damit meint, erschließt sich mir nicht. Aber es wird schon irgendeinen Sinn ergeben. Ich lächele ihr zu und sie lächelt zurück.

Bernd ist ein Meister im Organisieren. Das war er schon immer. Er hat die Fähigkeit, sich innerhalb einer Sekunde von einem seriösen Bankangestellten in einen hippen Streetworker zu verwandeln. Wenn schnelles Handeln erforderlich ist, funktioniert sein Gehirn so präzise wie bei einem Roboter. Er hakt Punkt für Punkt auf seinen Listen ab und vergisst dabei nicht die kleinsten Nebenschauplätze.

»Ich kann nicht mehr länger dein älterer Bruder sein, denn auf dem Land werden sie die Wahrheit schnell herausfinden. Da schaut man sich seine Nachbarn genauer an. Ist wohl besser, ich trete als dein Bewährungshelfer auf. Andreas Lücke hat mir schon einen entsprechenden Job besorgt. Wir machen einen Kriminellen aus dir, das dazugehörige Gehabe kriegst du doch garantiert super hin. So passt alles zusammen und keiner wird sich über uns wundern.«

Er redet weiter, während meine Gedanken zu Caro und meinen Eltern schweifen. Meine Mutter vegetiert in einem Sanatorium vor sich hin – sie wird keine Träne darüber vergießen, dass ich Frankfurt verlasse. Das Grab meines Vaters ist mit Unkraut überwuchert. Und Caro wird irgendwann einen netten jungen Mann kennenlernen, der ihr ein Leben bieten kann, das nicht von Enthaltsamkeit, Selbstaufgabe und Tod geprägt ist. »Du musst nicht mit mir kommen«, sage ich zu Bernd. »Ein Leben in der Pampa ist nichts für dich.«

»Aber für dich, ja?« Er schaut von seiner aktuellen To-do-Liste auf und mustert mich. Sein Blick wird weicher. Mit seiner riesigen Veteranen-Pranke haut er mir kameradschaftlich auf den Oberarm. »Seit du sechs Jahre alt bist, habe ich dich nun an der Backe. Mir ist immer klar gewesen, dass man dich nicht einfach im Tierheim abgeben kann, wenn du anfängst zu nerven. Ein Umzug ins Niemandsland war zwar nicht einkalkuliert, aber was soll's? Vielleicht wird das richtig lustig dort. An die Bierzelte kann ich mich wahrscheinlich gewöhnen.« Er lacht und trinkt einen Schluck Pils aus seiner Flasche. Veteranen dürfen das. Ich habe keinen Alkohol mehr getrunken, seit vor einem Jahr mein Talent erwacht ist. Man weiß nie, wann man in die Schlacht ziehen muss.

»Andreas kennt auch eine Familie in Biedenkopf, die bereit ist, dich zu unterstützen. Die Mutter ist ein ehemaliges Orakel, der Vater … nun ja … der wurde wohl ausgesaugt. Neben den beiden ist eine Wohnung frei. Du kannst immer zum Essen zu ihnen kommen.«

Ein ausgesaugter Mann und eine fremde Orakel-Veteranin. Es wäre mir lieber gewesen, Bernd hätte sich weiterhin als mein Bruder ausgegeben. Hier in Frankfurt hat es doch auch funktioniert. Wahrscheinlich will er sich irgendwann möglichst unauffällig aus der Sache herausziehen oder sich zumindest ein Hintertürchen offenlassen. Ich verkneife mir einen entsprechenden Kommentar.

»Die Sache mit dem Mädchen …«, beginnt er.

Ich winke ab. »Schon gut. Ich weiß, dass es für mich keine Liebe gibt. Ich werde auch niemanden mehr in mein Bett zerren. Meine Zeit ist abgelaufen. Wir müssen nicht darüber reden.«

»Irgendwann wird das wieder anders sein.«

»Ja. Falls ich überlebe. In zehn Jahren oder so. Wenn meine Jugend vorbei ist, dann darf ich wieder davon träumen. Es sei denn, ich mache das Gleiche wie du und all die anderen – ewige Enthaltsamkeit aus Angst vor den Konsequenzen der eigenen Gefühle.«

»Das muss nicht dein Weg sein, Jakob …«

Wieder schneide ich ihm das Wort ab. »Wenn es einmal so weit ist, werde ich darüber nachdenken, ob ich eine Familie gründen und Kinder mit meinen Genen belasten will oder nicht. Jetzt muss ich erst einmal überleben.«

Bernd legt den Stift weg und sieht mich nachdenklich an. »Du hättest Nein sagen können.«

Das weiß ich. Die Alternative wäre gewesen, mich feige zu verkriechen und damit mein Talent zu verlieren. Dann wäre ich ein ganz normaler Schlosserlehrling mit einer Dreißig-Quadratmeter-Wohnung geblieben, der den Verlust seiner Eltern nicht verkraftet hat. Aber wenn ich der Armee beitrete, kann ich sie rächen und so viele Feinde töten wie möglich. Mir ist immer klar gewesen, dass es für mich nur einen einzigen Weg gibt.

»Ich will ehrlich zu dir sein«, sagt Bernd. »All die Jahre habe ich dich nicht ohne Grund darauf vorbereitet, es mit den Dämonen aufzunehmen. Ich will, genau wie du, dass der Kampf gegen unsere Feinde so effektiv wie möglich ist. Du bist mein Tribut an die Armee, Jakob, und ich wäre enttäuscht gewesen, wenn du deiner Berufung nicht gefolgt wärest.«

Das Verhältnis zwischen Bernd und mir ist so verzwickt, wie es nur sein kann. Als mein Erziehungsberechtigter müsste der Veteran eigentlich dafür Sorge tragen, dass ich meine Ausbildung abschließe, eine ordentliche Arbeit annehme und mich von allem fernhalte, was ein schlechtes Licht auf mich wirft. Stattdessen macht er mich gerade offiziell zum Kriminellen und sagt ganz klar, dass ich lebendige Wesen abschlachten und andere Jugendliche in den Tod führen soll. Trotzdem verstehe ich sein Handeln – voll und ganz.

»Das wird Stefan nicht zurückholen«, bemerke ich. Ich benutze den Namen von Bernds ehemaligem Lebensgefährten nicht oft. Die Wunden, die ich damit aufreiße, sind genauso tief wie meine eigenen.

»Ich weiß. Doch es macht seinen Tod weniger sinnlos. Und den deiner Eltern auch.«

Das sind Dinge, die sich nur ein Talent einreden kann. Aber sie helfen jedem von uns, am nächsten Morgen wieder aufzustehen und weiterzukämpfen. Genau das werde ich tun.

In dieser Nacht stehe ich lange am offenen Fenster. Ich atme die warme Sommerluft ein und blicke auf die Skyline von Frankfurt. So heruntergekommen meine Bude auch ist, dieser Ausblick hat mich in den letzten Jahren tausendfach in seinen Bann gezogen. Die Silhouetten der Hochhäuser vor dem orangefarbenen Nachthimmel, die tanzenden Lichter der Großstadt, die Illusion von Frieden und Ruhe. Von hier oben betrachtet wirkt alles so leicht. Man könnte glatt vergessen, was in diesem Moloch aus Korruption, Betrug und Gewalt so alles abgeht. Zumindest ist die kriminelle Seite die einzige, die ich von Frankfurt kenne.

Und irgendwo zwischen den Kneipen, Banken und Imbissbuden heult sich Caro jetzt wahrscheinlich bei einer Freundin meinetwegen die Augen aus. Etwas weiter weg, in einem unscheinbaren Flachbau am Horizont, schläft meine Mutter in ihrem sterilen Zimmer im Sanatorium. Ich werde keine von beiden jemals wiedersehen, mich nicht einmal verabschieden. Welchen Sinn hätte das schon? Vielleicht ist es wirklich Schicksal, dass mein Leben ab morgen einen Neustart macht. Irgendwo in einer anderen Welt. Einer, in der die Menschen statt in Hochhäusern auf Bauernhöfen leben und der morgendliche Pendlerstrom von Traktoren aufgehalten wird. So in etwa stelle ich es mir vor.

Ich seufze. Dann fasse ich einen Entschluss: Ich werde mich diesem Hinterland stellen, so gut es eben geht. Etwas anderes bleibt mir auch gar nicht übrig.

Welcome to the Jungle

Das ist keine Kleinstadt, das ist ein Kaff. Ich habe den Eindruck, gerade eine Zeitreise von mindestens fünfzig Jahren gemacht zu haben, als Bernd und ich in Biedenkopf ankommen. Die Fachwerkhäuser sehen allesamt aus, als hätten sie schon mehrere Jahrhunderte auf dem Buckel, und ringsherum erstreckt sich ein grünes Meer, das weniger einem Wald als vielmehr einem endlosen Dschungel gleicht. Es würde mich nicht wundern, wenn darin Affen hausen. Wenn das alles wenigstens flach und gut zu Fuß zu bewältigen wäre! Aber nein, so weit das Auge reicht, erkenne ich nur steil ansteigende Berge, dazwischen alle paar Kilometer ein weiteres Kaff. Ganz unten im Tal ein zugewucherter Fluss. Lahn heißt der.

Ich muss zugeben, dass die Naturgewalt, die hier von allen Seiten auf mich einschlägt, in gewisser Weise beeindruckend ist. Wäre ich ein paar Jahrzehnte älter und zum Wandern da, könnte ich den knorrigen Bäumen und bizarren Felsformationen ringsum vielleicht etwas abgewinnen. Aber so? Ich habe gewusst, dass diese Reise ins Niemandsland führt. Wie schlimm es werden würde, habe ich jedoch nicht geahnt. Eigentlich fehlt nur noch die Schafherde auf der Bundesstraße.

Bernd kann sich ein Stöhnen ebenfalls nicht verkneifen. »Ich schätze mal, wenn du dich hier mit dem Dorfwirt anlegst, ist deine Chance, irgendwo ein Bier zu bekommen, gleich null«, murrt er vor sich hin.

Alle Leute schauen unserem schwarzen Mercedes hinterher, als wir den Marktplatz kreuzen und in einer Einbahnstraße weiterfahren.

»Unauffälligeres Auto kaufen«, fügt Bernd seiner To-do-Liste hinzu. Er biegt noch zweimal ab, dann behauptet unser Navigationsgerät, wir hätten unser Ziel erreicht. Ich lasse meinen Blick über die heruntergekommene Fassade des Fachwerkhauses zu unserer Rechten streifen. Nur mühsam widerstehe ich dem Impuls, die Hände vors Gesicht zu schlagen. Bernds Augen ruhen besorgt auf mir, während ich versuche, mich zu sammeln. »Na, dann«, bringe ich schließlich hervor, »schauen wir uns meine Ersatzfamilie mal an.«

Bereits auf den wenigen Metern vom Auto zum Haus passiert es wieder: Passanten streifen uns mit ihrem Blick. Ein Halbwüchsiger grüßt mich mit einem dahingenuschelten »Guten Tag«, bevor er sich schnell abwendet und weitergeht.

»Muss man hier zu jedem Hallo sagen?«, frage ich Bernd irritiert.

Der Veteran sieht nun selbst etwas hilflos aus. »Keine Ahnung. Aber bis morgen kann ich dir alles über die Gewohnheiten in diesem Ort erzählen«, verspricht er.

Die Tür wird aufgerissen, bevor wir dazu kommen zu klingeln. Als ich das Gesicht sehe, das zwischen Rahmen und Tür erscheint, fühle ich zum ersten Mal an diesem Tag so etwas wie Erleichterung. Es ist, als ob jemand die Eisenketten, die sich um mein Herz gelegt haben, einfach entzweigerissen hätte.

Ein Paar rostbrauner Augen blickt mir aus einem winzigen, runden Kindergesicht entgegen. Die Haare des Mädchens sind nicht gekämmt und die Kleider ein Mischmasch aus bunten Secondhand-Textilien. Die Kleine muss ungefähr im Grundschulalter sein, doch irgendetwas an ihr wirkt tausend Jahre älter. Der Ausdruck in ihren Augen ist so intensiv, dass ich den Drang verspüre, sie hochzuheben und in die Luft zu werfen wie die kleine Schwester, die ich niemals hatte. Es gibt keinen vernünftigen Grund auf der Welt, warum ich so empfinde.

»Ich bin Sylvia«, sprudelt aus ihr heraus. »Schön, dass du es auch spürst, Jakob!«

Bevor ich etwas darauf erwidern, ja, überhaupt darüber nachdenken kann, greift sie nach meiner Hand und zieht mich in den düsteren Hausflur. Ich stolpere hinter ihr her, über knirschende Dielenbretter hinweg und an handgemalten Bildern vorbei bis in die geräumige Küche. Bernd folgt uns.

»Jakob ist da!«, jubelt die kleine Sylvia, als wir den Raum betreten. Ich winde meine Hand aus ihrer Umklammerung.

Am Tisch sitzt ein Mann Ende dreißig, dessen gesamtes Erscheinungsbild mich schmerzhaft an meine Mutter erinnert: die ruhige Art zu sitzen, der interesselose Blick, die fehlenden Lachfalten um die Augen. Ich kann immer sofort erkennen, wenn ich einem Menschen begegne, den die Dämonen bis aufs Knochenmark leer gesaugt haben.

Er steht gemächlich auf und streckt mir die Hand zum Gruß entgegen, wie man das eben tut. »Karl Liebetrau«, stellt er sich vor.

Liebetrau! Was für ein Name für einen Menschen, der nicht mehr den Funken einer Ahnung hat, was Liebe eigentlich ist.

»Jakob Seifert.«

Meine Erwiderung klingt hölzern. Ungeachtet dessen begrüßt Karl nun auch Bernd mit Handschlag und setzt sich dann wieder hin, um weiter in seiner Zeitung zu blättern.

Dafür ist die Begrüßung seiner Frau umso herzlicher. »Und ich bin Sarah«, sagt sie strahlend und fasst nach meiner Hand, genau wie ihre Tochter es eben getan hat. Sie hat schwarzes Haar, das offen fast bis auf ihre Hüften fällt. Dazu trägt sie ein langes Batik-Kleid im Hippie-Stil, unter dessen Saum nackte Füße hervorspitzeln. Ihr Lächeln ist so packend, dass ich ihr auf der Stelle vertraue.

»Du kannst zu mir kommen, wenn du Hunger hast. Oder wenn du etwas gebügelt haben willst. Ich helfe dir mit Bettwäsche und guten Ratschlägen aus, aber bitte hol mich nicht zum Putzen.« Sie grinst.

»Nie und nimmer«, verspreche ich.

Wie aus dem Nichts wandern plötzlich ihre warmen Hände auf meinen Kopf. Ich lasse es geschehen, obwohl mich diese Geste ziemlich irritiert.

»Oh, oh«, macht Sarah und schließt die Augen.

Mir wird kalt. Ein heftiges Schaudern läuft durch meinen Körper und meine Nackenhaare stellen sich auf. Dann legt sich das Gefühl wieder. Eine beruhigende Stille hüllt meine Gedanken ein. Mit einem Mal bin ich überhaupt nicht mehr aufgewühlt.

»Jetzt bist du angekommen«, höre ich Sylvias Stimme neben mir. Ich schaue erst die Kleine, dann ihre Mutter an und schließlich Bernd. Er scheint zu wissen, was gerade eben passiert ist, denn er nickt mir wohlwollend zu.

»Was hast du getan?«, frage ich Sarah.

»Dich gereinigt. Das ist vielleicht der wichtigste Dienst, den ich dir erweisen kann. Denn das wirst du oft bitter nötig haben.«

Etwas Ähnliches hat Elena auch gesagt. Das ist schon mal beruhigend: Ich habe gleich zwei Orakel, die mir künftig den Schmerz und die Verzweiflung aus dem Kopf ziehen können.

Sarahs Blick wandert hinüber zu Karl, der nach wie vor mehr an seiner Zeitung interessiert ist als an Bernd und mir. »Ich habe lange genug miterlebt, was ein Anführer aushalten muss. Und nun komm, wir zeigen dir deine Wohnung«, sagt Sarah. Sie geht voran nach draußen, und ich folge ihr, begleitet von Bernd und Sylvia, die offenbar überhaupt nicht mehr von meiner Seite weichen will. Mein künftiges Domizil ist kein Fachwerkhaus, zumindest erkennt man es nicht an der mit trostlosen Schindeln verkleideten Fassade. Das gesamte Haus sieht ziemlich heruntergekommen aus, aber ich bin nichts Besseres gewohnt.

Sarah fischt einen einsamen Schlüssel aus einer Tasche an ihrem Kleid und hält ihn mir hin. Ich sperre auf. Der Geruch, der mir aus dem Inneren entgegenschlägt, erzählt Geschichten von alten Leuten und Armseligkeit. In dem engen Flur ist es dunkel, die Ecken der Wände sind schwarz vor Schimmel.

»Das wird weggehen«, sagt Sarah, die meinem Blick gefolgt ist. »Ich habe hier schon mehrere Sitzungen gemacht. Die schlechte Aura verfliegt bald, wenn du sie nicht wieder anfachst.«

»Aha.« Eine andere Entgegnung fällt mir nicht ein. Ich weiß nicht, ob Orakel-Veteranen so sein müssen oder diese Frau einfach ein bisschen durchgeknallt ist.

Die kleine Sylvia hingegen scheint von den verbliebenen Fähigkeiten ihrer Mutter ziemlich überzeugt zu sein. »Mama hatte ein starkes Talent«, erzählt sie. »Sie kriegt deine Bude schon wieder frisch.«

Sarah lacht und streichelt ihrer Tochter durchs zerzauste Haar. »Und wenn nicht, mein Schatz, musst du Jakob einfach oft genug besuchen. Dann strahlt seine Wohnung irgendwann genauso sehr wie du!«

Verstohlen schaue ich hinüber zu Bernd. Er verdreht die Augen, sagt aber nichts.

»Die drei Erdgeschoss-Zimmer gehören dir. Darüber wohnt im Moment niemand. Und damit das auch so bleibt, habe ich die schlechten Schwingungen von unten direkt nach oben umgeleitet«, redet Sarah weiter, während sie die nächste Tür aufstößt und zu einem Wohnungsrundgang ansetzt.

Wir folgen ihr durch Wohnzimmer, Schlafzimmer und Essküche. Irgendjemand hat ein paar Möbelstücke hineingestellt, die verdächtig nach Sperrmüll aussehen. Nur das Bett, das komplett aus Holzpaletten zusammengezimmert ist, scheint neu und selbst gebaut zu sein. Darauf liegt eine Patchworkdecke, die vom Stil zu Sylvias bunt zusammengewürfelten Klamotten passt.

»Unser Werk!«, verkündet Sarah stolz, während sie den Arm um die Schultern ihrer Tochter legt. »Wenigstens die paar Stunden Schlaf, die du haben wirst, sollen erholsam für dich sein.«

Eine seltsame Wärme breitet sich in meinem Bauch aus. Ich kann mich nicht erinnern, wann jemand zum letzten Mal etwas Derartiges für mich getan hat. Bernd war seit meinem siebten Lebensjahr immer für mich da. Er hat mir beigebracht, mich mit meinen Fäusten zu verteidigen, Türschlösser zu knacken und Pistolen zu putzen. Die Nummer des Pizzadienstes konnte er auch auswendig. Aber seit dem Tod meiner Eltern hat sich niemand mehr hingesetzt und mit seinen eigenen Händen etwas für mich gebaut oder genäht. Und dabei kennen mich diese Leute überhaupt nicht! In meinem Hals entsteht ein Kloß, der mir beinahe den Atem raubt.

Sylvia strahlt mich an. »Ich fänd's gut, wenn du heulst!«

Ich bin froh, dass sie das sagt, denn nun kann ich stattdessen loslachen. Das nimmt der Situation ein wenig die Ernsthaftigkeit und die besorgniserregende Enge in meiner Kehle verschwindet wieder.

»Prima«, sagt Bernd, dem mein Anflug von Sentimentalität nicht entgangen ist. »Dann können wir jetzt ja weiterziehen, um deinen Ausweis zu fälschen.«

Mit meinen siebzehn Jahren bin ich im Grunde noch zu jung für den Anführerposten, denn ich darf nicht offiziell Auto fahren. Daher hat Bernd beschlossen, mich ein Jahr älter zu machen. Ausgerechnet hier im biederen Biedenkopf hat er einen Veteranen ausfindig gemacht, der ein wahrer Meister im Fälschen von Papieren sein soll. Er lässt sich von Sarah den Weg dorthin erklären, während Sylvia wieder nach meiner Hand fasst und mit verzücktem Gesichtsausdruck zu mir hochblickt. Diese Händchenhalterei muss ich ihr unbedingt abgewöhnen, aber jetzt scheint mir nicht der richtige Zeitpunkt dafür zu sein. Ich will sie nicht gleich am ersten Tag zurückweisen.

Wir begleiten Sylvia und Sarah zurück zu ihrem Haus. Ohne uns von Karl zu verabschieden, steigen wir ins Auto und kurven wieder durch den Einbahnstraßen-Dschungel von Biedenkopf. In einer engen Gasse, die zu dem Schloss führt, welches hoch oben auf dem Berg thront, hält Bernd an.

»Das muss es sein.« Er deutet auf ein Haus, das unscheinbar grau zwischen zwei andere gequetscht ist. Ein paar Stufen führen hinunter in den Kellereingang, wo zwei angelaufene und fast leere Schaufenster auf eine wenig frequentierte Schuhmacherwerkstatt hinweisen.

Ich kenne solche Alibi-Läden. Die Besitzer sind meist Veteranen, die ihre Geschäftsräume absichtlich so unattraktiv gestalten, um weniger Kundschaft aus dem echten Leben anzuziehen. In Wahrheit gehen sie ganz anderen Geschäften nach, als sie vorgeben. Aber falls sich doch einmal jemand zu ihnen verirrt, der lediglich auf der Suche nach legaler Ware ist, dann haben sie zumindest genügend Wissen, um den Kunden einmal zu bedienen und anschließend zu vergraulen.

Dieses Konzept geht auch bei dem Schuster auf. Kaum haben wir die Klinke der viel zu massiven Ladentür gedrückt, schrecken wir auch schon vor einer Wand aus Zigarettenqualm zurück. Spätestens jetzt würde sich jeder normale Mensch umdrehen und seine Schuhe woanders kaufen.

Bernd wedelt mit einer Hand vor seiner Nase herum – ein sinnloses Unterfangen, denn hier gibt es keine frische Luft, die man sich zufächeln könnte.

Das Türglöckchen über unseren Köpfen hat unser Erscheinen bereits angekündigt. Ich vermute allerdings, dass der Inhaber des Ladens noch jede Menge Kameras und Bewegungsmelder rund um sein Domizil versteckt hat. Auf das altmodische Glöckchen wird er sich sicher nicht verlassen.

Wenige Sekunden später fliegt ein speckiger Vorhang hinter dem Ladentisch zur Seite und der Schuster humpelt in den Raum. Er ist ein breitschultriger, gedrungener Typ mit Dreitagebart und stechendem Blick. In seinem Mundwinkel hängt eine halb abgebrannte Zigarettenkippe. Etwas umständlich streckt er über den Ladentisch hinweg erst Bernd, dann mir die Hand entgegen. »Walter Dönges«, stellt er sich vor. »Und ihr seid die Frankfurter?«

»Bernd Wittkamp und Jakob Seifert«, sagt mein Mentor knapp.

Die beiden mustern sich ein paar Sekunden lang, dann entscheiden sie offenbar gleichzeitig, dem anderen zu vertrauen.

»Was braucht ihr?«, will der Schuster wissen.

Bernd hat alle seine Listen im Kopf. »Einen Personalausweis, einen Führerschein, ein mittelmäßiges Abschlusszeugnis als Schlosser, eine schallgedämpfte P6 mit möglichst vielen Patronen, ein Repetiergewehr, ein Breitschwert und die entsprechenden Lederhalfter dazu. Und zwei von deinen Silbermessern. Die sollen gut sein, habe ich gehört.«

Dönges grinst. Die kleine Schmeichelei, die Bernd in seine Bestellung eingebaut hat, zeigt ihre Wirkung. »Es sind die besten«, antwortet er und der Klang seiner Stimme lässt keine

Zweifel offen. »Aber die P6 kannst du vergessen. Ich gebe euch eine Beretta 92, damit wird er besser klarkommen.« Er deutet auf mich.

Im Nu ist eine Diskussion über die Vor- und Nachteile italienischer Waffen in Gang. Ich neige in solchen Fällen dazu, nicht mehr richtig hinzuhören, denn ich kenne die Argumente sämtlicher Waffenspezialisten für ihre Lieblingsfabrikate auswendig. Stattdessen sehe ich mich in dem Schusterladen um.

Mein Blick schweift über die Holzleisten im Regal, die ausgebleichten Schnürsenkel an der Wand und die verstaubte, schwarze Nähmaschine im Schaufenster. Das Sammelsurium aus Jesus- und Oma-Latschen daneben hat wirklich schon bessere Tage gesehen. Dennoch bleiben genau in dem Moment zwei Passanten davor stehen und betrachten sie eine Weile. Gleichzeitig beginnt ein Piepser an Dönges' Gürtel zu vibrieren. Also doch ein elektronisches Frühwarnsystem für Kunden! Ich grinse in mich hinein.

Der Schuster schaltet das Gerät ab und wirft einen genervten Blick nach draußen. Vorsichtshalber unterbricht er auch die Lobeshymne auf den Lademechanismus seiner Beretta-Pistolen.

»Rockzöpfe!«, stellt er missbilligend fest. »Die haben mir gerade noch gefehlt. Es gibt keinen Schuh, der unmodern genug für sie ist.«

»Was sind denn Rockzöpfe?«, frage ich verwundert.

Dönges zieht an seiner Kippe, bläst noch mal ordentlich Qualm in die Luft und drückt sie dann direkt auf dem bereits angekokelten Verkaufstisch aus.

»Na, schau doch mal hin«, brummt er. »Weiber mit Röcken und langen Zöpfen. Die sehen jeden Tag so aus. Sind in irgendeiner Sekte. Die meisten davon habe ich vertrieben. Aber einige kommen immer wieder.«

Wie um seine These zu untermauern, wird kurz darauf die Tür geöffnet und das Glöckchen an der Decke bimmelt. Jetzt, wo die beiden Frauen im Raum stehen, kann ich sie etwas genauer erkennen. Immerhin steht nur noch die Mauer aus Zigarettenqualm zwischen uns und nicht noch zusätzlich das angelaufene Schaufenster. Es handelt sich um eine alte Frau und ein junges Mädchen. Trotz der biederen Frisur mit dem schwarzen Häubchen auf dem Kopf und dem ziemlich unattraktiven Jeansrock in Dreiviertellänge ist das Mädchen wahnsinnig hübsch. Ich starre sie an.

Eine Sekunde lang sieht sie mir in die Augen, dann wendet sie schnell den Blick ab, greift unter den Arm der alten Dame und schiebt sie zum Verkaufstresen. »Guten Tag«, sagt sie schüchtern zu Dönges. Dabei hält sie immer noch den Kopf gesenkt.

Der Schuster zieht spöttisch eine Augenbraue hoch. »Hallo, Marie. Hat die Oma schon wieder ihre Treter geschrottet?«

»Meine Großmutter leidet an Demenz«, antwortet Marie. »Sie kann nichts dafür.«

Es ist ein Versuch, selbstsicher aufzutreten, der total misslingt. Auf mich macht sie den Eindruck, als würde sie am liebsten so schnell wie möglich wieder aus dem Laden verschwinden. Aber irgendetwas hält sie hier.

»Ich brauche neue Stiefel, Noah«, krächzt nun die alte Frau. Dann tritt sie ganz nahe an den Schuster heran und raunt ihm zu: »Die alten haben die Sintflut nicht überlebt!«

Dönges stöhnt. »Würdest du sie nicht bei jedem Regen rausstellen, so würden sie auch länger halten.« Er streckt die Hand nach der Tasche aus, die Marie über der Schulter trägt. »Lass mal sehen!«

Wortlos reicht das Mädchen ihm den schmucklosen Beutel.

Er greift hinein und zieht ein Paar knochenharter, grün schimmernder Lederstiefel hervor. »Herrje, Oma, die haben aber mehr als nur ein paar Tropfen Wasser abbekommen«, lässt Dönges verlauten. Während er die Stiefel von allen Seiten betrachtet, steckt er sich eine neue Zigarette an.

»Wir haben sie im Teich gefunden«, nuschelt Marie.

Der Schuster lacht. Ich verachte ihn dafür, denn ganz sicher hat die Situation für Marie und ihre Familie nichts Komisches, so seltsam sie auch sein mögen.

Eine Weile fummelt er noch an den aufgeplatzten Nähten der Schuhe herum, dann wirft er sie direkt in den Mülleimer unter seiner Ladentheke. »Nichts mehr zu machen. Sie kriegt neue. Nächste Woche.«

»Kommen Sie vielleicht schon früher dazu?«, fragt Marie. »Sie zieht doch nichts anderes an!« Zum Beweis hebt sie den langen Rock ihrer Großmutter gerade so weit an, dass wir deren nackte Füße sehen können.

Dafür erntet sie einen überraschend heftigen Schlag auf die Finger. »Gottloses Ding!«, echauffiert sich die Alte.

Dönges lacht wieder, selbst Bernd schmunzelt, nur ich bin entsetzt über die Strenge und Unfreiheit, mit der ich hier konfrontiert werde. Selbst die Armee ist nicht so hart zu ihren Mitgliedern – das hoffe ich zumindest.

»Nichts zu machen«, stellt der Schuster klar. Er zieht ein paarmal hintereinander an seiner Zigarette, dann bläst er Marie den Rauch ins Gesicht. Sie versucht, sich zu beherrschen, wird aber sofort von einem heftigen Hustenanfall geschüttelt, und wendet sich ab. Als sie Dönges wieder anblickt, sehe ich ihre Augen einen Moment lang zornig aufblitzen, doch sie hat sich sofort wieder unter Kontrolle.

In mir taucht der Wunsch auf, ihr zu helfen. »Wir holen unsere Bestellung einen Tag später ab«, verkünde ich. »Ziehen Sie diesen Auftrag vor. Er ist dringender.«

»Spinnst du?«, fährt Bernd mich an.

»Nicht dein Ernst!«, lässt der Schuster verlauten.

Ich presse die Lippen aufeinander und atme so tief ein, dass ich die Wurzeln meines Talents spüren kann. »Ziehen Sie das vor«, wiederhole ich. Diesmal besteht kein Zweifel daran, dass ich es ernst meine. Nur selten krame ich meine ungeschminkte Autorität so auffällig hervor. Das weiß auch Bernd. Er sagt nichts mehr.

Der Schuster jedoch fixiert mich herausfordernd. Er versucht tatsächlich, mir zu widerstehen. Aber da hat er sich geschnitten. Unser Blickkontakt dauert keine drei Sekunden. »Von mir aus«, brummelt er dann und wendet sich ab.

Während er zum Regal geht, um die Leisten der Großmutter herauszusuchen, höre ich ihn noch sagen: »Das könnte funktionieren mit dir, Junge. Für den Fall, dass dein Equipment mit deiner großen Klappe mithalten kann.«

Damit will er mir wohl sagen, dass ich ihn mir nicht zum Feind machen sollte, weil ich, was meine Ausrüstung anbelangt, auf ihn angewiesen bin. Aus dem Augenwinkel sehe ich, dass Marie mich beobachtet. Sobald ich mich ihr aber zuwende, huscht ihr Blick sofort nach unten auf den Boden.

Ein leises »Danke, das ist sehr nett von Ihnen« dringt an mein Ohr.

Himmel, siezt sie mich etwa? Wir sind ungefähr im selben Alter. Ich widerstehe dem Impuls, sie dazu aufzufordern, mir in die Augen zu sehen. Es wäre so einfach – ein kleiner Befehl und ich hätte ihren Blick. Doch das will ich nicht. Sie soll es von selbst tun.

»Hey, ich bin Jakob.« Vorsichtig strecke ich ihr die Hand entgegen, in der Hoffnung, dass ihre Sekte Haut-zu-Haut-Kontakt mit einem Ungläubigen zulässt. Ich habe Glück: Maries Hand wandert in meine und drückt sie unerwartet kräftig. Ich habe mit einem schlaffen Hinhalten gerechnet. Um sie aus ihrer

Reserve zu locken, drücke ich noch fester zurück. Marie lässt ein überraschtes »Autsch!« hören, dabei verliert sie die Kontrolle über ihren Blick und sieht mir in die Augen. Ein Schauder durchdringt mich vom Scheitel bis zum kleinen Zeh. Plötzlich rauscht es in meinen Ohren, als hätte jemand ein altes Transistorradio ohne Empfang eingeschaltet. Ich höre ihre Stimme direkt in meinem Kopf: *»Was soll das?«*

Auf der Stelle lasse ich ihre Hand los und trete einen Schritt zurück. »Sorry!«, entfährt es mir.

»Entschuldige«, sagt sie zeitgleich. Dabei sieht sie furchtbar angespannt aus.

Ich habe das schon früher erlebt. Bei Katja, der aktiven Tochter einer Veteranin aus Frankfurt, die über Telepathie kommunizieren konnte. Wenn ich mich nicht völlig irre, dann ist Marie eine Kommunikatorin. *Meine* Kommunikatorin!

Aber noch bevor ich dazu komme, ihr auch nur irgendeine Frage zu stellen, baut sich ihre demenzkranke Großmutter zwischen uns auf. Ihre Augen funkeln auf einmal so wach wie der Sternenhimmel an Neujahr. Sie packt meine linke Hand, dreht sie blitzschnell um und sieht das frisch tätowierte Bannzeichen auf der Innenfläche. »Nein!«, entfährt es ihr. Dabei zucken ihre Lider. »Nein, das darf nicht sein!« Schneller, als ich es ihr zugetraut hätte, wendet sie sich zu Marie um, holt aus und ohrfeigt sie. »Wende deinen Blick weg von den Schwierigkeiten, hin zu dem, der dir Gutes tun will!«

Entsetzt hält Marie sich die Wange. Aber sie gibt keinen Ton von sich, während ihre Großmutter direkt zum nächsten Schlag ausholt. Bernd ist schneller als der humpelnde Schuster. Er hält die aufgebrachte Alte von hinten an den Armen fest. Doch die kämpft und strampelt, als ginge es um ihr Leben.

»Weiche von mir!«, schreit sie. »Die gefallenen Engel sind gekommen, um das Werk des Satans zu vollenden!«

»Beruhige dich, Oma!«, versucht Bernd, sie zu beschwichtigen. Es hat keinen Zweck. Ihre Augen sind panisch aufgerissen, Speicheltropfen fliegen bei jedem Wort aus ihrem Mund.

Marie ist kreidebleich. »Was ist mit ihr los?«, jammert sie.

Wir alle wissen es. Aber für Marie muss die Situation völlig unerklärlich sein. Sie tut mir wahnsinnig leid. Ich berühre sie vorsichtig am Arm, um ihre Aufmerksamkeit wieder auf mich zu lenken. Kaum dass wir uns ansehen, entgleitet ihr schon wieder ihr Talent und unsere Gedanken verschmelzen miteinander.

»Was geht hier vor?«, schreit Marie telepathisch in meinem Kopf.

Ich antworte ihr auf dieselbe Art: *»Jemand hat vor vielen Jahren das Gedächtnis deiner Großmutter gelöscht. Aber offenbar nicht vollständig. Sie erinnert sich an Dinge, die ihr damals schreckliche Angst gemacht haben.«*

Entsetzt weicht Marie vor mir zurück. »Warum höre ich deine Stimme in meinem Kopf?«

»Weil du ein Talent dafür hast. Du hast die Verbindung zwischen uns aufgebaut. Wenn du das tust, kann ich dir auf demselben Weg antworten.«

Ich sage es so ruhig wie möglich, um sie nicht noch mehr aufzuregen. Was nicht ganz einfach ist, angesichts der Tatsache, dass ihre Großmutter Bernd gerade den Ellbogen mitten ins Gesicht rammt. Marie stößt ein hilfloses Japsen aus. Wahrscheinlich kriegt sie auch gleich einen Nervenzusammenbruch. Die Rockzöpfe kommen mir nicht besonders belastbar vor.

Doch Marie belehrt mich eines Besseren. Sie schließt kurz die Augen, um sich zu sammeln. Als sie sie wieder öffnet, ist die Panik daraus verschwunden. »Könnt ihr meiner Großmutter helfen?«, fragt sie ruhig, mitten in das Gezeter der Alten hinein.

Bevor ich zu einer Antwort komme, tritt Dönges neben Bernd, setzt ein kleines, schwarzes Kästchen im Nacken der alten Frau an und drückt zu. Augenblicklich erschlaffen ihre Muskeln und sie sinkt ohnmächtig in Bernds Armen zusammen.

Ich wundere mich abermals über Marie, die zwar kreidebleich geworden ist, aber keinerlei Protest von sich gibt.

Bernd wischt sich das Blut von der Nase. »Wohin?«, fragt er den Schuster.

»In den Hinterraum.«

Sie packen die Alte an Armen und Beinen und schleppen sie an dem schmuddeligen Samtvorhang vorbei nach hinten, um die bewusstlose Frau vor möglichen weiteren Kunden zu verbergen.

Marie und ich folgen ihnen. Dabei tippe ich eine Nachricht an Elena ins Handy: *Komm so schnell wie möglich zum Schuster!*

Der Raum hinter dem Vorhang ist seltsam. Es gibt ein verdrecktes Waschbecken an der Wand, einen uralten Computer mit verstaubtem Bildschirm, ein paar Regale voller Schumacher-Werkzeug und sonst – nichts! Keinerlei Hinweise auf die wahren Geschäfte von Walter Dönges. Ich frage mich, wo er wohl seine Waffen bunkert.

Die beiden Veteranen legen Maries Großmutter einfach auf dem Boden ab.

»Besorgt ihr wenigstens ein paar Decken«, verlange ich. »Elena wird gleich hier sein, um ihr Gedächtnis zu manipulieren. Diesmal hoffentlich vollständig.«

Dann wende ich mich wieder Marie zu. Sie sieht immer noch arg verschreckt aus. »Komm mit mir nach draußen. Ich erkläre dir alles.« Als sie zögert, füge ich noch hinzu: »Deiner Oma wird nichts passieren. Vertrau mir!«

Ich weiß nicht, warum ich das mache, aber ich strecke ihr meine Hand entgegen. Kein Befehl, eine Bitte. Wortlos legt sie ihre hinein und ich ziehe sie hinter mir her. Erst einmal müssen wir hier raus. Weg von der durchgeknallten Alten, den herzlosen Veteranen und dem Zigarettenqualm, sage ich mir. Außerdem will ich mit ihr allein sein, wenn ich ihr mitteile, dass das Leben, das sie bisher geführt hat, von heute an für immer vorbei sein wird.

Marie folgt mir ohne Widerrede, sie sagt überhaupt nichts. Ob aus Resignation, Furcht oder Abenteuerlust weiß ich nicht. Sie ist trotz ihres Talents ziemlich undurchschaubar für mich.

Draußen setze ich mich auf die Eingangstreppe des gegenüberliegenden Hauses und deute auf den Platz neben mir. Marie streicht ihren altmodischen Jeansrock glatt und zieht ihn sich über die Knie, bevor sie sich beinahe hoheitsvoll neben mir niederlässt. Dabei achtet sie peinlich genau darauf, mich nicht zu berühren. Wir geben ein ziemlich seltsames Paar ab, schätze ich, denn ich trage eine Armeehose und ein ausgewaschenes, schwarzes T-Shirt. Meine Frisur ist grundsätzlich durcheinander und seit einiger Zeit wächst mir ein Bart, den ich zu selten beseitige. Dem einsamen Spaziergänger, der gerade vorbeikommt, fällt der ungleiche Anblick auch auf: Er starrt uns an.

»Warum trägst du so seltsame Klamotten?«, frage ich Marie.

Sie schnappt kurz nach Luft, wahrscheinlich, weil sie mit einer völlig anderen Frage gerechnet hat. »Die Bibel sagt, dass Frauen keine Männerkleidung anziehen sollen.«

»Ja, und?«, entfährt es mir. »Dann versuch es doch mal mit einer schönen Damenjeans.«

Sie schüttelt verärgert den Kopf. »Du interessierst dich doch gar nicht dafür. Also lass den Small Talk und komm zur Sache.«

Ich habe damit gerechnet, dass Marie eine Person ist, die eine Einleitung braucht. Aber offenbar ist das nicht der Fall. Ich atme einmal tief durch. Dann fasse ich an ihr Kinn und hebe es an, sodass sie mir in die Augen schauen muss. Auf der Stelle meldet sich ihr Talent mit einem durchdringenden Rauschen zu Wort. Während sie noch um Fassung ringt, betrachte ich ihre dichten, geschwungenen Wimpern und zwinge mich dazu, nur Unverfängliches zu denken. Es funktioniert nicht. Meine Faszination für die filigrane Schönheit ihres Gesichts kommt ungefiltert bei ihr an.

»Man sieht nur mit dem Herzen gut. Das Wesentliche ist für die Augen unsichtbar«, teilt sie mir telepathisch mit.

»Das war jetzt aber nicht aus der Bibel«, antworte ich ihr.

»Nein, das war …«

»Der kleine Prinz von Saint-Exupéry.«

Zum ersten Mal sehe ich sie lächeln.

»Was ist mit mir los?«, fragt sie mich.

»Du bist ein Mensch mit einer besonderen Fähigkeit. Man nennt das ein Talent«, kläre ich sie auf. *»Es gibt viele wie dich, aber mit unterschiedlichen Fähigkeiten. Manche sind besonders schnell oder stark, andere können in die Zukunft sehen oder mit mentalen Kräften Dinge bewegen. In deinem Fall ist es Telepathie. Das bedeutet, dass du dich in die Gedanken anderer Menschen einloggen kannst.«*

Ich wundere mich selbst, wie routiniert ich das mache. Es ist das erste Mal, dass ich so lange telepathisch mit jemandem verbunden bin. Katja hat damals nur angeklopft und ein paar Fragen gestellt, um mich auf diese Art von Gespräch vorzubereiten.

»Ist das der wahre Grund, warum meine Familie sagt, dass ich niemandem in die Augen blicken darf?«, fragt Marie.

»Das weiß ich nicht«, gebe ich zu. *»Vielleicht bekommst du auf diese Art am einfachsten eine Verbindung. Aber wenn dein Talent ausgereift ist, wird es auch völlig ohne Sichtkontakt funktionieren. Und ohne Rauschen in der Verbindung.«*

Einem alten Reflex folgend will sie schon wieder die Lider senken, doch diesmal verbiete ich es, um die Verbindung nicht zu unterbrechen. Wer weiß, ob sie es noch einmal schafft, sie herzustellen. *»Sieh mich weiter an!«* Ich sage es sanft, dennoch kann sie sich der Anordnung nicht widersetzen.

Das fällt ihr natürlich auf. *»Was für ein Talent hast du?«*, fragt sie, während ich tiefer in ihren braunen Augen versinke. Ich habe keine Ahnung, ob das normal ist.

»Ich bin ein Anführer. Und die Wahrscheinlichkeit ist ziemlich hoch, dass du zu meiner Truppe gehörst, denn unsere Kommunikatorin … hat uns verlassen.«

»Deine Truppe?«

Mit jedem Satz, den wir austauschen, fühlt sich das Band zwischen uns fester an. Ein vollkommen irrationales gegenseitiges Vertrauen senkt sich über uns. Keiner stellt mehr infrage, was der andere sagt. Und Marie, die doch zumindest den Versuch einer Flucht unternehmen müsste, bleibt ganz ruhig sitzen und hört mir zu. Ich bin sicher: Würde jemand nun unseren Herzschlag messen, so wäre er langsam und stetig, aber genau im selben Takt.

»Ich befehlige seit heute eine Truppe von insgesamt zwölf Talenten. Unsere Aufgabe ist es, gegen eine feindliche Spezies zu kämpfen, die den Menschen durch einen Kuss ihre Gefühle aussaugt. Kannst du mir folgen?«

»Was hast du nur für strahlend blaue Augen!«

Im selben Moment, als sie das denkt, fährt Marie auch schon zusammen. Eine bezaubernde Röte schleicht sich auf ihre Wangen. *»Oh Gott, tut mir leid! Hast du das gehört?«*

Ich nicke und halte weiter ihr Kinn fest, damit sie die Kommunikation nicht unterbrechen kann. *»Das Wesentliche ist für die Augen doch unsichtbar«*, necke ich sie.

Was passiert hier eigentlich? Maries Großmutter wurde gerade vom Elektroschocker eines Grusel-Schusters umgenietet und ich erzähle ihrer Enkelin, dass sie sich unter meinem

Kommando einem Kampf auf Leben und Tod ausliefern soll. Aber alles, was bei uns beiden ankommt, sind Botschaften über unsere Wimpern, Augen und … ihren Mund!

»Jakob! Ich habe noch niemals jemanden geküsst.«

Hastig lasse ich ihr Kinn los und wende selbst den Blick ab, um unsere Verbindung zu unterbrechen. So wenig Erfahrung ich auch als aktiver Anführer mit meinen Talenten habe: Das, was gerade zwischen Marie und mir passiert ist, kann nicht das übliche Verschmelzen zwischen einer Soldatin und ihrem Hauptmann sein. Das war etwas anderes als bei Elena. *Es wäre bestimmt schön, diesen Mund zu küssen* – wie habe ich so etwas nur denken können!

Ein paar Sekunden lang starren wir beide heftig atmend in die andere Richtung. Jetzt ist unser Puls garantiert auf zweihundert und überhaupt nicht mehr im Rhythmus.

Aber dann beschließen wir gleichzeitig, es noch einmal miteinander aufzunehmen und sehen uns wieder an. Zum Glück scheint Maries Talent nun erschöpft zu sein. Das Rauschen in meinen Ohren bleibt aus. Trotzdem versuche ich, mich auf etwas anderes als ihre Wimpern und ihren Mund zu konzentrieren.

»Was hast du da eigentlich für ein Häubchen auf dem Kopf? Ich dachte, das Mittelalter sei inzwischen vorbei.« Das ist garantiert das Uncharmanteste, was ich je zu einem Mädchen gesagt habe. Was stimmt eigentlich nicht mit mir?

Marie scheint diese Frage gewöhnt zu sein, denn sie antwortet nicht unfreundlich, sondern eher schicksalsergeben: »Laut der Bibel soll die gläubige Frau bei jedem Gebet und Gespräch über Gott eine Kopfbedeckung tragen.«

»Aha. Und gläubige Männer? Was sollen die?«

Sie seufzt. Ob wegen meiner Frage oder der Sache an sich, weiß ich nicht. »Das Haupt des Mannes ist Christus. Das Haupt der Frau aber ist der Mann. Betet die Frau unbedeckt, umgeht sie also Gottes Ordnung.«

»Hast du das auswendig gelernt?«

Schon wieder so ein unüberlegter Satz von mir. Aber zu meiner Überraschung nickt sie daraufhin. Ich kann nicht anders, als sie schon wieder anzufassen. Diesmal wandert meine Hand ganz von selbst an ihre Wange.

»Marie, du solltest dich keinem Mann unterwerfen. Auch keinem Gott – niemandem!« Es ist mir ein echtes Bedürfnis, ihr das zu sagen, auch wenn es vermutlich nichts bringt. Ich bin total verwirrt, als ihre Mundwinkel daraufhin nach oben zucken. Aus dem Grinsen wird ein glucksendes Lachen. Eines von der Art, das tief unten im Bauch beginnt und sich unaufhaltsam seinen Weg nach oben sucht. Am Ende lacht sie so sehr, dass Tränen in ihren Augen stehen. Wieder schiebt sich ein Passant mit starrem Blick an uns vorbei durch die enge Gasse. Er schüttelt sogar den Kopf, nachdem er ein paar Meter weitergegangen ist.

Verständnislos sehe ich Marie an. »Was ist los?«

»Ich soll mich also niemandem unterwerfen, ja?«, gurgelt sie. Doch während sie spricht, wird plötzlich ein Schluchzen daraus. »Auch keinem Anführer einer seltsamen Armee, die außerirdische Monster jagt? Gerade eben hast du noch etwas ganz anderes gesagt.«

Damit hat sie natürlich vollkommen recht. An meiner Rhetorik werde ich wohl noch feilen müssen. »Tut mir leid«, murmele ich. »Ich kann es nicht ändern, aber ja: An meinen Befehlen kommst du nicht vorbei.« Ich wünschte, es wäre anders!

Sie wischt sich ein paar Tränen von der Wange. »Was tut ihr? Tötet ihr sie?«

Ich nicke.

»Und töten sie uns?«

»Manchmal.«

»Sind es wirklich Außerirdische?«

Ich fasse nach ihrer Hand und drücke sie. Weiß der Teufel, warum ich ständig meine, sie beschützen zu müssen, selbst vor den Tatsachen, die ich ihr gerade eigenhändig um die Ohren schlage. »Wir wissen kaum etwas über ihre Art. Deine Familie würde wohl sagen, dass es Dämonen sind.«

»Dann sind wir so eine Art … Engel? Eine Engelsarmee?« Ihre Miene erhellt sich. Auf einmal scheint sie etwas damit anfangen zu können.

Vielleicht sollte ich sie in dem Glauben lassen. »Ja, wir sind die Guten.«

»Das heißt, wir bewahren Gottes Volk davor, von Dämonen befallen zu werden?«

»Ausgesaugt«, korrigiere ich sie.

»Ausgesaugt …« Auf ihrer Stirn entstehen Falten, so angestrengt denkt sie nach.

Meine Gedanken schweifen schon wieder ab. Ich würde sie gerne mal ohne dieses Häubchen sehen, mit einer normalen Frisur. *Und in einem kürzeren Rock!* Ich zucke kurz zusammen, aber glücklicherweise ist die Telepathie immer noch ausgeschaltet. Erst als Marie mir einen durchdringenden Blick zuwirft, merke ich, dass sie mir eine Frage gestellt hat. »Entschuldige … was hast du gesagt?«

»War meine Großmutter früher auch in der Armee?«, wiederholt sie.

»Ich denke ja. Alles spricht dafür, dass ihr Gedächtnis von einem Orakel manipuliert worden ist. Manchmal, wenn ein Talent seiner Aufgabe psychisch nicht gewachsen ist, kommt das vor. Es geschieht häufig, dass unsere Fähigkeiten innerhalb der Familie vererbt werden. Mein Vater war auch ein Anführer.«

»Was ist mit ihm geschehen?«

Diesmal ist sie diejenige, die mich berührt. Ich spüre ihre Hand auf meinem Bein.

»Ein Dämon hat ihn getötet.«

»Das tut mir leid. Ich bin sicher, er ist jetzt im Himmel.«

Daran glaube ich nicht. Aber das echte Mitgefühl, das in Maries Stimme liegt, tut gut.

Vom Marktplatz her sind hastige Schritte zu hören. Wenn ich mit meiner Vermutung richtigliege, dann ist das Elena, die uns nichts ahnend zu Hilfe eilt, weil ich sie gerufen habe. Ich bin gespannt, wie sie mit dem Chaos umgehen wird, das sie gleich erwartet.

Nur wenige Sekunden später kommt mein Orakel um die Ecke gerannt, die schwarzen Strähnen kleben an ihren Wangen und ihr Gesicht ist hochrot. Direkt vor Marie und mir hält sie an und stützt die Arme auf die Knie.

»Ach«, japst sie. »Ihr habt euch ja schon gefunden!«

»Elena, das ist Marie«, stelle ich sie vor, in der vagen Hoffnung, dass sie den Aufruhr in meinem Inneren nicht bemerkt. »Sieht ganz so aus, als wäre sie unsere neue Kommunikatorin.«

»Das … glaube ich auch … sofern Marie … den Dienst nicht verweigert«, keucht Elena.

»Ich kann Nein sagen?«, wendet sich Marie nun an mich.

Ich verbiete mir mit aller Gewalt, wieder nach ihrer Hand zu fassen. »Natürlich. Nein ist immer eine Möglichkeit.«

Schon wieder erscheint ein Schmunzeln in ihrem Gesicht, mit dem ich nicht gerechnet habe. »Sag Nein zur Pest und du bekommst die Cholera.«

Ich werfe einen hilflosen Blick hinüber zu Elena, die immer noch so außer Atem ist, dass sie nicht aufrecht stehen kann. Mein Orakel erkennt meine Not sofort. Sie rafft sich auf und schwankt zu uns herüber. Schwer atmend lässt sie sich neben Marie auf die Stufen plumpsen. Dann greift sie ganz selbstverständlich nach ihrer Hand und drückt ihre Finger in ihre linke Handfläche. Elenas Wimpern sind fast genauso lang wie die von Marie. Ich merke das daran, dass sie flattern wie Kolibriflügel. Die Prozedur dauert nur wenige Sekunden, dann lässt sie Maries Hand wieder los.

»Du wirst dich für die Pest entscheiden«, weissagt sie, völlig gefasst. »Und zwar seinetwegen.« Sie deutet auf mich. Ein vielsagendes Grinsen.

Dafür könnte ich sie schlagen.

Marie scheint es ebenso zu ergehen. Sie gibt ein zickiges »Pff!« von sich, das ich ihr gar nicht zugetraut hätte. Dann übergehen wir alle gemeinsam Elenas letzten Kommentar, als wäre er nie ausgesprochen worden.

Ich wende mich an mein Orakel, wie Anführer das eben tun: »Bring die Großmutter wieder in einen sozialverträglichen Zustand, lösche ihre Erinnerung und dann komm zurück zu uns.«

»Zu Befehl, Hauptmann«, sagt Elena spöttisch, bevor sie aufsteht und in der Werkstatt des Schusters verschwindet.

Ich rede noch eine ganze Weile mit Marie allein, erkläre ihr die Struktur der Armee und die Fähigkeiten der Dämonen. Sie hört mir aufmerksam zu, aber seit Elenas Kommentar wirkt sie verschlossen. Ich habe immer noch das Gefühl, dass unsere Herzen im Gleichklang schlagen, aber ich kann ihren Takt nicht mehr spüren. Entweder bin ich ein grottenschlechter Anführer oder etwas anderes stimmt nicht mit uns. Ich werde es nur herausfinden, wenn Marie wirklich meine Soldatin wird.

Doch als ich sie schließlich um eine konkrete Antwort bitte, schüttelt sie den Kopf und erbittet sich Bedenkzeit bis morgen.

Ein Brodeln in der Tiefe

Levian!« Morganas Stimme dringt von weit weg an mein Ohr.

Ich stecke tief in der buchgewordenen menschlichen Fantasiewelt, irgendwo zwischen den Minen von Moria und dem Schicksalsberg. Eine warme Hand schlängelt sich von hinten um meinen Oberkörper. Finger tänzeln über meine Brust, necken mich unter den Achseln und kneifen mich an Stellen, die normalerweise funktionieren. Aber ich muss erst wissen, ob der Zauberer tot ist …

»Geliiiiiebter!«, flüstert Morgana in mein Ohr. »Komm zurü…hück!«

Als ich immer noch nicht reagiere, reißt sie mir das Buch einfach aus der Hand und schleudert es in die Ecke. Nun werde ich wieder ewig nach der Stelle suchen müssen, aus der sie meinen Geist entführt hat. Ein verärgertes Grollen steigt in meinem Hals empor, aber nur so lange, bis ich in die Augen meiner Gefährtin blicke. Es steht Heiterkeit darin. Und Langeweile. Und Herausforderung. Der Träger ihres hauchdünnen Kleids hängt über ihrer Schulter, sie schürzt die Lippen zum Schmollmund und zieht eine Augenbraue hoch.

»Ich bin neidisch auf dein blödes Buch, zornig, weil du mich vernachlässigst ... und langsam steigt noch eine dritte Todsünde in mir hoch!« Ihr Mund nähert sich meinem, aber bevor unsere Berührung sinnlich wird, beißt sie mich in die Unterlippe. Ich unterdrücke einen Schrei. Einen Moment lang funkeln wir uns gegenseitig an. Dann legt sie den Kopf in den Nacken und lacht mich aus. Ich werfe sie aufs Bett, halte ihre Arme über ihrem Kopf fest und beiße sie in den Hals, aber viel sanfter, als sie es bei mir getan hat.

Morgana seufzt und schlingt ihre Beine um mich. »Oh, Levian, ich könnte Jahrhunderte in deinen Armen verbringen!«

Ihr Atem kitzelt an meinem Ohr. Sie schafft es einfach immer wieder, dass ich völlig vergesse, was mich gerade eben noch brennend interessiert hat. Seit zwanzig Jahren gibt es keinen Tag, an dem wir uns nicht geliebt haben, keinen Tag, an dem ich mich nicht in ihren blauen Augen verloren, ihren sinnlichen Mund geküsst habe. Und wahrscheinlich auch keinen, an dem sie mich nicht zur Weißglut getrieben hat.

»Wusstest du, dass die Menschen im Durchschnitt nur acht Monate lang verliebt sind?«, seufzt Morgana, während ich ihr das Kleid von den Schultern streife und jedes neu freigelegte Stückchen Haut küsse.

Darüber spricht sie gern. Sie verachtet die Menschen für ihr fehlendes Durchhaltevermögen und ihre Untreue. »Danach verbringen sie noch ein paar Jahre miteinander, um ihre Kinder großzuziehen, und dann brechen sie ihren Bund und suchen sich neue Partner. Oder schon vorher.«

»Zum Glück sind wir keine Menschen«, murmele ich in die Kuhle zwischen ihren Schultern und dem Hals hinein.

Den Knoten, der ihr Kleid auf dem Rücken zusammenhält, hat sie extra fest geschnürt, damit ich ihn nicht ohne Weiteres lösen kann. Sie fängt bereits zu kichern an, als ich ihn berühre.

»Miststück!« raune ich in ihr Ohr.

Im selben Moment, in dem ich beschließe, dass sie das Kleid dann eben in die Schneiderei geben muss, klopft es an unserer Tür. Ich weiß genau, wer davorsteht. »Wir kommen nicht mit!«, rufe ich und wende mich wieder dem Stück Stoff zu, das ich dringend loswerden will.

Morgana packt meine Arme und richtet sich auf. »Ist es schon so spät?«

Ich ringe sie nieder. »Nein, das ist nur ein Bote der Diebeskolonne. Wir brauchen nichts …«

Natürlich glaubt sie mir kein Wort. »Leviata?«, ruft sie in Richtung der Tür.

»War klar«, stöhnt meine Schwester von draußen. »Wirst du meinen Bruder selbst los oder soll ich dir helfen?«

»Ich werde ihn selbst los!«

Noch während sie das sagt, packt sie mich im Nacken und dreht uns beide blitzschnell um. Ich bin stärker als sie, aber sie ist flinker und geschmeidiger. Es gibt niemanden, der es in diesem Punkt mit ihr aufnehmen kann. Bevor ich überhaupt reagieren kann, liege ich unter ihr und sie hält meine Arme auf dem Kopfkissen fest. Ihre langen dunkelblonden Haare fallen in mein Gesicht und kitzeln mich verführerisch. Ich habe absolut keine Lust auf Leviata und ihre geheime Zusammenkunft.

»Lass uns hierbleiben«, bitte ich Morgana. »Tharos wird diese Gespräche nicht gutheißen und wir haben schon genug Ärger wegen der Sache auf dem Kirschenmarkt. Außerdem hatten wir etwas viel Besseres vor.«

Sie kichert. »Später, Geliebter. Wir machen genau dort weiter, wo wir aufgehört haben. Falls du den Knoten aufkriegst.«

»Aber Tharos …«

»Tharos ist ein alter Mann«, schneidet sie mir das Wort ab. »Seine Tage sind gezählt und seine Regeln überholt. Wir beide hätten noch Eltern, wenn er früher eingegriffen hätte. Aber das tut er nicht. Deimon hingegen wird das Problem mit den Talenten lösen.« Sie richtet sich auf und zupft sich ihr Kleid zurecht.

Ich bleibe liegen. »Wir sind an Tharos gebunden, Morgana.«

»Nur so lange, bis Deimon die Bindung trennt. Er ist mächtig geworden. Und er wird der zukünftige Herrscher des Hohenfels sein, das ist dir doch klar, oder? Wenn wir ihn jetzt unterstützen, werden wir später Teil seines Beraterstabs. Dann ist endlich die Zeit für Faune wie uns gekommen.«

»Du meinst Menschlinge.«

»Nein, ich meine Wildgeborene!«, fährt sie mich an. Der Zorn, der in ihrem Gesicht brennt, hat sicherlich auch mit meinem Talent zu tun. Als Darksetter verstärke ich die Eigenschaften, die sie ohnehin schon in sich trägt, noch zusätzlich.

Das ist auch der Grund, warum viele Faune im Hohenfels uns meiden und hinter unserem Rücken *Menschlinge* nennen. Wir sind stolz, gierig, maßlos, eifersüchtig, aggressiv, voller Lust und manchmal zu faul zum Arbeiten. Das sind Todsünden – in den Augen der Menschen und der Faune. Kaum jemand geht so oft in die Sonnenwelt, um sich an Gefühlen zu berauschen, wie Morgana, ich und unsere Freunde. Und keine andere Gruppe prallt dabei so oft mit den Talenten zusammen wie wir.

Unser oberstes Orakel, Tharos, sieht das nicht gern, aber er sagt nichts dazu. Nur wenn wir eine grobe Regelverletzung begehen, werden wir bestraft. Diese Tatsache rechne ich ihm – im Gegensatz zu Morgana – hoch an, denn immerhin akzeptiert er unsere Andersartigkeit als von der Natur gewollt.

Meine Gefährtin hat nun offensichtlich genug von unserer Diskussion. Sie springt behände aus dem Bett, geht zur Tür und öffnet sie. Draußen stehen neben meiner Schwester auch Luzilla, Nayo und Nayati. Sie rollen theatralisch mit den Augen, weil es so lange gedauert hat. Alle drei begrüßen Morgana mit einem freundschaftlichen Kuss auf die Wange.

»Nun komm schon, Levian«, fordert Leviata mich auf.

Also erhebe ich mich seufzend und schließe mich ihnen an. Die Stimmung, die innerhalb unserer Gruppe herrscht, wird jedem Orakel, dem wir begegnen, sofort verraten, dass wir im Begriff sind, einen Verrat zu begehen. Äußerlich sieht man niemandem etwas an, wie das bei Faunen eben ist. Aber innerlich brennen wir alle vor Anspannung und prickelnder Erregung. Jeder von uns weiß, dass wir mit dem Feuer spielen. Ich selbst mache dabei nur mit, weil Morgana es will.

Meine Freunde wählen nicht den üblichen Ausgang aus dem Hohenfels, wahrscheinlich, weil sie in ihrer momentanen Gefühlslage so wenig anderen Faunen wie möglich begegnen wollen. Wir verlassen den Palast stattdessen als Mäuse getarnt durch einen winzigen Felsspalt an der Ostseite. Draußen angekommen folge ich den anderen entlang eines gewundenen Trampelpfads durch das Unterholz.

Im Laufen nehmen wir unsere üblichen Tiergestalten an: Leviata wird zur Wölfin, Nayati zum Waschbären, Luzilla zum Fuchs, Morgana zum Kaninchen und ich verwandele mich in ein rotbraunes Eichhörnchen. Über unseren Köpfen schwebt Nayo als Waldkauz. Ihre übermütigen Schreie begleiten uns bis zum Steinbruch, wo wir über das Geröll nach oben zu Deimons Höhle jagen.

Es ist weit nach Mitternacht. Normalerweise sind um diese Uhrzeit keine Menschen mehr unterwegs, und wenn doch, so könnten wir ihre Gefühle riechen. Nur ganz selten werden wir in unserer unperfekten Tiergestalt von einem Bewohner der Sonnenwelt gesehen. Dann gehen wir meist in die Geschichten ein, die sie abends am Stammtisch erzählen und die keiner glaubt. Geschichten von grünäugigen Eichhörnchen, langhaarigen Füchsen, Waschbären mit Stummelschwanz und Kaninchen mit spitzen Ohren.

Nayo landet als Erste am Eingang der Höhle. Im Schutz der Dunkelheit nimmt sie ihre wahre Gestalt an. Wir anderen tun es ihr gleich.

»Was, wenn Tharos den Verrat spürt, der in dieser Höhle geschieht?«, wispere ich ihr zu.

Für einen Augenblick legt sich Sorge über Nayos Blick. Aber Leviata bringt die Situation schnell wieder unter Kontrolle.

»Was glaubst du, warum wir es bis hierher geschafft haben, Bruder?«, fragt sie leise. »Keiner von uns hätte unbemerkt auch nur einen Schritt aus dem Hohenfels tun können, wenn Deimon uns nicht längst mit einem Schutzzauber belegt hätte.«

»Es liegt bereits ein Zauber auf mir?« Es ärgert mich, dass mir niemand gesagt hat, wie tief ich schon in der Sache drinstecke. Ich hätte die Entscheidung gern selbst getroffen, auch wenn im Grunde völlig klar ist, dass ich den Weg gehen werde, den meine Gefährtin für uns gewählt hat.

»Still jetzt!«, bestimmt meine Schwester. »Deimon kann uns sicher schon hören.«

Ich halte mich mit weiteren Kommentaren zurück. Aber in meinem Inneren brodelt es. Das Gefühl, etwas Unrechtes zu tun, will einfach nicht weichen. Anders als meine Freunde habe ich mich unter Tharos' Regentschaft wohlgefühlt. Und die Natur hat nicht vorgesehen, dass Faune zu Verrätern werden. Das ist ein Makel, den sie allein den Menschen auferlegt hat. *Menschlinge* – in gewisser Weise passt dieses Schmähwort wirklich auf uns. Mit einem nagenden Gefühl im Bauch folge ich den anderen ins Innere der Höhle.

Deimon steht aufrecht in der Mitte des schmucklosen Felsenraums, eine Handvoll anderer Faune hat sich bereits um ihn versammelt. Ich erkenne Wewior, Tyros und seine Frau Enya. Auch Orowar, der Schamane, ist mit seiner verwandelten Gefährtin Orowyn gekommen, die früher selbst ein Mensch gewesen ist. Allein die Auswahl dieser Faune lässt tief blicken. Was sich hier herumtreibt, ist ganz klar der Abschaum des Hohenfels. Diejenigen, die ständig und absichtlich Regeln brechen, Talente abschlachten und einen Menschen nach dem anderen leer saugen.

»Willkommen in der Bruderschaft der Wildgeborenen«, begrüßt Deimon uns. Das junge Orakel hat ein vielversprechendes Lächeln aufgesetzt, aber ich kann sehen, dass er bei meinem Anblick kurz die Augen verengt.

Deimon ist eine beeindruckende Erscheinung – hochgewachsen und von athletischer Figur. Nach außen hin erweckt er den Eindruck, ebenso erhaben und besonnen zu sein wie sein Lehrmeister Tharos. Das einfache graue Novizen-Gewand, das er trägt, verstärkt seine Ausstrahlung nur, denn es gibt weder Schmuck noch Tand, der unsere Augen von dem Wesentlichen ablenken könnte. Hätte ich nicht das animalische Blitzen in seinen Augen gesehen, als er dem Tiersprecher der Talente hinter dem Festzelt des Kirschenmarkts den Kopf abgerissen hat, so würde ich selbst glauben, dass er nichts als ein Orakel in Ausbildung ist – durch und durch ein guter Faun. Aber ich weiß, dass auch in ihm viel mehr Menschlichkeit schlummert, als er die Bewohner des Hohenfels wissen lässt.

Deimons Augen ruhen weiterhin auf mir. »Ihr kommt spät«, lässt er verlauten, in einem Tonfall, als wüsste er genau, dass wir noch Diskussionen hatten. Nayo öffnet den Mund, um sich zu entschuldigen, aber da hebt er bereits die Hand und schneidet ihr das Wort ab. »Was kein Problem ist. Wildgeborene sind von Natur aus unpünktlich.«

Es gibt keinen Faun in unserer Runde, der sich bei diesen Worten nicht erleichtert fühlt. Die strengen Regeln im Palast bereiten uns allen Schwierigkeiten.

»Ich freue mich besonders über *dein* Kommen, Levian«, spricht er weiter. »Auch wenn du mich jedes Mal aggressiv machst, sobald du in meiner Nähe auftauchst. Aber ich habe gelernt, mit deinem Talent umzugehen. Es braucht dafür nur ein paar tiefe Atemzüge und die Besinnung auf Mutter Natur.«

Ich nehme an, der Verweis auf die Unzumutbarkeit meiner Anwesenheit soll mich von vornherein in meine Schranken weisen. Mir klarmachen, wie froh ich sein kann, dass ich überhaupt hier sein darf. Wie geschickt Deimon diese Botschaft in schöne Worte verpackt hat!

Ich nicke ihm zu. »Danke, Bruder. Meine Gefährtin lebt damit seit zwanzig Jahren. Hin und wieder weiß sie die Auswirkungen meines Talents sogar zu schätzen.«

Morgana kichert und auch ich kann mir ein Grinsen nicht verkneifen. Sofort tauchen Bilder in meinem Kopf auf, wie wir uns voller Inbrunst streiten, nur um Sekunden später leidenschaftlich übereinander herzufallen. Meine Freunde kennen das Prinzip auch – nur dass die Versöhnung bei ihnen … weniger körperlich ausfällt.

»Ich habe euch zu dieser Zusammenkunft geladen, um die Wahrheit unserer Theorie zu beweisen«, wendet sich Deimon nun an alle. »Bis der Beweis erbracht ist, werden wir weiterhin im Verborgenen arbeiten. Aber nun ist es wichtig, dass ich euren Bund mit Tharos löse. Denn die Mittel, die für das Gelingen unserer Mission nötig sind, würde der alte Mann niemals gutheißen.«

Alle Anwesenden nicken zustimmend. Ich frage mich, ob sie mehr wissen als ich oder einfach leichter zu manipulieren sind.

»Auch wenn du uns von Tharos entbindest: Es wird auffallen, wenn wir die Talente nun regelmäßig abschlachten«, gebe ich zu bedenken. »Der Kirschenmarkt war schon zu extrem, wenn du mich fragst.«

Deimon betrachtet mich abschätzig von oben bis unten. »Das würde es. Aber nur dann, wenn wir weiter so wahllos vorgehen.«

Ich verstehe nicht, was er meint.

»Wir suchen uns ein Talent aus«, erklärt das Orakel. »Eines, dessen Fähigkeiten leicht zu messen sind: Volltreffer. Das passt gut, denn am Kirschenmarkt haben alle beide der alten Truppe ihr Leben ausgehaucht. Die nächsten beiden werden wir wieder beseitigen. Eines davon saugen wir aus, das andere töten wir, so fällt es weniger auf. Aber erst nachdem wir wissen, wie kraftvoll ihre Fähigkeiten sind. Ihre Nachfolger müssten nach meiner Theorie bereits deutlich weniger stark sein. Aber auch sie werden uns zum Opfer fallen. Nach spätestens fünf Inkarnationen innerhalb weniger Wochen dürfte es so weit sein, dass ein neues Talent nicht mehr jedes Ziel der Welt trifft – sondern danebenschießt.«

Zu meiner Linken stößt Leviata einen entzückten Laut aus. Ich sehe ihr an, wie begeistert sie von Deimons Ideen ist. Meine Schwester hat schon immer besonders stark unter der Missachtung gelitten, mit der viele Faune uns begegnen. Nach dem Tod unserer Eltern hat sie sich hinter ihrer Maske aus Unnahbarkeit, Bösartigkeit und Gier verkrochen. Jetzt sieht sie endlich die Möglichkeit, allen zu zeigen, dass wir die Zukunft des Hohenfels sind. Die Wildgeborenen, eine moderne Gruppe von Faunen, die ihr Volk von der Gefahr erlösen, die von den Talenten ausgeht.

Für mich hört sich das alles viel zu einfach an. »Ich glaube nicht, dass es funktioniert.«

»Levian!« Morgana blickt mich fassungslos an. »Wir waren uns doch einig, Geliebter.«

»Wo genau liegt dein Problem?«, will nun Orowar wissen. Ich habe mich schon darüber gewundert, dass der sonst so vorlaute Schamane bisher den Mund gehalten hat.

»Ich glaube nicht, dass wir die ersten Faune sind, die auf diese Idee kommen«, sage ich. »Irgendjemand vor uns hat es garantiert schon ausprobiert. Und es scheint nicht geklappt zu haben – sonst müssten wir uns nicht ständig mit Talenten herumschlagen, die so perfekt funktionieren.«

»Wenn es wirklich schon einmal ausprobiert worden wäre, gäbe es Überlieferungen«, kontert Orowar.

Das stimmt vielleicht. Aber Tharos und seine Vorgänger haben niemals schriftliche Aufzeichnungen angefertigt. Die Geschichte unseres Volkes wurde seit Anbeginn der Zeit immer nur mündlich weitergegeben. Zwar vermuten wir, dass einschneidende Kämpfe oder wichtige Erkenntnisse über die Talente die Jahrhunderte dennoch überdauert hätten. Manchmal zweifele ich jedoch daran.

Zum Beispiel wissen wir von den beiden Truppen, die unsere Zahl am meisten dezimiert haben: Der Anführer der einen, vor etwa zweitausend Jahren, hieß Jesus, die Anführerin der zweiten, vor tausendvierhundert Jahren, war eine gewisse Fatima. Beide befehligten eine Truppe aus dreizehn Kriegern, anstelle von zwölf, wie eigentlich bei den Talenten üblich. Was es mit diesem dreizehnten Krieger auf sich hatte, wissen wir allerdings nicht. Ich vermute, dass die Orakel dieser beiden herausragenden Truppen damals am Geist der Überlebenden herumgespielt und ihre Erinnerungen gelöscht haben. Natürlich habe ich dafür nicht die Spur eines Beweises.

»Aber das ist auch völlig egal«, meldet sich nun wieder Deimon zu Wort. »Ob es vorher schon versucht worden ist, wissen wir nicht. Und allein das ist Grund genug, um es jetzt auszuprobieren. Wir werden jeden menschlichen Volltreffer in unserem Umfeld aus dem Weg räumen, so lange, bis wir erkennen können, ob die Fähigkeiten der Nachrückenden kleiner geworden sind.«

»Denk doch mal nach, Levian«, beschwört mich nun Morgana. »Immer wenn ein neues Talent entsteht, sucht die Natur sich denjenigen Menschen aus, der für diese Rolle am besten geeignet ist. Tötet man ihn, rückt der zweitbeste nach. Dann der dritt- und viertbeste. Irgendwann kommt der Punkt, an dem Mutter Natur keine große Auswahl mehr hat!«

Ich schaue in ihre tiefgründigen blauen Augen. Sie sind so aufgewühlt wie der Ozean nach einer Sturmflut. Endlose Leidenschaft steht darin, doch diesmal bin nicht ich es, der ihre Emotionen in Wallung bringt. Es ist Deimon mit seiner gefährlichen Idee.

»Willst du Mutter Natur wirklich so unter Druck setzen?«, flüstere ich Morgana zu.

Deimon hat mich natürlich genau verstanden. »Ich höre Tharos' Worte aus deinem Mund, Levian!« Er spuckt den Satz beinahe aus, so viel Verachtung schwingt darin mit.

»Möglich«, entgegne ich, so ruhig ich kann. »Tharos mag ein alter Mann sein und seine straffen Regeln engen auch mich ein. Aber er richtet nach den Maßstäben unserer Vorfahren und respektiert die Wünsche unserer Gottheit. Vieles, was er sagt, ist die Wahrheit.«

Kein Laut dringt durch die Höhle, nachdem ich zu Ende gesprochen habe. Ich habe den Eindruck, dass alle den Atem anhalten, inklusive Deimon. Dann fasst er sich als Erster. Ein beunruhigendes Lächeln umspielt seinen Mund. Anstatt sich noch einmal der Diskussion mit mir zu stellen, wendet er sich direkt an Morgana: »Ich kann jeden Bund dieser Welt lösen. Nicht nur euren mit Tharos. Nach meinen Regeln ist niemand mehr einem anderen verpflichtet, wenn er das mit seinem Gewissen nicht vereinbaren kann.«

Menschling. Das ist das einzige Wort, das mir in diesem Augenblick in den Sinn kommt. Deimon schlägt uns alle mit unseren eigenen Waffen. Mit denen der Sonnenwelt. Es ist noch keine Stunde her, als meine Gefährtin mir einen Vortrag darüber gehalten hat, wie verachtenswert sie die Trennungen der Menschen findet. Und nun schlägt Deimon ihr gerade genau das vor.

Ihr Blick trifft meinen.

»Tu das nicht, Morgana!«

Es steht Panik in ihren Augen. Viel mehr davon, als ich gedacht hätte. Ich habe immer geglaubt, absolut nichts könnte unsere Liebe in die Knie zwingen, niemand wäre stark genug, um uns zu entfremden. Doch jetzt, in diesem Augenblick, spüre ich, dass ich damit falsch gelegen habe. Morgana scheint derart besessen von Deimons Zukunftsplänen zu sein, dass sie tatsächlich darüber nachdenkt, unseren Bund zu lösen.

Sie schluchzt. »Levian … du bist es, der diesen Keil zwischen uns treibt! Bitte halte nicht an Tharos fest!«

Panik ergreift mich. Ein Leben ohne Morgana ist unvorstellbar für mich. Egal, wie groß meine Bedenken sind – ich würde die ganze Welt verraten, ohne mit der Wimper zu zucken, nur um sie nicht zu verlieren!

In Deimons Gesicht steht tiefste Zufriedenheit.

»Du hast gewonnen«, lasse ich ihn wissen. »Entbinde mich von Tharos.«

Der Novize lächelt. Wortlos tritt er zu mir, legt eine Hand auf meine Stirn, die andere auf meinen Bauch und schließt die Augen. Es dauert nur wenige Sekunden, bis der Bund gelöst ist. Ein Bund, der seit mehreren Jahrzehnten bestanden hat, der mir Sicherheit gegeben hat, trotz aller Schwierigkeiten. Ich spüre die Trennung nicht einmal.

»Das wäre dann wohl geklärt«, sagt Deimon, als er von mir ablässt. Dabei sieht er mir nicht mehr in die Augen. Er wendet sich direkt Morgana neben mir zu, dann einem Faun nach dem anderen. Mir fällt auf, dass wir nun genau zwölf Krieger sind, die der Bruderschaft der Wildgeborenen angehören. Damit sind wir ebenso viele wie die Talente. Ob das zu Deimons Plan gehört? Ich erkenne keinen Sinn dahinter, aber es macht mir trotzdem Angst.

»Heute beginnt die Zukunft der Faune«, sagt Deimon feierlich, nachdem er auch mit Tyros und Enya fertig ist. »Ich habe Erkundigungen über die Talente eingezogen. Der neue Anführer stellt gerade seine Truppe zusammen. Wir warten, bis er beide Volltreffer gefunden hat, dann schlagen wir zu. Du, Levian, wirst einen von ihnen beseitigen und du, Morgana, den anderen.«

Es überrascht mich nicht, dass seine Wahl ausgerechnet auf uns fällt. Das ist die Rache für mein Aufbegehren. »Ich nehme an, ich bin derjenige, auf den das Töten entfällt.«

Heimtücke blitzt in Deimons Augen auf. »Das dürft ihr selbst entscheiden.«

Er hätte auch gleich mit »Ja« antworten können. Jeder in unserem Kreis weiß, dass Morgana noch nie getötet hat. Es ist eine Mischung aus Gewissen und Ekel, die sie davon abhält. So wie Menschen nicht gerne Spinnen zerquetschen oder junge Katzen ertränken.

Bei mir ist es ganz ähnlich. Auch wenn die Talente es ständig auf unser Leben abgesehen haben, halte ich mich im Normalfall damit zurück, es ihnen gleichzutun. Immerhin haben sie ihre Silberwaffen, die sie auf uns abfeuern können. Ich hingegen muss es mit meinen eigenen Händen tun. Dafür hasse ich sie nicht genug.

Getötet habe ich erst zweimal: den Volltreffer, der meine Mutter erschossen, und den Muskelprotz, der meinen Vater im Nahkampf besiegt hat. Damit bin ich unter den Faunen des

Hohenfels eher eine Ausnahme. Die meisten, ob Wildgeborene oder nicht, töten schneller, meist aus Angst. Bisher hat aber niemand die Notwendigkeit gesehen, diese nachwachsende Spezies absichtlich zu dezimieren.

Ich drücke Morganas Hand. »Du wirst deinen aussaugen«, stelle ich klar. Die Erleichterung, die daraufhin durch ihren Körper geht, kann ich spüren. Ihre Muskeln entspannen sich und ihr Kopf sinkt auf meine Schulter.

»Ich liebe dich, Levian«, flüstert sie in mein Ohr. »Danke für alles, was du für mich tust.«

Es ist das erste Mal seit zwanzig Jahren, dass ich bei diesen Worten nicht restlos glücklich bin.

Geh hinaus und stell dich deinem Kampf!

Mit Elenas Hilfe habe ich zwei Volltreffer rekrutiert: Jessy und Kai. Bei beiden ging es ganz einfach, viel einfacher als bei Marie, weil weder durchgeknallte Großmütter noch unpassende zwischenmenschliche Schwingungen im Spiel waren. Und schon gar keine Häubchen und Jeansröcke.

Kai geht noch zur Schule, hat aber schon vor meinem Überfall nicht mehr damit gerechnet, jemals sein Abitur zu bekommen, und sieht seinen Beitritt zur Armee wahrscheinlich als willkommene Ablenkung von seinen fehlenden Zukunftsplänen. Ich fürchte, er hat nicht wirklich verstanden, worauf er sich einlässt.

Jessy ist ein wahrer Glücksgriff, denn sie ist schon neunzehn und hat ein eigenes Auto. Damit ist sie neben mir bisher die Einzige, die ein Transportmittel aufweisen kann. Im Gegensatz zu mir besitzt sie einen legalen Führerschein. Ich habe noch nicht einmal einen illegalen, denn ich warte noch auf meine Dokumente vom Schuster. Die Waffen hat er gleich heute Morgen geliefert. Bernd hat mir einen alten Land Rover besorgt, dessen Beulen und zerkratzter Lack perfekt zu meinem Image als Krimineller und arbeitsloser Schlosser passen. So gesehen läuft also alles wunderbar bisher.

Bis auf eines: Ich warte immer noch auf Maries Antwort. Die vierundzwanzig Stunden Bedenkzeit, die ich ihr eingeräumt habe, sind nun seit drei Stunden abgelaufen und sie hat sich nicht bei mir gemeldet. Womöglich kommt das einer Absage gleich, aber wenn es so sein sollte, muss ich das aus ihrem Mund hören. Sonst wird Elena keine weitere Kommunikatorin ausfindig machen können.

Ich dränge den Gedanken beiseite und fahre erst einmal ins Biedenkopfer Fitnessstudio.

Ein breitschultriger Veteran namens Albert empfängt mich. Sein Blick huscht einmal über mich hinweg, als ob er meinen Körper von oben bis unten durchscannen würde. Schließlich zieht er eine Augenbraue hoch und nickt einmal anerkennend. »Gute Haltung, einiges an Training, soweit ich das beurteilen kann. Du weißt schon länger, was aus dir werden sollte?«

Ich nicke. »Seit ich sechs Jahre alt war.«

»Das ist gut«, sagt Albert. »Mein Sohn weiß auch Bescheid. Henry, komm mal her!« Er winkt einem Jungen hinter dem Tresen.

Obwohl dieser gerade mit einem Kunden beschäftigt ist, lässt er ihn stehen und kommt schnell zu uns. »Hi«, begrüßt er mich schüchtern.

Ich betrachte ihn ganz ähnlich, wie Albert es gerade bei mir getan hat. Er scheint um die vierzehn Jahre alt zu sein, ziemlich grün hinter den Ohren und von schmächtigerer Statur als sein Vater, der garantiert früher ein Muskelprotz gewesen ist.

»Hallo, Henry.« Ich muss ihn nicht fragen, ob er schon aktiv ist. Wenn er das wäre, müsste er in meiner Truppe sein und das ist er nicht. Womöglich wird auch niemals ein Talent aus ihm.

Nur weil man eine Veranlagung in den Genen hat, muss die Krankheit ja nicht unbedingt ausbrechen.

»Ich bereite meinen Sohn seit Jahren auf die Armee vor«, erzählt Albert. »Anfangs dachte ich ja, er geht noch ein wenig in die Breite. Aber mittlerweile glaube ich eher, es wird ein Sprinter oder ein Kopfquatscher aus ihm.«

Was für ein Talent Henry auch immer ausbrüten wird – *Kopfquatscher* werde ich ihn niemals nennen, das verspreche ich ihm still und heimlich. Ich lächele ihm zu und er lächelt scheu zurück.

»Nun mach dich zurück zum Kunden. Von der Armee können wir nicht leben«, befiehlt Albert ihm in einem Tonfall, als hätte Henry gerade seinen gesamten Monatsverdienst in die Spielothek nebenan getragen. Der Junge verschwindet, wortlos und mit hängenden Schultern. Er tut mir leid.

Alberts massiger Arm legt sich um meine Schultern. »Dann mal auf zu deinem Muskelprotz. Ich habe ihm nur gesagt, dass wir ihm etwas Wichtiges mitteilen müssen. Er ist ziemlich gespannt, worum es geht.«

Ich lasse mich nicht von ihm vorwärtsschieben, sondern bleibe so lange stehen, bis er seinen Arm wieder von meiner Schulter nimmt. Das irritiert ihn spürbar, aber dann erinnert er sich wohl daran, dass ich ein Anführer bin. Und Anführer lassen sich nicht von Veteranen durch die Gegend schubsen. Er übergeht den Moment der peinlichen Stille zwischen uns und redet dann weiter über den Muskelprotz, während er zum Kursraum vorangeht. Ich folge ihm.

»Sein Name ist Rafail. Das ist serbisch oder so. Er trainiert hier schon seit zwei Jahren. Gute Voraussetzungen, würde ich sagen. Ich hatte ihn schon eine ganze Weile vor deinem Orakel im Visier.« Er stößt die Tür auf und wir betreten den fast leeren Übungsraum. Überall an den Wänden sind Aerobic-Stepper,

Liegematten und Hanteln gelagert. Vorn auf der Bühne beschäftigt sich ein Junge in meinem Alter mit Bauchmuskeltraining. Er hat die Füße unter eine mächtige Langhantel geklemmt und macht einen Sit-up nach dem anderen. Eine Schweißbahn zieht sich über den Rücken seines grauen Muskelshirts. Seine Oberarme sind so voller Tätowierungen, dass ich gar nicht genau sagen kann, wo ein Motiv aufhört und das nächste anfängt.

»Hey, Rafail, ist gut, nun hör doch mal auf!«, ruft Albert ihm entgegen.

Ungeachtet dessen, dass wir auf ihn zukommen, macht der Muskelprotz weiter.

»Das ist so krass«, prustet er dabei. »Über fünfhundert. Und ich bin noch lange nicht platt!«

Elena hat mich bereits gestern auf ihn hingewiesen. Also läuft er nun seit mindestens einem Tag mit ihm unerklärlichen Riesenkräften herum. Ich kann mir gut vorstellen, dass ihn das fasziniert. »Wenn du morgen tausend schaffen willst, solltest du jetzt mit mir reden«, sage ich statt einer Begrüßung.

Auf der Stelle stoppt Rafail seine Bewegung und setzt sich auf. »Tausend?«

Die Art, wie er mich ansieht, lässt mich vermuten, dass er nicht zu den schlausten meiner Soldaten gehören wird. Aber vielleicht ist das auch nur ein Vorurteil von mir. Fast alle Muskelprotze, die mir bisher untergekommen sind, waren eher … nun ja … körperlich begabt.

»Mindestens«, antworte ich deshalb nur knapp. Dann sehe ich Albert an. »Danke fürs Bekanntmachen.«

Die Augen des Trainers werden riesengroß. »Ich dachte, wir bringen es ihm gemeinsam bei … also … immerhin habe ich ihn jahrelang vorbereitet …«

Ich schüttele den Kopf. »Ich danke dir dafür. Aber das ist jetzt meine Sache.«

Alberts Augenbrauen wandern aufeinander zu. Es ist das Gleiche wie bei dem Schuster. Warum haben eigentlich alle Veteranen das Bedürfnis, sich mit mir anzulegen? Sie sind doch alt genug, um zu wissen, dass es nicht funktioniert. Ich halte seinem Blick stand, dabei sage ich kein Wort. Nach wenigen Sekunden ist der Kampf vorbei.

»Wir sehen uns dann am Samstag zum Training«, murrt Albert. »Unter *meiner* Leitung.«

Wenn er meint, dass mich sein Revierverhalten beeindrucken würde, hat er sich getäuscht. Das führt vielleicht bei scinem Sohn zum Erfolg, aber nicht bei einem Anführer. Albert rauscht hinaus und ich setze mich neben Rafail.

Nun erkenne ich doch einige seiner Tattoos. Ich deute auf einen langhaarigen Engel, der gerade einen Speer in das Maul eines Drachen stößt. »Gabriel?«

»Nein, das ist Michael«, antwortet er. »Der hat einen Drachen getötet. Ich steh auf Engel!«

Wieder kommt mir Marie in den Sinn und der Moment, als ich ihr gesagt habe, wir alle seien Engel, die es mit den Dämonen aufnehmen müssten. Welche Entscheidung sie wohl mittlerweile getroffen hat? Ich dränge die aufkeimenden Gedanken an ihre strahlenden Augen mit den dichten Wimpern beiseite und wende mich wieder Rafail zu. »Möchtest du wissen, was es mit deinen neuen Kräften auf sich hat?«

Er nickt begierig.

Ich atme einmal tief durch. »Okay. Dann hör mir gut zu …«

Der Gedanke an Marie lässt mich nicht mehr los. Ähnlich wie meine beiden Volltreffer hat auch Rafail mir sofort jedes Wort geglaubt und auf die angebotene Bedenkzeit verzichtet. Schon heute Abend werde ich ihn zeichnen. Meine Truppe ist jetzt, bis auf den Tiersprecher und die Kommunikatorin, vollzählig. Bevor ich mich später mit meinen Soldaten treffe, will ich wissen, zu welcher Entscheidung Marie gekommen ist. Da sie mir aber weder ihre Telefonnummer noch ihre Adresse verraten hat, muss ich wohl den Umweg über Elena nehmen.

Ich zücke mein Handy, um sie anzurufen. Auf dem Display prangt bereits eine Nachricht von ihr. Als ich sie öffne, bin ich trotz allem, was ich bereits über die Talente weiß, erstaunt über die Fähigkeiten meines Orakels.

Marie wird nicht ans Telefon gehen. Du findest sie in Breidenstein, Schlossstraße 7. Ihr Nachname ist Pfister. Ich komme gern mit, aber du willst mich ja nicht dabeihaben, schreibt sie.

Grinsend stecke ich das Handy weg und tippe Maries Adresse in mein Navigationsgerät ein. Ich glaube, ich bin Veteran, bevor ich diese ganzen Käffer, Straßen und Schutzhütten hier ohne technische Hilfe finde.

Breidenstein ist der nächste Ort. Ich lege die Strecke zwischen dem Fitnessstudio und Marie in nur fünf Minuten zurück, unter anderem, weil ich schneller fahre als erlaubt. Auch der Takt, in dem mein Herz schlägt, ist irgendwie unangebracht. Warum wühlt dieses Rockzopf-Mädchen mich so auf?

Vor einem gepflegten Fachwerkhaus mit blauen Zierstreifen bleibe ich stehen. Im Garten blühen meterhohe Stockrosen und auf dem Balken über dem Eingang steht: *Flieht, ihr Feinde, verbergt euch in den Klüften und Abgründen, denn Gottes Engel schützen und stärken mich.*

Schon wieder Engel! Langsam wird das noch unheimlich.

Kaum dass ich aus dem Auto gestiegen bin, öffnet sich bereits die Tür des Hauses und eine Frau mittleren Alters, im gleichen Outfit wie Marie und ihre Großmutter, tritt heraus. Sie bleibt auf der Schwelle stehen, verschränkt die Arme vor der Brust und mustert mich argwöhnisch.

Mir kommt der Gedanke, dass ich etwas anderes hätte anziehen sollen, einen Anzug vielleicht oder wenigstens ein sauberes Hemd. Und ich hätte mich auch mal rasieren können. Stattdessen bin ich hirnlos hierhergerast und muss es nun, komplett in Schwarz gekleidet und mit Bartstoppeln im Gesicht, mit Maries Mutter aufnehmen. Das war nicht gerade clever von mir. Auf der anderen Seite: Ich habe noch mein Talent. Und das wirkt bei allen Menschen. Warum sollten die Rockzöpfe da eine Ausnahme sein?

Die Frau beobachtet mich ganz genau, wie ich auf das Haus zugehe und die Hand auf die Klinke der Gartentür lege. In dem Moment, als ich sie berühre, durchzuckt mich ein brennender Schmerz, fast wie ein Stromschlag. Ich fahre zurück.

»Verdammt!«, rutscht mir heraus. Ist das hier ein Hochsicherheitstrakt?

Jetzt kommt Leben in die Rockzopf-Frau. Als hätte sie mit genau dieser Reaktion von mir gerechnet, fängt sie an zu schreien. »Fort mit dir! Du bekommst sie nicht!« Dann rennt sie ins Haus und brüllt, vermutlich nach ihrem Mann: »Samuel! Samuel! Hilfe!«

Wenn sie weiter so einen Krach macht, rufen die Nachbarn die Polizei. Dann habe ich schon das erste Verfahren am Hals, bevor Dönges mir meine gefälschten Papiere ausgehändigt hat.

Ich treffe die Entscheidung in Sekundenschnelle. Um einem erneuten Stromschlag zu entgehen, mache ich ein paar Schritte rückwärts, nehme Anlauf und springe über die Gartentür.

Die Frau kreischt wie von Sinnen. Dabei sieht sie genauso wahnsinnig aus wie die Oma gestern. Ich bedauere es fast, dass ich im Gegensatz zu dem Schuster keinen Elektroschocker mit mir herumtrage.

Schnell bringe ich die Stufen zum Haus hinter mich, dränge die Frau in den Flur und schließe die Tür hinter uns. Ihre Augen sind weit aufgerissen, als ich meine Hand auf ihren Mund presse und sie damit zum Schweigen bringe.

»Beruhigen Sie sich. Ich will nur mit Ihnen reden!«

Da spüre ich plötzlich kaltes Metall an meinem Hinterkopf. Ich lasse die Frau los und drehe mich langsam um. Vor mir steht ein Mann, wahrscheinlich Maries Vater, mit hasserfülltem Gesicht und zielt mit einer Schrotflinte auf mich. Das ist aber auch das Einzige, was ihn von normalen Menschen unterscheidet – im Gegensatz zu den Frauen sieht man den Rockzopf-Männern ihre Herkunft nicht an.

Ich nehme langsam die Hände hoch. »Was ist das da draußen? Ein Frühwarnsystem für Talente?«, frage ich so ruhig wie möglich.

»Nur für Anführer«, zischt der Mann durch die Zähne.

»Interessant. Wer hat es gebaut?«

»Geht dich nichts an!«

Als Beweis seiner deutlich besseren Position drückt er mir den Doppellauf seiner Flinte an den Kehlkopf. Ich halte den Schmerz aus, weiche nicht zurück. In Situationen wie dieser schützt mich mein Talent, zumindest nehme ich das an. Ich spüre keine lähmende Angst, nur die unendliche Arroganz, es lieber mit dem Tod aufzunehmen, als klein beizugeben.

»Ein einfaches Nein von Marie hätte genügt. Keine Stromschläge, keine Waffen, kein Geschrei. Nur dieses eine Wort.«

»Es hätte eben nicht genügt«, schreit die Frau. Dabei steigen ihr Tränen in die Augen. »Es ist dieser verdammte Fluch!«

»Ein Fluch?«

»Still, Weib!«, herrscht der Mann seine Frau an.

Im selben Moment erscheint Marie mit entsetztem Gesichtsausdruck auf der Treppe. Ich kann nicht fassen, was bei ihrem

Anblick in mir passiert. Es ist, als würden tausend kleine, strahlende Sonnen in meinem Herzen aufgehen. Ein völlig unangebrachtes Lächeln stiehlt sich in mein Gesicht. Ich spüre das tödliche Metalldoppelrohr an meinem Hals nicht mehr, vergesse die aufgebrachten Eltern, den Stromschlag, den Fluch, den Rest meines Lebens.

»Jakob!«

Es ist wunderbar, meinen Namen aus ihrem Mund zu hören. »Marie …«

Das Geschrei ihrer Mutter dringt wie von ganz weit weg an mein Ohr. »Siehst du das? Es fängt schon an! Erschieß ihn!«

Nur das Beben an meinem Hals verrät mir, dass der Vater schwer mit sich ringt. Ich halte Maries Blick fest. Sollten ihre Augen das Letzte sein, was ich auf dieser Welt sehe, dann bin ich dankbar dafür, dass ich den Ausdruck darin erleben durfte.

»Nicht, Papa«, sagt Marie. Ganz langsam kommt sie die Treppe herunter auf uns zu und sieht mich dabei fortwährend an. Erst als sie auf Armlänge an uns herangekommen ist, wendet sie sich ihrem Vater zu. »Es ist kein Fluch«, höre ich sie sagen. »Nur eine Prophezeiung.«

»Woher weißt *du* davon?«, fragt der Vater erregt.

»Der Pastor hat es mir erzählt.«

»Dann hat er dir wohl auch gesagt, wie das alles endet, oder? Schau dir deine Großmutter an! Und sie hat noch Glück gehabt.«

Wieder verfangen sich unsere Blicke. Es ist so, als würden sie magisch voneinander angezogen. Schon bei unserer ersten Begegnung habe ich diese seltsame Vertrautheit zwischen uns gefühlt. Aber das, was hier gerade geschieht, ist schon fast ein Zustand der Entrückung. Nicht mehr von dieser Welt.

»Niemand hat mein Schicksal in Stein gemeißelt«, sagt sie leise. »Prophezeiungen können falsch sein. Flüche kann man brechen.«

Ich spüre ihre feingliedrigen Finger auf meiner Haut, als sie sachte den Lauf der Schrotflinte von meinem Hals wegdrückt. Dann stellt sie sich zwischen ihren Vater und mich. Ich lasse mich von ihr zurückschieben, auch wenn ihr heldenhafter Einsatz zwecklos ist, weil ich sie um einen ganzen Kopf überrage. Meine Stirn gibt also immer noch ein passables Ziel ab.

»Du wirst nicht mit ihm gehen, Marie!«, schaltet sich nun wieder ihre Mutter ein. »Nur im Schutzkreis dieses Hauses bist du sicher.«

»Aber das will ich nicht, Mama«, sagt Marie mit fester Stimme. »Ich will in die Welt hinaus.«

»In die Welt? Du meinst in den Wald, in die Clubs und Diskotheken! In den Moloch aus Dämonen und heidnischen Jägern. Du wirst daran zerbrechen, genau wie deine Großmutter. Da draußen gibt es nichts für dich – nichts außer dem Tod.«

Marie lässt den erneuten Ausbruch ihrer Mutter schweigend über sich ergehen. »Da draußen ist noch etwas anderes. Und ich werde es finden.«

»Du meinst, du hast es schon gefunden, habe ich recht?«, kreischt die Frau nun. Ihr Tonfall wird immer schriller, je mehr sie sich in Rage redet. »Das ist der Anfang vom Ende, Marie. Wenn du über diese Schwelle trittst, dann brauchst du nie mehr zurückzukommen. Du wirst heute schon tot sein für uns!«

»Wie Judith?«

Ich habe keine Ahnung, wovon sie reden. Aber wie es aussieht, habe ich mit meinem Auftauchen nicht nur in ein Wespennest gestochen. Es ist eher ein ganzer Schwarm Hornissen, den ich freigelassen habe.

»Lass deine Schwester aus dem Spiel!«

Marie wirkt gefasst, aber ich kann spüren, wie ihr Körper vor mir zittert. Sanft lege ich meine Hände auf ihre Arme. »Komm mit mir. Ich passe auf dich auf. Ich sorge für dich. Dir wird nichts passieren«, flüstere ich ihr ins Ohr. Noch nie in meinem Leben habe ich etwas so ernst gemeint.

Sie dreht sich um und fasst nach meiner Hand. Ich versinke in ihren leuchtenden braunen Augen. Etwas zu spät merke ich, dass sie eine telepathische Verbindung zwischen uns aufgebaut hat. Meine Faszination für ihre Augen hat sie jetzt schon zum zweiten Mal mitbekommen. Aber sie geht nicht darauf ein.

»*Bring mich schnell weg. Ich kann nicht mehr lange so mutig sein.*«

»*Dann komm*«, antworte ich und ziehe sie zur Tür.

Ihr Vater hat seine Waffe immer noch auf mich gerichtet. Aber bei einem Schuss auf diese Entfernung würde er höchstwahrscheinlich auch Marie verletzen und dieses Risiko geht er nicht ein. Weder er noch seine Frau sagen ein weiteres Wort. Sie sehen nur stumm dabei zu, wie Marie die Tür öffnet und mich hinausschiebt. Ihre Gesichter sind grau wie Asche.

Ich bringe Marie zu Sarah. Bevor wir uns am Abend mit der Truppe treffen, müssen wir unbedingt eine Unterkunft für sie finden und zumindest ansatzweise besprechen, wie ihr Leben von nun an weitergehen soll. Karl ist die Aufregung in der Küche zum Glück zu viel. Er wandert ins Wohnzimmer aus. Währenddessen belagern Sarah und Sylvia meine neue Kommunikatorin, als wäre sie gerade einem Bombenattentat entkommen. Sie legen ihr die Hände auf, füttern sie mit Kuchen und heißem Kakao. Ich glaube, Marie bekommt nichts von alledem mit. Schon auf der Fahrt nach Biedenkopf hat sie kein Wort gesagt, sondern nur aus dem Fenster gestarrt und sich die Tränen verkniffen.

Ich habe ebenfalls darauf verzichtet, die vielen Fragen zu stellen, die mir seit dem Besuch bei ihren Eltern auf der Zunge liegen. Gleichzeitig ist eine unermessliche Erleichterung in mir aufgestiegen. Es ist schändlich, dass ich so fühle. Aber das einfache Nein von ihr, das ich befürchtet habe, wäre schlimmer gewesen als alles, was stattdessen geschehen ist.

»Möchtest du auch ein Stück Schokokuchen, Jakob?«, fragt Sarah.

Ich schüttele den Kopf. »Ich wüsste lieber, wo wir Marie unterbringen können. Außerdem braucht sie was anderes zum Anziehen …« Ich weiß nicht, wie Marie das sieht, aber in ihrem Jeansrock wird sie nicht mit uns durch den Wald rennen können.

»Klamotten sind kein Problem«, sagt Sarah. »Aber eine Wohnung …« Plötzlich erhellt sich ihre Miene. »Na, über dir ist doch noch was frei. Ist sogar möbliert.«

»Das stimmt …«

Ich schaue Marie an. Die Furcht in ihren Augen gibt mir zu denken. Hat sie etwa Angst, ich könnte ihr gegen ihren Willen etwas antun?

»Nein«, höre ich sie unvermittelt in meinem Kopf reden. *»Ich habe keine Angst vor dir. Eher vor dem ganzen Leben.«*

»Du musst dringend lernen anzuklopfen, bevor du Telepathie anwendest. Das ist ein bisschen unfair, wenn du mir ständig heimlich beim Denken zuhörst, findest du nicht?«, beschwere ich mich.

»Tut mir leid. Bist du verärgert?«

»Nein, ich … ich könnte niemals über dich verärgert sein!«

Den letzten Satz wollte ich nicht denken. Wie peinlich!

»Du wärst meinetwegen heute fast erschossen worden«, spricht sie weiter. *»Und nun musst du dich mit meinen Problemen herumschlagen. Ich habe keinen einzigen Cent in meiner Tasche und kann die Wohnung niemals bezahlen.«*

»Ich frage Bernd. Er wird uns aushelfen. Außerdem spielt Geld keine Rolle. Hauptsache, du bist nah bei mir.«

Schon wieder! Ich muss lernen, meine Gedanken zu beherrschen. Voller Scham schlage ich die Hände vors Gesicht.

Marie lächelt.

»Ich glaube, du solltest damit aufhören. Jakob wird schon ganz rot«, wirft Sylvia ein. Dann drängt sie sich neben Marie auf die Bank und schaut sie mit großen Kinderaugen an. »Was hast du ihm gesagt? Ich wüsste es gern, dann kann ich ihn auch rot werden lassen. Das wäre lustig, wie bei einer Sonnenpuppe.«

»Sonnenpuppe?«, fragt Marie abwesend.

»Ja, so'n Püppchen, das einen Sonnenbrand kriegt, wenn man es nicht eincremt. Die werden nach zehn Minuten richtig feuerrot, genau wie Jakob gerade.«

Jetzt reicht es mir. »Sylvia, geh doch bitte mit deiner Mutter Klamotten suchen. Marie braucht jetzt Ruhe«, weise ich sie an.

Daraufhin steht sie grinsend auf. Auch Sarah versteht meinen Wink und verlässt mit ihrer Tochter das Zimmer. Diese Frau ist wirklich unbezahlbar.

Ich setze mich neben Marie. Wie gern würde ich sie jetzt an mich ziehen und trösten, aber ich traue mich nicht. Mein Blick wandert über ihr schönes Gesicht und bleibt an dem Häubchen hängen, unter dem ihr geflochtener Dutt verborgen ist. »Die Zeit der Unterwerfung ist vorbei«, sage ich. »Du solltest es abnehmen.«

Sie schaut zu Boden und schüttelt den Kopf. »Ich trage es, seit ich denken kann. Und die Zeit der Unterwerfung ist nicht vorbei. Sie fängt gerade erst an.«

Sanft berühre ich ihr Kinn und hebe es an, damit sie mir wieder in die Augen blickt. »Das wird anders sein. Wenn wir beide allein sind, wirst du nichts davon spüren. Ich fände es gut, wenn du das Ding abnimmst. Als Zeichen für deine Freiheit und

Selbstbestimmung.« Freiheit und Selbstbestimmung? Was rede ich da? Ich selbst bin so unfrei, wie man nur sein kann. Und Marie steht noch ein paar Dienstgrade unter mir.

»Dann mach du es«, seufzt sie. »Ich glaube, ich kann es nicht.«

Es ist seltsam, aber mit einem Mal habe ich richtig Respekt davor, das blöde Häubchen aus ihren Haaren zu entfernen. Vielleicht liegt es an der Bedeutung, die es für sie hat. Vielleicht aber auch daran, dass ich ihr dafür näher kommen muss. Sie dreht mir den Rücken zu und ich rutsche ein Stück heran. Bei genauerem Hinsehen stelle ich fest, dass es gar kein Häubchen ist, sondern ein Tuch, das mit mehreren Haarnadeln über dem Dutt in Form gesteckt ist. Ich ziehe eine davon heraus, aber nichts passiert. Nach ein paar weiteren löst sich ein Stück des Stoffes, gleichzeitig fällt eine lose Strähne herab, die meinen Handrücken streichelt. Es fühlt sich an wie die Berührung einer Daunenfeder. Zum Glück kann Marie die Gänsehaut nicht sehen, die mich davon überkommt.

Immer mehr Nadeln ziehe ich heraus, bis ich das Tuch schließlich in der Hand halte. Da Marie sich nicht rührt – und ich ihre Frisur ohnehin schon zerstört habe –, löse ich nun auch noch ihren Dutt. Ein dicker Zopf fällt herab, den ich umständlich auseinandernehme. Als ich damit fertig bin, verteile ich ihr offenes Haar in harmonischen Wellen über ihren Rücken. Ein himmlischer Duft steigt in meine Nase. Ich sauge ihn ein.

»Es ist nur ein Billigshampoo, Jakob …«

Ich zucke zusammen. »Marie! Du musst lernen, das zu beherrschen!«

Sie dreht sich zu mir um. Zum ersten Mal sehe ich sie jetzt mit offenen Haaren.

»Oh, mein Gott, bist du schön!« Verdammt!

Ihre Hand legt sich an meine Wange. »Ich werde es lernen, tut mir leid. Danke, dass du mir geholfen hast.«

Das Gute daran ist: Zumindest wird sie niemals den Eindruck haben, dass ich irgendetwas vor ihr verberge. Genau in dem Moment, als ich das denke, merke ich, wie weit ich mich bereits aus dem Fenster lehne. Ich bin jetzt ein Soldat der Armee. Schlimmer: Ich bin Maries Anführer. Meine Hand fühlt sich zentnerschwer an, als ich sie anhebe und damit ihre aus meinem Gesicht entferne.

Ein schrecklich enttäuschter Ausdruck tritt in ihre Augen.

»Es … es gibt noch etwas, das du über die Struktur der Armee nicht weißt«, beginne ich. Doch dann fehlen mir bereits die Worte. Ich kann und will es nicht aussprechen.

»Was?« Auch Maries Stimme klingt plötzlich belegt.

Ich nehme all meine Kraft zusammen. »Den Mitgliedern der Armee ist es nicht erlaubt, eine Liebesbeziehung zu haben. Damit soll verhindert werden, dass einer der Dämonen unsere Menschengestalt annimmt und das andere Talent aussaugt.«

»Was?« Marie ist so schockiert, dass sie ein ganzes Stück von mir wegrutscht.

Ich bereue, es ihr gesagt zu haben.

»Aber das … das passt überhaupt nicht zu der Prophezeiung, die es über unsere Familie gibt.«

»Der Fluch?«

Sie nickt.

»Worum geht es darin? Und wer hat ihn ausgesprochen?«

»Das … Es ist egal. Falls es der Wahrheit entspricht, haben wir es ohnehin schon in Gang gebracht.«

Sie hat nun wieder dasselbe Gesicht aufgesetzt wie gestern beim Schuster. Das verletzte, melancholische Gesicht, welches mir sagen soll, dass sie diese Dinge mit sich allein ausmachen will. Ich fühle mich ausgeschlossen.

»Ich kann dir nicht helfen, wenn ich nicht weiß …«

Sie legt ihren Zeigefinger auf meine Lippen. »Schscht. Du hilfst mir schon genug, Jakob. Lass uns nachsehen, ob Sarah etwas zum Anziehen für mich gefunden hat.«

Sie hat. Marie trägt die erste Hose ihres Lebens und dazu ein buntes Batik-T-Shirt, als wir abends zusammen mit Elena nach Eckelshausen zur Schutzhütte fahren. Hier trainiert die Truppe seit einigen Monaten und im Bunker nebenan sind auch noch sämtliche Waffen gelagert. Ich bin froh, dass wir Elena dabeihaben, denn ohne ihre Hilfe hätte ich die Hütte niemals gefunden. Sie liegt ganz oben im Wald, versteckt zwischen hohen Felsformationen und unter dicht belaubten Bäumen.

Die beiden Volltreffer Jessy und Kai sind schon da, als wir ankommen, ebenso die Telekinetikerin Samira, die Sprinterin Isabell und ein grobschlächtiger Muskelprotz, den alle nur *Big T* nennen. Big T heißt eigentlich Timo, aber er ist so stolz auf seinen Spitznamen, dass niemand ihn mit seinem echten Namen anreden darf, erzählt Elena mir. Der Rest meiner Truppe kommt mit dem Fahrrad, weil nur Jessy und ich ein Auto haben – eines von vielen Themen, an denen ich arbeiten muss. Victor, der zweite Sprinter, Cem, das zweite Orakel, und Rafail, der zweite Muskelprotz. Im Vergleich zu Big T ist er besser in Form und wesentlich attraktiver.

Wahrscheinlich ist das der Grund, warum die beiden Muskelprotze sich gegenseitig sofort misstrauisch beäugen. Big T bestätigt auch gleich die Vorurteile, die ich gegenüber allen Vertretern seines Talents hege. Ich habe immer das Gefühl, jegliche äußere und innere Sensibilität ist durch die Ausprägung ihrer Muskelmasse irgendwie absorbiert worden.

»Bist du sicher, dass unsere Orakel noch funktionieren?«, will er von mir wissen.

»Ja. Warum?«

»Wir haben noch keinen Tiersprecher. Dich haben sie aus Frankfurt geholt. Und der andere Muskelprotz … na ja, ob der wirklich zu uns gehört?«

Alle Achtung, ein wirklich sensibler Einstieg für das allererste Zusammentreffen! Innerhalb weniger Sekunden hat Big T die wütenden Blicke von Cem, Elena und Rafail auf sich gezogen. So kann man sich auch Freunde machen.

»Du darfst es gerne ausprobieren«, blafft Rafail ihn an. »Lust auf eine Runde Armdrücken?«

Ich schreite ein, bevor die Sache sich hochschaukelt. »Auf keinen Fall. Wir haben ein paar Dinge zu besprechen. Danach will ich euch beim Training zusehen und die neuen Truppenmitglieder zeichnen. Ich dulde keine Zwietracht in unseren Reihen.«

Der belämmerte Ausdruck, der daraufhin in Big Ts Gesicht erscheint, macht mir klar, dass er weder weiß, was Zwietracht ist, noch überhaupt versteht, was er falsch gemacht hat. Das T in seinem Spitznamen steht offensichtlich für Trottel. In Gedanken verbanne ich ihn direkt an die letzte Stelle der Rangfolge.

Die Truppe ist von meiner Ansage wohl etwas eingeschüchtert, denn keiner sagt mehr ein Wort.

»Wer von euch war bisher Offizier?«, will ich wissen.

Victor und Elena heben die Hand.

»Und die anderen beiden?«

»Das waren die gefallenen Volltreffer«, erklärt sie.

Nicht gut. Also ist mir eher der rangniedere Teil der Truppe geblieben. Ich hoffe, dass sich meine neu angeworbenen Rekruten als Offiziere eignen. Ein paar kluge und tatkräftige Berater könnte ich durchaus brauchen.

Wer aus diesem Kreis ein guter Liebestöter sein wird, kann ich hingegen auf Anhieb sagen: Isabell wird mit ihren blonden Haaren und der schlanken, aber kurvigen Figur alle anderen ausstechen. Elena ist garantiert auch nicht schlecht. Rein optisch gesehen sind die beiden zwei sich ergänzende Pole, die ich wahrscheinlich gut einsetzen kann. Je besser ein Talent aussieht, je smarter und charismatischer es ist, desto höher sind seine Chancen, abends in den Clubs einen Dämon auszustechen, der sich gerade an einen Menschen ranschmeißen will. An öffentlichen Orten, wo wir unsere Feinde nicht erschießen können, müssen wir sie auf andere Weise vertreiben – indem wir die Faszination der Opfer für sie stören und deren erste Verliebtheit töten. Liebestöter eben.

Bei den Jungs sind es Victor und Rafail. Der eine hochgewachsen und ein bisschen düster, der andere ein breites Muskelpaket, frisch aus dem Solarium. Sie alle machen außerdem den Eindruck, als wären sie selbstbewusst und schlagfertig genug, um die Clubs aufzumischen.

Samira, die Telekinetikerin, hingegen kommt mir vor, als würde sie sich die ganze Zeit hinter den anderen verstecken, um bloß nicht aufzufallen. Als ich sie anspreche, zuckt sie zusammen und wendet sich sofort mit einem Hilfe suchenden Blick an Elena.

»Du musst langsam sprechen«, klärt mein Orakel mich auf. »Sie ist aus Afghanistan. Ihr Deutsch ist nicht besonders gut.«

Ein Flüchtlingsmädchen also. Was hat das Schicksal sich nur dabei gedacht, ihr in ihrem Alter so viele Schläge zuzumuten? Sie ist garantiert gerade mal fünfzehn. Ich lege meine Hand auf ihre Schulter. »Schon okay. Du schaffst das.«

Dann erteile ich den Befehl, die Übungsstationen aufzubauen. Während alle anderen geschäftig herumwuseln, inspiziere ich die Waffen und stelle fest, dass ihre Pflege komplett vernachlässigt worden ist. Dazu kommt, dass es keinerlei Tarnung für unser Treiben im Wald gibt. Die Truppe ist vielleicht nicht gerade heruntergekommen, aber es fehlt sowohl an Disziplin als auch an Ideen und wirklich fähigen Leuten. Hoffentlich schaffe ich es, sie neu aufzubauen.

Was die Tarnung angeht, so weiß ich seit Jahren, wie ich meine Soldaten ausstatten werde: Ich mache sie zu Live-Rollenspielern. Ein entsprechendes Outfit erklärt Spaziergängern und Jägern unsere Kämpfe und sieht außerdem noch cool aus.

Nachdem ich festgestellt habe, dass es keine Reinigungsmittel gibt, verfrachte ich sämtliche Waffen zurück in den Bunker und geselle ich mich wieder zu den anderen. Ich beobachte Marie dabei, wie sie versucht, mit einem Bogen zu schießen. Leider klappt es nicht besonders gut. Isabell hat zwar ein paar Tipps auf Lager, doch wir haben keine ausgebildeten Volltreffer, die man als Lehrer einsetzen könnte. Ich selbst würde den Bogen zwar nicht als meine bevorzugte Waffe bezeichnen, aber ich habe oft genug damit geschossen, um zumindest einen Ring auf der Zielscheibe zu treffen.

»Warte«, sage ich und stelle mich in Maries Rücken. Sofort rieche ich wieder den Duft, der von ihren Haaren ausgeht. *»Hörst du mit?«*

Ich erhalte keine Antwort. Also ist die Telepathie ausnahmsweise mal ausgeschaltet. Schlimm genug, dass mein Puls schon wieder rast, weil ich so dicht hinter ihr stehe. Ich lege meine linke Hand auf ihre, die den Bogen umfasst. Dann positioniere ich ihre Finger richtig an der Sehne.

»Zieh den gesamten Ellbogen nach hinten, nicht nur die Hand. Auf Höhe deines Auges zielst du. Dann lässt du los.«

Ein dahingenuscheltes »Okay« lässt mich glauben, dass sie gerade hoch konzentriert ist. Das denke ich zumindest, bis sie schießt und der Pfeil auf Nimmerwiedersehen im Unterholz verschwindet.

Elena neben uns lacht sich scheckig. »Sie hat besser geschossen, als du weg warst!«

Von den anderen lacht niemand. Ich merke das, ohne sie dafür ansehen zu müssen. Mit unbewegtem Gesicht trete ich einen Schritt zurück.

»Unsere neuen Volltreffer sollten es versuchen«, beschließe ich. »Wenn es klappt, haben wir ja zwei geeignete Ausbilder.«

Jessy schaut mich mit großen Augen an. »Aber ich hab noch nie …«

»Du wirst es schnell lernen. Es liegt dir im Blut«, beruhige ich sie.

Unsicher tritt sie an Maries Stelle und übernimmt den Bogen. Dann ahmt sie exakt die Bewegungen nach, die ich Marie eben erklärt habe, zielt kurz und lässt den Pfeil los. Das Ergebnis ist nicht ganz das, was ich mir erhofft habe: Anstatt genau ins Schwarze zu treffen, bohrt sich Jessys Pfeil lediglich in den dritten Ring. Auch der zweite und der dritte Versuch sind nicht erfolgreicher. Bei Kai ist es das Gleiche. Ich bin entsetzt. Unvermittelt höre ich auf einmal Maries Stimme in meinem Kopf: *»Elena sagt, ich soll dir etwas ausrichten. Du hast sie noch nicht gezeichnet. Damit sind sie keine Mitglieder der Armee. Neu aufgeblühte Talente sind zu diesem Zeitpunkt oft noch nicht voll entfaltet.«*

Ich könnte mich ohrfeigen! Was ist eigentlich mit mir los? Nimmt Maries bloße Anwesenheit mich denn so gefangen, dass ich sogar die einfachsten Gesetzmäßigkeiten vergesse?

»Es tut mir leid, wenn ich dir so im Weg stehe!«

»Nein, Marie. Mir tut es leid, dass ich so ein schlechter Anführer bin. Sag Elena vielen Dank. Sie hat mich gerettet.«

Es ist sinnlos, sich dagegen zu wehren: Marie besitzt sowohl den Schlüssel zu meinem Herzen als auch den zu meinem Kopf. Ich kann einfach nichts, aber auch gar nichts, vor ihr geheim halten. In nicht einmal zwei Tagen hat sie geschafft, was noch keiner vor ihr gelungen ist. Nicht einmal Caro.

»Merkt euch genau, was ihr gerade gesehen habt«, sage ich und wende mich an meine Truppe. »Ich werde Jessy und Kai jetzt zeichnen. Und anschließend schießen sie noch einmal.«

Ein Aufatmen geht durch die Reihe. Ich bin mir nicht sicher, wem es gilt – den Volltreffern oder mir.

Auf einer abgeschiedenen Bank neben dem Grillplatz der Schutzhütte tätowiere ich erst Kai, dann Jessy und schließlich noch Rafail. Entgegen der Anweisung von Oberleutnant Lücke verändere ich das Bannzeichen doch. Das von Kai statte ich mit Schlaglinien und Schatten aus, lasse die Grundstruktur aber klar und schmucklos, Jessy bekommt mehr Schnörkel und feinere Linien und bei Rafail stelle ich das Pentagramm in den Vordergrund, weil es als Schutzkreis gut zu seinen anderen religiösen Tattoos passt. Alle drei sind bewundernswert tapfer. Ich erinnere mich selbst noch gut an die Qual, die die Nadeln in meiner Handfläche verursacht haben. Es gibt bestimmt Stellen, an denen es weniger schmerzt, ein Tattoo stechen zu lassen.

Als wir fertig sind, schließen wir uns wieder den anderen an. Ich sehe gerade noch, wie Maries Pfeil haarscharf am äußersten Ring vorbeizischt. Immerhin trifft sie jetzt – fast – die Zielscheibe. Das ändert sich allerdings, als wir weiter zusehen. Aus Angst um die Wildtiere im näheren Umkreis erlöse ich sie von ihren ungeschickten Übungen. Und mich natürlich auch.

»Lass es Jessy und Kai noch einmal versuchen«, sage ich.

Marie gibt den Bogen offensichtlich gern weiter, und ich beobachte nervös, wie Jessy die Sehne spannt und zielt.

Ich werde nicht enttäuscht. Fast genau mittig schlägt der Pfeil in die Zielscheibe ein. Der zweite Versuch klappt genauso gut. Der dritte ist nahezu perfekt. Noch ein paar Übungsstunden und sie wird eine Fliege in hundert Metern Entfernung treffen. Ich klopfe ihr anerkennend auf die Schulter.

Auch Kai macht seine Sache gut. Er braucht ein paar Anläufe mehr als Jessy, aber dann steht sein Können dem ihrem in nichts mehr nach. Eine spürbare Erleichterung macht sich in der Truppe breit.

»Wunderbar«, lobe ich die Volltreffer. »Ihr seid ein großer Gewinn für die Armee. In zwei Tagen machen wir weiter. Bis dahin habe ich dann hoffentlich auch einen Tiersprecher gefunden. Danach werde ich die Rangfolge bekannt geben.«

Womöglich taugt Jessy zum Offizier. Sie ist beherrscht, intelligent und hat beide Male vor Kai geschossen, was für ein gesundes Selbstvertrauen spricht. Aber darüber werde ich noch nachdenken.

Jetzt muss ich mich erst einmal meinem größten Problem stellen: Marie ist noch nicht gezeichnet. Und ich kann keinen Grund dafür benennen, warum ich es nicht hier auf der Schutzhütte getan habe. Ein Teil von mir hat beschlossen, dass ich dabei mit ihr allein sein will. Zu Hause, in unserem gemeinsamen, heruntergekommenen Domizil.

Ich spiele mit dem Feuer, das ist mir klar. Aber keine Macht der Welt ist stark genug, um mich davon abzuhalten.

Versagen liegt stets im Auge des Betrachters

Etwa eine Stunde lang habe ich geglaubt, Deimon hätte tatsächlich recht hat mit seiner Beobachtung, dass die neuen Volltreffer schlechter als die alten sind. Nun aber ist klar, dass ihre fehlende Treffsicherheit nur darauf zurückzuführen war, dass sie noch kein Bannzeichen hatten. Das Ritual, das der Anführer mit den drei Neuen durchgeführt hat, scheint ihre Probleme beseitigt zu haben. Wenn wir Pech haben, wird die Truppe durch ihn sogar noch besser, denn er tut Dinge, die der letzte Anführer nicht gemacht hat. Die Waffen kontrollieren zum Beispiel. Mir schwant nichts Gutes.

Morgana stupst mich mit ihrer Nase an. Ich betrachte das hellbraune Kaninchen mit den spitzen Ohren neben mir. Selbst in ihrer Tiergestalt strahlt sie eine Anmut aus wie kaum ein anderes Geschöpf. Ihre kleine Pfote deutet nach vorne auf den Parkplatz. Dort steigen die Talente gerade in ihre Autos. Ich weiß, was meine Gefährtin mir zeigen will: Beide Volltreffer sitzen im selben Wagen. Das wäre die ideale Gelegenheit, um sie gleichzeitig auszuschalten. Aber bei einer derart gefährlichen Mission will ich Morgana nicht dabeihaben – sie soll sich keiner Gefahr aussetzen.

Um darüber zu streiten, bleibt keine Zeit, sonst ist das Auto weg, bevor wir uns einig sind. Also schüttele ich nur den Kopf, stupse sie ein Stück zurück und husche davon. Ich bin erleichtert, als ich merke, dass sie mir tatsächlich nicht folgt.

Am Waldrand wechsele ich die Gestalt. Eine Maus ist unauffälliger. Deimons Schutzzauber bewahrt uns zwar davor, von den Orakeln entdeckt zu werden, aber ein Eichhörnchen, das sich an ihrem Auto zu schaffen macht, könnten die Talente dennoch bemerken.

Der Kofferraum ist fest verschlossen. Also krieche ich durch den Motorraum hinein und suche mir eine geeignete Stelle im Fußraum des Beifahrers. Die Plastikverkleidung ist lose, dahinter erkenne ich die Beine des männlichen Volltreffers.

Drei weitere Talente quetschen sich auf den Rücksitz. Was ich mit denen machen werde, weiß ich nicht. Ich habe keinen genauen Plan, wie es nun weitergehen soll. Da wird auch schon der Motor gestartet und hüllt mich in eine Wolke ekelhaften Ölgestanks, die mir beinahe den Atem raubt.

Die fünf Talente im Wagen reden in einem fort – erst geht es um die Treffsicherheit der beiden Volltreffer, die sich hörbar in ihrem Erfolg sonnen. Dann sagt ein Mädchen etwas über den neuen Anführer. Wie gut er doch aussehe und wie toll er doch sei. Ein Junge stößt einen genervten Ton aus.

»Er ist trotzdem aus Frankfurt. Da stimmt doch etwas nicht.«

»Du plapperst nur nach, was Victor gesagt hat, Big T«, beschwert sich das Mädchen. »Und selbst der sieht es mittlerweile anders. Elena und Cem haben ihn beide unabhängig voneinander erkannt.«

»Ihr seid doch alle nur verknallt in ihn«, brummt der Angesprochene. »Es ist genau wie bei Luke. In den wart ihr auch verknallt. Gib's zu, Isabell!«

»Du bist ja nur eifersüchtig«, entgegnet das Mädchen kühl.

»Ich nicht, aber du! Oder hast du nicht gesehen, wie er die neue Kommunikatorin angeschmachtet hat? Ich wette, die säuseln sich die ganze Zeit telepathische Liebesbotschaften zu!«

Womöglich ist der Dicke gar nicht so dumm, wie er aussieht. Zumindest ist das Gespräch sehr interessant. Die Informationen, die ich hier über den Anführer erhalte, könnten eines Tages nützlich werden. Und Deimon wird es auch interessieren.

Offenbar sind die Talente jetzt sauer aufeinander, denn den Rest der Fahrt reden sie fast gar nichts mehr.

Ich habe Glück: Nur etwa fünf Minuten später hält der Wagen am Marktlatz von Biedenkopf an. Der Muskelprotz, die Sprinterin und das schweigsame junge Mädchen mit den schwarzen Haaren und dem traurigen Gesicht steigen aus. Ich bin ab sofort also mit den beiden Volltreffern allein.

In der Hitze, die von dem Motor ausgeht, warte ich, bis sie die Stadt verlassen haben und auf einer Landstraße weiterfahren. Die beiden haben nun das Gespräch vom Anfang wiederaufgenommen und erzählen einander, wie es sich angefühlt hat, plötzlich die Mitte der Zielscheibe zu treffen. Das ist genau der richtige Moment. Ich reiße die Plastikverkleidung vor meiner Nase ab und springe dem Volltreffer direkt auf den Schoß. Mehr als das braucht es nicht.

»Scheiße, das Ding hat grüne Augen!«, brüllt er und fängt an nach mir zu schlagen. Seine Reflexe können nicht annähernd mit mir mithalten. Ich springe in seinen Nacken und von dort aus auf die Schulter der Fahrerin. Sie schreit laut auf. Allerdings muss ich sie erst in den Hals beißen, bevor sie endlich das Lenkrad herumreißt und der Wagen ins Schleudern kommt. Zufrieden hüpfe ich auf den Rücksitz und nehme meine wahre Gestalt an.

»Viel Spaß. Ihr Menschen steht doch auf Loopings!«

Die Talente kommen zu keiner Antwort mehr. Unkontrolliert rast das Auto in den Straßengraben, überschlägt sich mehrere Male und bleibt nach einer kurzen Schlitterpartie schließlich auf dem Dach liegen. Ich reiße die Hintertür auf und springe nach draußen. Ein Blick auf die beiden zerbrochenen Menschen im vorderen Teil des Wagens macht mir wieder einmal klar, wie unterlegen ihre Rasse der unseren doch ist. Ich habe von dem Unfall nicht einmal einen Kratzer davongetragen.

Der männliche Volltreffer ist eindeutig tot, sein Kopf ist gegen das Armaturenbrett geknallt und an der Stirn unnatürlich stark eingedellt. Das Mädchen sieht etwas besser aus, auch wenn sie von oben bis unten blutüberströmt ist. Ich glaube, sie atmet noch. Verdammt.

Um Deimon zufriedenzustellen, muss ich sie jetzt aussaugen. Dummerweise sind genau das die Momente, in denen meine eigene Menschlichkeit mit mir durchgeht. Ein Kloß entsteht in meiner Kehle, je länger ich sie ansehe. Ich zwinge mich zum Denken. Noch hat niemand uns bemerkt. Aber es kann nicht mehr lange dauern, bis die ersten Menschen hier auftauchen. Was auch immer ich tun werde – ich sollte es schnell tun.

Ehrlich gesagt bin ich gar nicht sicher, ob man bewusstlose Menschen aussaugen kann. Und wenn, dann schmecken sie garantiert nach Ohnmacht und Qual. Alles in mir schreit dagegen an, das zu tun. Stattdessen lege ich meine Hand an den Hals des Mädchens und überprüfe ihre Lebensgeister. Dabei stelle ich fest, dass ihr Rückgrat gebrochen ist. Damit fällt sie als Volltrefferin wohl ohnehin aus. Unser Auftrag ist also erfüllt.

Ich verbanne die Gewissensbisse, die beim Anblick der beiden in mir aufkommen. Ein Leben ausgelöscht, ein anderes zerstört. Und das nur, weil sie Talente sind. Meinem Instinkt folgend hebe ich die Hand des Mädchens an und erblicke ihr Bannzeichen. Im Nu bin ich wieder ein Faun. Hass steigt in mir hoch. Hass auf unsere Todfeinde, auf die Armee, die meine Eltern auf dem Gewissen hat, die insgesamt sechsunddreißig Mal versucht hat, mich zu töten. Ich trage jede einzelne Silberkugel, die dabei im Gras gelandet oder in einem Baum stecken geblieben ist, als Kette um meinen Hals. Es gibt keinen Grund, weshalb ich Reue verspüren müsste. Vielleicht hätte einer von diesen beiden unglücklichen Jugendlichen mich bald tödlich getroffen. Es ist gut, dass ich sie ausgeschaltet habe.

Oben an der Stelle, an der das Auto die Fahrbahn verlassen hat, bleibt ein Wagen stehen. Ich ducke mich, verwandele mich in einen Raben und fliege nach Hause.

Morgana erwartet mich vollkommen aufgelöst in unserem Zimmer. Als ich eintrete, kommt sie auf mich zugerannt und wirft sich an meine Brust. Ihre Finger krallen sich in meinen Rücken. »Oh, Levian! Ich hatte solche Angst um dich«, schluchzt sie. »Warum warst du so lange weg?«

»Ich musste warten, bis die anderen Talente ausgestiegen sind. So hat es nur die Volltreffer erwischt.«

»Beide?« Auf einmal ist ihre Erleichterung verschwunden. Sie macht sich von mir los und runzelt die Stirn.

»Es war das, was Deimon wollte. Ein Volltreffer ist tot, der andere unschädlich gemacht.«

»Du hast einen davon ausgesaugt?«

Ich schüttele den Kopf. »Nein, aber das Mädchen wird nicht mehr laufen können. Und so wie es passiert ist, wird nicht einmal der Hauch eines Verdachts auf uns fallen.« Das hoffe ich wenigstens. Die meisten Menschen können sich nicht mehr an die Minuten vor einem Unfall erinnern, wenn sie aus ihrer Ohnmacht erwachen. Da wird die Volltrefferin keine Ausnahme sein. Und wenn doch, dann hat sie sich vor einer Maus erschrocken.

»Aber Deimon hat uns andere Anweisungen gegeben«, wirft Morgana ein.

»Deimon wird zufrieden sein. Mach dir keine Gedanken.«

Ich habe mich getäuscht. Deimon ist außer sich, als wir uns nachts in der Höhle treffen. Wir sind kaum eingetreten, da ballt er die Hände zu Fäusten und rauscht mit wehender Kutte auf mich zu. Unsäglicher Zorn steht ihm ins Gesicht geschrieben.

»Ich habe dir klar gesagt, was ihr tun solltet. Stattdessen hast du eigenmächtige Entscheidungen getroffen, um deine Gefährtin aus der Sache herauszuhalten«, faucht er mich an.

»Es war besser so«, entgegne ich ärgerlich. »Niemand wird Verdacht schöpfen, dass wir hinter der Sache stecken. Es sah wie ein ganz normaler Unfall aus. Ob nun gelähmt oder ausgesaugt – was macht das für einen Unterschied? Das Ergebnis ist das gleiche.«

»Es macht einen Unterschied. Du warst ungehorsam, Levian.«

Ich traue meinen Ohren nicht. »Ich schulde dir keinen Gehorsam. Wir sind nicht miteinander verbunden.«

Deimons Augen verengen sich zu Schlitzen. »Noch nicht. Ich war der Meinung, unsere Bruderschaft sollte ohne Zwänge funktionieren. Aber wenn ich feststelle, dass du dich nicht dafür eignest, muss ich meine Meinung ändern.«

Nun kommt mir zum Glück Nayo zu Hilfe. »Du drohst uns?«, fragt sie Deimon entsetzt.

Ein Lächeln erscheint auf den Lippen des Novizen. Kein gutes Lächeln. Wir alle wissen, wir stecken bereits viel zu tief in der Sache drin, um jetzt noch einen Rückzieher zu machen.

»Niemand von uns will doch, dass Tharos von eurem Verrat erfährt, habe ich recht?«, fragt Deimon in die Runde.

Mehr als das muss er nicht sagen. Die Botschaft kommt wie eine Ohrfeige bei uns allen an: Entweder wir unterwerfen uns Deimons Willkür oder er setzt das oberste Orakel davon in Kenntnis, wie weit wir uns bereits von ihm abgewandt haben. Damit würde er sich selbst zwar gleich mit ans Messer liefern, doch ich vermute, er hat schon einen Plan für diesen Fall.

»Ich will Nachsicht mit Levian walten lassen«, lenkt der Novize überraschend ein. »Er bekommt sogar eine zweite Chance von mir: Sobald die nächsten Volltreffer rekrutiert sind, schlagt ihr beide wieder zu: einer tot, der andere ausgesaugt. Diesmal erwarte ich, dass ihr meine Anweisungen befolgt.«

Ich sage nichts mehr. Auch Morgana ist ungewöhnlich still, als wir die Höhle verlassen. Wenn ich mich so unter den Mitgliedern der Bruderschaft umsehe, habe ich überhaupt nicht mehr den Eindruck, von Wildgeborenen umgeben zu sein. Alle haben das typisch unnahbare Gesicht der Faune aufgesetzt, das keine Gefühlsregung nach außen durchdringen lässt. Man kann ihnen nicht ansehen, was sie denken. Aber ich wüsste es dennoch gern.

Deshalb nehme ich meine Freunde beiseite, als wir wieder am Hohenfels ankommen. »Seid ihr immer noch so überzeugt davon, das Richtige zu tun?«

Nayo ist wie erwartet die Erste, die mit ihren Emotionen herausplatzt. »Ich weiß überhaupt nicht mehr, was ich denken soll. Das heutige Treffen hat mich schrecklich verwirrt.«

»Deimon greift zu harten Mitteln, um sein Ziel zu erreichen. Doch sein Weg ist der richtige«, wirft Leviata ein. »Warum hältst du dich nicht einfach an seine Regeln, Bruder?«

»Weil es unter diesen Umständen keinen Sinn ergeben hätte«, erkläre ich ihr so ruhig wie möglich. Die Starrköpfigkeit meiner Schwester ärgert mich.

»Ich kann Levian verstehen«, sagt Luzilla leise.

Das ist zu erwarten gewesen. Jeder von uns weiß, dass sie gern meine Gefährtin geworden wäre, ich aber Morgana vorgezogen habe. Luzilla hat daraufhin keinen anderen Faun erwählt, sondern übt sich stattdessen in Enthaltsamkeit. Ich wünschte, sie würde Nayati erhören, denn ich habe in Luzilla nie mehr als die Freundin meiner Schwester gesehen, obwohl sie ausnehmend schön ist. Nayati wiederum hat grundsätzlich dieselbe Meinung wie Luzilla.

»Ich auch«, stellt er auch schon klar. »Levian hat seinen Auftrag erfüllt, seine Gefährtin geschützt und dabei noch verhindert, dass die Talente Verdacht schöpfen. Wenn Deimon ihm nun wegen Kleinigkeiten droht, dann ist er nichts anderes als ein Diktator. Das hat nichts mehr mit Wildgeborenen zu tun, das ist zutiefst menschliches Verhalten.«

»Und dennoch: Er ist der künftige Herrscher des Hohenfels und wir werden eines Tages ohnehin an ihn gebunden sein. Wie wird unser Leben dann aussehen, wenn wir uns heute schon in ein schlechtes Licht rücken?«, gibt Leviata zu bedenken.

»Was meint ihr, wie die anderen das sehen?«, frage ich in die Runde.

Leviata schüttelt den Kopf. »Ich fürchte, sie sind nicht auf deiner Seite, Levian. Zumindest Wewior, Tyros und Enya nicht. Ich habe sie vorhin über Telepathie bespitzelt. Wewior und Enya haben mich sofort abgewehrt, aber Tyros war nicht schnell genug. Er war voller Zorn auf dich, Bruder.«

»Und Orowar und Orowyn?«

»So viel Zeit blieb mir nicht.«

»Dann werden wir sie fragen«, beschließe ich.

»Willst du wirklich … hier? Und wenn Tharos uns hört?«

»Du verbindest uns telepathisch.«

Meinen Freunden ist eindeutig nicht wohl in ihrer Haut, als wir in den Palast hinabsteigen und die Kammer des Schamanen aufsuchen. Ich merke es an ihren angespannten Mienen. Aber sie kommen trotzdem alle mit mir.

Wir treffen Orowar allein an – wahrscheinlich ist seine Gefährtin direkt in die Kräuterstube zur Arbeit gegangen. Das kommt mir zugute, denn ich bin nicht sicher, welchen Einfluss sie auf ihn hat. Die beiden bewohnen zusammen eine Kammer, genau wie Morgana und ich. Doch während unser Zimmer mit Möbeln, Büchern und Steinskulpturen geschmückt ist, ist das von Orowar und Orowyn ein auffallend leerer Behandlungsraum. Es ist größer als unseres, mit einer liebevoll gedrechselten Holzliege in der Mitte, auf der Orowar seine Heilungen vornimmt. Im Nebenraum lagern zahlreiche getrocknete und eingelegte Heilkräuter, wie ich weiß.

»Ein sinnloser Besuch«, murrt der Schamane anstelle einer Begrüßung.

»Warum so abweisend, Bruder?«, sagt Nayati. »Öffne deinen Geist unserer lieben Leviata, dann bist du uns schnell wieder los.«

Orowar presst verärgert die Lippen aufeinander, aber dann nickt er Leviata doch zu und lässt sie ein. Auch wir anderen spüren das Kribbeln im Nacken, als sie bei uns anklopft.

»Wir sind jetzt alle verbunden. Schieß los, Levian«, sagt meine Schwester in meinem Kopf.

»All die Jahre, die ich dich nun kenne, warst du immer ein emotionaler Faun, Orowar«, spreche ich den Schamanen an. *»Du gehörst in diese Bruderschaft, genau wie wir. Aber ich wüsste gern, ob du Deimons Methoden gutheißt.«*

»Ja, das tue ich, Levian«, antwortet er und seine Stimme klingt ungewöhnlich gehässig in meinem Kopf. *»Ich stehe hinter jeder*

Entscheidung unseres zukünftigen Anführers. Wenn seine Methoden, wie du es nennst, dir nicht passen, dann geh doch zurück zu Tharos. Ich bin sicher, er wird dich mit offenen Armen empfangen, nachdem du ihn verraten und den Bund mit ihm hast lösen lassen.«

Eigentlich ist unser Gespräch damit schon beendet. Orowar hat seine Meinung mehr als deutlich kundgetan. So wissen wir aber zumindest, woran wir sind.

»Ist es möglich, dass deine Verbohrtheit irgendetwas mit deiner Gefährtin zu tun hat?«, schaltet sich nun plötzlich Nayo in das Gespräch ein.

Fast hätte Orowar es geschafft, den entsetzten Ausdruck in seinem Gesicht vor uns zu verbergen, aber eben nur fast. Nayo scheint voll ins Schwarze getroffen zu haben.

»Lass Orowyn aus dem Spiel!«, zischt er uns entgegen.

Wir alle sehen Nayo fragend an.

»Ich finde es interessant, dass du auch an Neumond und Halbmond mit ihr nach draußen gehst«, flötet sie, auf ihre süßliche und doch so gefährliche Art. *»Und diese ständigen Kräutertränke, die sie da braut …«*

»Orowyn ist eine Kräuterfrau. Warum sollte sie keine Tränke zubereiten?«, fährt der Schamane sie an. *»Und wie oft wir beide unsere persönlichen Rituale pflegen, geht dich überhaupt nichts an!«*

Ich ahne langsam, worauf Nayo hinauswill. Tatsächlich weiß niemand von uns, wie genau das damals zwischen den beiden gelaufen ist. Orowyn war eines Tages einfach da. Tharos hat ihre Verwandlung vom Menschen zum Faun akzeptiert und Orowar hat niemals über die Geschichte gesprochen, die dahintersteckt.

»Weiß Deimon etwas über Orowyns Verwandlung, das wir nicht wissen?«, frage ich direkt.

Im selben Moment bricht Orowar die Verbindung zwischen uns ab. »Raus mit euch!«, schreit er. Das war für einen Hohenfels-Faun schon ziemlich laut und deutlich. Sein Zeigefinger schnellt vor in Richtung Tür. Als wir nicht gleich reagieren, packt er Nayo und mich am Arm und drängt uns mit Gewalt nach draußen. Wir widersetzen uns nicht, schließlich ist es seine Kammer.

»Ich denke, du weißt, dass wir nicht lockerlassen werden«, gebe ich ihm noch mit, bevor er die Tür hinter uns zuschlägt.

Liebe geht unter die Haut. Manchmal bleibt sie dort für immer

Ich kann Marie ihr Entsetzen und ihre Trauer ansehen, während ich das Schloss zu ihrer Wohnungstür knacke. Das Training mit den Talenten hat sie abgelenkt. Aber nun, da sie diese düstere, schäbige Wohnung über meiner beziehen soll, geht es ihr wieder schlecht. Ich kann das gut nachvollziehen: Je kälter die Nacht und je einsamer die Stunden sind, desto länger dauern sie. Damals im Kinderheim habe ich mich genauso gefühlt. Und obwohl das jetzt seit elf Jahren hinter mir liegt, krampft sich mein Herz immer noch zusammen, wenn ich mich daran erinnere. Vermutlich wird Marie heute die ganze Nacht wach liegen und über ihre Eltern nachdenken.

Ich stelle mich ungeschickter an, als ich das von mir gewohnt bin. Nachdem die Tür endlich aufgesprungen ist, schrecken wir beide zurück. Hier oben ist es wirklich nicht schön. Dabei kann ich gar nicht sagen, warum ich das so empfinde. Beim Gang durch die Wohnung stellen wir fest, dass zwar alles alt, aber dennoch sauber und aufgeräumt ist. Dennoch habe ich das Gefühl, mir würde die ganze Zeit ein zentnerschweres Gespenst im Nacken sitzen. Marie scheint es ebenso zu ergehen. Sie zieht sogar den Kopf ein.

»Na ja, es ist … mäusefrei«, sage ich, um das lähmende Schweigen zwischen uns zu beseitigen.

»Ja«, antwortet Marie. Mehr sagt sie nicht.

»Ich werde dann mal runtergehen, denke ich …«

»Okay.«

Fröstelnd schlingt sie die Arme um ihren Körper. Dabei ist doch Hochsommer und hier unter dem Dach ist es sogar stickig. Es fällt mir schwer, sie jetzt hier oben allein zu lassen. Bis zur Tür schaffe ich es, aber dann verharrt meine Hand auf dem Knauf und drehe mich noch einmal um. »Soll ich dich heute noch zeichnen?«, frage ich sie.

Erleichterung tritt auf Maries Gesicht. »Ja. Aber unten bei dir.«

Ich lächele. Mir ist durchaus klar, dass wir den Zeitpunkt, an dem sie wieder nach oben gehen muss, dadurch nur hinausschieben. Aber im Moment ist uns beiden das völlig egal. Fast fluchtartig verlassen wir die Wohnung und poltern nach unten. Ich öffne meine Tür, woraufhin genau das Gegenteil passiert wie gerade oben: Das Gefühl, nach Hause zu kommen, breitet sich in mir aus. Und das, obwohl ich kaum Möbel besitze und hier nicht aufgeräumt ist. Hat Sarah tatsächlich die Schwingungen in unserem Haus getrennt? Die guten nach unten, die schlechten nach oben? Aber warum hat sie Marie dann nicht vorgewarnt?

Kaum dass wir auf meiner abgewetzten Couch sitzen, stößt Marie einen tiefen Seufzer aus. »Oh, ist das schön bei dir!«

Ich sehe sie beschämt von der Seite an. »Ich … bin noch nicht dazu gekommen aufzuräumen. Oder Bilder aufzuhängen. Ich habe nicht mal welche.«

»Das ist völlig egal. Ich wünschte, ich hätte eine Wohnung, die sich so gut anfühlt wie deine.«

»Ich werde Sarah bitten, die Zimmer oben in den gleichen Zustand zu bringen. Das scheint irgendein Orakel-Ding zu sein. Offenbar hast du die schlechte Aura von unten abgekriegt. Tut mir leid, Marie.«

Ihre Augen werden groß, aber sie sagt nichts dazu. Stattdessen streckt sie mir ihre linke Hand entgegen. »Kann sein, dass ich heule. Ich glaube, ich bin nicht ganz so hart im Nehmen wie die anderen. Das scheint ja in meiner Familie zu liegen.«

»Wieso glaubst du das?« Ich greife nach ihrer Hand, obwohl ich noch nicht einmal die Tattoo-Maschine herausgeholt habe.

»Na ja … Großmutter hat es nicht ausgehalten, ein Talent zu sein. Wie meine Schwester Judith damit klarkommt, werde ich wohl nie erfahren. Und ich habe keine Ahnung, ob meine Eltern vielleicht selbst auf der Flucht sind.«

Ich muss unbedingt wissen, was für ein Geheimnis ihre Familie umgibt und was es mit diesem seltsamen Fluch auf sich hat. »Marie … sag mir, was der Inhalt dieser Prophezeiung war«, bitte ich sie.

Ihre Augen haben wieder diesen besonderen, tieftraurigen Glanz. Ein Schauder durchfährt mich vom Scheitel bis zur Sohle. Ich möchte sie festhalten und ihr ins Ohr flüstern, dass alles gut werden wird.

»Zeichne mich, Jakob. Danach kannst du mir befehlen, es dir zu sagen … wenn du das tun willst.«

Langsam schüttele ich den Kopf. »Ich habe dir gesagt, zwischen uns wird es anders sein. Und dazu stehe ich auch. Keine Unterwerfung mehr.«

Die Tattoo-Maschine steht unter meinem Schreibtisch. Ich krame sie hervor und hole den Zeichenstift heraus. Dieses Mal will ich mir besondere Mühe geben. Vor allem muss ich meinen Puls beruhigen, damit meine Hand nicht zittert.

Wir schweigen beide, während ich Marie das Auge mit dem Pentagramm auf die Handfläche skizziere. Das Problem ist: Es gibt so vieles, was ich mit Marie verbinde, dass ich keine Ahnung habe, wie ich es in diese kleine Form bringen soll. Mit ein paar Schnörkeln und neuen Linien ist es nicht getan.

Marie ist nicht anzusehen, ob sie mein Werk gut findet oder nicht. Wahrscheinlich spioniert sie gerade wieder in meinen Gedanken herum und weiß längst von meinem Problem. »Es ist gut, Jakob«, sagt sie schließlich. »Ich werde es mit Stolz tragen. Und wenn du es gestochen hast, weiß ich vielleicht auch, wie Anklopfen funktioniert.«

Also doch. Ich habe es ja gewusst. Als ich sie ansehe, grinst sie. Es ist das erste Mal, dass ich das sehe. Wie unbeschwert und fröhlich sie doch aussehen kann, nach so einem heimlichen Lauschangriff im Kopf ihres Anführers.

Die Nadeln, die ihre Haut durchstechen, bringen sie jedoch schnell wieder auf den Boden der Tatsachen zurück. Ihr Lächeln erstirbt und sie beißt die Zähne zusammen.

»Es wird gleich besser werden. Du gewöhnst dich daran.«

Ich halte die Luft an, während ich an den äußeren Linien entlangfahre. Auf keinen Fall soll das Pentagramm am Ende wie ein Osterei aussehen.

Je länger ich arbeite, desto zufriedener werde ich mit meinem Werk. Auch Marie bekommt nach einiger Zeit wieder den Mund auf. Da bin ich mit den Grundlinien schon fertig.

»Es fehlt etwas«, sagt sie. »Und du weißt, was es ist.«

Ich wage nicht, sie anzusehen. »Bist du sicher?«

»Ja.«

Den Stift brauche ich dafür nicht. Diese Form kann ich auch frei Hand zeichnen. Bedächtig setze ich die Nadel am unteren

Rand des Auges an und forme aus dem Schnörkel, der dort eigentlich saß, ein Herz. Als es fertig ist, setze ich noch drei kleinere Herzen über das obere Lid. Ich will nicht, dass wir damit aufhören. Denn alles, was nach diesem Moment kommen wird, kann nur eine Enttäuschung sein.

»Mach weiter«, sagt Maries Stimme in meinem Kopf.

Von Neuem nehme ich Farbe auf. Wie von selbst formt die Nadel ein großen L ins Innere des Auges. Die Iris stellt bereits das O dar. Rechts davon folgen ein V und ein E. Nun gibt es keinen Platz mehr in dem Zeichen, den ich noch füllen könnte.

Ich schalte die Maschine ab. Als ihr hochfrequentes Summen so plötzlich verstummt, fühle ich mich wie aus einem Rausch erwacht. Ob es Marie ebenso ergeht, weiß ich nicht. Sie starrt ihre Hand an. Unsere Blicke treffen sich. Es stehen Tränen in ihren Augen.

»Willkommen in der Armee«, flüstere ich. Es rauscht in meinen Ohren. Mein Magen fährt Karussell. Nun müsste ich sie eigentlich auf die Stirn küssen.

Marie legt ihre Hände an meine Wangen. »Ich habe so etwas noch nie gefühlt, Jakob«, flüstert sie.

»Ich auch nicht.«

Sie beugt sich mir ein Stück entgegen. Dabei fallen ihre dunklen Haarsträhnen nach vorn, als wollten sie ihrem Gesicht einen lebendigen Rahmen verleihen. Mein Mund nähert sich ihrem. Ich kann nichts dagegen tun. Der Eid, den ich der Armee geschworen habe, hat mit einem Mal keine Bedeutung mehr für mich. *»Bis zu dem Tag meines Ausscheidens werde ich der Liebe entsagen und niemanden auf den Mund küssen.«*

»Mach es wie ich: Denk nicht daran!«

Bei diesen Worten komme ich wieder zu mir. Denn nun begreife ich, dass es hier nicht nur um mich geht. Ich bringe eine Armlänge Abstand zwischen uns. »Wieso wie du?«

Enttäuschung steht in Maries Gesicht. Sie fasst wieder nach meiner Hand, aber ich entziehe sie ihr.

»Diese Prophezeiung ... dabei ging es ebenfalls ums Küssen, habe ich recht? Was passiert mit dir, wenn wir das tun?«

Marie presst die Lippen aufeinander. Soll ich sie doch zwingen, mir die Wahrheit zu sagen? Dabei habe ich versprochen, mein Talent nicht gegen sie einzusetzen. Ich bin kurz davor, gleich den nächsten Schwur zu brechen. Nur das Klingeln meines Handys hält mich davon ab. Ein Blick aufs Display verrät mir, dass es Elena ist. Ein mulmiges Gefühl beschleicht mich. Ich gehe ran.

»Jakob ...« Die Stimme des Orakels klingt brüchig.

»Was ist passiert?« Es muss etwas Schlimmes sein. Man kann durchs Telefon hindurch spüren, dass Elena die Information kaum herausbringt.

»Jessy und Kai hatten einen Autounfall ... Jessy liegt schwer verletzt im Krankenhaus. Und Kai ... ist tot.«

Ich fühle mich, als hätte mir jemand einen Eimer Eiswasser über den Kopf gegossen. Nur mein Talent bewahrt mich davor, die Fassung zu verlieren.

»Weißt du etwas über den Unfallhergang?«, frage ich Elena. Dabei wundere ich mich selbst darüber, wie beherrscht meine Stimme klingt.

»Nein. Ich habe nur wahrgenommen, wie er geendet hat. Jessy wird nie wieder gehen können.«

Auch diese Information prallt an dem Schutzschild ab, den ich vor meiner Seele errichtet habe. Ich mochte Jessy. Sie war mutig, klug und loyal. Aber nun ist völlig klar, dass sie weder ein Offizier noch ein Soldat meiner Truppe werden wird. Stattdessen wird sie ihr Leben in einem Rollstuhl verbringen. So etwas hat sie nicht verdient.

»Wo liegt sie?«

»In der Uniklinik. Aber auf der Intensivstation. Sie lassen niemanden zu ihr.«

»Welches Zimmer?«

»Hundertzwanzig.«

Ich sage Elena noch, dass sie versuchen soll zu schlafen. Dann lege ich auf und wende mich wieder Marie zu. Sie ist kreidebleich, wahrscheinlich hat sie unser Gespräch mitgehört.

»Soll ich dich begleiten?«, fragt sie mich unumwunden.

Ich schüttele den Kopf. »Ich werde zum Fenster einsteigen müssen. Ich will nicht, dass du abstürzt. Du kannst so lange hierbleiben. Vielleicht bin ich eine ganze Weile weg.«

Niemand sieht mich, als ich aus dem Aufzug steige und durch den Notausgang auf das Flachdach der Klinik gelange. Von dort aus geht es über eine Feuerleiter weiter. Nur ein kleines Stück weit muss ich mich ungesichert entlang eines schmalen Absatzes an der Wand entlangtasten, um Jessys Zimmer zu erreichen, das ich in den Fluchtplänen der Klinik ausgemacht habe. Die Angst, in der Dunkelheit einen falschen Schritt zu machen, schiebe ich beiseite. Immerhin schützt mich die Düsternis dieser Nacht auch vor den neugierigen Blicken der Leute, die mich für einen Selbstmörder aus der Psychiatrie halten könnten.

Ich habe Glück: Das Fenster ist nur angelehnt. Meine Volltrefferin liegt mit geschlossenen Augen im Bett. In ihren Armen stecken Schläuche und neben ihr blinken die Kontrolllichter zahlreicher Maschinen. Ich bin nicht sicher, ob sie bei Bewusstsein ist. Aber zumindest ist gerade niemand bei ihr. Also drücke ich das Fenster ganz auf und steige in den Raum.

Jessy sieht furchtbar aus. Ihr bleiches Gesicht ist voller Schürfwunden, ihre Arme sind mit Hämatomen übersät. Ich will gar nicht wissen, wie viele Blessuren und Brüche noch unter der Decke stecken. Vorsichtig trete ich an sie heran und berühre sie an der Hand. »Jessy?«

Erst reagiert sie gar nicht. Aber als ich sie sanft rüttele, wacht sie auf. »Jakob … wie … bist du hier reingekommen?«

Sie spricht langsam, als würde es sie unendlich viel Kraft kosten, die Worte über ihre Lippen zu bringen. Wahrscheinlich ist sie mit Schmerzmitteln zugedröhnt.

»Durchs Fenster. Es tut mir schrecklich leid, was euch passiert ist.«

Sie wendet den Blick von mir ab und schluckt hart. Ihre Augen werden feucht. »Ich werde … für den Rest meines Lebens im Rollstuhl …«

Mir bleibt jede mögliche Erwiderung im Hals stecken. Der Kloß darin ist wie ein Knebel. Um mich zu besinnen, schließe ich kurz die Augen und atme tief durch. Ich bin ein Hauptmann der Armee. Dies wird nicht das letzte Mal sein, dass ich mich von einem Soldaten verabschieden muss. Ich mag mir gar nicht ausrechnen, wen es als Nächstes treffen könnte. Sollte ich an solchen Situationen zerbrechen, dann kann ich die Truppe nicht mehr schützen, und das darf mir niemals passieren.

»Kannst du dich daran erinnern, wie es zu dem Unfall gekommen ist?«, frage ich, diesmal mit fester Stimme.

Jessy schüttelt den Kopf. »Nein. Ich weiß nur noch, dass wir auf der Landstraße gefahren sind. Meine nächste Erinnerung sind die Feuerwehrleute, die Kai und mich herausgeschnitten haben.«

Ich habe gehofft, sie könnte mir mehr sagen als das. Wahrscheinlich war der Unfall wirklich nur eine der vielen sinnlosen Possen, die das Schicksal sich für uns Menschen ausdenkt. Aber mein Instinkt sagt mir trotzdem, dass irgendetwas an der Sache faul ist. Auch wenn ich die Wahrheit nicht herausfinden werde.

»Ich hätte dich gern in meiner Truppe gehabt. Versuche, jetzt ein wenig zu schlafen. Und wer weiß, was die Zukunft noch bringt.«

Das ist ein schwacher Trost, aber sie nimmt ihn ebenso gefasst entgegen wie meinen Überfall gestern, als ich sie rekrutiert habe.

Bevor wir uns Auf Wiedersehen sagen, fasst sie noch einmal nach meiner Hand. »Sollte mir noch etwas einfallen … dann rufe ich dich an.«

»Ich danke dir. Bleib stark, Jessy.«

Den Rückweg trete ich auf normalem Wege an. Sollte mich jetzt jemand aufhalten, dann kann ich behaupten, ich hätte mich verirrt. Aber niemand sieht, wie ich durch die Tür der Intensivstation nach draußen husche. Erst als die laue Nachtluft mir wieder ins Gesicht schlägt, straffe ich bewusst die Schultern und zwinge mich zum Vergessen. Jessy und Kai sind Vergangenheit. Ich brauche zwei neue Volltreffer.

Zu Hause finde ich Marie schlafend auf meinem Sofa vor. Lange stehe ich neben ihr und betrachte sie: ihre dichten Augenbrauen, ihren herzförmigen Mund, die sanft geschwungenen Wimpern, die im Schlaf wie Schmetterlingsfühler vibrieren, das feine, dunkle Haar, dessen Duft mich so betört. Was, wenn sie die Nächste ist?

Vielleicht ist es mehr als nur eine Schutzmaßnahme gegen die Dämonen, die uns die Armee mit ihren Regeln auferlegt. Womöglich steckt noch etwas ganz anderes dahinter: ein Schutz für unsere Seelen. Denn je stärker wir jemanden lieben, desto größer ist die Wunde, die sein Verlust in unsere Herzen reißen würde. Marie hat definitiv das Zeug dazu, mein Innerstes in tausend Stücke zu zerlegen. Als Talent muss sie dafür nur eine einzige falsche Bewegung machen. Wie konnte ich nur mit dem Gedanken spielen, sie zu küssen?

Vorsichtig hebe ich sie hoch. Dann trage ich sie in mein Bett und decke sie mit Sarahs Patchworkdecke zu. Der Wunsch, mich neben sie zu legen und ihre Atemzüge zu zählen, bis ich eingeschlafen bin, ist übermächtig. Aber ich widerstehe ihm und ziehe mich auf das Sofa zurück.

Zeige dich, wie du wirklich bist. Aber rechne nicht mit Applaus

Mit Morgana stimmt etwas nicht. Heute früh habe ich es stillschweigend hingenommen, dass sie mir süße Träume wünschte, sich umdrehte und einschlief. Immerhin waren die letzten vierundzwanzig Stunden ziemlich anstrengend für uns alle. Aber nun, da wieder der Abend anbricht und wir Faune aktiv werden, steht sie auf und kleidet sich an, bevor ich auch nur dazu komme, sie anzufassen. Das hat sie noch nie getan. In zwanzig Jahren nicht einmal.

»Was ist los?«, frage ich sie und richte mich im Bett auf. »Bist du mir böse?«

Morgana weicht meinem Blick aus. »Ich fühle mich seltsam. Irgendwie … krank.«

»Krank?« Faune werden nicht krank. Nicht solange sie in ihrem inneren Gleichgewicht sind. Fieberhaft überlege ich, wie lange der letzte Vollmond her ist. Es sind erst zwei Wochen. Das heißt, wir müssen noch zwei weitere Wochen warten, bis ich wieder mit ihr nach draußen gehen kann, um unser Seelen-Ritual zu feiern. Also bleibt nur eines. »Du brauchst sofort Input!«

Ihre Reaktion ist längst nicht so gierig und erfreut wie sonst, wenn ich einen Ausflug in die Sonnenwelt vorschlage. Aber immerhin stimmt sie zu. Ich spiele mit dem Gedanken, Orowyn aufzusuchen, die vielleicht einen passenden Kräutertrank für Morgana zubereiten könnte. Aber nach dem Streit, den ich gestern mit Orowar hatte, verzichte ich darauf. Vielleicht werden ein paar gute menschliche Gefühle meine Gefährtin wieder gesund machen. Ich hoffe es.

Als Raben getarnt fliegen wir nach Marburg. Doch bereits bei unserer nächsten Verwandlung merke ich, dass es Morgana wirklich schlecht geht. Anstelle ihrer üblichen Menschengestalt nimmt sie ihre wahre Gestalt an. Glücklicherweise befinden wir uns nur in einem Hinterhof der Diskothek. Nicht auszudenken, was geschähe, wenn ein Mensch oder gar ein Talent sie mit ihrem Bannzeichen, den spitzen Ohren und dem Faunkleid sehen würde!

»Morgana, verwandele dich!«, japse ich entsetzt.

Erstaunt sieht sie an sich hinab. »Das wollte ich doch … Wieso hat es nicht funktioniert?«

»Versuch es noch mal!«

Ich trete von einem Bein auf das andere, während mein Blick unruhig über den Hinterhof, die Einfahrt und die erleuchteten Fenster ringsum huscht. Morgana schließt die Augen und befiehlt ihrem Körper, die Gestalt der schwarzhaarigen Schönen mit den tief liegenden Augen anzunehmen, die sie in der Menschenwelt fast immer benutzt. Nichts passiert.

»Ich kann es nicht mehr!«, schluchzt sie. »Oh, Levian, was geschieht mit mir?«

Ich fühle mich vollkommen hilflos. So etwas habe ich bei einem erwachsenen Faun noch nie erlebt. Nur Kinder tun sich mit der Verwandlung zuweilen schwer. Aber dann befinden sie sich für gewöhnlich im Schutz des Palastes oder zumindest im dichten Unterholz des Waldes und nicht mitten in der Stadt, wo es vor Menschen und Talenten nur so wimmelt.

»Wir fliegen zurück«, beschließe ich. »Versuch es mit der Tiergestalt!«

Auch das funktioniert nicht mehr. Es ist, als wäre Morgana völlig ihrer Magie beraubt worden. Der Flug hierher scheint ihr den Rest gegeben zu haben. Das ist eine Katastrophe!

Wenn wir wenigstens Nayo oder Leviata mitgenommen hätten, um Hilfe zu holen. In ihrem Zustand kann ich meine Gefährtin unmöglich allein hier zurücklassen. Also treffe ich die einzig mögliche Entscheidung. Ich atme einmal tief durch und nehme ebenfalls meine wahre Gestalt an. Morganas Augen werden groß. Ein rötlicher Rand bildet sich darum. Ich weiß genau: Wäre sie ein Mensch, so würde sie jetzt weinen.

»Was tust du, Geliebter?«

»Wir beide haben einen Bund für die Ewigkeit geschlossen«, flüstere ich. »Dein Schicksal ist auch mein Schicksal. Vielleicht sind gar keine Talente da. Wir nehmen uns ein Taxi.«

»Ein Taxi?«

Entsetzen steigt in ihre Augen. Um sie zu beruhigen, greife ich in ihren Nacken und ziehe sie heran. Alles, was ich an Ruhe und Zuversicht zu geben habe, lege ich in diesen Kuss. Unsere Lippen verschmelzen auf eine Weise, wie es nur bei Seelenverwandten möglich ist, innig und voller verheißungsvoller Sehnsucht. »Wir schaffen das. Komm mit.«

Ich greife nach ihrer Hand und drücke sie. Gemeinsam verlassen wir den Hinterhof und gehen um das Gebäude herum, bis wir die Straße erreichen. Bereits am Eingang der Diskothek sehen uns die ersten Menschen. Ein paar von ihnen zeigen mit dem Finger auf uns.

»Hey, Fasching ist schon vorbei!«, schreit ein Junge, woraufhin mehrere andere in hämisches Gelächter ausbrechen. Wir beachten sie nicht. Das ist genau die Reaktion, mit der ich gerechnet habe. Ich hoffe, es bleibt dabei. Von vorne kommen uns jetzt zwei leicht bekleidete Mädchen entgegen, die erst mit verwirrtem Gesichtsausdruck die Tellerärmel an Morganas Kleid mustern, bevor ihre Blicke an meinen schulterlangen Haaren und dem bestickten Gehrock hängen bleiben.

»Alter, was geht denn mit euch?«, grummelt die eine.

»Geile Ohren. Sehen voll echt aus«, kichert die andere und bleibt stehen. »Was ist das für ein Zeichen auf eurer Stirn?«

Wie es aussieht, wollen sie uns in ein Gespräch verwickeln. Die kommen mir gerade recht. Ich schicke beiden meinen Liebeszauber. Meine wahre Gestalt sorgt dafür, dass die komplette Magie ungefiltert bei den Menschenmädchen ankommt. Im Nu verklärt sich der Ausdruck in ihren Augen. Sie schmelzen dahin, in sinnloser Liebe für den größten Feind ihrer Spezies entbrannt.

»Ruf uns ein Taxi«, sage ich zu dem ersten Mädchen, einem mittelmäßig attraktiven Ding mit kurzen blonden Haaren. Sie strahlt mich an und zückt ihr Handy. Doch noch bevor sie dazu kommt eine Nummer zu wählen, stampft ein Junge von der Diskothek aus mit forschen Schritten in unsere Richtung. Er baut sich direkt vor uns auf und richtet seinen verärgerten Blick erst auf die Blonde, dann auf mich.

»Was machst du da, Tammy?«, fragt er mit aggressivem Unterton in der Stimme. »Und aus welchem Kasperletheater seid ihr beiden entlaufen?«

»Zieh Leine, Nico. Ich muss sofort ein Taxi rufen«, säuselt Tammy. Sie hat von meinem Liebeszauber offenbar die volle

Dosis abbekommen. Das macht sie ein bisschen fanatisch. Mir ist gar nicht bewusst gewesen, wie stark meine Menschengestalt diesen Zauber normalerweise schwächt.

»Zieh Leine?«, stammelt Nico. »Du sagst ›*Zieh Leine*‹ zu mir?«

Erst sieht er gekränkt aus, doch innerhalb weniger Sekunden verwandelt sich die Kränkung in Wut. Es war abzusehen, dass ich sie abbekommen würde.

»Was für ein schräger Vogel bist du, hä?«, motzt er mich an.

Das wäre jetzt eigentlich ein Fall für Morgana, aber ihre Magie ist versiegt. Ich werfe einen heimlichen Blick in Richtung der Diskothek. Dort stehen mindestens fünfzehn Menschen am Eingang und beobachten uns. Umbringen sollte ich Nico also wohl nicht, es sei denn, ich will die nächsten zwanzig Jahre mit Strafdiensten im Palast verbringen. Niederschlagen kommt auch nicht infrage. Immerhin lautet eine unserer wichtigsten Regeln, nicht aufzufallen. Also muss ich eben auch ihn betören. Es braucht nur einen intensiven Blick von mir und der Junge schaudert am ganzen Leib. Als er den Mund wieder aufmacht, hört sich seine Stimme wie das Säuseln eines heimlichen Liebhabers um Mitternacht an.

»Du brauchst ein Taxi? Aber klar!«

Wenn man ganz genau hinsieht, kann man die Herzchen in seinen Augen stehen sehen. Ich lächele ihm zu und er antwortet mit einem entzückten Seufzen. Während die beiden Mädchen sich bei Morgana und mir einhaken, geht er voraus zur Straße und fängt an, mit beiden Armen herumzuwinken.

Ich bin kurz davor aufzuatmen. Da höre ich plötzlich etwas hinter uns, was meine Hoffnung auf ein ungestörtes Verschwinden zunichtemacht. Es ist nur ein Flüstern, doch in meiner wahren Gestalt ist mein Gehör viel empfindlicher und die Worte dringen durch die Geräuschkulisse der zahlreichen plappernden Menschen direkt an mein Trommelfell.

»Ich garantiere dir: Das sind Dämonen. Ich spüre die Gefahr, die von ihnen ausgeht!«

Morgana zuckt zusammen. Sie hat es ebenfalls gehört.

»Dreh dich auf keinen Fall um!«, flüstere ich ihr zu. »Wenn sie unser Bannzeichen sehen, werden sie durchdrehen!«

Also beobachten wir weiterhin Nico, der sich an der Straße abmüht, ein Taxi anzuhalten. Meine scharfen Augen erspähen eines dieser Autos mit dem auffälligen Schild auf dem Dach ganz hinten an der Straße. Das muss er zum Stehen bekommen, egal wie. »Das Taxi dort hinten wirst du stoppen. Und wenn du dich vor ihm auf die Straße wirfst!«

Die beiden Mädchen neben uns sind so gefangen von meinem Zauber, dass sie daraufhin zu kichern beginnen. Nico hingegen nickt nur einmal ergeben. Wieder höre ich die Talente in meinem Rücken miteinander tuscheln.

»Warum sollten sie mitten im Hochsommer verkleidet nach Marburg kommen?«, sagt ein Junge. »Das ist doch total auffällig.«

»Vielleicht sind sie gar nicht verkleidet … es könnte ihre wahre Gestalt sein, Jakob!«

Aha, der Anführer! Und sein Orakel. Innerlich setze ich sie direkt mit auf Deimons Todesliste. Ich hasse Talente, die mitdenken. Die Muskelprotze, bei denen sämtliche Gehirnzellen in Eiweiß umgewandelt wurden, sind mir viel lieber.

»Aber das ergibt überhaupt keinen Sinn!«, sagt der Anführer. Und dann spricht er den Satz aus, mit dem ich gerechnet habe. Immerhin ist er nicht der erste Anführer, mit dem ich es zu tun habe: »Schauen wir sie uns mal von vorne an!«

Eines Tages wird er so weit sein, dass er auf den Wink seines Orakels hin jedem beliebigen Wesen ein Messer ins Herz sticht, nur weil seine Hellseherin es identifiziert hat. Aber noch ist er zu unerfahren. Die natürliche Tötungshemmung der Menschen ist bei ihm noch nicht verschwunden. Das könnte unsere Chance sein.

Während ich aus dem Augenwinkel die Talente beobachte – den Anführer, das Orakel, ein dunkelhaariges Mädchen und einen blonden Muskelprotz – winkt Nico bereits aus Leibeskräften dem herannahenden Taxi. Ich merke jetzt schon, dass es nicht vorhat, bei uns stehen zu bleiben. Der Fahrer müsste längst vom Gas gegangen sein. Ich will dem Menschenjungen gerade eine klare Anweisung geben, da vibriert es in meinem Nacken, fast so, als würde Leviata mich telepathisch angreifen.

»Wer bist du?«, höre ich eine fremde Stimme in meinem Kopf. Es muss das dunkelhaarige Mädchen sein. Sofort schalte ich mein Small-Think ein und wehre sie ab.

»Stell dich ihm in den Weg!«, herrsche ich Nico an. Der tut, wie ihm geheißen, und springt, nur wenige Meter vor dem Taxi, mitten auf die Straße. Der Taxifahrer tritt voll auf die Bremse. Ein paar Menschen fangen an zu schreien. Manche rennen sogar auf uns zu. In dem entstandenen Tumult kann ich die Talente nicht mehr hören. Ich habe keine Ahnung, wo sie jetzt sind. Verdammt!

Mit quietschenden Reifen kommt das Taxi vor uns zum Stehen. Ich reiße die Tür auf, schiebe Morgana und die beiden Mädchen auf die Rücksitzbank, steige selbst vorne ein und packe den Fahrer am Hals.

»Raus aus der Stadt, sofort! Oder du verlierst deinen Kopf«, herrsche ich ihn an.

Der Mann fängt auf der Stelle an zu hyperventilieren. Aber sein Fuß findet das Gaspedal. Gerade noch rechtzeitig springt Nico von der Fahrbahn, bevor er überfahren wird. Ich wende mein Gesicht von den Menschen ab, in der Hoffnung, dass die Talente mein Bannzeichen nicht sehen, wo auch immer sie gerade stecken. Morgana macht auf dem Rücksitz das Gleiche. Hoffentlich verzichtet der Anführer darauf, uns noch eine Silberkugel hinterherzuschicken. Aber angesichts der Menschenmenge, die die ganze Szene verfolgt, kommt ihm das wohl nicht in den Sinn. Außerdem hat er bekanntlich keine Volltreffer mehr.

Morgana und die Menschenmädchen reden kein Wort. Sie sehen alle ziemlich bleich aus. Der zitternde und inzwischen schluchzende Taxifahrer bringt uns sicher an den Stadtrand von Marburg.

»Immer schön weiter geradeaus«, weise ich ihn an. Dann wende ich mich an meine Gefährtin: »Nimm die beiden. Wer weiß, wann wir das nächste Mal in die Sonnenwelt gehen.«

Sie nickt eingeschüchtert. Tammy und ihre Freundin bekommen eine deutliche Anweisung von mir, die sie davon überzeugt, sich von Morgana küssen zu lassen. Ich sehe dabei zu, wie sie eine nach der anderen gierig aussaugt. Auch in mir kommt bei dem Anblick ein schmerzhaftes Sehnen auf. Mein letzter Input liegt auch schon wieder ein paar Tage zurück. Schuld daran sind Deimons blutige Aufträge, die uns viel zu sehr in Anspruch nehmen.

Ich lotse den Taxifahrer bis zum Sportplatz nach Allendorf. Dort fische ich einen Hundert-Euro-Schein aus meinem Ärmel und drücke ihn ihm in die Hand. Wir haben Menschengeld im Überfluss und der Kerl kann ja nichts dafür, dass er zur falschen Zeit auf der falschen Straße gefahren ist.

»Bring die Mädchen nach Hause. Und behalte diese Sache für dich, wenn dir dein Leben lieb ist. Ich finde dich sonst jederzeit wieder.«

Die kleine Drohung zum Abschied wird ihre Wirkung tun. Was sollte der Mann seiner Menschenpolizei auch erzählen? Dass ein verkleideter Irrer ihn gezwungen hat, drei knutschende Mädchen auf einen abgelegenen Sportplatz zu kutschieren?

Morgana und ich warten, bis der Wagen um die Ecke verschwunden ist. Dann sehen wir uns erleichtert an und rennen so schnell hinauf zum Hohenfels, dass sämtliche nachtaktiven Tiere auf dem Berg angstvoll in ihre Behausungen flüchten und ganze Scharen von Vögeln über uns in die Lüfte steigen.

Der Input scheint Morganas Magie wiederhergestellt zu haben. Die Maus, deren Gestalt sie annimmt, um in den Palast zu kommen, hat zwar spitzere Ohren denn je und außerdem eine viel zu lange Nase, aber zumindest schafft sie den Einstieg, ohne dass wir den Findling am Hintereingang beiseiteschieben müssen.

Niemand bemerkt uns. Kurze Zeit später betreten wir unsere Kammer, wohin ich sofort Nayo, Nayati, Leviata und Luzilla bestelle. Sie alle sind erschrocken über unsere Erlebnisse. Morgana hat sich gleich nach unserer Ankunft aufs Bett gelegt – sie sieht kraftlos aus, trotz der Gefühle, die sie inhaliert hat. Es ist schrecklich, sie so zu sehen, ausgelaugt und ihrer inneren Stärke beraubt. Wie ein Vogel mit gestutzten Flügeln oder ein Delfin, der in einer Pfütze gestrandet ist.

»Ich habe noch nie von einem Faun gehört, dem so etwas passiert ist«, sagt Nayati kopfschüttelnd. Ich habe den Eindruck, als stünde Verachtung in seiner Miene.

»Darum geht es hier nicht«, fauche ich ihn an. »Ich würde lieber wissen, warum es passiert ist.«

»Es kann etwas damit zu tun haben, dass Deimon unseren Bund mit Tharos gelöst hat«, mutmaßt Luzilla. »Faune sind nicht dafür geschaffen, ohne Anführer zu leben.«

»Aber warum passiert es dann nur bei Morgana?«, gibt meine Schwester zu bedenken.

Darauf weiß ich eine Antwort. »Womöglich ist sie nur die Erste, die davon betroffen ist. Es könnte sein, dass auch wir anderen nun nach und nach unsere Magie einbüßen.«

Sprachlosigkeit erfüllt den Raum. Die Aussicht darauf, unsere Magie zu verlieren, ist für jeden von uns ein Schlag ins Gesicht. Mehr als das. Es ist wie die Gewissheit, jahrhundertelang in einem Verlies verrotten zu müssen. Unsere Magie und die Lust an den Gefühlen der Menschen – das macht einen Faun doch überhaupt erst aus. Sollten wir tatsächlich alle die gleiche Krankheit wie Morgana bekommen, so können wir uns nicht einmal mehr gegenseitig helfen.

Mitten in meine Überlegungen hinein klopft es plötzlich an unserer Tür. »Wer ist da?«, frage ich kühl.

»Orowyn«, höre ich eine leise Stimme von draußen. »Ich bringe etwas für Morgana.«

Misstrauen erfüllt mich. Denn nach wie vor weiß ich nicht, welche Probleme diese verwandelte Menschenfrau mit sich bringt und auf welcher Seite sie eigentlich steht. Tatsache ist: Auch Orowar und sie haben irgendwelche Geheimnisse vor uns anderen.

»Lass sie rein«, sagt Morgana. »Ich will wissen, was es ist.«

Als ich die Tür öffne, steht die Kräuterfrau mit einem Becher davor, den sie mit beiden Händen umfasst hält. Dampf steigt daraus empor, was allein schon als Beweis dafür genügt, dass wir es hier mit einem ganz besonderen Kräutertrank zu tun haben. Normalerweise wird hier unten nicht gekocht. Ich lasse meinen Arm wie eine Schranke auf dem Türrahmen liegen.

»Was ist das und wer hat dich geschickt?«, frage ich. »Und woher weißt du überhaupt, was passiert ist?«

Orowyn bleibt ruhig. »Ist das ein Verhör?«

»Es ist gerade mal ein paar Stunden her, da hat dein Gefährte uns unter Verwünschungen aus eurer Kammer geworfen. Warum also sollte ich dir einfach so trauen?«, knurre ich, wohl wissend, dass starke Emotionen die Wirkung meines Talents nur noch anfachen. Und das ist in den seltensten Fällen zielführend. Ich kann bereits die ersten Spuren von Zorn auf Orowyns Gesicht erkennen.

»Ich werde dir nicht sagen, woher ich von eurer misslichen Lage weiß. Aber was das hier ist, kannst du dir selbst zusammenreimen. Es wird Morgana helfen. Sie braucht es von nun an jeden Tag.«

»Lass sie rein, Levian«, höre ich Morgana vom Bett aus sagen. »Denk daran, wir alle gehören zur Bruderschaft.«

Genau daran denke ich. Und die Bruderschaft ist gespalten. Wer weiß, was die andere Hälfte bereit ist zu tun, um wieder Einigkeit zu erreichen – und zwar auf unsere Kosten. Dennoch lasse ich Orowyn auf Morganas Wunsch hin den Raum betreten. Sie geht direkt zu ihr, ohne uns andere weiter anzusehen, setzt sich auf die Bettkante und hält ihr das dampfende Gebräu entgegen.

Morgana schnuppert daran. »Da ist Eibe drin …«, höre ich sie sagen.

Hinter mir saugt Leviata scharf die Luft ein. Ich weiß, warum. Genau wie Silber ist Eibenholz eine Substanz, die uns schwächt. Generationen von keltischen Druiden haben uns vor Jahrhunderten damit das Leben schwer gemacht, bevor den Menschen diese wichtige Information durch ihre Ungläubigkeit und Grobschlächtigkeit verloren gegangen ist. Die Beeren dieses Baumes bringen uns regelmäßig durch den Winter, aber die Kerne und das Holz können uns, in höherer Dosierung, sogar töten.

»Eibe und noch ein paar Dinge mehr.«

»Willst du sie vergiften?«, fahre ich die Kräuterfrau an. Ich bin kurz davor, ihr den Becher aus der Hand zu schlagen.

Orowyn ignoriert mich und wendet sich wieder an Morgana. »Sag deinem Darksetter, wenn er so weitermacht, wirst du nicht gesund werden. Sag ihm, er hat die Wahl: Entweder vertraut ihr mir oder ihr werdet den Hohenfels nie mehr verlassen können. Bei jedem Gift kommt es auf die Dosis an. In schwacher Dosierung kehrt sich die Wirkung um – die Menschen nennen das Homöopathie.«

Mir ist vollkommen egal, wie die Menschen das nennen! Ich weiß nur, dass die Einnahme von Eibe für uns Faune nicht gut ist. Morgana wirft mir einen verzweifelten Blick zu.

Ich schüttele den Kopf. »Trink das nicht!«

Doch meine Gefährtin missachtet meinen Rat. Stattdessen atmet sie noch einmal tief durch, dann setzt sie den Becher an ihre Lippen und leert ihn bis auf den letzten Schluck.

Orowyn sieht zufrieden aus. Sie nimmt Morgana das tönerne Trinkgefäß aus der Hand und wendet sich Richtung Tür.

»Orowyn!«, ruft Nayo ihr nach, woraufhin sie sich noch einmal umdreht. »Hast du dich jemals an deine Zeit als Mensch erinnert? Irgendwelche Visionen oder seltsamen Träume?«

Orowyn schüttelt den Kopf.

Ich bin nicht sicher, ob sie ehrlich ist. Aber im Moment ist mein Gehirn auch nicht zum Denken fähig. Ich habe nur noch Augen für meine Gefährtin, die ihren Kopf soeben ins Kopfkissen zurücksinken lässt. Ihr Gesicht ist aschfahl. Noch bevor ich bei ihr bin, schließt sie die Augen.

»Der Schlaf der Genesung«, behauptet die Kräuterfrau vom Türrahmen aus.

Ich schicke ihr einen warnenden Blick. »Sollte es anders sein, dann flieh besser gleich bis ans Ende der Welt!«

Als Antwort fällt meine Zimmertür mit einem lauten Krachen ins Schloss.

WER IST ES WERT, FÜR IHN ZU STERBEN?

Das waren die niederschmetterndsten zwei Tage meines Lebens, von dem Unglück meiner Eltern einmal abgesehen. Erst verliere ich meine beiden Volltreffer, dann gehen uns zwei Faune durch die Lappen, die wahrscheinlich sogar in ihrer wahren Gestalt unterwegs gewesen sind – warum auch immer.

Irgendetwas stimmt in diesem Hinterland nicht, ich merke es genau. Der beste Beweis dafür ist doch, dass schon vor meinem Erscheinen die Hälfte der Truppe ausradiert worden ist. Und nun diese beiden erneuten Vorfälle, hinter denen ich keinen Sinn erkennen kann.

Dazu kommt, dass die Sache zwischen Marie und mir in ein ziemlich seltsames Fahrwasser geraten ist. Nach wie vor kann sie sich nicht dazu überwinden, ihre Wohnung zu beziehen, und Sarah hat keine Ahnung, wie sie die üblen Schwingungen zum Kamin oder aus den Fenstern hinausschicken könnte. Angeblich sind irgendwelche Wesen mit negativen Energien unterwegs, die das verhindern. Weder die Veteranen noch ich glauben an so etwas. Aber gegen Sarahs Hirngespinste kommt man nicht an. Die einzige Lösung, die sie mir angeboten hat, war, die schlechte Aura wieder nach unten zu verbannen. Das will ich auch nicht. Also schläft Marie weiterhin in meinem Bett und ich habe auf unbestimmte Dauer die Couch bezogen.

Da sie mit der Schule fertig ist, bisher aber auf Wunsch ihrer Eltern keine Ausbildung begonnen hat, sitzen wir quasi vierundzwanzig Stunden am Tag aufeinander. Nun könnte man meinen, diese dauerhafte Nähe würde uns auch innerlich enger zusammenschweißen. Doch seit dem Abend, als wir uns fast geküsst hätten, halten wir beide eine Art Sicherheitsabstand zueinander, und das nicht nur im körperlichen Sinn. Ich verzichte auf Nachfragen bezüglich des Fluchs, sie auf heimliche Lauschangriffe in meinem Kopf. Das alles fühlt sich an, als würde jemand ein Band um meine Brust legen und es langsam, aber unaufhaltsam zuziehen. Es gibt Momente, in denen mir regelrecht die Luft wegbleibt. Am schlimmsten ist der erste Augenblick, wenn ich morgens aufstehe und sie sehe. Dann spüre ich alles gleichzeitig: Die Enge in der Brust, die Schmetterlinge in meinem Bauch und den Kloß in meinem Hals, der verhindert, dass ich auch nur ein einziges sinnvolles Wort herausbekomme.

Das alles hätte einen Hauch von prickelnder Melancholie, wenn wir normale Menschen wären. Wäre ich nur ein Junge, der einen Korb von einem Mädchen bekommen hat! Doch das hier, diese zerstörerischen Verbote und Regeln der Armee, das Wissen, dass es auch ganz anders sein könnte zwischen Marie und mir, macht es nur noch schlimmer.

Es gibt genau zwei Arten, um mit solchen Gefühlen umzugehen: entweder man lässt sie zu und stürzt damit alle Beteiligten ins Verderben oder man schaltet sie ab und mutiert zu einer leblosen und kalten Hülle. Ich bin noch nicht so weit, mich in einen Gefühls-Eisberg verwandeln zu wollen. Aber was ich stattdessen tun soll, weiß ich auch nicht.

Seit ich sie gezeichnet habe, hat sie zumindest ihr Talent unter Kontrolle und beherrscht sogar das Anklopfen. Das Bannzeichen! Jedes Mal, wenn ich es sehe, erinnert es mich schmerzvoll an die intensive Bindung, die zwischen uns entstanden ist, als ich die Nadel in ihre Haut gestochen habe. Nun prangt es dort für jeden sichtbar und bringt die Moral meiner Truppe nicht gerade auf Vordermann.

»Herzchen?«, stellt Big T fest, als er es am Tag nach dem Vorfall mit den beiden Faunen zum ersten Mal sieht. »Und das da in der Mitte … Himmel, heißt das etwa *Love*?«

»Ja«, antwortet Marie von oben herab. »Es heißt Love. Weißt du auch, wofür es steht?«

»Für die erste Nacht zwischen deinem Anführer und dir?«

Der Impuls, dazwischenzugehen und diese Respektlosigkeit meines Muskelprotzes direkt zu ahnden – egal wie –, ist übermächtig. Doch Marie bedeutet mir mit einem sachten Kopfschütteln, dass ich mich zurückhalten soll.

»Es steht für die Inbrunst, mit der ich meiner Aufgabe nachkomme. Für die menschlichen Gefühle, die ich mir erhalten möchte. Und für die Innigkeit, mit der ich unserer Truppe diene. Immerhin bin ich jetzt Feldwebel. Und was bist du?«

»Gefreiter«, murmelt Big T.

»Dann arbeite mal besser an deiner Karriere«, gibt Marie ihm noch mit.

Die anderen enthalten sich jeglichen Kommentars. Aber ich kann ihren Mienen ansehen, dass sie allesamt ahnen, dass da etwas zwischen Marie und mir läuft. Auch wenn ihre Gedanken mit Sicherheit nicht der Realität entsprechen.

Weiterhin haben weder Elena noch Cem einen Tiersprecher ausgemacht. Dafür habe ich wieder zwei Volltreffer: Marvin und Matthias. Die beiden sind Brüder und tragen ihr Talent schon seit einer ganzen Weile mit sich herum. Deshalb waren sie in ihrem Heimatdorf sogar im Schützenverein und können – dem Himmel sei Dank! – mit sämtlichen Waffen umgehen, als wären sie damit geboren worden.

Was mich etwas irritiert, ist der Umstand, dass sie beide aus einem Nachbarlandkreis stammen. Aber immerhin ist Matthias schon einundzwanzig und besitzt ein eigenes Auto, mit dem sie zu jedem unserer Treffen von Dillenburg aus hierherfahren.

Matthias ist auf den ersten Blick der Ruhigere der beiden Brüder. Er ist zwar einen Kopf kleiner als ich, aber mit seiner durchtrainierten Figur, den hip gestylten, dunklen Haaren und dem kratzigen Dreitagebart wird er einen fantastischen Liebestöter abgeben. Außerdem schießt er noch einen Tick besser als Marvin.

Der wiederum ist mir jetzt schon ein Dorn im Auge, schlimmer noch als Big T. Denn im Gegensatz zu dem Muskelprotz, der im Grunde ein rein verbaler Schaumschläger ist, lebt Marvin seine Proletenader auch faktisch aus, und zwar mit jedem Atemzug. Er hat noch nicht eine einzige Silberkugel abgeschossen, da klebt er bereits an Isabell wie Hundekacke an einem Schuh. Wie auch immer die Sprinterin ihn losgeworden ist – als ich eine halbe Stunde später mit Cem aus der Schutzhütte trete, sitzt er neben Marie auf einem Baumstamm und baggert sie an. Dabei habe ich ihm deutlich klargemacht, mit welchen Entsagungen der Dienst in der Armee verbunden ist.

Eifersucht kocht in mir hoch. Ich trete hinter die beiden und räuspere mich. Daraufhin schreckt Marie zusammen, Marvin aber nicht.

»Alles klar, Hauptmann?«, quatscht er mich an.

Mir fällt auf, dass eine seiner Augenbrauen eigentlich ständig nach oben gezogen ist. Wahrscheinlich hat er diesen überheblichen Ausdruck so oft vor dem Spiegel geübt, bis er in seinem Gesicht festgewachsen ist. Ich krame alles hervor, was ich an Selbstbeherrschung aufbringen kann.

»Wie ist deine Trefferquote, Marvin?«

»Ach, ganz gut. Eigentlich nur ins Schwarze …«

»Eigentlich?«, unterbreche ich ihn.

»Na ja, ich …«

»Schwing deinen Hintern zurück zur Übungsstation und sieh zu, dass du auch nur ansatzweise mit deinem Bruder mithalten kannst!«, donnere ich.

Das ist das Gute an meinem Talent: sogar Leute wie Marvin lassen sich davon beeindrucken. Brummelig, aber dennoch ergeben, erhebt er sich von dem Baumstamm und setzt sich in Bewegung. Ich sehe Marie an.

»Jakob, ich … wir haben uns nur unterhalten!«

»Ja. Aber im Gegensatz zu dir kenne ich diese Art von Unterhaltung, Marie.« Es klingt launischer, als es sollte.

Sie senkt den Kopf, ganz so, wie sie es von früher gewohnt ist. Ich könnte mich schlagen für meine Unbeherrschtheit.

»Tut mir leid«, murmele ich und setze mich neben sie. Weil sie keine Anstalten macht, mir in die Augen zu sehen, hebe ich ihr Kinn an, wie so oft. Diese Geste ist mittlerweile zum Ritual für uns geworden.

»Du magst ihn nicht«, stellt Marie fest.

»Nein.«

»Aber du würdest trotzdem dein Leben für ihn geben?«

Ich seufze. »Ja. Denn seit heute gehört er zu meiner Truppe. Genau wie sein Bruder … in dem wahrscheinlich derselbe Schwerenöter schlummert. Nur irgendwie versteckter.«

Weiß der Geier, warum ich die beiden neuen Volltreffer so schwer akzeptieren kann. Es muss am Verlust von Kai und Jessy liegen.

Ich wechsele das Thema. »Cem hat den Tiersprecher gesehen. Zumindest glaubt er das.«

»Ehrlich?« Maries Hand wandert auf meinen Arm. Allein die Berührung bringt meine Haut zum Glühen. »Wer ist es?«

»Wenn er das nur klar sagen könnte«, antworte ich missmutig. »Er hat einen Engel, einen Drachen und eine Bibel im Kaffeesatz gesehen.«

»Wirklich?«

Diese Information, so skurril sie auch ist, scheint Maries Lebensgeister zu wecken. Auf einmal strahlen ihre Augen.

Ich kann nicht anders. Ohne darauf zu achten, ob jemand uns beobachtet, lege ich meine Hand auf ihre. »Das bringt mich nur nicht weiter«, sage ich leise. »Denn der einzige Engel, den ich kenne, bist du.«

Es vibriert in meinem Nacken, doch ich merke es kaum.

»Ich bin kein Engel, Jakob. Und wenn überhaupt, dann ein gefallener.«

»Mir ist egal, ob du gefallen bist oder nicht. Du bist der Mensch, der mein Herz am Schlagen hält. Wenn es jemanden gibt, der über mich wacht, mich schützt und rettet, dann du.«

»So etwas darfst du nicht denken!«

Es ist einer jener Momente, in denen mir die Konsequenzen meines Handelns egal sind. *»Die Armee kann über meine Taten bestimmen, aber nicht über meine Gedanken!«*

Ein paar Sekunden lang schweigt Marie. Dann höre ich wieder leise ihre Stimme in meinem Kopf. *»Was passiert mit Hauptmännern, die ihren Schwur brechen?«*

»Was geschieht mit Mitgliedern deiner Familie, die sich küssen lassen?«, stelle ich die Gegenfrage.

Noch bevor ich ihre Gedanken hören kann, bricht sie die Verbindung zwischen uns ab.

Aber ich kann auch auf herkömmliche Art weitermachen. »Dein Vater hat deine Mutter geküsst, nehme ich an. Und es ist gar nichts passiert, außer dass sie geheiratet und Kinder bekommen haben.«

»Das ist etwas anderes. Mein Vater war kein ...«

Sie schweigt, als hätte sie schon zu viel gesagt. Der Stromschlag fällt mir ein, den ich am Gartentor ihrer Eltern abbekommen habe.

»Kein Talent? Kein Anführer?«

Zum ersten Mal, seit ich sie kenne, steht sie auf und läuft mir davon. Die Möglichkeiten, wohin sie gehen könnte, sind begrenzt, daher steuert sie die nächste Übungsstation an. Es ist ausgerechnet die, an der Marvin gerade mit einer Pistole zugange ist. Als mein neuer Volltreffer Marie kommen sieht, zieht er seine ohnehin schon schräge linke Augenbraue noch mehr nach oben. Ich hasse ihn.

Elena hatte die Idee, sich mit Cem zu vernetzen, um den Tiersprecher ausfindig zu machen. Immerhin hat Cem bereits wichtige Informationen über ihn, aber Elena kann für gewöhnlich den Aufenthaltsort eines neuen Rekruten besser bestimmen. Also schicke ich die beiden in die Schutzhütte, nachdem die anderen mit ihrem Training fertig und nach Hause gefahren sind.

Marie und ich beobachten die Orakel, wie sie einander die Hand reichen und ihre Informationen zusammenfließen lassen. Das Bild, das sie dabei abgeben, ist erschreckend. Sie kleben aneinander wie zwei elektrifizierte Magnete, dabei vergessen sie völlig zu atmen. Die gesamte Vorstellung ist dermaßen erschreckend, dass Marie zu weinen beginnt und ich mich komplett von meinem Talent steuern lasse: Im heftigsten Befehlston, den ich aufbringe, gebiete ich den beiden, einander loszulassen. Und siehe da: Es funktioniert! Gleichzeitig geben sie die Hände des anderen frei und kippen hintenüber. Marie kann Elena auffangen, aber ich erreiche Cem erst, als er schon von der Bank gefallen ist.

»Tut mir leid. Alles gut bei dir?«, frage ich ihn, nachdem ich ihn wieder aufgerichtet habe. Sein Körper ist unnatürlich kalt und steif, als hätte ihn jemand mehrere Jahre lang tiefgefroren.

»Ja«, stöhnt das Orakel. »Ich denke, Elena hat den Aufenthaltsort.«

Gespannt sehe ich Elena an. Aber was ich in ihren Augen sehe, bringt alle meine Alarmglocken zum Läuten. Ihre Pupillen tanzen erschreckend schnell hin und her. Als sie endlich zur Ruhe kommen, ist ihr Blick voller Furcht. Ich erkenne die Gewissheit über ein schreckliches Unglück, noch bevor sie es ausspricht.

»Was? Was hast du gesehen?«

Sie schaut mir nicht in die Augen, sondern durch mich hindurch in eine andere Sphäre. »Den Tod«, krächzt ihre Stimme. »Den Tod deiner nächsten Volltreffer.«

»Was?« Ich kann nicht glauben, was ich da höre.

»Sie werden sie ausschalten, noch heute Nacht!«

»Die Dämonen?«

»Dschinn«, keucht Cem. »Es sind Dschinn, verstehst du? Sag nicht Dämonen zu ihnen, das schürt die Angst der Truppe nur.«

»Und du bist sicher, dass sie unsere Volltreffer gezielt töten wollen?«

Elena nickt. Sie scheint vollkommen überzeugt zu sein. »Ihre Handys wurden bereits zerstört«, prophezeit Elena. »Wenn du sie retten willst, dann fahr ihnen sofort hinterher.«

Ich packe alle drei in mein Auto und holpere über den Feldweg hinunter zur Straße. Als ich Richtung Dillenburg abbiegen will, lotst Elena mich in die Gegenrichtung.

»Hier lang! Ich habe Marvin lokalisiert. Er ist im Wald bei Allendorf!«

Ich frage nicht nach, ob sie auch Matthias ausfindig gemacht hat. Wenn ich eines jetzt nicht hören will, dann, dass ich mich entscheiden muss, wem von den beiden ich zu Hilfe eile. Da sie Marvin weiterhin spüren kann, heißt das zumindest, dass er noch am Leben ist. Ich hoffe, sein Bruder ist bei ihm!

Auf der Landstraße, wo Kai und Jessy ihren Unfall hatten, beschleunige ich auf hundertfünfzig Sachen. Mehr gibt der Land Rover nicht her. Niemand sagt ein Wort, aber alle krallen sich irgendwo fest. Ich denke wie sie: Jetzt könnte uns genau das Gleiche passieren. Doch nach allem, was ich gerade erfahren habe, glaube ich nicht mehr, dass meine Volltreffer einen schicksalhaften Unfall hatten. Ganz im Gegenteil. Unsere Feinde scheinen es gezielt auf diese Talente abgesehen zu haben. Bloß warum?

Mein Orakel lotst mich auf eine Nebenstraße nach Allendorf und von dort aus über einen engen Feldweg voller Kurven den Berg hinauf. Dann geht es über einen gesperrten Waldweg weiter. Ich schalte den Allradantrieb zu.

»Marvins Präsenz wird stärker. Er muss hier irgendwo sein«, verkündet Elena.

Daraufhin bremse ich ab und wir halten gemeinsam Ausschau. Die Abenddämmerung ist schon hereingebrochen – selbst der Wald macht den Anschein, er stünde auf der

Seite der Dämonen. Oder Dschinn, wie Cem sagt. Das gesamte Unterholz besteht nur noch aus diffusen Schatten, die alle anderen Formen verschlucken.

»Halt an! Ich kann ihn hören!«, ruft Marie plötzlich vom Rücksitz aus. Kaum dass der Land Rover zum Stillstand gekommen ist, reißt sie die Tür auf und springt hinaus.

Fieberhaft überlege ich, welche Waffen wir zur Verfügung haben. Marie trägt nichts anderes bei sich als ihr Silbermesser, Elena und Cem haben wenigstens ihre Pistolen. Ich greife nach dem Gewehr, das ich vorhin in den Kofferraum geworfen habe, und lade durch. Währenddessen ist Marie schon zwischen den Schatten verschwunden. Ich will ihr nachbrüllen. Sie anschreien, dass sie gefälligst warten soll, anstatt ihr Leben so unsinnig aufs Spiel zu setzen. Aber mittlerweile sind wir wohl so nah dran, dass uns jede laute Kommunikation verraten könnte.

»Marie, bist du auf Sendung?«, frage ich in meinen Gedanken.

Es kommt keine Antwort. Offenbar hat sie nur mit Marvin eine Verbindung geöffnet.

»Ihr bleibt hinter mir!«, zische ich den beiden Orakeln zu und folge dem Weg, den Marie genommen hat. Schon nach ein paar Metern habe ich keine Ahnung mehr, ob wir noch in die richtige Richtung gehen. Es gibt eine Sache, die Bernd mir in meiner Ausbildung nicht beigebracht hat, weil niemand angenommen hat, dass ich sie jemals brauchen würde: Spuren lesen. Jetzt rächt sich das.

»Wo sind sie?«, frage ich Elena im Flüsterton.

Sie deutet geradeaus auf den Berggipfel, der sich vor uns auftut. »Irgendwo da. Genau kann ich es nicht sagen.«

Mit dem Auto wäre es ganz einfach gewesen, den Weg entlang weiter zu fahren. Irgendwann, nach ein paar Kurven, wären wir garantiert auch auf dem Gipfel gelandet. Nun kommen wir zwar auf direktem Weg von der Hinterseite, werden aber mit einem enorm steilen Anstieg konfrontiert. Ich halte inne. »Sind sie beide oben? Marie auch?«

Elena nickt. »Wir sind ganz nah dran.«

Ich nehme einen tiefen Atemzug. »Wir steigen jetzt hoch. Haltet eure Pistolen griffbereit, aber entsichert sie auf keinen Fall, sonst erschießt ihr euch noch zufällig selbst. Powert euch nicht aus bis zum Letzten. Dort oben könnte uns ein Kampf erwarten.«

Es gibt eine Sache, die mein Vorgänger gut gemacht hat: Cem und Elena können sich beinahe lautlos auf dem Waldboden bewegen, ich nicht. Andauernd trete ich auf die falschen Stellen und ein Zweig knackt unter meinen Stiefeln. Ich verfluche mich selbst dafür. Und die Pampa hier, den ganzen vermaledeiten Wald. Ich wurde ausgebildet, um mir Gangs und Dealer vom Leib zu halten, Autos kurzzuschließen und Alarmanlagen zu umgehen. Nicht für das Umherschleichen in der Wildnis!

Oben angekommen sind wir alle mehr außer Atem, als gut für uns ist. Hektisch schaue ich in alle Richtungen, aber ich sehe weiterhin weder eine menschliche Gestalt noch ein Tier oder überhaupt irgendetwas Lebendiges zwischen den Schatten der Bäume. Wir zucken alle zusammen, als über uns ein Käuzchen ruft. Eine Sekunde der Stille verstreicht. Dann dringt ein Schrei durch den Wald, laut und gellend und von so schrecklicher Angst erfüllt, dass ich panisch nach vorne stürme.

»Marie!« Jetzt ist es um meine Beherrschung geschehen. Ich hetze über den steinigen Untergrund, springe über kleine Gräben und Löcher hinweg, reiße mir die Haut auf, als ich mit dem Arm ein Dornengestrüpp streife. Dabei habe ich immer die Richtung im Auge, aus der ich den Schrei gehört habe. Als ich schon hoffe, am Ziel zu sein, sehe ich eine Sekunde zu spät das breite Loch, das sich plötzlich vor meinen Füßen auftut. Ich rudere zurück, aber mein Körper hat zu viel Schwung.

Unkontrolliert stürze ich hinab. Im Fallen rolle ich mich instinktiv zusammen, wie Bernd es mir beigebracht hat. Dabei gleitet mir das Gewehr aus der Hand. Beim Aufprall auf dem Boden bohren sich spitze Steine in meinen Körper, und ich schlage mir den Kopf an einem Felsbrocken an – dann komme ich endlich zum Stillstand.

»Jakob, pass auf!«

Gleichzeitig mit Maries Warnung fahre ich herum und ziehe mein Silbermesser. Da springt mich aus einer Höhle direkt vor mir ein graues Ungetüm an. Ich nehme nur seine Umrisse wahr – und ein paar grasgrüne Augen.

Reflexartig rolle ich mich zur Seite und schleudere das Messer nach dem Bauch des Wolfes. Doch er weicht der Klinge so geschmeidig und koordiniert aus, als würde er tanzen. Dann dreht er sich um und springt mit einem großen Satz mitten auf meine Brust. Sämtliche Luft weicht aus meiner Lunge. Der Versuch, meine Hände freizubekommen und nach seiner Kehle zu greifen, scheitert schon allein daran, dass seine riesigen Pfoten auf meinen Ellbogen stehen. Er muss Herkuleskräfte haben!

Der Wolf öffnet sein Maul und lächelt. Es ist der schauerlichste Anblick, den ich je gesehen habe. In dem Moment wird mir klar, dass mein Dasein als Anführer besiegelt ist. Ich sterbe schon beim ersten Zusammentreffen mit einem Feind.

Noch während ich das denke, wendet der Dämon seinen Blick plötzlich nach oben, an den Rand der Klippe, über die ich gefallen bin.

»Runter von ihm, Dschinn!«, schreit Cem. Er und Elena stehen breitbeinig da und zielen mit ihren Pistolen auf den Wolf. Ich frage mich, warum sie ihn nicht einfach erschießen. Aber dann erinnere ich mich an die Trefferquote, die sie für gewöhnlich auf dem Übungsplatz haben. Die Gefahr, dass sie dabei mich anstelle des Feindes töten, liegt garantiert über fünfzig

Prozent. Gleichzeitig klopft Marie in meinem Kopf an. Über diesen Umstand bin ich beinahe amüsiert, trotz der gefährlichen Situation. Tagelang hat sie mich mit ihrer Telepathie einfach überfallen. Und nun, im größten aller Notfälle, macht sie sich zuerst höflich bemerkbar.

»Jakob, er will verhandeln!«, höre ich sie sagen.

»Verhandeln?« Das kann nicht ihr Ernst sein. *»Willst du damit sagen, dass du seine Gedanken liest? Wo bist du, Marie?«*

»In der Höhle, zusammen mit Marvin. Ich verbinde dich jetzt mit dem Wolf.«

Es rauscht in meinen Ohren. Unwillkürlich trifft mein Blick wieder den des Tieres, das nach wie vor mit gefletschten Zähnen auf meiner Brust steht und mir mit seinem Gewicht das Atmen schwer macht. Ich kann nicht mal meine Hand drehen, um ihm mein Bannzeichen zu zeigen. Seine grünen Augen funkeln mich an.

»Du warst unvorsichtig«, höre ich seine tiefe, beinahe zu wohlklingende Stimme in meinem Kopf. *»Für einen Anführer zu schnell und zu unüberlegt. Aber ich weiß, woran das liegt. Ich kann es riechen.«*

Wieder verzieht sich sein Mund zu dem grotesken Lächeln, das mich vorhin schon so irritiert hat. Gleichzeitig schnuppert er an meiner Wange. Aber nun, da ich weiß, dass Marie am Leben ist, kann ich mich wieder auf mein Talent konzentrieren und taktisch klug vorgehen.

»Was willst du?«, frage ich ihn. Dabei versuche ich, mir nicht anmerken zu lassen, dass ich gleich wegen Sauerstoffmangels das Bewusstsein verlieren werde. Er verlagert sein Gewicht ein wenig, sodass ich atmen kann. Verdammte Telepathie! Man kann einfach nichts vor seinem Gesprächspartner geheim halten.

»Ich schon«, sagt der Wolf. *»Nur ihr Menschen seid zu ungeschickt, eure Fähigkeiten zu beherrschen.«*

»Sag, was du willst!«, fahre ich ihn an.

»Nicht das Mädchen. Das darfst du behalten. Ich mag Anführer, die aus dem Bauch heraus hirnlose Entscheidungen treffen.«

Noch bevor ich den nächsten Gedanken zu Ende denken kann, greift er ihn auf: *»Ja, sie kann das hören! Immerhin hat sie uns verbunden. Ohne ihre Anwesenheit könnten wir nicht miteinander sprechen.«*

»Kümmere dich nicht um mich, Jakob«, höre ich Marie sagen. *»Alles, was hier gesprochen wird, bleibt unter uns.«*

Also dränge ich das Gefühl der Peinlichkeit zurück und nehme es wieder mit dem Wolf auf. *»Was willst du dann?«*

»Den Volltreffer. Sein Leben gegen deines. Dabei tue ich dir sogar den Gefallen, es so aussehen zu lassen, als hättest du nichts davon gewusst. Die beiden unfähigen Orakel da oben werden unseren Deal nicht mitbekommen.«

Ausgerechnet Marvin. Ich hätte ein besseres Gefühl dabei, mein Leben für Marie zu opfern oder für Elena oder Cem. Aber das Schicksal verlangt diesen Einsatz stattdessen für einen bekloppten Proleten. Ich zögere trotzdem keine Sekunde.

»Das Leben meiner Soldaten steht nicht zur Verhandlung.«

In den Augen des Wolfes flammt Überraschung auf. Und Ärger. Gleichzeitig merke ich, dass auch ich von einem unermesslichen Zorn heimgesucht werde, viel stärker, als ich das von mir kenne. Mir bleibt keine Zeit, um mich darüber zu wundern.

»Damit hast du dein Leben verwirkt!«

»Genau wie du. Denn sobald ich tot bin, werden meine Orakel schießen.«

»Sie werden nicht treffen!« Er bringt jetzt wieder mehr Gewicht auf meine Brust und die Luftnot kehrt zurück.

»Irgendeine Kugel wird ihr Ziel finden, und sei es nur ein Querschläger!« Die Situation ist mehr als nur aussichtslos. Denn

keiner von uns kann etwas tun, um ungeschoren herauszukommen.

»Jakob, was sollen wir jetzt machen?«, höre ich Elenas Stimme über mir.

»Schießen, sobald er mich zerfleischt … oder ich … erstickt bin«, japse ich. »So oft … hintereinander … bis das Magazin leer ist.«

»Wenigstens hast du Mut«, sagt der Dschinn. *»Was man von dem letzten Anführer nicht behaupten konnte. Er hat seine Soldaten einfach ausgeliefert auf diesem … Kirschenmarkt. Was ihn persönlich auch nicht gerettet hat. Nichtsdestotrotz wirst du jetzt sterben, kleines Talent.«*

Marie schreit. Ich kneife die Lippen zusammen in Erwartung seiner messerscharfen Zähne. Aber entgegen meiner Befürchtung wendet der Wolf seinen Blick nach oben und verzieht die Lefzen schon wieder zum Lächeln. Ich folge seinem Blick und erkenne einen Waldkauz oder eine kleine Eule, die sich in diesem Moment von einem Baum herab auf die Orakel stürzt.

Zum Schreien fehlt mir die Luft. Ein Schleier aus Taubheit legt sich über meine Sinne. Wie in Zeitlupe nehme ich wahr, dass der Vogel mit seinen Krallen Cem die Pistole aus der Hand reißt. Gleichzeitig legt Elena auf ihn an und drückt ab. Ihre Silberkugel bohrt sich mitten durch Cems Handfläche und durchlöchert den überlangen Schwanz des Vogels. Der kommt dadurch ins Trudeln, hat sich aber schnell wieder gefangen und greift nun seinerseits Elena an.

»Sag Auf Wiedersehen, Anführer«, dringt die Stimme des Wolfs an mein Ohr.

Ich schließe die Augen. Doch anstelle der Reißzähne in meinem Hals spüre ich nur ein sachtes Rucken des zentnerschweren Körpers über mir. Eine Sekunde lähmender Stille vergeht, dann rutscht das Tier seitlich von mir hinunter. Ich reiße die

Augen auf. Neben mir steht Marie, die Hand immer noch am Knauf des Messers, das bis zum Schaft im Rücken des Wolfes steckt. Mit einem Ruck zieht sie es wieder heraus.

»Weg hier!«, wimmert sie. »Nun komm schon, Marvin!«

Der Schatten meines Volltreffers lungert irgendwo am Eingang der Höhle herum, unfähig sich zu bewegen. Oben schießt Elena immer noch auf den Waldkauz. Ich bin sicher, dass sie schon mehr als zehnmal abgedrückt hat. Fünfzehn Kugeln sind im Magazin. Auch der Wolf rappelt sich nun wieder hoch.

»Marvin, das Gewehr!«, schreit Marie.

Die Waffe, die mir bei meinem Sturz aus der Hand geglitten ist, liegt keine zwei Meter neben ihm.

»Marvin!«, brülle nun auch ich. »Hol sofort das Gewehr!«

Es ist ein deutlicher Befehl, aber der Volltreffer bewegt sich keinen Millimeter.

Dafür kommt der grünäugige Dschinn nun taumelnd wieder zum Stehen. Aus der Wunde an seinem Rücken pulsiert das Blut. Der Blick, den er uns zuwirft, ist von abgrundtiefem Hass erfüllt. *»Das hättet ihr nicht tun sollen«,* knurrt er in meinem Kopf.

Ich greife nach Maries Hand. Gemeinsam robben wir rückwärts von ihm weg. Der Wolf geht in Angriffsposition. In diesem Augenblick fällt ein Schuss. Aber es ist nicht Marvin, der schießt, sondern Cem. Er hat seine Pistole aufgehoben und feuert mit seiner blutenden Hand auf den Wolf.

Etwas weniger elegant, aber dennoch erfolgreich, weicht der Dschinn den Kugeln aus.

Weil Marvin, vor Angst gelähmt, nach wie vor keinen Finger rührt, krieche ich stattdessen auf allen vieren zu meinem Gewehr. Der Moment, als ich es zu fassen bekomme, verändert alles. Fast gleichzeitig verschwinden der Wolf und der Waldkauz vor unseren Augen. Erst denke ich, sie hätten sich unsichtbar gemacht, aber dann erkenne ich – zu spät –, dass sie lediglich in der Gestalt von Mäusen in verschiedene Felsspalten huschen. Ich klammere mich an den Gewehrkolben, um das Zittern meiner Finger zu verbergen.

»Wer ist verletzt?«, rufe ich in die Runde.

»Ich. Meine Hand«, meldet Cem sich zurück.

Niemand anderer sagt etwas. Also haben wir keine Verluste erlitten, die einer schnellen Flucht im Wege stehen würden.

Ich greife nach Maries Hand. Diesmal werde ich sie nicht mehr loslassen, ehe sie wieder sicher in meinem Auto sitzt. Sie sagt nichts. Aber an der Kraft, mit der ihre Finger meine umschließen, erkenne ich auch so, was in ihrem Herzen vorgeht. Wir beide haben heute einen weiteren Bund miteinander geschlossen: Wir würden füreinander sterben oder durch die Hölle gehen. Wir passen aufeinander auf. Sie ist mein Engel und ich bin ihrer.

»Rückzug«, beschließe ich. »In Formation und so schnell wie möglich.«

In jeder Marionette schlägt ein kaltes Herz

Nayo stützt mich, als wir durch die noch unbelebten Flure des Palastes humpeln. Sie selbst geht seltsam steif. Ich vermeide es, sie nach ihrer Wunde zu fragen, denn die Stelle, an der sie getroffen wurde, ist in ihrer wahren Gestalt nicht gerade unverfänglich. Die Blutspur, die wir hinter uns herziehen, stammt allerdings von mir.

»Du kannst froh sein, dass das junge Ding keine Ahnung von tödlichen Stichwunden hat. Sie hat das Messer einfach irgendwo zwischen deine Rippen gerammt«, murmelt Nayo.

»Der Anführer wird es ihr beibringen«, keuche ich.

»Na, jetzt hat er ja die Gelegenheit dazu«, sagt sie schnippisch. »Wieso in aller Welt hast du den Volltreffer nicht direkt getötet, sondern stattdessen in der Höhle versteckt?«

»Ich wollte es Morgana freistellen, wen von den beiden sie aussaugen will. Keiner von ihnen roch besonders gut.«

Nayo gibt einen entrüsteten Laut von sich. Offenbar missbilligt sie meinen ständigen Einsatz für meine Gefährtin.

»Außerdem konnte niemand ahnen, dass die Talente so schnell da sein würden. Das letzte Mal haben ihre Orakel erst Stunden nach dem Unfall bemerkt, dass etwas passiert ist«, verteidige ich mich.

Ich erhalte keine Antwort mehr. Wahrscheinlich denkt Nayo sich ihren Teil. Zumindest macht sie weiter den Eindruck, dass sie mich für den größten Esel im Hohenfels hält.

An der nächsten Weggabelung bleibt sie stehen. »Wo willst du hin, zu Orowar?«

»Zuerst zu Morgana. Dann zu einem anderen Schamanen.«

»Morgana sitzt sicher in eurer Kammer. Du hingegen verblutest gerade«, motzt Nayo mich an. »Ich bringe dich zu Uriel. Der ist neutral genug.«

Ich bringe keine Gegenwehr mehr auf, denn Nayo hat natürlich recht. Außerdem fühle ich mich mittlerweile wirklich schwach. Wie viel Blut schon aus meinem Körper herausgesickert ist, weiß ich nicht. Bestimmt genug, um mich langsam, aber sicher in die nächste Welt zu geleiten, wenn die Wunde nicht rasch geheilt wird.

Uriel ist ein alleinstehender Schamane, der sich bewusst eine abgelegene Kammer im nördlichen Teil des Palastes ausgesucht hat. Er ist ein Einzelgänger, der kaum Input benötigt, wenig spricht und keine Freunde hat – was für einen Faun im Grunde nichts Außergewöhnliches ist. Für uns ist das von Vorteil, weil er meine Heilung nicht an die große Glocke hängen wird. Als Nayo die Tür zu seiner Kammer aufstößt, sitzt Uriel gerade vor der Wurzel einer Pflanze, die an seiner Wand aufgehängt ist, und beobachtet sie versunken. Das also tun *normale* Faune, während wir uns in der Sonnenwelt tödliche Kämpfe mit den

Talenten liefern und geheime Bruderschaften mit Deimon gründen: Wurzelmeditation!

Nayo setzt mich auf der hölzernen Liege ab, die in der Mitte des Zimmers steht. »Hilf ihm, Uriel, sonst verblutet er!«, bittet sie.

Mit unbewegtem Gesicht kommt der Schamane auf uns zu, zieht mein Hemd aus und betrachtet die Wunde an meinem Rücken. »Ein Silbermesser der Talente«, stellt er fest. »Die Hand, die es führte, stieß kraftvoll und selbstlos zu. Aber an der völlig falschen Stelle.«

»Zum Glück«, sagt Nayo. »Und jetzt stopp seine Blutung!«

Ohne die übliche Hektik, in die Menschen und Faune bei solchen Gelegenheiten für gewöhnlich verfallen, geht Uriel in den Raum nebenan und greift nach einigen Kräutern, die dort in getrockneten Bündeln von der Decke hängen. Der Strauß, mit dem er zurückkommt, sieht etwas klein aus.

»Es fehlt Hirtentäschel. Geh bitte zur Kräuterstube und hol mir welches, Nayo«, sagt er.

Ich ärgere mich. Warum starrt er stundenlang seine Wurzeln an, anstatt seinen Vorrat an Hirtentäschel aufzufüllen? Ein einfacher Hinweis an die Sammler hätte genügt! Eines muss man Orowar lassen: So etwas wäre ihm nie passiert. Wenn Uriel Nayo jetzt ausgerechnet in die Kräuterstube schickt, wird sie dort wahrscheinlich auf Orowyn treffen. Und wir haben gehofft, unser Besuch bei einem anderen Schamanen könnte uns davor bewahren, wieder ins Kreuzfeuer zu geraten!

Es passiert genau das, womit ich gerechnet habe: Als Nayo mit einem Bund Hirtentäschel zurückkommt, hat sie Orowyn im Schlepptau, inklusive des obligatorischen Bechers mit Eibentrank. Ich verdrehe die Augen. Aber Nayo zuckt nur mit den Schultern, wohl um mir anzuzeigen, dass sie nichts gegen die Begleitung unternehmen konnte.

Mit dem fachmännischen Blick einer Schamanen-Gefährtin mustert Orowyn meine Wunde. »Ein harter Kampf mit Anfängern«, sagt sie spöttisch. »War er wenigstens erfolgreich?«

Ich ignoriere sie.

Uriel nimmt die Heilkräuter entgegen, presst sie zusammen mit den übrigen auf die Wunde und stoppt die Blutung. Dann legt er mir die Hand auf und unterstützt meinen Körper dabei, neues Blut zu bilden. Die ganze Prozedur dauert nicht länger als ein paar Minuten. Ich bin nach solchen Heilungen immer unglaublich froh, nicht als Mensch geboren worden zu sein. Die gelähmte Volltrefferin fällt mir ein. Bestimmt würden unsere Schamanen nicht mehr als eine einzige Sitzung benötigen, um ihr Rückgrat wieder zusammenzuflicken. Menschenärzte allerdings versagen in solchen Fällen auf ganzer Linie.

»Jetzt bin ich dran«, sagt Nayo und scheucht mich von der Liege. »Ihr dürft gehen!«

Das verstehe ich. Immerhin muss sie für die Heilung ihr Steißbein entblößen. Wie dumm, dass das Orakel sie direkt in den Schwanz getroffen hat. Ich nicke ihr aufmunternd zu. »Bis morgen, Nayo. Danke für dein Eingreifen!«

»Jederzeit wieder, Bruder.«

Ihr anfänglicher Ärger, weil ich den Volltreffer nicht direkt getötet habe, scheint sich gelegt zu haben. Jetzt hat sie wohl eher Mitleid mit mir, denn Deimons Reaktion auf mein erneutes Versagen ist nicht schwer vorherzusehen.

Zusammen mit Orowyn verlasse ich die Kammer des Schamanen.

»Wärt ihr mal zu uns gekommen. Jeder weiß, dass Uriel nicht alle Heilkräuter an der Decke hat.«

Die Zweideutigkeit ihres Kommentars würde mich unter normalen Umständen zum Schmunzeln bringen. Aber der dampfende Kräutertrank in ihrer Hand verhindert es.

»Schon wieder so ein Gebräu?«

»Sie braucht es von nun an täglich«, betont Orowyn. »Das habe ich dir schon gestern gesagt.«

»Wenn du angeblich weißt, welche Medizin meine Gefährtin braucht, dann weißt du auch, woran sie leidet, oder nicht? Sag es mir und ich bringe ihr den Trank.«

»Sie leidet am Verlust ihrer Magie«, lautet sie vielsagende Antwort.

»Das ist mir klar. Aber woher rührt dieser Verlust?«

Orowyn schüttelt den Kopf. »Das kann ich dir nicht sagen.«

»Weil du es nicht weißt oder weil du es nicht darfst?«

»Beides«, murmelt sie. Dann drückt sie mir den Becher in die Hand, dreht sich um und verschwindet zurück in ihre Kräuterstube.

Ich bleibe verwirrt zurück. Nach wie vor bin ich nicht sicher, ob ich dem Schamanen-Paar trauen kann. Orowars letzte Reaktion hat ganz klar dafürgesprochen, dass bei Orowyns Verwandlung irgendetwas nicht mit rechten Dingen zugegangen ist. Und nun flößen sie meiner Gefährtin regelmäßig gefährliche Heiltränke ein. Womöglich wird sie davon gar nicht gesund, sondern erst recht krank.

Zumindest habe ich nach dem letzten Trank keinerlei Verbesserung von Morganas Zustand erkennen können. Weiterhin kann sie sich nicht verwandeln – weder in einen Menschen noch in ein Tier. Selbst der Input hat nur eine vorübergehende Wirkung gezeigt. Wenigstens habe ich heute dafür gesorgt, dass sie mehr davon erhalten hat.

Der Gedanke daran treibt mich zur Eile. Nach einem kurzen Zögern kippe ich den Eibentrank in eine dunkle Ecke und stelle den Becher auf einem Tischchen im Flur ab. Mir ist wohler, wenn sie das Zeug nicht trinkt.

Zügig, aber vollkommen geräuschlos, husche ich durch die dunklen Flure zu unserer Kammer. Als ich die Tür öffnen will, stelle ich fest, dass von innen abgeschlossen ist. Daran hat Morgana gut getan. Nicht auszudenken, was geschehen würde, wenn jemand einen Menschen im Palast entdecken würde. Riechen kann ihn ja zum Glück keiner mehr, denn seine Gefühle sind längst versiegt.

»Ich bin's, Morgana, lass mich rein«, flüstere ich durchs Schlüsselloch.

Einen Wimpernschlag später reißt sie die Tür auf und zieht mich nach drinnen. Aus dem Augenwinkel sehe ich den ausgesaugten Volltreffer brav auf meinem Lesestuhl vor dem Schreibtisch sitzen, während meine Gefährtin mich an sich drückt und stürmisch küsst.

»Wo warst du nur so lange?«, stößt sie zwischen den Küssen hervor. »Ich hatte furchtbare Angst um dich!«

Ich vergrabe meine Nase in ihrem Haar und sauge ihren Geruch ein. So viele Jahre lebt sie nun schon an meiner Seite, ohne für mich auch nur einen Funken ihrer Anziehung verloren zu haben. Eher hat die Vertrautheit zwischen uns das Gefühl der Innigkeit noch verstärkt. Oder mein Talent, so wie jetzt.

Ich brauche nur einen Gedanken an ihre duftende Haut zu verschwenden, da züngelt auch in ihr sofort die Leidenschaft empor. Noch einmal soll jemand behaupten, es sei nicht berauschend, mit einem Darksetter verbunden zu sein!

»Lass mich … erst … den Menschen beseitigen«, bringe ich zwischen ihren Küssen hervor, während sie mir schon das Hemd vom Leib reißen will.

Morgana stoppt mitten in der Bewegung. Ein Kichern steigt in ihrer Kehle empor, ganz so wie in alten Zeiten. Vielleicht ist sie ja tatsächlich auf dem Weg der Besserung. Gut, dass ich den Eibentrank weggeschüttet habe!

»Den habe ich völlig vergessen!«, gluckst sie.

Der Kuss, den ich ihr gebe, ist ein Versprechen. Für mehr. Sobald der Volltreffer draußen ist. Ich werde ihn einfach auf dem Sportplatz absetzen. Da werden die Talente ihn schon finden. Wie einen Sack Mehl werfe ich mir den ausgesaugten Jungen über die Schulter. Seine schlurfenden Menschenschritte würden uns nur verraten. Außerdem ist er zu langsam für eine schnelle Flucht aus dem Hohenfels.

»Bis gleich, Geliebte!«

Bevor ich die Tür ganz öffne, lausche ich erst lange durch den Spalt. Aber im Moment scheinen nicht viele Faune auf den Fluren unterwegs zu sein. Das ist meine Chance. So schnell ich kann, renne ich durch das Labyrinth der Gänge bis zur Kammer meiner Schwester.

Leviata entgleisen sämtliche Gesichtszüge, als sie mich mit dem Volltreffer über der Schulter erblickt. »Bist du wahnsinnig?«, herrscht sie mich an. »Was ist das für ein …«

»Schscht!«, unterbreche ich sie. »Luzilla hat mir geholfen, ihn hereinzubringen. Aber sie ist jetzt bei der Arbeit in der Nähstube. Also wirst du mir helfen, ihn wieder hinauszuschaffen. Den Rest erkläre ich dir später.«

»Du hast Luzilla gebeten, eine solche Regelverletzung zu begehen? Das ist widerlich, Levian! Du nutzt aus, dass sie dir hörig ist!«

»Diskutiere nicht mit mir, sondern hilf mir mit dem Findling am Hintereingang. Ich verletze die Regeln des Hohenfels erst, seitdem *du* mich zu Deimon geschleppt hast. Also komm mir nicht mit so etwas!«

Meine Schwester schluckt den Zorn hinunter, der soeben in ihr hochgestiegen ist. Von allen Faunen, die ich kenne, ist sie diejenige, die am besten mit meinem Talent umgehen kann. Sie übt aber auch schon seit Jahrzehnten.

Ohne weitere Widerrede folgt sie mir nach draußen, untersucht jeden Gang und lotst mich weiter, sobald die Luft rein ist.

Unbehelligt erreichen wir den Ausgang. Der Volltreffer wartet geduldig, bis wir den Felsbrocken zur Seite geschoben haben. Dann zwänge ich mich mit ihm durch die Öffnung und Leviata und ich schieben den tonnenschweren Stein zurück in die Ausgangsposition.

»Bis gleich, Bruder«, flüstert sie durch den Spalt, bevor er sich endgültig schließt.

Ich werfe mir den Jungen wieder über die Schulter und sprinte hinunter nach Allendorf. Der Sportplatz ist genau der richtige Ort, um den Volltreffer loszuwerden, denn um diese Zeit ist hier kein Mensch mehr unterwegs.

»Geh hinunter ins Dorf und klingele an einer beliebigen Tür im Neubaugebiet. Frag die Leute, ob du telefonieren darfst. Dann ruf deinen Anführer an und beglücke ihn mit der freudigen Nachricht, dass er dich abholen kann«, weise ich ihn an.

»Okay.«

»Ach so, und noch was!« Er schaut mir in die Augen und ich schicke ihm meinen Zauber. Bei gefühllosen Menschen wirkt er nicht richtig, denn sie sind nicht mehr in der Lage zu lieben. Stattdessen aber passiert etwas anderes mit ihnen: Sie werden zum Sklaven dessen, der sie verführt hat. Wunderbare, einfache Marionetten, die sich ganz nach meinen Bedürfnissen leiten lassen.

»Ja?«, säuselt er.

»Kein Wort zu den Talenten über den Hohenfels. Keinerlei Informationen über den Palast, über Morgana oder über mich. Sollte jemand dich zwingen, diese Dinge preiszugeben, so setzt du deinem Leben ein Ende.«

»Ich mache alles, was du mir befiehlst!«

Das klappt ja wie geschmiert. »Gut. Du bekommst noch einen weiteren Auftrag: der andere Volltreffer, dein Bruder …«

»Ja?«

»Ihn bringst du auf jeden Fall um. Wie du das machst, ist mir egal. Wichtig ist nur, dass er stirbt. Hast du das verstanden?«

Der Junge nickt. »Meinen Bruder umbringen. Ich werde dich nicht enttäuschen, Gebieter.«

Sollten die verfluchten Orakel der Talente uns nicht wieder in die Quere kommen, so ist das meine Gelegenheit, Deimons Auftrag doch noch zu erfüllen. Ich vermute nämlich, dass die Truppe ihren verbliebenen Volltreffer künftig hüten wird wie ihren Augapfel. Für mich könnte es daher schwer werden, an ihn heranzukommen. Für seinen Bruder jedoch nicht.

Ich beobachte den Jungen, wie er den Weg vom Sportplatz hinunter ins Dorf mit kurzen, schlurfenden Schritten zurücklegt. Was für ein Unterschied zu vorher! Morgana hat ihn wirklich komplett leer gesaugt. Von dem überheblichen Poser-Gang, den er noch vor wenigen Stunden hatte, ist absolut nichts mehr übrig.

Als er um die Ecke verschwunden ist, mache auch ich mich auf den Weg nach Hause. Doch auf halber Höhe des Berges höre ich plötzlich ein Geräusch, das mich irritiert. Es klingt wie ein Karpfentanz, aber solche Rituale finden eigentlich nur bei Vollmond statt.

Ich bleibe stehen und lausche angestrengt. Von weit her dringt das rhythmische Plätschern der Fische an mein Ohr. Es kommt eindeutig vom Steinbruch. Ein Blick in den Himmel sagt mir, dass heute Neumond ist. Was hat Nayo behauptet? Orowar bringt seine Gefährtin auch an den drei weniger wichtigen Mondphasen nach draußen? Wenn dem so ist, so sind sie vielleicht gerade unterwegs.

Das Ritual zweier Partner zu stören, ist ein unsägliches Vergehen. Dafür würde Tharos mich sicherlich mehrere Wochen lang ins Verlies sperren. Aber vielleicht muss ich sie ja gar nicht stören, sondern nur beobachten, um ihr Geheimnis zu ergründen. Also kehre ich dem Hohenfels den Rücken und husche, als Eichhörnchen getarnt, zum Steinbruch.

Dort angekommen, sehe ich es sofort. Ich hatte recht: Orowar steht auf einem Felsen in der Mitte des Sees, die Arme zum Mond emporgestreckt und völlig in Andacht versunken. Seine Gefährtin hingegen hat sich am Rand des Wassers niedergelassen und beobachtet das Treiben der Karpfen, die um Orowar herumtanzen. Von Zeit zu Zeit greift sie ins Wasser und streichelt einem Fisch über den schuppigen Rücken. Ich kenne die Geschichten nicht, die die Karpfen erzählen. Aber sie scheinen ergiebig zu sein, sonst könnten sie nicht viermal im Monat ihr Ritual abhalten.

So leise ich vermag, husche ich in die Krone einer Trauerweide und sehe den beiden zu. Wie bei uns Faunen üblich, dauert die Andacht fast die ganze Nacht lang. Ich sehe die Karpfen einen schwimmenden Teppich bilden, auf den Orowyn steigt, um sich zu ihrem Gefährten hinübertragen zu lassen. Dann lieben sie sich auf dem Felsen im See.

Scham überkommt mich, weil ich im Baum sitze und sie beobachte, während zu Hause im Hohenfels meine Gefährtin vergebens auf mich wartet. Ich wende meinen Blick ab. Erst als ich sie miteinander sprechen höre, wage ich es, wieder hinzusehen.

»Wie geht es dir?«, fragt Orowar leise.

»Besser«, antwortet Orowyn. »Die Rituale geben mir fast zwei Tage lang Kraft. Wir sollten Levian und Morgana die Wahrheit sagen.«

»Die Wahrheit?« Die Stimme des Schamanen klingt jetzt verärgert. »Levian nimmt unsere Hilfe ja nicht einmal an. Stattdessen beschuldigt er mich, dich gegen deinen Willen verwandelt zu haben. Das ist alles, was ihm dazu einfällt. Ihm und dieser Nayo.«

»Es ist nur sein Talent, das dich so gegen ihn aufbringt, Geliebter«, flüstert Orowyn. »Da geht es dir genauso wie Deimon.«

»Lass Deimon aus dem Spiel. Wenigstens heute, in dieser Nacht der Vertrautheit. Ich will nichts von dem Novizen hören.«

Daraufhin sagt Orowyn nichts mehr, sondern schmiegt sich nur an die Brust ihres Gefährten.

Ich beobachte sie noch eine Weile, wie sie da auf dem Stein sitzen und sich umschlungen halten. Dann meldet sich endgültig mein Gewissen zu Wort und gebietet mir zu verschwinden. Sachte, immer eine Pfote vor die andere setzend, verlasse ich die Weide und springe geräuschlos hinüber zum nächsten Baumstamm. Die Unterhaltung, die ich mit angehört habe, gibt mir zu denken, denn wie es aussieht, stehen Orowar und Orowyn doch auf unserer Seite. Vielleicht hätte ich den Eibentrank besser nicht wegschütten sollen.

Der Morgen graut schon, als ich eine ganze Handvoll Silberkugeln vor dem Palasteingang einsammle, die ich meiner Kette hinzufügen werde, und dann leise wieder zurück in unsere Kammer schlüpfe.

Morgana sitzt auf dem Bett und sieht mir entgegen. Es wirkt so, als würde sie seit Stunden in genau dieser Position auf mich warten. Das lustvolle Funkeln ist aus ihren Augen verschwunden. Stattdessen steht nun Besorgnis darin.

»Tharos hat nach dir geschickt«, teilt sie mir mit. »Und … Deimon auch.«

Ich lasse mich neben sie auf die Matratze fallen und stöhne. »Das heißt: Jetzt wird es richtig kompliziert.«

Gefühle, die jeden Zauber in die Knie zwingen. Oder auch nicht

Seit zwei Stunden sitze ich nun mit den Orakeln, Marie und Marvin in meinem Wohnzimmer. Erst haben wir Cems Hand notdürftig verbunden, dann seinen kompletten Kaffee leer getrunken, ohne auch nur einen einzigen Hinweis über Matthias zu erhalten. Alle paar Minuten versucht Elena, Kontakt mit ihm aufzunehmen, aber auch das misslingt. Zumindest konnte sie Marvin irgendwie betäuben, was ich gut finde, denn sein Zähneklappern und Jammern ging mir auf die Nerven. Nun sitzt er einfach da und starrt an die Decke. Über seinen Bruder hat er noch kein einziges Wort verloren. Alles, was ich bisher von ihm zu hören bekommen habe, hatte mit ihm selbst zu tun.

»Wieso hat er dort oben nicht getan, was du ihm befohlen hast?«, fragt Marie mich leise.

Die Antwort darauf ist naheliegend. Ich will sie nur nicht aussprechen. Marvin war nicht der Einzige, der bei unserem ersten

Kampf versagt hat. Ich selbst habe mich genauso falsch verhalten. Sogar der Dschinn hat es gemerkt. Wenn ich eins und eins zusammenzähle, komme ich zu dem Schluss, dass ich ein miserabler Anführer bin. Wahrscheinlich sogar einer, dem in Extremsituationen sein Talent flöten geht.

»Ich weiß, was du denkst«, schaltet sich Elena in das Gespräch ein. »Aber du liegst falsch damit, denn es gibt eine ganz einfache Erklärung für Marvins Benehmen: Seine Angst war stärker als dein Befehl.«

»Was letztendlich das Gleiche bedeutet«, murmele ich.

»Nein«, sagt Elena. »Es gibt Gefühle, deren Kraft jeglichen Zauber brechen kann. Angst, Liebe, Hass … wahrscheinlich noch einige mehr. Dein Talent ist nichts anderes als ein Zauber. Es bedeutet also nicht, dass du ein schwacher Anführer bist, sondern dass Marvins Angst einfach alles andere überwogen hat.«

Ein Teil von mir will dennoch widersprechen und ihr sagen, dass wenn ich ein besserer Anführer wäre, auch mein Talent mehr Gewicht hätte. Aber die Diskussion ist müßig.

»Darf ich etwas dazu sagen?«, meldet Cem sich nun zu Wort. Ich nicke. Dabei wappne ich mich schon für eine Anschuldigung wegen meines kopflosen Sprints, der dafür gesorgt hat, dass ich in die Grube gestürzt bin.

»Ich verurteile dich nicht dafür. Maries Rettung war dir in diesem Moment wichtiger als alles andere. Aber wenig später hättest du dein Leben auch für Marvin geopfert. Das bedeutet für mich: Ich fühle mich unter deinem Befehl sicher. Denn ich weiß, du würdest es ebenso für mich tun.«

Ich bin vollkommen überrascht. Mit einer solchen Aussage hätte ich nie gerechnet. »Danke, Cem!«

Er verzieht seinen Schmollmund zu einem schiefen Lächeln und streicht sich die halblangen Haare aus dem Gesicht. »Keine Ursache. Ich war nur ehrlich.«

Trotz der aufmunternden Worte, die ich von meinen Offizieren erhalten habe, bleibt ein schales Gefühl zurück. Ich komme aber nicht mehr dazu, weiter darüber nachzudenken, denn in dem Moment klingelt mein Handy. Die Nummer auf dem Display kenne ich nicht. Als ich rangehe, meldet sich eine fremde Frauenstimme.

»Guten Abend, hier spricht Lehmann. Ein junger Mann namens Matthias steht vor meiner Tür. Er sagt, Sie können ihn abholen. Ich glaube, er ist … ein bisschen neben der Kappe.«

»Ich komme sofort. Wo wohnen Sie?«

Sie erklärt mir den Weg zum Neubaugebiet in Allendorf. Als ich auflege, schauen die anderen mich gespannt an.

»Matthias ist aufgetaucht«, kläre ich sie auf.

»In welchem Zustand?«, fragt Elena.

»Das werden wir gleich sehen. Wartet hier, ich hole ihn.«

Der *Zustand*, in dem Matthias sich befindet, ist erschreckend, aber die Ursache dafür ist sonnenklar. Ich sehe immer noch meine Mutter vor mir, wenn ich in die Augen eines ausgesaugten Menschen blicke. Dieses Trauma wird mir wohl für immer erhalten bleiben.

Mechanisch bedanke ich mich bei der Frau, die mich angerufen hat. Ich habe den Eindruck, sie ist einfach nur froh, dass sie Matthias los ist. Er strahlt eine ungewöhnliche Kälte aus, schlimmer, als ich es je erlebt habe.

»Erzähl mir die ganze Geschichte, von Anfang an«, fordere ich ihn auf, als wir beide wieder im Land Rover sitzen.

Da berichtet er mir in kurzen Worten, dass er nach unserem Training auf der Schutzhütte eine junge Tramperin im Minirock mitgenommen hat. Die allerdings habe sich plötzlich in einen Mann verwandelt und damit gedroht, ihm sein Genick zu brechen, wenn er nicht sofort umdrehen und in die Gegenrichtung fahren würde.

»Mehr als das weiß ich leider nicht mehr«, endet er.

Ich vermute, ein Orakel der Faune hat seine Erinnerung gelöscht. Das war absehbar. Vielleicht schaffen Cem oder Elena es, noch ein paar Informationen mehr aus ihm herauszuholen. Aber anschließend muss ich ihn nach Marburg in die Jugendpsychiatrie bringen, wo irgendein Veteran ihm eine Diagnose unterjubeln wird, die seinen *Zustand* erklärt.

Damit ist er nun schon der zweite Volltreffer innerhalb von drei Tagen, der in dieser Klinik landet. Und der dritte, den ich verliere. Warum um alles in der Welt tun die Dschinn das?

Nachdenklich bringe ich Matthias zu den anderen. Die Orakel haben in der Zwischenzeit wohl Marvins Betäubung rückgängig gemacht, denn als wir den Raum betreten, kommt er mit verheulten Augen auf seinen Bruder zu und schließt ihn in die Arme. Maries fragenden Blick quittiere ich mit einem leichten Kopfschütteln. Da steigen auch ihr die Tränen in die Augen. Ich werfe meine Jacke auf einen Stuhl am Eingang und setze mich neben sie.

»Wenn du mich fragst, ist so etwas das schlimmste Schicksal, das dir als Talent widerfahren kann«, murmele ich.

Marie legt ihren Kopf auf meine Schulter und schluchzt.

»Sollte mir das irgendwann passieren …« Weiter komme ich nicht.

Denn in diesem Moment angelt Matthias nach meiner Jacke und zieht die Pistole aus der Innentasche. Ehe einer von uns reagieren kann, hat er sie entsichert und an Marvins Schläfe gedrückt.

»Nicht schießen!«, schreie ich noch, aber es ist schon zu spät. Marvins Augen sind weit aufgerissen, als Matthias auf den Auslöser drückt und seinem Bruder eine Kugel in den Kopf jagt.

Maries gellender Schrei löst die Starre meiner Muskeln. Ich springe auf, reiße Matthias' Hand mit der Waffe nach oben und schlage ihm meinen Ellbogen ins Genick. Er geht sofort zu Boden.

Die anderen Talente sind wie erstarrt. Es herrscht Totenstille im Raum. Der einzige Hinweis darauf, dass die Zeit weiterläuft, ist die Blutlache, die sich von Marvins Kopf aus zu Maries Füßen vorarbeitet. Entsetzt springt sie auf und drückt sich gegen die Wand.

»Was geschieht hier?«, fragt Elena. Sie wirkt von allen Beteiligten am gefasstesten.

»Das werden wir herausfinden, sobald Matthias wieder bei Bewusstsein ist«, antworte ich. Kurz überlege ich, ob ich Bernd zu Hilfe rufen soll. Aber er ist nur ein Veteran und kann meine Probleme auch nicht lösen. Bei Oberstleutnant Lücke brauche ich es ebenso wenig zu versuchen. Die höheren Dienstgrade wollen von den Problemen eines Hauptmanns nichts wissen. Ich muss das verwirrende Todesspiel der Dschinn also wohl selbst unter Kontrolle bringen.

Während ich wie in Trance die Telefonnummer der talenteigenen Leichenbeseitigung wähle und unsere Koordinaten durchgebe, fesseln Cem und Elena den immer noch weggetretenen Matthias und verfrachten ihn aufs Sofa.

Marie steht weiterhin kreideweiß an die Wand gelehnt da und beobachtet die Blutlache, die nicht aufhört, sich durch mein Wohnzimmer in ihre Richtung auszubreiten. Als ich zu ihr gehe, fällt sie mir um den Hals und beginnt bitterlich zu weinen. Ich halte sie fest, streichele ihren Rücken, flüstere ihr beruhigende Worte ins Ohr, die gar keinen Sinn ergeben.

»Es tut mir so leid«, schluchzt Marie. Ihr Körper wird dabei von heftigen Beben erschüttert.

»Es gibt nichts, was dir leidtun muss. Du kannst nichts dafür!«

»Doch«, sagt sie. »Ich blockiere dich. Ich lenke dich ab und mache dich unvorsichtig. Ich bin schwach, genau wie meine Großmutter!«

»Das ist nicht wahr«, sage ich, wohl wissend, dass die Orakel unser Gespräch hören können. Ich hoffe, sie behalten es für sich. »Du bist stark, Marie. Mitgefühl ist nichts, wofür man sich schämen muss.«

Da nimmt sie ihren Kopf von meiner Brust und schaut mir in die Augen. »Ich werde euch alle ins Verderben führen!«

Anstelle einer Antwort küsse ich sie. Einfach so. Ohne Nachdenken, ohne Für und Wider abzuwägen, ohne Rücksicht auf die anderen Talente im Raum. Ich küsse sie allen Schwüren, Flüchen und Prophezeiungen zum Trotz. Weil das Leben mehr sein muss als Anpassung und Zurückhaltung. Weil ich es mir so sehr wünsche, ihre Lippen auf meinen zu spüren.

Marie gibt im selben Moment auf wie ich. Sie greift in meinen Nacken und erwidert meinen Kuss, erst zurückhaltend wie das Mädchen mit dem Jeansrock, das vor Jahrhunderten die Werkstatt des Schusters betreten hat. Dann wild wie die Frau, die dem Wolf das Silbermesser in den Rücken gerammt hat. Dieser Kuss ist ein Versprechen. Und es beinhaltet alles, was ich je zu geben hatte – weit mehr als nur mein Leben.

Wir lassen erst voneinander ab, als Elena sich neben mir räuspert. »Ich will nicht stören … aber Matthias kommt zu Bewusstsein«, sagt sie verlegen.

Ich muss mich regelrecht zwingen, in die Welt der Talente zurückzukehren. Sanft drücke ich Maries Hand, um ihr klarzumachen, dass alles gut ist. Wir haben nichts falsch gemacht, solange wir es uns nicht selbst einreden. Mein Herz macht einen Sprung, als ich sie daraufhin lächeln sehe.

»Siehst du«, sagt Elena leise. »Das habe ich gemeint: Manche Gefühle sind stärker als jeder Zauber.«

Hoffentlich behält sie damit recht.

Ich konzentriere mich wieder auf meine Aufgabe und wende mich meinem Volltreffer zu. Kaum dass er sich aus seiner Ohnmacht emporgekämpft hat und die schweren Lider öffnet, erteile ich ihm bereits einen Befehl: »Du wirst uns jetzt sagen, warum du deinen Bruder getötet hast.«

Gleichzeitig legt Cem seine Hände auf Matthias' Stirn und Elena fasst nach dessen rechter Hand. Im Nu ist Matthias hellwach. Doch anstatt seine Tat zu bereuen oder wenigstens ruhig liegen zu bleiben, um die Arbeit der Orakel nicht zu unterbrechen, rastet er vollkommen aus. Er schreit und tritt und windet sich, als ginge es um sein Leben. Das ist vollkommen untypisch für einen ausgesaugten Menschen. Zum Glück ist er verschnürt wie ein Paket.

»Nein, nein, nein, das dürft ihr nicht tun!«, brüllt er.

Ich bleibe hart. »Warum nicht?«

»Ich darf es nicht sagen!«, kreischt er.

»Was darfst du nicht sagen?«

»Hört auf! Hört doch auf!«

Er will sich von der Couch herunterrollen, doch ich halte ihn fest.

»Zeig uns, was du gesehen hast!«, fordere ich. »Was haben die Dschinn mit dir gemacht? Und warum wollen sie alle Volltreffer tot sehen?«

Ich habe den Satz kaum ausgesprochen, da fangen plötzlich beide Orakel an, ebenfalls durchzudrehen. Ihre Augen werden zu bösartigen Schlitzen, ein Fauchen dringt aus ihren Kehlen und Cem spuckt ein Wort auf Türkisch aus, das ich nicht verstehe. Ich bin so auf sie fixiert, dass ich Matthias' plötzliches Schweigen erst bemerke, als Marie mich darauf hinweist.

»Er atmet nicht mehr!«

Entsetzt wende ich meinen Blick von den Orakeln ab und betrachte stattdessen den Volltreffer. Er liegt still da, die Augen geradeaus auf die Decke gerichtet. Seine Lider zucken und sein Herz schlägt, aber er atmet tatsächlich nicht mehr.

»Halte uns nicht zum Narren, Matthias!«, knurre ich. »Man kann sich nicht umbringen, indem man keine Luft mehr holt. Das ist biologisch unmöglich. Dein Körper zwingt dich zum Atmen.« Dennoch erscheint es mir grausam, die Orakel weiterarbeiten zu lassen. Vielleicht brauchen wir alle eine kurze Pause, um uns zu beruhigen. Ich sage Cem und Elena, dass sie aufhören sollen. »Was zum Teufel habt ihr gesehen?«, will ich wissen. Die unermessliche Wut, die immer noch in ihren Mienen steht, gibt mir zu denken.

»Genau den, Jakob«, antwortet Elena schwer atmend. »Wir haben den Teufel gesehen.«

»Wie meinst du das?«

»Matthias war bei den Dschinn. Und er ist ihnen in ihrer wahren Gestalt begegnet. Sie haben ein Zeichen auf der Stirn, das … das … ich kann es nicht in Worte fassen!«

»Es ist das hässlichste, widerwärtigste, abscheulichste Zeichen der Welt«, bestätigt Cem.

»Ein Bannzeichen?«

»Sieht ganz so aus.«

Davon habe ich noch nie gehört. Auch Bernd hat nicht erwähnt, dass unsere Feinde ebenfalls ein Zeichen tragen, welches offenbar im Kampf gegen Talente eingesetzt werden kann. Warum hat uns niemand etwas davon gesagt?

»Habt ihr auch erkannt, wo das war?«

»Nein, es war dunkel, vielleicht irgendwo unter der Erde«, sagt Elena. »Aber es gab keinen Hinweis auf den Eingang.«

»Das müsst ihr herausfinden!«

Ich schaue Matthias an, der immer noch nicht angefangen hat zu atmen. Mittlerweile müssen zwei Minuten vergangen sein, seit er zum letzten Mal Sauerstoff in die Lungen bekommen hat.

»Hör auf damit!«, herrsche ich ihn an. »Atme gefälligst!«

Warum quält er sich so? Jeder gesunde Mensch weiß, dass Suizid durch Selbsterstickung nicht funktioniert. Andernfalls hätte es keine Hexenverbrennungen im Mittelalter gegeben und keine Folter, denn die Opfer hätten sich vorher sicher selbst hingerichtet. Doch auf einmal durchdringt mich die Erkenntnis wie ein greller Blitz: Matthias ist kein gesunder Mensch. Er ist ausgesaugt und womöglich auch mit einem Zauber belegt worden.

»Ist das dein Auftrag? Sollst du dich töten, falls wir zu aufdringlich werden?«

Er kann nicht mehr nicken, aber seine Lider flattern, ob im Todeskampf oder als Zustimmung weiß ich nicht.

»Tut etwas!«, befehle ich den Orakeln. »Haltet ihn davon ab!«

»Dann werden wir vielleicht nicht herausfinden, wo die Behausung der Dschinn zu finden ist«, gibt Cem zu bedenken.

»Egal. Wir können ihn nicht sterben lassen!«

Beide beugen sich meiner Entscheidung. Erneut greifen sie nach Matthias, dessen Körper nun von erbärmlichen Zuckungen heimgesucht wird, und versuchen, den Zauber zu brechen, der auf ihm liegt. Dabei wird mir klar: Es wäre sehr viel sinnvoller gewesen, sich erst um den Zauber zu kümmern und dann das Verhör zu starten. Aber niemand wusste, welche Geheimnisse Matthias in sich trägt. Oder doch? Hätte ich es ahnen können, wenn ich nicht stattdessen all meine Energie darauf verwendet hätte, Marie wieder glücklich zu machen?

Die Bemühungen meiner Orakel sind zwecklos. Es dauert nicht mehr lange, dann nehmen Elena und Cem ihre Hände von Matthias' totem Körper. Ich lege eine Decke über ihn, damit man sein qualvoll entstelltes Gesicht nicht mehr sieht. Die schützende Mauer um mein Herz zieht sich empor. So kann ich es aushalten, dass alle anderen um mich herum weinen und trauern.

Während Marie mit Cem und Elena in die Küche geht, um den beiden Leichen in meinem Wohnzimmer zu entfliehen, rufe ich Sarah an und erzähle ihr, was passiert ist.

»Ich weiß, ich soll dich nicht zum Putzen holen, aber könntest du vielleicht … eine Ausnahme machen?«, bitte ich sie.

»Wir sind in einer Minute da«, verspricht sie und legt auf, bevor ich ihr sagen kann, dass jegliches »Wir« in dieser Situation vollkommen unangebracht ist.

Sie steht dann tatsächlich wenige Augenblicke später mit einem Putzeimer und ihrer neunjährigen Tochter vor der Tür. Sylvia trägt einen Wischmopp über der Schulter und macht ein ernstes Gesicht.

»Sarah«, rede ich ihr ins Gewissen, »das ist nichts für ein kleines Mädchen!«

»Mein kleines Mädchen hatte neulich eine Vision«, antwortet Sarah unumwunden. »Wie es aussieht, prägt sich ihr Talent früher aus, als uns lieb ist. Das bedeutet, der Tag, an dem sie deine oder eine andere Truppe verstärken wird, ist nicht mehr allzu fern. Was, glaubst du, wird sie dann zu sehen kriegen? Besser, ich bereite sie jetzt schon auf ihren künftigen Alltag vor. Es hat ja ohnehin keinen Sinn, sich dagegen zu wehren.«

Mir schaudert bei dem Gedanken, dass Sylvia bald aktiv sein könnte. Sie ist so winzig, ein richtiges Baby – obwohl sie sich benimmt und spricht wie ein ausgewachsenes Orakel.

Vielleicht redet Sarah sich das nur ein, sage ich mir. Immerhin ist sie hypersensibel und irgendwie auch echt schräg. Aber dann fällt mir auf, dass bisher keine ihrer Aussagen falsch gewesen ist, selbst das mit den Schwingungen in meinem Haus hat gestimmt.

Während ich noch darüber grübele, haben sich Mutter und Tochter bereits an mir vorbeigedrängt und verschwinden Richtung Wohnzimmer. Ich will die Tür gerade wieder schließen, da hält ein zerbeulter Toyota-Kombi am Straßenrand. Die Fahrertür öffnet sich und der krüppelige Schuster steigt aus.

»Du hast die Nummer gewählt«, sagt er zur Begrüßung. »Bernd wird auch gleich hier sein.«

Ich lasse mir nicht anmerken, wie sehr sein Erscheinen mich irritiert. Aus irgendeinem Grund hatte ich mit gesichtslosen Fremden gerechnet, die Marvins Leiche anonym und schweigend beseitigen. Aber nun, da der Schuster und gleich auch noch Bernd zu diesem Zweck hier auftauchen, fühlt sich die Sache plötzlich so an, als hätte ich etwas ausgefressen.

Damit Dönges von meinen Gedanken nichts mitbekommt, habe ich vorsorglich meinen Eisblick aufgesetzt.

Dennoch mustert er mich eindringlich. »Du steckst es schnell weg, habe ich recht?«, murmelt er. »Die Frage ist nur, wohin? Denk dran: Du wirst diese Nummer noch öfter wählen müssen.«

Da steht tatsächlich so etwas wie Mitgefühl in seinem Blick.

»Es sind zwei«, sage ich anstelle einer Antwort.

Er nickt und klopft mir auf die Schulter, bevor er in den Flur humpelt. »Wir werden auch mit dreien fertig, falls heute Nacht noch jemand dazukommt.«

Meine Kehle wird eng. Ich warte einen Augenblick, bevor ich mich umdrehe und ihm hinterhergehe. Das, was heute passiert ist, darf sich niemals wiederholen. Ab morgen werde ich meine gesamte Truppe hüten wie eine Löwenmutter ihre Jungen. Und ich rekrutiere keinen einzigen Volltreffer mehr, bevor wir wissen, warum sie alle sterben müssen.

Deals mit Mutter Natur

Die Tatsache, dass unser oberstes Orakel mich sprechen will, kann nur eines bedeuten: Tharos hat etwas bemerkt. Wie viel er jedoch weiß, wird er höchstwahrscheinlich für sich behalten. Vielleicht hat er nur irgendeine winzige Regelverletzung wahrgenommen. Um das herauszufinden, muss ich jetzt gut schauspielern.

Eher zögerlich gehe ich durch die mit Fackeln erhellten Flure auf den Audienzsaal zu. Vor der riesigen Eichentür bleibe ich stehen, atme noch einmal tief durch und sammele mich. *Sei einfach ganz Faun*, ermahne ich mich. *Kein Menschling, kein Wildgeborener, nur ein langjähriger Bewohner des Hohenfels, der vielleicht hin und wieder ein wenig über die Stränge schlägt.* Dann drücke ich die Klinke nach unten und trete ein.

Tharos sitzt auf seinem mächtigen Sandsteinthron und blickt mir entgegen. Hinter ihm ragen die riesigen Geweihe zweier Hirsche auf, die einstmals seine Seelentiere waren. Diese Tatsache verbindet uns, denn auch ich treffe bei Vollmond im Wald auf einen Hirsch.

Genau wie sein Schüler Deimon trägt auch Tharos ein einfaches graues Gewand, mit dem Unterschied, dass sein Mantel von einer goldenen Spange gehalten wird als Zeichen seines Status als oberstes Orakel des Hohenfels. Auf weiteren Prunk verzichtet er absichtlich, wohl um dem Strahlen des irdischen Glanzes zu entgehen, der seine innere Einkehr stören könnte. Ich mag seine diesbezügliche Einstellung, auch wenn es mir selbst nie in den Sinn käme, mich so fade zu kleiden. Aber zu einem hochrangigen Orakel passt der Verzicht.

Tharos lächelt mir nicht entgegen, als ich auf ihn zuschreite und mich verbeuge. Ich habe noch nie ein Lächeln in seinem Gesicht gesehen, auch keine andere Emotion. »Ich grüße dich«, sage ich.

»Und ich grüße dich, Levian.«

Es geziemt sich nicht, unser oberstes Orakel zu fragen, was er von mir will. Er muss derjenige sein, der das Wort an mich richtet. Also stehe ich einfach da und warte, während er mich ausgiebig mustert. Die Frage, die er mir schließlich stellt, deutet darauf hin, dass er mehr weiß, als mir lieb ist: »Wie geht es deinem inneren Gleichgewicht?«

Mein Gehirn arbeitet auf Hochtouren, während ich das konzentrierteste Small-Think anwende, zu dem ich fähig bin. Tharos kann keine Gedanken lesen. Doch er saugt alles in sich auf, was an Gefühlen, Stimmungen und Schwingungen von einer Person ausgeht. Selbst normale Faune können sich seiner Feinfühligkeit nicht entziehen. Menschlinge schon gar nicht.

»Ich möchte nicht behaupten, dass es sich wirklich die Waage hält«, antworte ich ausweichend. »Aber meine Gefährtin und meine Freunde sind für mich da. Sie helfen mir.«

»Möchtest du mir sagen, was dich so aus dem Takt gebracht hat?« Das schlohweiße Haar des Orakels unterstreicht den Eindruck der Weisheit und Distanziertheit, der von ihm ausgeht.

Und sein nicht vorhandenes Mienenspiel lässt ihn vollkommen unnahbar erscheinen.

Ich konzentriere mich krampfhaft auf das künstlerische Meisterwerk, das die Goldschmiede an seiner Brosche vollbracht haben. Je mehr ich die liegenden Acht betrachte, innerlich ihren Verlauf nachzeichne und die Blätter des Immergrüns in seiner Mitte zähle, desto stärker wird mein Small-Think.

»Ich bin nicht sicher«, sage ich. »Es ist mehr ein Gefühl. Eine Ahnung, dass das Schicksal mit mir spielt.«

Weiterhin sehe ich ihm nicht in die Augen, sondern bleibe mit all meiner Konzentration auf die goldene Brosche fixiert.

In dem Moment steht Tharos plötzlich auf und nimmt sie ab. Zusammen mit dem Mantel legt er sie auf seinen Thron und schreitet auf mich zu. Also hat er mich trotz all meiner Anstrengungen entlarvt. Ich könnte mich ohrfeigen für meine Unfähigkeit, meine Gefühle wie ein wahrer Faun zu verbergen.

»Sieh mich an, Levian!«, sagt er, weil ich weiterhin versuche, seinem Orakelblick auszuweichen.

Ich gehorche. Direkt vor mir bleibt er stehen. »Weißt du, weshalb deine Augen grün sind?«

Die Frage kommt so unvermittelt, dass mir um ein Haar mein Small-Think zusammengebrochen wäre. Ich schüttele den Kopf.

»Sie waren grau bei deiner Geburt. Und die von Leviata auch. Eure Eltern gingen nur einmal im Monat in die Sonnenwelt und erfreuten sich am Trommeln des Regens auf dem Dach des Hohenfels und am Gesang der Vögel zur Morgenstunde. Ihre Verbindung zur Natur und zueinander war von erfüllender Intensität. Jeder von uns dachte, du und Leviata würdet eines Tages in ihre Fußstapfen treten. Ihr hättet Sammler werden sollen, und eure Herzen waren dafür geschaffen, im ruhigen Takt zu schlagen.« Er betrachtet mich nachdenklich.

»Was ist dann passiert?«, frage ich argwöhnisch.

»Ihr seid noch Kinder gewesen, als eure Eltern im Kampf gegen die Talente gefallen sind. Hast du irgendwelche Erinnerungen an diesen Tag?«

Ich schüttele den Kopf.

Tharos nickt, als wäre ihm das klar gewesen. »Nicht nur dein Vater und deine Mutter sollten in dieser Nacht sterben«, fährt er fort. »Es war Vollmond und die Talente hatten eure gesamte Familie auf dem Rückweg von eurer Kirche zum Palast niedergemetzelt. Als ich euch fand, hatten sich deine Eltern bereits aufgelöst. Du und Leviata aber, ihr kämpftet noch mit dem Tod. Um einen Schamanen zu rufen, blieb mir keine Zeit. Also legte ich euch die Hände auf und bat Mutter Natur euch zu verschonen. Im Gegenzug dafür schwor ich ihr, ein perfekter Faun zu werden: einer, der über den Dingen steht und den menschlichen Gefühlen entsagt. Seit diesem Tag habe ich keinen Input mehr zu mir genommen. Aber ich habe auch nicht mehr gelächelt.«

Diese Geschichte trifft mich so tief ins Mark, dass ich Angst habe, wie ein Mensch in Ohnmacht zu fallen. Kann es wirklich wahr sein, dass Tharos dieses Opfer gebracht hat, um Leviata und mich zu retten? Ein Faun, der keine Menschen mehr aussaugt? Ich habe noch nie von so etwas gehört!

»Man erzählt sich, du würdest …«

»Ich weiß«, sagt das Orakel. »Einmal im Jahr gehe ich in die Menschenwelt. Ich nehme ihre Gestalt an, setze mich neben sie in Cafés und Kinos. Ich atme die Gefühle ein, die sie verströmen und verzaubere sie, um den Geruch von Liebe und Leidenschaft um mich herum zu verstärken. Es fühlt sich an, als würde ich in einer lauen Sommernacht in einem Bergsee schwimmen, während der Mond mir ins Gesicht scheint und Mutter Natur zu meiner Freude die Heckenrosen blühen lässt. Liebesduft ist das Beste, was die Menschen zu bieten haben. Er ist süß wie Nektar und gleichzeitig so bitter wie ein Eibenkern. Ich glaube, du weißt, wovon ich spreche.«

Ich nicke. »Was ist passiert, nachdem du Mutter Natur diesen Schwur geleistet hast?«

»Sie hat mir euch zurückgegeben«, sagt Tharos. »Als ihr die Augen aufgeschlagen habt, waren sie bei euch beiden grün. Aber bei dir viel intensiver als bei Leviata. Sie funkelten wie frisch geschliffene Smaragde. Gleich darauf hatte ich eine Vision, die mir erklärte, was es bedeutet. Grün ist die Farbe der Hoffnung, Levian. Denn mit deinem zweiten Leben hast du auch eine Bestimmung von Mutter Natur erhalten. Du hast die Chance, die Faune in eine neue Zeitrechnung zu führen. In den düsteren Tagen, die noch kommen werden, bist du unsere einzige Hoffnung.«

Das Gefühl, das mich bei diesen Worten durchdringt, ist abgrundtief dunkel. Tharos hat also den größten Einsatz gebracht, den ein Faun zu leisten vermag, um mein Leben zu retten und das meiner Schwester. Wir sind schuld daran, dass jegliches Lächeln für immer aus seinem Gesicht verschwunden ist. Und wie danken wir es ihm? Mit Verrat. Wir, die wir dazu bestimmt waren, die Hoffnung der Faune zu sein. Ich möchte vor Scham im Boden versinken. »Warum hast du mir das nie gesagt?«, flüstere ich.

»Weil der rechte Augenblick dafür nicht gekommen war.«

»Und warum hat Mutter Natur uns so … unvollkommen zurückgeschickt?«

Es dauert einen Moment, bis Tharos mit der Antwort herausrückt. »Sie wird ihren Grund dafür gehabt haben. Womöglich ist es gar keine Unvollkommenheit, sondern der Grundstein für unsere Hoffnung.«

Ich schweige. Durch meinen Kopf rasen so viele Gedanken gleichzeitig, dass ich sie nicht mehr sortieren kann.

Das Orakel legt eine Hand auf meine Schulter. »Wir suchen uns unser Schicksal nicht aus, Levian. Aber wir müssen es erfüllen. Niemand hat je behauptet, Hoffnung wäre ein sicherer Ast. Aber ich glaube an dich. Noch zweimal wird Mutter Natur dir gnädig sein. Dann bist du so weit.«

Meinem fragenden Blick schenkt er keine Antwort. Ich werde nie verstehen, ob Orakel ihr Wissen absichtlich für sich behalten, um den Lauf des Schicksals nicht zu beeinflussen, oder ob sie tatsächlich nicht mehr wissen als das, was sie uns sagen.

»Ich danke dir für deinen Glauben an mich. Hoffentlich enttäusche ich dich nicht«, murmele ich.

»Das hoffe ich auch«, sagt Tharos und drückt mir zum Abschied noch einmal die Schulter.

Mir schwindelt leicht, als ich den Audienzsaal verlasse und die Eichentür wieder hinter mir zuziehe. Das Schlimme an Prophezeiungen ist: Man kann sie in so viele verschiedene Richtungen deuten. Wenn ich wirklich die Hoffnung der Faune sein sollte und wenn meine Unvollkommenheit ein Teil des großen Plans ist, dann könnte das genauso gut bedeuten, dass mein Weg mich an Deimons Seite weiterführt. Denn auch er verspricht meinem Volk eine bessere Zukunft – zumindest denjenigen, die so sind wie ich.

Etwas beunruhigend finde ich die Aussage, dass Mutter Natur mir noch weitere zwei Male gnädig sein wird. Heißt das jetzt, dass ich noch öfter sterben soll? Wahrscheinlich muss man ein Orakel sein, um diese Dinge ansatzweise interpretieren zu können. Deimon kann ich schlecht danach fragen. Er wäre niemals ehrlich zu mir. Ich vermute eher, dass er mir sowieso gleich den Kopf abreißen wird, wenn ich ihn aufsuche.

Als ich an der Kammertür des Novizen klopfe, habe ich ein mulmiges Gefühl im Bauch. Aber von drinnen kommt keine Antwort. In dem Moment landet ein winziger Nachtfalter auf meinem Handrücken und legt seine Fühler auf meine Haut. Es ist ein Bote von Deimon. »Komm in die Grotte«, teilt er mir mit.

Ich ahne bereits, warum er diesen Ort für unser Gespräch gewählt hat. Die Grotte ist eine unterirdische Tropfsteinhöhle, die direkt an den nördlichen Ausläufer des Palasts angrenzt. Es gibt einen schmalen Durchgang, den wir nur in Tiergestalt benutzen können. Besonders meditative Faune wie Uriel haben ihre Kammern bewusst in der Nähe der Grotte angelegt, denn sie ist ein spiritueller Ort, an den wir entfliehen können, um uns unabhängig von Vollmondnächten in innerer Einkehr zu üben.

Das bedeutet auch: Über ihr liegt ein besonderer Schutz. Gedanken und Gespräche, die auf ihrem heiligen Boden stattfinden, dringen zu niemandem außerhalb vor. Für unsere Treffen mit der Bruderschaft würde Deimon die Grotte nicht nutzen, da größere Ansammlungen von Faunen dort nicht üblich sind. Aber für ein heimliches Gespräch mit mir gibt es wahrscheinlich keinen sichereren Platz.

Noch ziemlich erschlagen von den Informationen, die Tharos mir soeben gegeben hat, wende ich mich also nach Norden, um dem nächsten Orakel ins Gesicht zu blicken. Ich glaube, was auch immer Deimon mir nun sagen wird, kann mich nicht mehr umhauen. Aber da habe ich mich getäuscht.

Der Novize steht mit der Stirn an einen mannsdicken Stalagmiten gelehnt, welcher neben dem See in der Mitte der Grotte nach oben wächst. Der See selbst ist ein Wunder, das noch nie von menschlichen Augen erblickt worden ist. Sein Wasser ist glasklar. Im Schein der Fackeln, die ringsherum die Wände erleuchten, funkelt er, wie mit einer hauchdünnen Schicht aus Blattgold überzogen. Darin schwimmen schneeweiße, blinde Höhlenfische, die Tharos häufig in seiner Eigenschaft als Orakel nutzt. Gerade weil sie keine Augen haben, können sie besonders gut Richtig oder Falsch erkennen. Stellt Tharos ihnen eine Frage, so schwimmen sie als Antwort entweder zu dem Stalagmiten, an dem Deimon jetzt steht – was so viel wie Ja bedeutet –, oder zu dem Tropfstein an der gegenüberliegenden Seite. Diese Reaktion kommt dann einem Nein gleich.

»Ich habe soeben mit ihnen kommuniziert«, sagt Deimon anstatt einer Begrüßung. »Und sie haben alle meine drei Fragen bejaht.«

»Möchte ich wissen, was für Fragen das waren?« Ich versuche, meine Stimme möglichst selbstbewusst klingen zu lassen.

»Ich denke nicht«, brummt der Novize. »Aber ich werde es dir trotzdem erzählen. Die erste Frage lautete: Sind die beiden Volltreffer ausgeschaltet?«

Ein deutliches Aufatmen geht durch meinen Körper. Mein Sklave hat seinen Auftrag also erfüllt und seinen Bruder getötet. Unglaublich, wie schnell das ging! Wenn das wahr ist, dann kann Deimon mir ja gar nichts mehr vorwerfen. Ich hoffe nur, er wählt bei seinem nächsten Überfall einen anderen aus. Ich habe genug von diesen Morden. Es fühlt sich einfach falsch an. Weil die Volltreffer uns überhaupt nicht angegriffen haben.

»Die zweite Frage lautete: Sind sie alle beide tot?«

Ich kneife die Lippen zusammen, um ja keinen Ton der Enttäuschung von mir zu geben. Es war dumm von mir, den Jungen zu verzaubern, aber anders hätte ich das Geheimnis des Hohenfels nicht wahren können. Schließlich bin ich kein Orakel, das Erinnerungen löschen kann.

»Warum ist es dir wichtig, dass immer einer ausgesaugt ist und der andere tot?«, frage ich. »Es läuft doch aufs Gleiche hinaus!«

»Das führt mich direkt zu meiner dritten Frage«, sagt Deimon im Plauderton. Dabei lässt er aber den Stalagmiten los und kommt zwei Schritte auf mich zu. Seine Augen funkeln verdächtig aggressiv. »Sie lautete: Ist mein Zauber erneut schiefgegangen?«

Noch zwei Schritte. Sein ganzes Auftreten macht den Eindruck, als würde er im nächsten Moment mit ausgefahrenen Krallen auf mich losgehen. Stattdessen bleibt er eine Haaresbreite vor mir stehen und zischt mir entgegen: »Du hast keine Ahnung von der Macht eines Orakels, keine Ahnung davon, wie die großen Zauber wirklich funktionieren. Wenn die Menschen in ihren Büchern darüber schreiben, wie Hexen einen Trank in einem Kessel anrühren, dann haben sie damit nicht ganz unrecht. Nur dass es keine Spinnenbeine und Krötenaugen sind, die wir hineingeben, und dass der Kessel in der Realität nicht existiert. Er existiert rein in unserem Kopf. Und die Zutaten in diesem Trank sind von viel erlesenerer Natur. Denn es sind allesamt ausgewählte *Opfer*. Man nehme den Tod eines Talents, gebe einen ausgesaugten Volltreffer hinzu und eine kleine Prise faunischer Magie …«

Ich schrecke zurück. »Das ist dunkle Magie, von der du da sprichst. Tharos würde …«

»Es interessiert mich nicht, was der alte Mann dazu sagen würde!«, brüllt Deimon mich nun an. »Tatsache ist, dass du allein schuld am Unglück deiner Gefährtin bist. Orowyns Kraft hätte mir ausgereicht, wenn du deinen ersten Auftrag erfüllt hättest. Aber danach war der Trank bitter und ich musste von Neuem anfangen. Also beschloss ich, mir dafür Morganas Magie zu nehmen. Da du nun wieder versagt hast, werde ich mich wohl an deiner Schwester bedienen müssen. Oder ist dir deine Freundin Nayo lieber? Du hast die Wahl!«

Ich weiche ein Stück von ihm zurück. Mir wird kalt bei den Dingen, die er mir hier eröffnet. So kalt, dass ich kaum mehr einen Finger rühren, geschweige denn eine Antwort hervorwürgen kann. »Die Bruderschaft … ich dachte, es ginge dir darum, die Talente zu schwächen!«

Er stemmt die Hände in die Hüften und ringt sich ein eisigklirrendes Lachen ab. »Hier geht es nicht um die Talente, Levian. Hast du nicht gesehen, was passiert? Mutter Natur holt sich die passenden Menschen für ihre Talente einfach ein paar Kilometer weiter. Oder sie erweckt ihre Fähigkeiten in Kindern, die ihr reif genug dafür erscheinen. Das Ende ist immer das Gleiche: Das Talent, welches dabei herauskommt, ist genauso gut wie jenes, das wir getötet haben.«

»Du wusstest das vorher und hast uns trotzdem von Tharos entbunden und zu Mördern gemacht?« Nun kocht mein eigenes Talent in mir hoch.

Mit dem Zorn, der in mir aufsteigt, wird auch Deimon aggressiver. »Mir ist egal, wie viele Talente ihr abschlachtet. Hauptsache, der Mord erfüllt seinen Zweck. Es dürfen eben nur nicht *zwei* Morde sein, verflucht!«

»Was für ein Zauber ist es, den du da ausheckst, Deimon?«

»Einer, der dich nichts angeht!«

Wieder kommt er direkt auf mich zu. Mir wird schlagartig klar, dass ich so schnell wie möglich aus der Grotte entkommen und meine Freunde warnen muss. Es ist höchste Zeit, um uns Tharos anzuvertrauen und die Bruderschaft aufzulösen. Deimon muss unter allen Umständen gestoppt werden. Er ist wahnsinnig!

Doch im selben Moment, als ich mich verwandeln und Reißaus nehmen will, hebt Deimon eine Hand in die Höhe und ich erstarre zu Stein. Sosehr ich mich auch bemühe, fortzulaufen oder die Gestalt zu wechseln – meine Glieder gehorchen mir nicht mehr.

Heimtückisches Gelächter schallt durch die unterirdische Höhle. »Hast du geglaubt, ich erzähle dir das alles, um dich anschließend abhauen zu lassen?«

»Du entweihst diesen heiligen Ort«, bringe ich unter Anstrengungen hervor. Sogar meine Zunge ist schwer wie Blei.

Deimon weidet sich offenbar an meinem Anblick, denn nun läuft er um mich herum und spricht dabei unbeirrt weiter. »Ich entweihe ihn nicht. Ich verhelfe ihm sogar zu neuer Kraft, Levian. Wenn alles vorbei ist, wird das Reich der Faune strahlender und machtvoller sein als je zuvor. Es wird angefüllt sein mit einer Magie, von der Tharos keine Ahnung hat. Und nun rate, was die letzte Zutat ist, die mir in meinem Hexenkessel noch fehlt?«

Ich habe wirklich keine Ahnung. Aber es muss wohl etwas mit mir zu tun haben, sonst hätte er sich diese ganze Vorstellung sparen können.

»Das Blut eines Darksetters«, raunt er. Dann hebt er eine Hand in die Höhe und schnippt hörbar mit den Fingern.

Im selben Moment erschlaffen meine Muskeln und meine Beine geben unter mir nach. Das ist das Letzte, was ich wahrnehme.

Entfacht habt ihr des Dämons Zorn …

Es war rund«, berichtet Elena. »In der Mitte des Kreises war eine Blume mit drei Blättern.«

»Eine Blume?«, geht Cem dazwischen. »Das war doch keine Blume, hast du die Zahl nicht erkannt?«

Elena schüttelt den Kopf.

Bernd hat die Idee gehabt, das Bannzeichen der Dschinn, welches die Orakel durch Matthias' Gedanken gesehen haben, nachzuzeichnen. Allerdings gestaltet sich die Aktion eher schwierig, denn Elenas Erinnerung an dessen Aussehen ist eine ganz andere als Cems.

»Es war eine Blume!«, beharrt sie.

»Nein, es war die Zahl sechshundertsechsundsechzig. Die drei Ziffern des Teufels!«

Elena schüttelt den Kopf. »Das habe ich nicht gesehen.«

Ich frage mich, ob sie überhaupt dasselbe Zeichen gesehen haben. Denn eine Blume und drei Sechsen haben für mich nicht viel Ähnlichkeit miteinander. Mit dem Auftrag, irgendwie eine brauchbare Zeichnung hinzubekommen, lasse ich sie sitzen und gehe mit Bernd auf die Veranda. Mittlerweile ist es so dunkel, dass man das marode Balkongitter und das meterhoch wuchernde Unkraut dahinter nicht mehr sieht.

»Du wirkst müde«, stellt Bernd fest, als die anderen uns nicht mehr hören können.

»Hast du etwas anderes erwartet?«

Er zuckt mit den Schultern. »Keine Ahnung. Ich habe geglaubt, du könntest langsam in deine neue Rolle hineinwachsen. Wer hätte gedacht, dass du gleich in der ersten Woche vier Verluste hinnehmen musst. Und dann diese Sache mit dem Mädchen …«

Gerade noch bin ich versucht gewesen, mich ein wenig von ihm bemitleiden zu lassen. Nicht einmal ich bin völlig davor gefeit, Zuspruch von einem vertrauten Erwachsenen als Bereicherung zu empfinden. Doch als er Marie ins Spiel bringt, schiebt mein Talent sofort einen Riegel vor. Ich straffe die Schultern und fixiere meinen Mentor mit einem durchdringenden Blick. »Was genau meinst du mit *Sache*?«

Erst runzelt er die Stirn, dann starrt er mich plötzlich genauso schneidend an. »Eigentlich habe ich nur auf das Problem mit ihrer Herkunft angespielt. Aber offenbar ranken sich noch weitere Geheimnisse um die schöne Marie. Sie wohnt jetzt bei dir, oder?«

»Sie braucht ein Dach über dem Kopf«, stelle ich klar. »Wenn du mir nicht glaubst, dass die obere Wohnung komplett verseucht ist, dann geh rauf und versuche, dort eine halbe Stunde ohne Panikattacke zu verbringen.«

»Ein Dach über dem Kopf? Biedenkopf ist groß. Hier wimmelt es nur so von billigen Wohnungen – es gibt auch welche ohne Orakel-Pfusch in der Luft.«

Darauf kann ich natürlich nichts erwidern – außer der Wahrheit. Und die lautet: Ich will keine andere Bleibe für Marie. Sie soll in meiner Nähe sein. Ich kann nicht einmal behaupten, sie würde einen besonderen Schutz benötigen, denn bisher hat es keiner der Dschinn auf ein anderes Talent als die Volltreffer abgesehen. Viel sinnvoller wäre es da schon gewesen, Marvin und Matthias bei mir einzuquartieren! »Dann sieh zu, ob du etwas für sie findest. Ich habe keine Zeit für so etwas.«

»Darum werde ich mich gleich morgen kümmern«, brummt Bernd.

Ich habe den Eindruck, dass er mir immer noch misstraut. Um jeden weiteren Kommentar zu dem Thema im Keim zu ersticken, drehe ich mich um und will wieder nach drinnen gehen. Aber Bernd hält mich zurück.

»Jakob!«

Um der alten Zeiten willen drehe ich mich noch einmal zu ihm um. »Ja?«

»Weißt du, was mit einem Anführer geschieht, der seinen Schwur bricht?«

Ich nicke.

»Ihm wird ebenfalls etwas gebrochen. Und das ist nicht nur sein Herz!«

Nun werde ich ärgerlich. »Das ist esoterischer Firlefanz. Sag mir Bescheid, sobald die Armee beschließt, dafür die Todesstrafe zu verhängen.«

»Manchmal ist der Tod die bessere Lösung.«

Die Gewissheit, die er in seine Worte legt, lässt mich schaudern. Dennoch glaube ich nicht an diesen Quatsch, mit dem die Armee uns doch nur Angst machen will. Letztendlich geht es meinen Vorgesetzten einzig und allein darum, dass ein Anführer jederzeit stahlhart sein muss und einen kühlen Kopf bewahren soll. Um das zu erreichen, haben sie das Gerücht von den zerbrochenen Seelen in die Welt gesetzt.

Ich habe keine Lust, darüber mit Bernd zu debattieren. »Da drin sind drei Talente, zwei Nachbarn und ein weiterer Veteran, die gerade zwei übel aussehende Leichen beseitigt haben. Ich als ihr Anführer werde mich jetzt um sie kümmern, anstatt mit dir diese sinnlosen Gespräche zu führen. Ich weiß schon, was ich mache!« Mit diesen Worten lasse ich ihn stehen und gehe wieder hinein.

Bevor die Terrassentür hinter mir zuknallt, höre ich Bernd sagen: »Das hoffe ich für dich, Junge.«

Von all den Menschen, die gerade durch meine Wohnung wuseln oder auch nur still in der Ecke sitzen, macht Sylvia den verstörtesten Eindruck auf mich. Das war ja klar. Ich finde es nach wie vor falsch von Sarah, ihre kleine Tochter dieser Situation auszusetzen – trotz der Erklärung, die sie mir dafür geliefert hat. Nun hockt das Mädchen auf der Arbeitsplatte meiner Küche und starrt mit glasigem Blick auf die Wand gegenüber, während Sarah zum dritten Mal nass über den Boden wischt und immer noch rosa Schlieren auf dem Laminat verteilt.

Ich gehe zu Sylvia und lege brüderlich einen Arm um ihre schmalen Schultern. »Das hättest du nicht sehen sollen. Du bist viel zu jung für so etwas.«

»Ich werde bald zehn«, antwortet sie. »Und dann wirst du froh sein, dass Mama mich abgehärtet hat.«

Ich schüttele den Kopf. »Das werde ich nicht. Ich gönne es jedem Talent, ein paar sorglose Jahre zu erleben, bevor die Armee es in die Fänge bekommt. Außerdem ist gar nicht klar, ob du zu meiner Truppe kommst. Zurzeit scheint ein reger Austausch zwischen den Landkreisen zu herrschen. Ich wüsste gern, warum das so ist …«

Den letzten Satz habe ich eigentlich mehr an mich selbst gerichtet. Aber überraschenderweise schaut Sylvia mich nun verdutzt an und macht eine verständnislose Geste mit beiden Händen. »Na, wegen der vielen Todesfälle natürlich.«

Ich starre sie an. Diese Lösung ist so eindeutig und naheliegend! Warum ist mir das nicht eingefallen? Wenn ich ehrlich bin, habe ich viel zu wenig über den Umstand nachgedacht, dass ich aus Frankfurt herbeordert worden bin und die letzten beiden Volltreffer aus Dillenburg. Ich habe es einfach als verwirrende Tatsache hingenommen, anstatt diesen Umstand gezielt zu hinterfragen, wie ein Anführer es eigentlich tun sollte. Ein Blick ins Wohnzimmer zu Marie, die gerade in ein Gespräch mit Dönges verwickelt ist, macht mir klar, dass ihre Telepathie zum Glück ausgeschaltet ist. Sicherlich hätte sie wieder Gewissensbisse, wenn sie wüsste, was ich gerade denke.

Ich wende mich erneut an Sylvia. »Hast du auch eine Ahnung, was hinter den Todesfällen steckt?«

Sie schüttelt den Kopf. »Eine Ahnung nicht, nur eine Vermutung.«

Mir ist nicht ganz klar, was der Unterschied ist, aber es ist mir auch egal. Erwartungsvoll schaue ich das kleine Mädchen an.

»Anfangs haben sie häufig und ungezielt getötet, jetzt seltener, dafür gezielt auf bestimmte Talente ausgerichtet. Das bedeutet, sie arbeiten an irgendwas. Eines Tages haben sie herausgefunden, dass sie für diese Sache, die sie da planen, nur die Volltreffer ausschalten müssen.«

Ich starre sie an. In Momenten wie diesen kann ich kaum glauben, dass sie noch keine zehn Jahre alt ist. Sylvia redet und denkt wie eine Erwachsene. Vielleicht wusste Sarah doch, was sie tut, als sie sie mit hierhergebracht hat. Mir selbst geht es ja nicht anders – ich hole mir ganz selbstverständlich Rat bei diesem Kind!

»Das heißt: Der Tod unserer Volltreffer ist ihnen nützlich. Aber warum?«, überlege ich laut.

Sylvia zuckt mit den Schultern. »Es kann nicht daran liegen, dass sie das gesamte Volltreffertalent auslöschen wollen, denn, wie man sieht, weiß die Natur sich zu helfen. Also bleibt nur eines: Es steckt ein Opfer-Zauber dahinter.«

»Ein *Opfer-Zauber*?«

»Ja. Nie davon gehört?« Sie sieht jetzt wieder so verschmitzt, klug und tatendurstig aus, wie ich sie kennengelernt habe. Fast so, als hätte sie die letzte Stunde aus ihrem Gehirn gelöscht.

Ich schüttele den Kopf.

»Ein Opfer-Zauber bedient sich eines oder mehrerer Opfer. Also Handlungen oder Gaben, die entweder schwer zu leisten oder unmoralisch sind. Er ist die dunkelste Form von schwarzer Magie, aber er bringt Ergebnisse hervor, die mit herkömmlichen Zaubern nicht zu besiegen sind. Denn in jedem dieser Opfer steckt eine gewaltige negative Energie: Schmerzen, Verzicht, Verzweiflung, Hass, Todessehnsucht und vieles mehr. Du musst auf der Hut sein, Jakob!«

Wenn an dem, was Sylvia da gerade zusammenfantasiert, auch nur ein Funken Wahrheit sein sollte, dann müssen wir uns auf etwas Furchtbares gefasst machen. Denn ein dunkler Zauber, der von keinem anderen besiegt werden kann, ist nicht gerade das, womit Talente sich üblicherweise herumschlagen müssen. Wir haben keine Ahnung von diesen Dingen – und können ihnen wahrscheinlich nur wenig entgegensetzen.

»Gibt es etwas, das unsere Orakel dagegen tun können?«, frage ich Sylvia.

Sie schüttelt den Kopf. »Nein. Dafür sind Soldaten da. Und deren Anführer.« Ihr Blick dringt bis in mein Herz. »Die Orakel können nur achtsam sein und auf Visionen warten.«

Ich seufze. Auch wenn Sylvia eindeutig ein ganz besonderes kleines Mädchen ist – im Grunde baut all das, was sie mir hier gerade sagt, einzig und allein auf der Theorie einer Neunjährigen auf. Trotzdem ist ein Teil von mir davon überzeugt, dass sie recht hat. Zumindest ist diese Erklärung die einzige, die bisher wirklich Sinn ergibt.

Ich bitte Sylvia, wieder mit mir ins Wohnzimmer zu kommen, wo sich auch alle anderen aufhalten. Aber sie weigert sich, die Küche zu verlassen. Im Raum nebenan seien noch die Geister der Toten unterwegs, behauptet sie. Genau wie oben in Maries Wohnung. Die sei mittlerweile schon fast überbevölkert von bösartigen Klopfgeistern und Grummelwichten, die sich an der ungesunden Stimmung in den Räumen laben. Diesen totalen Quatsch erzählt sie mir mit der gleichen Inbrunst wie gerade eben die Geschichte von den Opfer-Zaubern. Es gibt keine anderen mystischen Wesen als die Dschinn – jeder in der Armee weiß das. Nun zweifele ich doch an Sylvia. Unentschlossen suche ich nach Sarah und sage ihr, dass sie für heute Schluss machen soll. Sylvia scheint verstörter zu sein, als sie zugibt, und der Boden ist inzwischen längst sauber.

Nachdem die beiden gegangen sind, steuere ich auf Marie und Dönges zu. Aus deren Gespräch ist mittlerweile ein hitziger Disput geworden. Zwar reden sie die ganze Zeit im Flüsterton, aber dennoch haben die Zischlaute in ihrer Unterhaltung zugenommen und Marie hat die Hände zu Fäusten geballt. Ich stelle mich neben sie.

»Was ist euer Problem?«, will ich wissen.

»Dein Schwarzseher-Schuster will mir gerade nahelegen, dass ich meine Erinnerungen löschen lassen und aus der Armee austreten soll!«, berichtet Marie erregt. »Er ist der Meinung …«, nun steigen Tränen in ihre Augen, »… ich sei zu schwach!«

Damit hat Dönges natürlich genau ihren wunden Punkt getroffen. Offenbar haben die Veteranen sich gegen Marie verschworen, um sie aus meiner Reichweite zu bringen. Ihrer Meinung nach ist eine neue Kommunikatorin wohl schneller gefunden als ein neuer Anführer. Mein Talent scheint hierzulande ja derzeit Mangelware zu sein.

»Lass Marie in Ruhe!«, maule ich den Schuster an. »Sie ist meine Kommunikatorin und das wird sie auch bleiben.«

Dönges macht ein beleidigtes Gesicht. »Weißt du, Jakob, es gehört mehr als ein starkes Talent dazu, ein guter Hauptmann zu sein. Ich glaube, du wärst weit besser ohne sie.«

Es könnte eine reine Meinungsäußerung sein, aber der Ton, den er dabei anschlägt, gefällt mir nicht. Ignoriert zu werden ist für Menschen wie Dönges die größte Strafe. Also strecke ich ihm ungerührt meine flache Hand entgegen. »Hast du meine Papiere dabei?«

Er gibt ein verstimmtes Brummeln von sich, lenkt aber ein, weil er meinen Blick bemerkt. Anstatt die Diskussion weiterzuführen, drückt er mir nacheinander einen Führerschein, einen Personalausweis, ein Abschlusszeugnis und einen Gesellenbrief in die Hand. Der Notendurchschnitt von drei Komma neun, den er mir in dem Zeugnis verpasst hat, und die wenig wohlwollende Beschreibung meiner Leistungen in dem Gesellenbrief werden definitiv dafür sorgen, dass das Arbeitsamt noch eine Weile mit meiner Vermittlung beschäftigt bleibt.

Plötzlich lässt Elena mit voller Wucht ihre Faust auf den Wohnzimmertisch sausen, sodass wir alle vor Schreck zusammenfahren. »Fuck, das ist es!«, schreit sie dazu.

Ich traue meinen Ohren nicht. Elena hat noch nie geflucht, nicht einmal ansatzweise. Cem brüllt offensichtlich ähnliche Schimpfworte, aber wenigstens auf Türkisch.

Im Nu stehen wir alle um die beiden Orakel herum. Was dann passiert, ist ein kollektiver Ausraster sämtlicher Talente im Raum. Sie schreien, schimpfen und fletschen die Zähne. Und das nur, weil sie das Zeichen zu Gesicht bekommen, das Cem und Elena gemeinsam zu Papier gebracht haben.

Ich sehe nun tatsächlich beides: die Blume und die Zahl, je nachdem, worauf man sich konzentriert. Und das Gefühl, das bei diesem Anblick in mir hochsteigt, ist derart lebensfeindlich und zerstörerisch, dass ich es kaum aushalte. Fahrig greife ich zwischen den aufgebrachten Talenten hindurch, drehe das Blatt um und lasse meine Hand auf der Rückseite liegen.

»Wah! Widerlich!«, stößt Marie aus vollem Herzen hervor.

Ich schaue einen nach dem anderen an. »Was war euer erster Reflex, als ihr es gesehen habt?«

»Zuschlagen!«, stöhnt Elena.

»Weglaufen«, gibt Cem zu.

»Schreien!«, sagt Marie über meine Schulter hinweg.

Also erging es uns allen gleich. Die Orakel hatten recht: Die Dschinn haben ein Bannzeichen, das uns genauso in unüberlegte Bestien verwandelt, wie das Auge mit dem Pentagramm es bei ihnen tut. Die Frage ist nur: Warum bekommen wir es nie zu Gesicht?

Bernd faltet die Zeichnung vorsichtig, ohne dass wir die Oberseite noch einmal zu Gesicht bekommen, und steckt sie ein, um sie an Oberstleutnant Lücke weiterzugeben. Weder er noch Dönges noch irgendein anderer Veteran haben dieses Zeichen bisher zu Gesicht bekommen, sagt er. Unter Umständen haben unsere Orakel der Armee heute einen großen Dienst erwiesen. Allerdings vermute ich, dass wir dazu keinerlei Rückmeldungen aus den oberen Führungsrängen erhalten werden. So ist das in der Armee – wir sind nur die Handlanger.

Ich bin froh, als endlich alle anderen verschwunden sind und ich wieder mit Marie allein bin. Die Tür ist kaum hinter den letzten Besuchern ins Schloss gefallen, da kommt sie zu mir und schmiegt sich an mich. Ich bin unendlich erleichtert, dass sie während des ganzen Durcheinanders offenbar nicht zu dem Ergebnis gelangt ist, unser Kuss sei ein Fehler gewesen. Um den endgültigen Beweis dafür zu erhalten, küsse ich sie gleich noch einmal. Mein Herz hüpft, weil sie es nicht nur geschehen lässt, sondern den Kuss voller Inbrunst erwidert. Ich will sie zur Couch ziehen, aber sie sträubt sich.

»Nicht hier. Ich muss dauernd an Matthias denken …« Stattdessen nimmt sie mich an der Hand und führt mich ins Schlafzimmer. Dort lässt sie mich los, schlüpft unter die Patchworkdecke und streckt wieder die Hand nach mir aus.

Ich zögere. Marie hat nach eigener Aussage bis zum heutigen Tag noch nicht mal einen Jungen geküsst. Auf keinen Fall ist sie bereit für mehr. Aber wenn ich erst einmal neben ihr liege … ich weiß nicht, ob ich mich dann noch beherrschen kann.

»Natürlich kannst du das«, sagt sie mir über Telepathie. Schon wieder hat sie nicht angeklopft. Ich beiße mir auf die Unterlippe, um die Scham zu verbergen, die deswegen in mir hochgekrochen kommt.

»Und es ist auch nicht schlimm, so zu fühlen. Mir geht es genau wie dir«, gesteht sie. Dabei werden ihre Wangen entzückend rot.

Ich kann kaum in Worte fassen, was Maries Anblick in mir auslöst. Es ist ein vollkommen fremdartiger Mix aus Verehrung, Hingabe, Lust und dem übermächtigen Drang, sie zu beschützen. Sie hat recht: Ich würde niemals etwas tun, das sie verletzt.

»Ich bewege mich keinen Millimeter, bevor du die Telepathie nicht ausschaltest«, stelle ich klar.

Da wirft sie den Kopf in den Nacken und lacht. »Ist okay. Ich bin raus. Und ich versuche wirklich, nicht mehr zu spionieren. Aber in manchen Momenten ist die Neugierde einfach zu groß. Tut mir leid.«

Sie hebt die Decke ein Stück an und ich schlüpfe darunter. Die Wärme ihres Körpers empfängt mich wie eine Umarmung. Ich rutsche an sie heran, bis unsere Nasenspitzen sich berühren, greife nach ihren Händen und führe sie vor meiner Brust zusammen. Den Rest meines Körpers halte ich in größtmöglichem Abstand zu ihr. Wir liegen da wie ein umgekehrtes V. So wird es gehen.

»Alle sind gegen uns«, sagt Marie ernst.

»Nicht alle. Elena ist auf unserer Seite. Und Cem hat zumindest gesagt, dass er sich trotzdem bei mir sicher fühlt.«

»Aber alle anderen …«, murmelt Marie.

Ich lasse eine ihrer Hände los und streiche eine Haarsträhne aus ihrem Gesicht. »Kann sein. Stört es dich?«

Sachte schüttelt sie den Kopf. »Ich will nur bei dir sein.«

Wie gut, dass ihr Talent gerade mal nicht im Einsatz ist. Sie soll den Aufruhr nicht bemerken, den ihre Worte und ihre körperliche Nähe in meinem Inneren auslösen. Irgendwann wird sie mich für ein totales Weichei halten, wenn sie weiterhin meine Gedanken liest.

Wie von selbst wandert meine Hand in ihren Nacken und ich ziehe sie heran. Marie schließt die Augen, während unsere Lippen sich berühren, aber ich kann nicht damit aufhören, sie anzusehen. Ihre Art zu küssen ist so unschuldig und rein. Wie ein wertvolles Geschenk, das ich kaum anzunehmen wage, aus Angst, es zu beschmutzen oder zu zerstören.

Ich ringe den Impuls nieder, mich enger an sie zu drücken, meine Hände unter das schreckliche Batik-T-Shirt wandern zu lassen und sie einfach davon zu befreien. Marie hat definitiv mehr Vertrauen in meine Selbstbeherrschung als ich, denn sie rutscht nun so nahe an mich heran, dass das umgekehrte V langsam zu einem I wird. Mein Körper reagiert darauf auf eine sehr eindeutige Art und Weise, ich kann nichts dagegen tun.

Sie spürt es und schlägt die Augen auf. Im ersten Moment sehe ich so etwas wie Entsetzen darin, dann lacht sie plötzlich leise, wie ein Kind, das den fehlenden Schuh seiner Puppe gefunden hat. Ich bringe wieder ein paar Zentimeter Abstand zwischen uns.

»Deine Eltern haben dir absolut gar nichts darüber gesagt«, stelle ich fest.

»Natürlich nicht«, antwortet sie. »Aber ein paar Mädchen aus meiner Klasse haben es getan. Ihre Geschichten waren allerdings … anders. Hart und gefühllos, irgendwie abschreckend.«

»So wird es zwischen uns nicht sein«, verspreche ich.

»Ich weiß.«

Diesmal ist sie diejenige, die nach mir greift, um mich zu küssen. Ich lasse es zu, dass sie mich erforscht, warte, bis ihre Zungenspitze sich vorantastet, um nach meiner zu suchen. Je mehr ich mich dabei auf ihren Atem und die sanfte Berührung ihrer Finger auf meinem Oberarm konzentriere, desto besser kann ich es aushalten, ruhig liegen zu bleiben. Dabei weiß ich ganz genau: Mit jedem Kuss, jeder Berührung, jedem weiteren Schritt, den wir uns erlauben, rückt die Möglichkeit, wieder zurückzurudern, in noch größere Entfernung. Wahrscheinlich ist das, was zwischen uns passieren wird, sowieso nicht mehr aufzuhalten. So wenig wie man den Regenschauer zurückhalten kann, der sich aus einer Gewitterwolke entlädt. Es ist wie eine Naturgewalt, die sich zusammengeballt hat, um uns zu entzünden, zu elektrisieren und reinzuwaschen. Ich wüsste trotzdem gern, was wir damit ausgelösen.

Als Marie schließlich von mir ablässt, beschließe ich, ihr die Wahrheit über den Anführer-Schwur zu sagen. Vielleicht ist sie dann auch bereit, das Geheimnis ihrer Familie aufzudecken. »Meine Vorgesetzten würden sich wahrscheinlich eine Strafe für mich ausdenken, wenn sie hiervon wüssten«, beginne ich. »Was genau, weiß ich nicht. Einsperren kommt nicht infrage, denn ich muss ja weiterhin meine Truppe anführen. Vermutlich würden sie sich irgendwie körperlich an mir vergreifen, dich anschließend aus der Armee ausschließen und unsere Erinnerungen aneinander löschen. Ich will nicht, dass das geschieht, aber Angst macht es mir nicht. Denn wenn es stimmt, was Elena über die Kraft der Liebe sagt, dann würden wir allen Widrigkeiten zum Trotz eines Tages von Neuem zueinanderfinden.«

Marie betrachtet mich ernst. »Was ist es dann, das dir Angst macht?«

»Es gibt noch eine weitere Geschichte, die über solche Fälle innerhalb der Armee kursiert. Ich halte sie für ein Gerücht, eine erfundene Prophezeiung, die dafür sorgen soll, dass wir uns regelkonform verhalten und gute Soldaten bleiben.«

»Was für eine Geschichte?«

Der Ausdruck in Maries Augen sagt mir jetzt schon, dass sie mehr Angst hat als ich, sogar ohne zu wissen, worum es geht.

»Es heißt, ein Anführer, der seinen Schwur bricht, sei verdammt. Das Schicksal würde sich für diesen Frevel an ihm rächen.«

»Wie?«, will Marie wissen.

Ich zögere mit der Antwort.

»Wenn du es mir nicht sagst, muss ich leider wieder in deinem Kopf …«

»Schon gut!« Ich greife erneut nach ihren Händen. Es ist ein Impuls sie festzuhalten, wenn ich es ihr sage, sodass sie nicht davonlaufen kann. »Es heißt, seine Seele würde in tausend

Stücke zerbrechen. Aber das ist nur eine Legende, verstehst du? Eine Lügengeschichte, wie man sie Kindern erzählt, um sie davon abzuhalten, das Regal mit den Süßigkeiten zu plündern.«

Ich kann sagen, was ich will. Die Information ist bereits bei Marie angekommen und hat sich tief in ihr Herz gebrannt. Wahrscheinlich trägt ihre Vergangenheit in dieser seltsamen Glaubensgemeinschaft nur noch mehr dazu bei, dass die Vorstellung einer zerbrochenen Seele ihr furchtbare Angst macht. Wie hat Bernd gesagt? *Manche Dinge sind schlimmer als der Tod.* Etwas Ähnliches scheint nun auch im Kopf von Marie umherzuspuken. Sie wendet sich von mir ab und dreht mir den Rücken zu. Ich sehe, wie ihre Schultern zucken, dann höre ich sie schluchzen.

»Nein«, sage ich mit fester Stimme. Ich kann jetzt nicht zulassen, dass sie aufgibt. Was geschehen ist, ist ohnehin geschehen. Behutsam, aber bestimmt, drehe ich sie wieder zu mir herum, damit sie mir in die Augen sieht. Die einzelne Träne, die gerade über ihre Wange läuft, wische ich mit dem Daumen fort. »Und jetzt du!«

Mehr muss ich nicht sagen. Marie weiß genau, worauf ich hinauswill. Ihre Finger verhaken sich mit meinen, ebenso wie ich es gerade gemacht habe. Also will auch sie mich festhalten, wenn ich erfahre, was hinter ihrem Fluch steckt. Ich mache mich aufs Schlimmste gefasst.

»Vor vielen Jahren hat ein Orakel eine Prophezeiung ausgesprochen, die unsere Familie betraf«, sagt sie im Flüsterton. Dann versagt bereits ihre Stimme. Ich rutsche näher an sie heran, um ihr Kraft zu geben.

»Diese Prophezeiung gab den Wortlaut eines Fluchs wieder, den ein Dschinn über uns gelegt haben soll. Er lautet:

Entfacht habt ihr des Dämons Zorn,
betrogen ihn um Herz und Horn.
So schlägt er fortan euch mit Sühnen,
die feigen Weiber und die kühnen.
Der gleiche Gram, der Uriel quälte.
Den gleichen Weg, den Cassia wählte.
Dies Schicksal führt euch hundert Jahre,
all'samt auf die Totenbahre.
Tut ihr es von eigener Hand,
dann erst ist der Fluch gebannt.«

Die Macht, die in diesen Worten liegt, ist unüberhörbar, auch wenn ich sie nicht vollends verstehe. Sie klingen grausam wie eiskalte Dolche, die sich in meine Brust bohren.

»Was bedeutet das?«, frage ich. »Wer sind Uriel und Cassia?«

Marie fasst meine Hände fester. »Ich habe unseren Pastor gefragt, am Tag bevor du gekommen bist, um mich abzuholen. Er sagte, Cassia sei meine Urgroßmutter gewesen. Sie war ein Talent, wie viele Frauen vor ihr aus meiner Familie. Offenbar wird die Veranlagung bei uns nur auf der weiblichen Seite vererbt. Cassia war von ihrem Anführer fasziniert.«

»Du meinst, sie liebte ihn.«

Marie nickt. »Und er liebte sie. Doch es gab noch einen weiteren Anwärter auf das Herz von Cassia – einen Dämon namens Uriel. Niemand weiß, wie die beiden sich kennengelernt haben. Aber wie es ausging, ist hinreichend bekannt: Cassia hat sich für ihren Anführer entschieden. Und Uriel kam, um sie aus Rache zu töten. Er forderte sie dazu auf, sich selbst zu richten, um ihre Nachfahren vor seinem Fluch zu bewahren. Doch Cassia weigerte sich und floh.«

»Hat er sie verschont?«, frage ich, obwohl ich die Antwort bereits ahne.

Marie schüttelt den Kopf. »Ein Jahr später, kurz nachdem sie meine Großmutter zur Welt gebracht hatte, hat er sie aufgesucht und ihr eine Wurzel ins Herz gestoßen. Dann hat er unsere gesamte Familie verflucht: Hundert Jahre lang sollte jedes weibliche Talent Cassias Schicksal teilen. Wir sind dazu verdammt, uns in unsere Anführer zu verlieben und zu sterben. Und wir alle werden an den Punkt kommen, an dem es uns freigestellt ist, den Fluch zu beenden. Aber bislang war keine Frau aus unserer Familie mutig genug, um ihr Leben aus freien Stücken zu opfern.«

Ich kann nichts darauf sagen. Rückwirkend verstehe ich, warum Maries Vater mich mit einer Schrotflinte empfangen hat. Ich verstehe sogar, dass er seiner Tochter ein Häubchen auf den Kopf gesetzt und sie in einen faden Jeansrock gesteckt hat. Das Alarmsystem vor dem Haus, der Rückzug der Familie aus dem Leben und der Gesellschaft, all das hatte einen einzigen Grund: Maries Eltern wollten ihre Töchter vor dem Fluch bewahren. Und was hat Marie getan? Sich mir ausgeliefert und den Schutzkreis verlassen, den offenbar irgendein Orakel über ihr Haus gelegt hat.

»Wie konntest du das tun?«, bringe ich schließlich heraus. »Damit hast du dein Schicksal besiegelt!« Ich hätte sie niemals küssen dürfen! Wenn sie jetzt stirbt, trage ich die Schuld daran. Und das nur, weil ich mich nicht beherrschen konnte. Ich spüre Tränen in meinen Augen aufsteigen.

»Das wissen wir doch gar nicht«, sagt Marie und streichelt mein Gesicht. »Cassia muss in den Fünfzigerjahren aktiv gewesen sein. Wer weiß, ob Uriel überhaupt noch lebt. Vielleicht ist sein Fluch mit ihm gestorben. Außerdem scheint auch meine Großmutter damit konfrontiert gewesen zu sein. Und sie ist nicht tot.«

»Aber sie ist krank!«, werfe ich ein. »Und überhaupt: Was ist mit deiner Mutter … und mit deiner Schwester?«

»Ich weiß es nicht. Kurz nachdem ich mit dem Pastor gesprochen habe, bist du bereits gekommen und … dann war mir alles andere egal.«

Ich winde mich aus ihrer Umklammerung. Niemals hätte ich gedacht, dass das Geheimnis ihrer Familie so weit reicht. Und vor allem nicht, dass ich derjenige bin, der den Fluch erneut entfacht. Mit diesem Wissen werde ich nicht weiterleben können, falls sie tatsächlich sterben sollte. Ich setze mich auf und schlage die Hände vors Gesicht.

Eine Weile bleibt Marie im Bett liegen, eine Hand auf meinem Rücken, wie um mich zu stützen. Dann steht sie plötzlich auf, geht ins Wohnzimmer und kommt mit dem Metallkoffer zurück, in dem ich die Tattoo-Maschine aufbewahre. »Du willst es erweitern«, sagt sie. »Also mach das.«

»Und du wolltest nicht mehr in meinen Gedanken herumspionieren«, entgegne ich.

Sie wischt mir die Tränen von der Wange, genauso, wie ich es vor wenigen Minuten bei ihr gemacht habe.

»Ich liebe dich dafür, dass du um mich weinst.«

Ich greife nach ihrer Hand und küsse sie. »Und ich liebe dich, Marie. Dafür, dass du um meine Seele trauerst.«

Dann nehme ich ihr den Koffer aus der Hand und ziehe die Maschine hervor.

Gelb vor Neid

Als ich wieder aufwache, befinde ich mich in einem dunklen Raum ohne eine einzige Fackel. Der steinerne Boden unter mir ist feucht und irgendwo höre ich Wasser plätschern. Mühsam kämpfe ich mich aus der ersten Ohnmacht meines Lebens hervor und versuche, mich daran zu erinnern, was passiert ist.

Die Geschehnisse in der Grotte stürmen schließlich in so geballter Form auf mich ein, dass ich mir wünsche, ich wäre nicht aufgewacht. Deimon hat nicht nur Orowyns, sondern auch Morganas Magie geraubt und ich bin schuld an alledem. Die Bruderschaft ist eine einzige Lüge, denn in Wahrheit geht es dem Novizen nur um einen mächtigen dunklen Zauber, mit dem er höchstwahrscheinlich Tharos vom Thron stürzen und sich des Hohenfels bemächtigen will. Nur eine Sache wundert mich: dass ich noch am Leben bin. Hat Deimon nicht gesagt, das Blut eines Darksetters sei die letzte Zutat, die ihm noch fehle?

Trotz der Angst, die ich um Morgana und meine Freunde habe, zwinge ich mich zum Nachdenken. Es kann allenfalls eine

Schonfrist sein, die ich hier in diesem abgeschotteten Raum bekommen habe. Denn außer mir gibt es keinen einzigen anderen Darksetter im ganzen Palast – falls er also vorhat, seinen dunklen Zauber auszuführen, braucht er mich noch. Er wird erst Leviata oder Nayo ihrer Magie berauben. Dann wird er jemand anderen losschicken, um meine Aufgabe mit den Volltreffern zu vollenden. Erst wenn alle anderen Zutaten für seinen Zauber erbracht sind, wird er kommen, um mein Blut zu vergießen. Das heißt: Mir bleibt noch etwas Zeit. Wie lange, weiß ich nicht. Aber als Erstes muss ich aus diesem Gefängnis fliehen!

Ich versuche alles, was möglich ist, um zu entkommen. Erst verwandele ich mich in eine Maus und suche nach einer Felsspalte, durch die ich mich quetschen kann. Der einzige Durchgang ist ein kleiner Abfluss, durch den das Wasser nach draußen fließt. Ich springe hinein und versuche hindurchzuschwimmen, doch plötzlich stoße ich gegen eine unsichtbare Wand, obwohl das Wasser ungehindert weiterfließen kann. Das ist bestimmt ein Zauber von Deimon. Also schwimme ich zurück, krabbele aus der Abflussröhre und schüttele mir das Wasser aus dem Fell.

Dann verwandele ich mich zurück und versuche es mit Klopfen und Rufen. Ich hämmere an die Tür, schreie mir nach Morgana, Nayo und Leviata schier die Lunge aus dem Leib. Normalerweise müssten die empfindlichen Ohren sämtlicher Faune im Hohenfels mich gehört haben. Doch solange ich auch warte, niemand eilt mir zu Hilfe. Also bin ich entweder weit weg von zu Hause oder Deimon hat einen Schallschutz über mein Gefängnis gelegt.

Niedergeschlagen setze mich neben den winzigen Bach, der die Höhle in der Mitte zweiteilt. Irgendwie muss es doch möglich sein, hier herauszukommen! Ein nagendes Gefühl in meinem Bauch erinnert mich daran, dass ich seit fünf Tagen keinen

Input mehr hatte. Länger als eine Woche habe ich noch nie ausgehalten. Aber in den wenigen Momenten, in denen ich während der letzten Stunden die Gelegenheit gehabt hätte, einen Menschen auszusaugen, habe ich ihn immer Morgana überlassen. Ich hätte die verletzte Volltrefferin nach dem Unfall aussaugen sollen – dann hätte Morgana jetzt noch ihre Magie und ich würde nicht in Deimons Gefängniszelle festsitzen. Ich verfluche mich dafür, dass ich es nicht getan habe, nur weil ihr Geschmack mir zuwider war.

Sollte ich hier länger als zwei Tage ausharren müssen, dann komme ich wahrscheinlich an den Punkt, an dem ich sogar mit Zwietracht, Neid und Eifersucht vorliebnehmen würde, Hauptsache irgendwelche Gefühle! Aber, wie es aussieht, bin ich erst einmal von der Sonnenwelt abgeschnitten. Und vom Palast der Faune ebenso.

Wut steigt in mir empor. Doch es ist nicht nur Wut auf Deimon, sondern auch auf mich selbst. Nie hätte ich mich dazu überreden lassen dürfen, der Bruderschaft beizutreten. Ich hatte von Anfang an kein gutes Gefühl dabei.

Während ich dasitze und mit mir selbst hadere, fällt mir auf, dass das Plätschern des Baches neben mir aus dem Rhythmus geraten ist. Ich strenge meine Augen an, um die Dunkelheit zu durchdringen, und nehme schließlich einen kleinen, weißen Fisch wahr, der in dem Rinnsal vor mir auf und ab schwimmt. Im Gegensatz zu mir hat der es offenbar problemlos geschafft, den Zauber in dem winzigen Tunnel zu durchbrechen.

Als ich genauer hinsehe, erkenne ich, dass es einer der blinden Höhlenfische aus der Grotte ist. Also liegt die Vermutung nahe, dass mein Gefängnis in unmittelbarer Nähe der Tropfsteinhöhle liegt. Einem Impuls folgend strecke ich die Hand ins Wasser und bitte den Fisch herzukommen. Genau wie jedes andere Tier folgt er meinem Wunsch und schwimmt auf mich zu.

Sein kleines Maul erkundet meine Finger, bis er weiß, wer ich bin.

»Ich bin kein Orakel, aber antwortest du mir auch?«, frage ich ihn.

Daraufhin hört er auf, mich zu beknabbern, und schwimmt ein Stückchen stromaufwärts. Nach etwa einem Meter stoppt er die Bewegung seiner Flossen, kehrt um und lässt sich zu mir zurücktreiben.

»War das ein Ja?«, entfährt es mir.

Wieder schwimmt das Tierchen in dieselbe Richtung und wieder kehrt es zu mir zurück. Damit weiß ich natürlich gar nichts. Falls der Fisch mich ärgern will, könnte es nämlich auch ein Nein gewesen sein. Ich warte, bis er wieder zurückgekehrt ist und versuche es mit einer anderen Frage. »Mein Name ist Levian und ich bin in einer Höhle eingesperrt. Stimmt das?«

Hoffnung keimt in mir auf, als der Fisch erneut in dieselbe Richtung schwimmt. Meine nächste Frage ist die wichtigste von allen: »Gibt es eine Möglichkeit für mich, zu entkommen?«

Diesmal zögert er kurz. Entweder weil Deimon so schlau war, den Fischen jegliche Hilfeleistung zu untersagen, oder weil er die Frage nicht direkt beantworten kann. Aber dann macht er sich doch wieder in Richtung Quelle auf. Ich könnte jubeln! Nun muss ich nur noch herausfinden, wie genau mein Weg nach draußen aussieht.

Die nächsten Minuten verbringe ich damit, dem Fisch eine Frage nach der anderen zu stellen. Meine einzige Sorge ist, dass er meiner müde wird und verschwindet, bevor er mir alle beantwortet hat.

»Schaffe ich es allein?« Ja.

»Muss ich mich dazu verwandeln?« Ja.

»Führt der Weg durch den Felsen?« Diesmal schwimmt er stromabwärts – also Nein.

»Führt der Weg durch den Tunnel?« Nein.

So geht es in einem fort, bis mir keine Fragen mehr einfallen. Auch mein kleiner Helfer wird langsam müde vom ständigen Schwimmen. Ich merke es an der Kraftlosigkeit seiner Flossenschläge. Bei jeder weiteren Frage braucht er länger als bei der vorhergegangenen. Ich beschließe, uns beiden erst einmal eine Pause zu gönnen. Aber eine letzte Frage muss noch sein.

»Wirst du wiederkommen, wenn ich dich jetzt entlasse?«

Noch einmal macht der Fisch sich auf seinen beschwerlichen Weg nach oben. Als er zurückkehrt, bedanke ich mich bei ihm und gebe ihn frei. Er lässt sich bis zum Tunnel treiben, dann verschwindet er, als wäre es das Einfachste der Welt dort hindurchzukommen.

Jetzt fühle ich mich einsamer denn je. Meine Gedanken schweifen zu Morgana, Nayo und Leviata. Wie wird es ihnen in meiner Abwesenheit ergehen? Sorgt jemand dafür, dass Morgana weiterhin Input erhält? Bringt Orowyn ihr einen neuen Eibentrank? Hat Deimon es geschafft, meiner Schwester oder Nayo die Magie zu entziehen? Ich hasse es, untätig hier herumzusitzen, während sie alle in Gefahr sind.

Nach einer weiteren Stunde höre ich plötzlich leise Stimmen. Sie kommen aus derselben Richtung, in die der Fisch verschwunden ist und wo ich die Grotte vermute. Ich springe auf. Ganz eindeutig: Das sind Nayo und Leviata!

Wie von Sinnen renne ich zu der Felswand, die uns voneinander trennt, und schlage mit den Fäusten dagegen.

»Nayo! Leviata! Hört ihr mich?«, schreie ich. Doch es hat keinen Zweck, sie unterbrechen nicht einmal ihr Gespräch. Obwohl ich selbst jedes Wort von ihnen hören kann, ist mein eigenes Brüllen so wirkungsvoll wie ein Flüstern gegen den Wind.

Ich hämmere so lange gegen den Felsen, bis Gesteinsbrocken herausbrechen und meine Fäuste blutig sind. Dann schlage ich auf das Wasser, in der Hoffnung, dass Nayo und Leviata registrieren, dass das Plätschern ungleichmäßig geworden ist oder zumindest Wellenbewegungen auf der anderen Seite erkennen können. Auch das funktioniert nicht. Jede kleine Woge, die ich verursache, zerschellt an dem unsichtbaren Schutzschild, das Deimon in dem Tunnel errichtet hat.

Dafür kehrt nun der kleine Fisch zurück, wohl weil er denkt, dass ich ihn gerufen hätte. Aber ich kann mich jetzt nicht um ihn kümmern. Stattdessen lege ich mein Ohr an die Höhlenwand, um wenigstens mitzubekommen, was die beiden da draußen reden.

»Ich denke, er ist in der Sonnenwelt unterwegs. Garantiert kommt er demnächst zurück und bittet wieder eine von uns, den Hintereingang freizumachen, damit er Morgana mit Input versorgen kann«, höre ich Leviata sagen.

»Ich kann das verstehen«, antwortet Nayo. »Er liebt Morgana und würde alles für sie tun. Würdest du anders reagieren?«

»Zum Glück liebe ich niemanden«, entgegnet Leviata genervt. »Du siehst doch, was Liebe aus uns macht: Wir werden leichtsinnig, handeln unüberlegt und sind erpressbar.«

»Es stimmt nicht ganz, dass du niemanden liebst. Du liebst deinen Bruder«, wirft Nayo ein.

Daraufhin gibt es eine kurze Pause. Aber dann murmelt Leviata: »Ja, ich liebe meinen bescheuerten Bruder mit seinem schrecklichen Talent und der Fähigkeit, immer und überall für Ärger zu sorgen. Leider. Ich wünschte, es wäre anders.«

Wenn sie wüsste, dass ich sie hören kann, hätte sie so etwas nie und nimmer gesagt. Genauso wenig, wie sie Nayo jemals gestehen würde, dass sie auch ihre Freunde liebt. Das ist einfach nicht Leviatas Ding. Ich wünsche mir aus diesem schrecklichen Gefängnis zu entkommen, um ihr sagen zu können, dass ich sie ebenfalls liebe, obwohl sie so ein griesgrämiges und zickiges

Miststück ist. Kraftlos lasse ich mich zu Boden sinken, das Ohr weiterhin an der uns trennenden Wand.

»Ob es richtig war, Orowyn wegzuschicken?«, sagt Nayo gerade. »Ich hatte den Eindruck, dass sie wirklich helfen wollte.«

»Ich nicht«, antwortet Leviata. »Soll sie ihren Eibentrank selbst trinken. Levian wollte auch nicht, dass Morgana ihn bekommt.«

»Aber hast du nicht auch das Gefühl, dass Morgana von Stunde zu Stunde schwächer wird?«

Mehr als das verstehe ich nicht mehr. Ihre nächsten Sätze gehen in dem Schluchzen unter, das mich überkommt. Warum läuft nur alles so schrecklich schief? Ich hatte gehofft, dass die Schamanen Morgana weiterhin versorgen, nun da ich weiß, dass sie es doch ehrlich mit ihrer Hilfe meinen. Aber leider habe ich versäumt, Nayo und Leviata davon in Kenntnis zu setzen.

Als ich endlich wieder hinhören kann, wünschte ich, ich hätte es nicht getan.

»Kannst du dir vorstellen, was Deimon von uns will?«, fragt meine Schwester gerade. »Mir wäre wohler zumute, wenn Levian da wäre. Oder zumindest irgendjemand von den anderen.«

Mein Herz setzt einen Schlag aus. Sollte sich meine Vermutung als richtig erweisen, dann hat Deimon die beiden hierher bestellt, um sich an ihrer Magie zu vergehen. Und ich soll es mitbekommen, ohne etwas dagegen tun zu können. Es ist zum Verrücktwerden. Ich kann förmlich spüren, wie der Wahnsinn in mir emporkriecht.

Aber dann erinnere ich mich an die Worte von Tharos, ich sei die Hoffnung der Faune. Zwar weiß ich nicht, warum ausgerechnet mir diese Prophezeiung zuteilwurde, aber wenn sie wahr sein sollte, dann kann ich nicht hier drin verrotten, während um mich herum die Welt zusammenbricht und die Macht über den Hohenfels an Deimon geht.

Fieberhaft denke ich nach. Dabei fällt mein Blick wieder auf den kleinen Fisch. Ich strecke meine Finger ins Wasser und locke ihn heran.

»Könnt ihr mir bei der Flucht helfen?«, frage ich ihn.

Der Fisch lässt sich mit der Strömung in Richtung Tunnel treiben. Also Nein.

»Könnt ihr Nayo und Leviata sagen, dass sie weglaufen müssen?« Tunnel.

»Könnt ihr Deimon fernhalten?« Tunnel.

Wofür zum Teufel hat man heilige Fische, wenn sie einem nicht ansatzweise helfen können!

»Liegt mein Fluchtweg im Süden?« Tunnel.

»Liegt er im Osten?« Tunnel.

»Liegt er im Westen?« Tunnel.

»Im Norden?«

Endlich schwimmt der Fisch stromaufwärts zur Quelle. Aber diesmal kehrt er nicht sofort zurück, sondern kämpft sich weiter tapfer voran. Erst als er den Punkt erreicht, an dem das Wasser munter aus dem Felsen sprudelt, hält er inne und lässt sich ein Stück zurückfallen.

»Da durch?«, frage ich entsetzt.

Die Antwort ist ein angestrengtes Paddeln auf genau jenen Punkt zu, der mir im Moment eine Höllenangst einjagt.

Die nächste Frage liegt klar auf der Hand. »Besteht die Gefahr, dass ich dabei ertrinke?«

Der Fisch bleibt bei der Quelle.

Faune ertrinken zwar nicht so schnell wie Menschen, aber auch für uns ist nach einer gewissen Zeit unter Wasser der Punkt gekommen, an dem wir Luft holen müssen. Ich habe keine Ahnung, wie lang der Weg ist, den das Wasser durch den Felsen nimmt, bevor es irgendwo wieder an die Oberfläche tritt – falls es das überhaupt tut.

Die Stimmen aus der Grotte lenken mich von meinen Überlegungen ab. Jetzt ist eine neue dabei – tief und bedrohlich. Deimon! Ich renne zurück zur Wand und horche.

»… daher bin ich zu dem Schluss gekommen, dass am besten ihr beide die Aufgabe von Levian und Morgana übernehmt«, sagt der Novize gerade.

»Mein Bruder ist nie und nimmer aus dem Hohenfels geflohen und hat seine kranke Gefährtin zurückgelassen. Ich kenne ihn!«, keift Leviata. »Du verheimlichst uns etwas, Deimon. Sag mir auf der Stelle, wo Levian ist, sonst …«

Ein spitzer Schrei von Nayo dringt durch die Felswand. Vor Sorge um meine Schwester halte ich den Atem an. Mein Herz pocht wie verrückt.

»Sonst was?«, dringt Deimons Stimme an mein Ohr. Sie klingt süßlich und niederträchtig.

»Lass sie runter, bitte!«, fleht Nayo. »Ich tue, was du verlangst.«

»Gut.«

Etwas klatscht auf dem Boden auf, aber ich höre keinen Schrei. Eine Weile sagt niemand mehr etwas.

Dann ergreift der Novize wieder das Wort. »Deine Aufgabe sind die nächsten beiden Volltreffer: Einer tot, einer ausgesaugt. Geh jetzt! Du bekommst die beiden Nervensägen mit den grünen Augen zurück, sobald du deinen Auftrag erfüllt hast.«

»Versprichst du das?«

»Ja«, sagt Deimon ungerührt.

Ich frage mich, wie er diesen Schwur halten will. Leviata kann er vielleicht ohne ihre Magie zurückgeben. Aber wie will er das mit mir machen, wenn er mich erst einmal getötet hat?

Genau in dem Moment kommen mir Tharos' Worte in den Sinn: Noch zweimal wird Mutter Natur dir gnädig sein. Ob Deimon weiß, dass ich – angeblich – noch zweimal sterben kann und durch ein Opfer an unsere Göttin wieder zum Leben erwache? Wenn es so ist, dann will ich lieber auf der Flucht in der Quelle ertrinken, als durch meinen Tod seinen verfluchten Zauber besiegeln.

Ich höre nicht, wie Nayo die Grotte verlässt. Auch Leviata gibt immer noch keinen Ton von sich. Vermutlich hat er ihr ebenso das Bewusstsein geraubt wie mir vor ein paar Stunden. Ich hoffe nur, er beraubt sie ihrer Magie nicht sofort, sondern wartet damit, bis Nayo ihren Auftrag erfüllt hat. Immerhin befinden wir uns, trotz des Schutzzaubers, der über der Grotte liegt, weiterhin im Hohenfels. Jederzeit könnte jemand hereinkommen, um zu beten oder die blinden Fische zu befragen, auch wenn die Wahrscheinlichkeit gering ist, da außer Tharos, Uriel und ein paar anderen alten Faunen nur selten jemand diesen Ort betritt.

Ich bin so damit beschäftigt, mir Sorgen um Leviata zu machen, dass ich das Plätschern im Tunnel erst gar nicht wahrnehme. Dann aber krabbelt plötzlich ein knallgelber Feuersalamander aus dem Wasser und ich schrecke zurück. Das Tier hat keinen einzigen schwarzen Fleck, also handelt es sich wohl um einen Faun, vermutlich um Deimon. Noch nie zuvor habe ich ihn in einer Tiergestalt gesehen.

»Gelb ist die Farbe des Neids«, sage ich gefasst, als er sich direkt vor mir verwandelt.

Diese Aussage scheint ihn zu kränken. Ohne Vorwarnung greift er nach meiner Kehle und drückt zu. »Ich würde dich so gern gleich töten. Aber die Erfahrung hat mich gelehrt zu warten. Auch wenn ich im Grunde noch zwei Chancen habe, dein Leben zu opfern.«

Also hat er genau das vor. Und anschließend? Will er mich dann noch einmal töten und noch einmal? »Mutter Natur fordert ein Opfer von demjenigen, der mich zurückholen will, hast du das gewusst?«, röchele ich.

Er versucht, seine Überraschung vor mir zu verbergen, doch das Blitzen in seinen Augen verrät ihn. »Du kennst deine Prophezeiung?«, zischt er.

Sein Griff um meinen Hals lockert sich etwas. Ich bringe ein gequältes Nicken zustande. »Hast du je darüber nachgedacht, dass ich vielleicht zu etwas anderem tauge als zu einem deiner verfluchten Opfer? Mutter Natur denkt sich doch so etwas nicht aus, um …«

»Schweig!«, donnert er und drückt wieder zu. »Du und Morgana! Jahrelang musste ich dabei zusehen, wie du sie umgarnt hast, ihr dein Darksetter-Gift ins Gehirn geträufelt hast. In der Nacht, als ihr den ewigen Bund geschlossen habt, habe ich euch beobachtet. Zur Strafe hat Mutter Natur meinen Makel verändert. Ich hatte vorher ein Horn auf der Stirn, genau wie Uriel, wusstest du das? Aber nun tragen wir in jeder Tiergestalt diese Farbe, die jedermann zu erkennen gibt, was wir sind.«

»Neidisch«, keuche ich. »Und wem missgönnt Uriel seine Gefährtin? Sprich dich aus, Deimon, ich hänge hier ohnehin nur rum.«

In einem Wutausbruch schleudert er mich zur Seite und ich krache gegen die Felswand. Das hat durchaus wehgetan, aber meine Haut und meine Knochen haben zum Glück nichts abbekommen. Wenn ich nachher noch genug Kraft haben will, um zu fliehen, sollte ich den Novizen vielleicht nicht weiter reizen. Nur, wann bin ich je erfolgreich gewesen, wenn ich mir vorgenommen habe, ruhig zu bleiben?

»Was hältst du davon, deine Eifersucht in ein paar wohlschmeckenden menschlichen Gefühlen zu ertränken?«, schlage ich ihm vor. »Du könntest dich so lange als Kanarienvogel tarnen, dann fällst du nicht weiter auf.«

Es war klar, dass Deimons nächster Hieb unfair werden würde. Diesmal benutzt er nicht seine Fäuste, sondern einen Zauber. Erneut schlage ich heftig gegen die Felswand. Ein spitzer Vorsprung bohrt sich in meine Schulter. Diesmal kann ich mich nicht bewegen, um ihm auszuweichen. Unendlich langsam durchdringt der Stein meine Haut, bevor sie aufplatzt und Blut an meinem Rücken entlangläuft. Ein Stöhnen entfährt mir.

»Ich brauche weder Silber noch Eibenholz, um dich gefügig zu machen«, säuselt Deimon, während er mir näher kommt. »Mit Morgana verhält es sich nicht anders. Ich habe unzählige Male versucht, euren Bund zu lösen, aber es hat nie funktioniert. Erst jetzt, wo ihre Kraft schwindet, habe ich langsam Erfolg. Ich denke, es kann sich nur noch um Stunden handeln, bis sie dich endlich aufgibt.«

Diese Aussage setzt mir wesentlich mehr zu als jede körperliche Gewalt, die er mir antun könnte. Morgana zu verlieren, wäre mein Ende, egal auf welche Art. Und sie ist nicht einmal die einzige Geisel, die Deimon hat. Auch Leviata liegt anscheinend immer noch bewusstlos auf der anderen Seite der Höhle, die mich gefangen hält.

»Was hast du mit meiner Schwester vor?«, presse ich zwischen zusammengebissenen Zähnen hervor.

»Ach, ich könnte sie hier bei dir lassen. Doch das wäre zu viel Geschwister-Herzschmerz auf einem Fleck. Ich denke, ich werde sie woanders unterbringen.«

Mir ist klar, was Deimon vorhat: Er will mich brechen. Mich so weit bringen, dass ich mich winselnd vor ihm auf dem Boden winde und um Gnade flehe. Vielleicht würde ich das sogar tun, wenn ich mich bewegen könnte. Und wenn ich auch nur einen Funken Hoffnung hätte, Morgana und Leviata dadurch zu retten. Aber weder das eine noch das andere ist der Fall.

»Schmor in der Hölle, Deimon!«

Mit hocherhobenem Kopf wendet sich der Novize ab. »Die Hölle ist eine Erfindung der Menschen. Es gibt keinen Platz, an dem ich schmoren könnte. Bis zum nächsten Mal, Levian.«

Ohne auf eine Antwort von mir zu warten, verwandelt er sich wieder in den gelben Salamander und gleitet in den Bachlauf. Hilflos sehe ich ihm hinterher, wie er den Zauber im Tunnel überwindet und aus meinem Gesichtsfeld verschwindet.

Es dauert nicht lange und die Lähmung, mit der er mich schon wieder belegt hat, lässt nach. Wie ein nasser Sack falle ich von der Wand zu Boden. An meiner Schulter ertaste ich ein tiefes Loch, das der spitze Stein in meinem Fleisch hinterlassen hat. Hier unten gibt es keinerlei Heilpflanzen. Also muss ich es wohl so mit der Quelle aufnehmen, die vermutlich mein zweiter Tod werden wird: blutend, verzweifelt und mit einem eingeschränkt beweglichen Arm.

Ich schleppe mich zu dem Loch in der Wand, aus dem das Wasser sprudelt, und überlege, wie lange ich wohl die Luft anhalten kann. Acht Minuten? Zehn? Länger als eine Viertelstunde auf keinen Fall.

Von Deimon und Leviata in der Grotte nebenan höre ich nichts mehr. Nur der kleine, weiße Fisch ist noch da. Wüsste ich nicht genau, dass er blind ist, so würde ich behaupten, er beobachte mich.

Ich will mich eben in eine Maus verwandeln und das Unvermeidliche tun, als mir die Lösung plötzlich wie Schuppen von den Augen fällt: Deimon ist als Salamander gekommen. Aber es gibt noch eine bessere Gestalt, die ich annehmen könnte, um ungeschoren aus der Höhle zu fliehen: einen jungen Molch. Der hat nämlich noch Kiemen und kann unter Wasser atmen. Ein Molchkind müsste auch leichter hinzubekommen sein als ein Fisch. Je unähnlicher die Gestalt uns ist, desto schwerer können wir sie nachahmen. Amphibien sind schwierig genug. Ich habe noch nie eine solche Gestalt angenommen, aber heute ist definitiv der Tag gekommen, um es zu versuchen. Selbst wenn mich das eine weitere halbe Stunde kosten sollte, die ich eigentlich nicht mehr habe.

Doch momentan glaube ich fest daran, dass ich eines der beiden Leben, die mir noch bleiben, erhalten kann.

DER GROßE DRACHE, DIE ALTE SCHLANGE UND DER TYP, DER SIE GEKILLT HAT

»Wie sollen wir das jetzt interpretieren? Weint das Auge trotz der Herzen oder wegen ihnen?«, fragt Big T so provokant wie eh und je.

»Beides«, sagt Marie. »Vielleicht erkennst du daran, dass wir nicht leichtfertig handeln.«

Big T stellt sich dümmer, als er ist. »Ich checke nur, dass Jakob dir zwei Tränen an dein Liebesbannzeichen drantätowiert hat. Den Rest müsst ihr mir schon erklären.«

Zum ersten Mal, seit die beiden Muskelprotze sich kennen, sehen Big T und Rafail so aus, als wären sie einer Meinung. Noch vorhin, beim Training in Alberts Fitnessstudio, habe ich gedacht, sie würden mittig auseinanderbrechen, weil jeder den anderen darin übertreffen wollte, sich noch mehr Gewichte auf die Schultern zu laden. Aber nun stehen beide einträchtig mit verschränkten Armen da und starren uns an.

Victor und Isabell, die Sprinter, tragen ebenfalls eine verschlossene Miene zur Schau. Nur Samira, unsere schweigsame Telekinetikerin, macht noch ein freundliches Gesicht – vielleicht aber auch nur, weil sie nicht verstanden hat, worum es geht.

Es war absehbar, dass die Truppe unsere Beichte nicht einfach so hinnehmen würde, trotzdem war es mir wichtig, dass sie es von Marie und mir erfahren.

»Nun stellt euch doch nicht so an!«, stöhnt Elena. »Jakob und Marie sind zusammen. Ist das so schwer zu begreifen?«

»Ja«, sagt Big T.

»Sehe ich auch so«, pflichtet ihm Rafail bei. »Es hieß ganz klar, dass das verboten ist.«

»Na, vielleicht wird das Verbot jetzt für uns alle aufgehoben«, sagt Big T. »Wenn das so ist, könnte ich damit leben. Dann dürfte ich auch endlich mal Isabell beglücken!«

»Du widerliches Arschloch!«, fährt die Sprinterin ihn an. »Dich würde ich nicht mal auf einen Meter an mich ranlassen.«

»Pah, du bist doch nur sauer, weil Jakob nicht auf dich steht. Immer diese in ihre Anführer verknallten Mädchen – das ist echt nicht auszuhalten!«

Isabell weicht meinem Blick aus, als ich sie fragend ansehe. Dann schluckt sie ein paarmal, bevor sie sich mir wieder zuwendet. »Ich finde es auch nicht richtig. Wir haben genug andere Probleme. Dir ist sicher nicht entgangen, dass in den letzten Tagen vier Volltreffer rekrutiert und allesamt ausgeschaltet worden sind. Und wir haben immer noch keinen Tiersprecher. Wir sind gerade mal neun Leute. Und da kommt ihr mit so was …«

»Mir ist natürlich nicht entgangen, was mit unseren Volltreffern passiert ist«, antworte ich so ruhig wie möglich. »Und ich habe mir durchaus meine Gedanken darüber gemacht. Elena kennt bereits die Namen der Nachfolger. Aber ich werde sie nicht rekrutieren, bis wir das Problem gelöst haben. Und um das zu schaffen, müssen wir jetzt zusammenhalten. Den Tiersprecher hole ich gleich nach diesem Treffen. Über ihn wissen wir mittlerweile Bescheid.«

Isabell sagt nichts mehr dazu, aber ich kann ihr ansehen, dass sie nicht überzeugt ist. Vielleicht ist sie wirklich in mich verliebt – oder glaubt zumindest, es zu sein. Bei meinem Talent weiß man das nie.

Seltsamerweise hatte ich diesen Gedanken bei Marie keine Sekunde lang. Bei ihr weiß ich einfach aus tiefster Seele, dass ihre Gefühle nichts mit meinem Talent zu tun haben. Sie sind echt, ganz gleich wie viele Flüche, Zauber und Prophezeiungen um uns herumschwirren.

»Na also, wie ist das denn jetzt mit gleichem Recht für alle?«, greift Big T das Thema noch einmal auf. »Es muss ja nicht Isabell sein. Denn immerhin will ich Victor nicht in die Quere kommen …«

»Halt einfach dein Maul, du Quadratesel!«, geht Victor dazwischen.

»Nein, also ich meine … Elena ist mir zu gruselig. Vielleicht Samira … wie wär's denn mit uns beiden?«

Die Augen des Flüchtlingsmädchens werden riesengroß. Kurz zweifelt sie wohl an ihren Sprachkenntnissen. Aber als der Muskelprotz seine Frage mit einem pantomimischen Kuss untermauert, begreift sie, dass sie alles richtig verstanden hat. Im selben Moment rappelt es auf dem Dach der Schutzhütte und einige Ziegel lösen sich. Eine Lawine aus Dachpfannen ergießt sich von oben auf den Muskelprotz. Selbst als er zur Seite hechtet, die Hände schützend über den Kopf erhoben, verfolgen ihn einige noch ein paar Meter weiter. Uns, die wir alle in unmittelbarer Nähe stehen, trifft keine einzige.

Beim Anblick von Big T, der nun auf den immer noch zuckenden Dachplatten am Boden herumhüpft, fängt Rafail an zu lachen. »Also ich finde Samira viel gruseliger als Elena«, bemerkt er.

Mir ist nicht nach Lachen zumute. »Ich werde keinem von euch einen Freifahrtschein ausstellen. Zu eurem eigenen Schutz werdet ihr euch an die bisherigen Regeln halten.«

»Na toll, aber der Anführer darf sich besondere Rechte herausnehmen!«, meutert Big T von seinem Platz zwischen den Scherben aus.

Ich zwinkere Samira nur einmal zu, schon erheben sich die zerschlagenen Ziegel erneut in die Luft. Der Muskelprotz erstarrt zu Stein.

Marie klopft in meinem Nacken an.

»Willkommen, mein Engel«, begrüße ich sie telepathisch. *»Und danke fürs Anklopfen.«*

»Sei nicht unfair gegenüber Big T«, ermahnt sie mich.

»Er ist ein Arsch.«

»Und du bist sein Anführer.«

Sie hat ja recht. Also gebe ich Samira mit einem leichten Kopfschütteln zu verstehen, dass sie aufhören soll, und gehe zu Big T hinüber. Ich überwinde mich sogar, ihm die Hand entgegenzustrecken. »Komm zurück und hör dir an, was ich zu sagen habe.«

Einen Moment lang zögert der Muskelprotz, dann schlägt er ein und stelzt über die Ansammlung weiterhin zuckender Scherben hinweg zu uns zurück.

»Bevor ich euer Anführer geworden bin, musste ich der Armee einen Schwur leisten, dass ich der Liebe zu einem anderen Menschen entsagen würde«, erzähle ich meiner Truppe. »Ich habe den Schwur gebrochen, um mit Marie zusammen zu sein, und weiß noch nicht, welche Konsequenzen das für mich haben wird. Für euch gilt gewissermaßen das Gleiche. Mein Befehl als Anführer dieser Truppe lautet: Ihr bleibt allein! Wenn einer von euch einen anderen so sehr liebt, dass er in der Lage ist, sich meinem Befehl zu widersetzen, so darf er es gerne tun.«

Big T gibt ein hörbares Stöhnen von sich, der Rest der Truppe schweigt.

»Wenn ihr mir das übel nehmt, egal aus welchen Gründen«, dabei schaue ich Isabell an, »dann versucht bitte, mir zu vergeben. Ändern lässt es sich nicht mehr.«

»Weiter aufpassen du? Auf mich auch?«, fragt Samira plötzlich leise. Es sind die ersten Worte, die ich aus ihrem Mund höre.

»Ja. Mit meinem Leben, so, wie ich es versprochen habe.«

»Diesen Schwur nicht brechen?«, hakt sie nach.

»Das würde ich niemals tun.«

»Er hätte sich auch für Marvin geopfert«, kommt Cem mir zu Hilfe.

Samira nickt. »Dann kein Problem. Kannst küssen Marie.«

Zum Dank für diesen Vertrauensbeweis küsst Marie stattdessen Samira auf die Wange. »Ich danke dir«, sagt sie.

Weder die Sprinter noch die Muskelprotze sind vollends überzeugt, aber damit habe ich auch nicht gerechnet. Fürs Erste bin ich einfach froh, dass Marie und ich uns nun zumindest vor der Truppe nicht mehr verstecken müssen.

Wir arbeiten noch ein paar Übungsstationen ab, dann teile ich die Liebestöter für den heutigen Abend ein. Es ist Samstag und in Marburg wird die Hölle los sein. Elena hat bereits eine Party am Lahnufer ausfindig gemacht, wo die Dschinn zuschlagen werden. Neben ihr und Marie sollen uns noch Isabell, Victor und Rafail begleiten. Cem mit seiner Handwunde schicke ich ins Krankenhaus, um sich richtig versorgen zu lassen. Auch Samira und Big T bleiben daheim. Von Letzterem habe ich für heute einfach genug.

Nach dem Training muss ich mühsam die gesamte Gruppe nach Hause fahren, weil außer mir keiner mehr ein Auto hat. Zum Glück wohnt die Hälfte meiner Soldaten in Biedenkopf. Als ich Rafail nach dem Stand seines Führerscheins frage, antwortet er, er habe schon einen, dürfe aber nur *begleitet* fahren.

»Prima«, sage ich. »Gib mir deinen Führerschein und ich lasse diesen Vermerk entfernen. Ab morgen fährst du allein.«

Ich hätte nicht gedacht, dass der Muskelprotz heute noch ein derart strahlendes Lächeln zustande bringt.

»Echt? Ist ja geil!«, jubelt er. »Aber ich hab überhaupt kein Auto!«

»Das ändern wir auch bis morgen.«

Mit bester Laune kramt Rafail seinen Führerschein hervor und ich stecke ihn ein. Noch auf dem Weg zurück zur Schutzhütte schreibe ich an Bernd: *Brauche Auto für Rafail bis morgen. Schrottkarre okay.*

Dann fahre ich die nächste Ladung Soldaten nach Hause und gebe den Führerschein zum Fälschen beim Schuster ab.

Ich bin heilfroh, als ich endlich mit Marie allein im Auto sitze und Richtung Gießen fahre. Der Tiersprecher ist angeblich schon vierundzwanzig Jahre alt und, laut Cem und Elena, »ein bisschen schräg«. Ich möchte mich nicht darauf verlassen, dass er künftig meine Truppe durch die Gegend fährt. Was ich allerdings hoffe, ist, dass er sich zu einem Umzug überreden lässt. Denn Gießen ist wirklich zu weit weg. Wir brauchen fast eine Stunde, bis wir endlich vor einem grauen Haus in einer noch graueren Wohnsiedlung ankommen.

»Soll ich im Auto warten?«, fragt mich Marie.

Ich beuge mich zu ihr hinüber und küsse sie ausgiebig.

»Nein.«

»Normalerweise rekrutierst du die Leute allein.«

»Heute nicht.«

Sie soll nicht ständig glauben, sie würde mich ablenken oder mir im Weg stehen. Das hier ist kein Kampfeinsatz im Wald. Es ist nur ein Tiersprecher, dem wir unsere Sache erklären müssen. Dabei kann Marie vielleicht sogar helfen. Ihr Talent ist so wunderbar auffällig. Jeder, der in den Genuss davon gekommen ist, wird mir sofort glauben.

Auf Marie haben unsere Küsse genau die gleiche Wirkung wie auf mich: Ihre Gegenwehr erschlafft und sie begleitet mich ohne weitere Widerrede. Den ganzen Weg durchs Treppenhaus in den dritten Stock halte ich ihre Hand. Ich lasse sie erst los, als ich an dem Türschild mit der Aufschrift *Mike Engel* klingele. Dabei kann ich mir ein leichtes Grinsen nicht verkneifen. Ich bekomme bald einen Engel-Verfolgungswahn, wenn das so weitergeht.

Die Tür geht auf und ich blicke in das Gesicht eines jungen Mannes mit zotteligen, langen Haaren und einem verklärten Blick. Auf seiner ausgestreckten Hand hält er eine ausgewachsene Tarantel, deren haarige Beine sich uns zum Gruß entgegenstrecken. Marie stößt einen spitzen Schrei aus und macht einen Sprung zurück.

»Was denn?«, fragt Mike verwirrt. »Das ist Gabriel. Er wollte euch nur Guten Tag sagen!«

Ich bin nicht sicher, ob die Bezeichnung »ein bisschen schräg« wirklich zu diesem Typen passt. Auf mich wirkt er eher, als wäre er vollkommen durchgeknallt.

»Das ist eine Spinne. Eine Riesenspinne!«, kreischt Marie aus sicherer Entfernung.

»Ja. Gabriel gehört zur seltenen Art der Cyrtopholis femoralis. Die ist eigentlich nur auf den karibischen Inseln zu finden. Aber er ist leider auf ein Schiff gekrabbelt und unfreiwillig ausgewandert.«

»Woher weißt du das?«, frage ich ihn.

»Er hat es mir erzählt.«

Das heißt schon mal, dass Mike sich bereits seit einigen Tagen oder Wochen mit seinem Talent als Tiersprecher angefreundet hat. Vielleicht hat er es sogar schon von Geburt an. Ganz selten kommt so etwas vor. Ähnlich wie bei Sylvia, die ebenfalls schon erste Anzeichen ihrer zukünftigen Gabe ausbrütet. Unter diesen Umständen wird es ihn nicht weiter verwundern, wenn wir ihm die Hintergründe seiner Fähigkeiten erläutern.

»Dürfen wir reinkommen?«, frage ich.

»Aber klar doch. Ich hab schon auf euch gewartet.«

Es braucht einiges an Überzeugungskraft von mir, Marie dazu zu bewegen, sich ins Innere der Wohnung zu wagen, in der wahrscheinlich noch mit der einen oder anderen Überraschung zu rechnen ist. Doch was wir dann zu Gesicht bekommen, ist selbst für mich ein harter Brocken: Überall in der Wohnung sind Tiere. Spinnen, Mäuse, Ratten, Wildkatzen, ein Waschbär und sogar ein Rebhuhn. Ein Teil davon läuft frei herum, der Rest sitzt in Käfigen, die kreuz und quer in der Wohnung verteilt sind. Sie stehen in Regalen, auf Schränken und auf der Arbeitsplatte der Küche. Anstelle eines Wohnzimmerregals hat Mike einen riesigen, offenbar selbst zusammengezimmerten Baum, auf dessen ausladenden Ästen mindestens zehn Raben sitzen und wie wild krächzen.

»Schnabel halten!«, weist Mike sie an. »Das sind Gäste, die werden nicht beleidigt.« Im Nu verstummt das Geschrei der Vögel. »Wisst ihr, in letzter Zeit war öfter mal die Polizei da«, erklärt er. »Jetzt denken sie immer gleich, sie müssten jeden Besuch vertreiben.«

Bevor ich zu einer Antwort komme, macht Marie einen Satz nach hinten und schreit, als ginge es um ihr Leben. Irgendetwas Graues, Flauschiges hat sich an ihr Bein geheftet.

»Mach das weg! Mach das weg!«, kreischt sie und schüttelt das betroffene Bein wie eine Wahnsinnige.

»Hermine!«, jubelt Mike und klatscht in die Hände. »Wie schön, dass du zurück bist!« Dann bleibt er stehen und betrachtet Marie kopfschüttelnd. »Ich kann sie dir nicht abnehmen, wenn du dich so aufführst. Sie kriegt noch eine Gehirnerschütterung deinetwegen. Merkst du nicht, dass sie Angst hat?«

»Weg, weg, weg!« schreit Marie, ungeachtet aller Beschwichtigungsversuche.

Meine Freundin ist ein echtes Phänomen. Auf der einen Seite sticht sie einem blutrünstigen Wolf ein Messer in den Rücken, auf der anderen bekommt sie einen Kreischanfall, nur weil irgendein kleines Flauschding sich an ihr Hosenbein heftet. Das soll mal jemand verstehen!

Es braucht schließlich eine Befreiungskooperation: Ich halte Marie fest, Mike entfernt das graue Tierchen von ihrem Unterschenkel.

»Was ist das denn, um Himmels willen?«, frage ich, während Marie sich hinter meinem Rücken verschanzt und über meine Schulter blickt.

»Ein Siebenschläfer«, erklärt Mike. »Nie gesehen?«

Ich schüttele den Kopf. »Seit wann sprichst du schon mit Tieren?«, frage ich ihn, während ich gleichzeitig darauf achte, Marie außer Reichweite der zahlreichen, frei laufenden Ratten zu halten.

Mike setzt eine Denkermiene auf, runzelt ausgiebig die Stirn und scheint zu rechnen. »Seit etwas über sechstausend Jahren. Genau weiß ich es nicht mehr.«

Sechstausend. Alles klar. Der Typ ist definitiv durchgeknallt.

»Also schon eine ganze Weile«, fasse ich zusammen.

»Genau!«, sagt Mike und lässt sich in einen von Katzenkrallen zerfledderten Sessel fallen. Im Nu hat er drei Stubentiger auf seinem Schoß sitzen, die um seine Gunst buhlen. »Ich habe den Adler von Kaiser Konstantin abgerichtet und dem Pferd von

Jeanne d'Arc gesagt, dass es sich von ihr reiten lassen soll. Papst Gregor habe ich geholfen, die Ratten loszuwerden, woraufhin auch die Pest verschwunden ist. Und dann war da noch diese Geschichte mit Daniel in der Löwengrube. Die Leute behaupten bis heute, ich hätte den Tieren die ganze Nacht das Maul zugehalten. Das ist aber völlig falsch überliefert. Ich habe ihnen einfach gesagt, dass dieser Daniel ungenießbar sei und sie Bauchschmerzen bekommen würden.«

Marie starrt ihn an. Ich starre ihn an. Keiner sagt ein Wort.

»Hat's euch die Sprache verschlagen?«, fragt Mike. »Na ja, ich weiß schon … man trifft nicht jeden Tag einen Erzengel.«

Als er das sagt, geht immerhin Marie ein Licht auf. Sie gibt einen Laut von sich, der halb entsetzt, halb belustigt klingt.

»Einen … Erzengel«, bringe ich nur hervor.

Mike mustert mich von oben bis unten. »Na ja, ich bin Michael, der Fürst der himmlischen Heerscharen. Hast du das nicht erkannt?«

Ich schüttele den Kopf.

»Das war ein übler Tag, als ich auf die Erde gekommen bin. Damals, bei dem Kampf mit dem Drachen … ihr habt doch davon gelesen, oder?«

Ich will gerade verneinen, da murmelt Marie über meine Schulter hinweg: »Da entbrannte im Himmel ein Kampf. Michael und seine Engel erhoben sich, um mit dem Drachen zu ringen, aber sie konnten sich nicht halten und so verloren sie ihren Platz im Himmel.«

Bei diesen Worten blitzen die gelb gefleckten Augen des Verrückten vor mir auf. In einem seltsamen Singsang fällt er mit ein: »Er wurde gestürzt, der große Drache, die alte Schlange, die Teufel oder Satan heißt und die ganze Welt verführt. Der Drache wurde auf die Erde gestürzt und mit ihm wurden seine Engel hinabgeworfen. So ging alles los!«

Ich räuspere mich. »Okay, also … warum wir eigentlich hier sind …«

So einfach und verständlich wie möglich erkläre ich ihm, was ein Talent ist, wie unser Kampf aussieht und zu welchen Gräueltaten die Dschinn fähig sind. Vorübergehend weiche ich wieder auf den Ausdruck *Dämonen* aus, was er als offensichtlicher Bibelfreak vermutlich besser versteht.

Als ich fertig bin, sieht Mike nachsichtig bis gelangweilt aus. Ich hoffe aus tiefstem Herzen, dass er den Dienst verweigert und ich einen anderen Tiersprecher bekomme. Dieser Irre wird uns nur das Leben schwer machen.

»Unser Orakel hat dich als Tiersprecher gesehen. Ich bin der Anführer einer Truppe aus Biedenkopf«, schließe ich.

Mike lacht. »Du bist der, der vor ihnen her in den Kampf zieht und vor ihnen her wieder in das Lager einzieht, der sie zum Krieg hinausführt und sie zurückführt? Das ist gut. Die Gemeinde des Herrn soll nicht sein wie Schafe, die keinen Hirten haben.«

»Das ist aus dem vierten Buch Mose«, erklärt Marie mir über Telepathie. *»Ich glaube, der spinnt!«*

»Den Verdacht hatte ich auch schon«, gebe ich zurück. Dann wende ich mich wieder an Mike. »Also … hast du alles verstanden, was ich dir erklärt habe?«

»Ja klar, schon lange.« Dabei ist er so konzentriert auf die Katze, deren Hals er gerade krault, dass er mich nicht einmal ansieht. Vielleicht nimmt er uns einfach nicht ernst.

»Marie, würdest du bitte mal …?«

»Okay«, höre ich ihre Stimme an meinem Ohr.

Ohne ihren geschützten Platz hinter meinem Rücken zu verlassen, kontaktiert sie Mike. Zumindest nehme ich das an, denn äußerlich ist ihre Kontaktaufnahme ja nicht sichtbar. Ich beobachte Mike dennoch ganz genau. Jemand, der zum ersten Mal mit Telepathie konfrontiert wird, sollte wenigstens ein Anzeichen von Überraschung oder Furcht zeigen. In Mikes Gesicht erkenne ich davon aber keine Spur. Er krault einfach weiter das Fellbündel auf seinem Schoß.

Marie räuspert sich. »Er … hat gesagt, ich würde zu leise anklopfen!«

Das irritiert mich nun doch. »Kann es sein, dass du schon früher mal für die Armee gekämpft hast?«, frage ich den Tiersprecher.

»Na ja, ich sagte doch, dass alles mit dem Drachen angefangen hat. Seit die Engel gefallen sind, kämpfen sie hier auf der Erde weiter. Aber das wisst ihr doch, oder? Ich bin in regelmäßigen Abständen dabei. Immer wenn es spannend wird.«

Ich merke schon, dass das alles keinen Zweck hat. Mike wird uns nichts anderes erzählen als seine Story vom Erzengel. Weil er irre ist. Aber wenn ich mich hier so umsehe, liegt es dennoch nahe, dass er ein guter Tiersprecher sein wird. Sein Geschwätz müssen wir wohl einfach ertragen.

»Wärst du bereit, nach Biedenkopf umzuziehen? Wir können dir vielleicht auch einen Job besorgen.«

»Kein Problem«, sagt Mike sofort. »Eine Wohnung reicht. Ich kriege dieses Hartz IV, mehr brauche ich nicht.«

Auch eine Lebenseinstellung. Aber mir soll es recht sein. Ich bin nicht für die Zukunft des Verrückten verantwortlich. Wenn er schnell umziehen kann, jubele ich ihm einfach die Wohnung unter, die Bernd gerade für Marie besorgt. Damit schlage ich zwei Fliegen mit einer Klappe.

»Wir melden wir uns, sobald wir eine Wohnung haben. Könnte schnell gehen.«

»Ist okay«, flötet Mike und bringt sämtliche Katzen mit einem einzigen Fingerschnippen dazu, einen Salto rückwärts auf den Boden zu vollführen.

»Ich komm noch mit raus«, kündigt er an. Gleichzeitig mit ihm erhebt sich auch der Siebenschläfer, der bislang auf dem Fensterbrett ausgeharrt und geduldig auf das Ende der Katzenstreichel-Aktion gewartet hat. Er nimmt Anlauf, macht einen langen Satz und landet auf Mikes rechter Schulter. Auch die Ratten werden jetzt enorm aktiv. Wahrscheinlich befürchten sie, ihr Herrchen könnte ohne sie Gassi gehen. Aus allen Ecken des Wohnzimmers rotten sie sich zu seinen Füßen zusammen.

Maries Hände krallen sich von hinten in meine Arme.

»Mach dir keine Umstände. Wir finden allein raus!«, sage ich schnell.

Ehe der Tiersprecher auch nur einen Schritt in unsere Richtung machen kann, packe ich Marie an der Hand und ziehe sie durch den kreischenden, fiependen und zischelnden Wohnzimmer-Wildpark zur Tür. Kurz bevor wir über die Schwelle treten, hebe ich sie hoch und mache einen großen Schritt über die fingerdicke Schlange, die dort gerade ihr Mittagsschläfchen hält.

»Geschafft«, sage ich grinsend, als ich endlich die Tür hinter mir zuziehe.

»Hast du mich gerade über die Schwelle getragen?«, fragt Marie lachend.

»Ja, todesmutig wie ich bin.«

Sie legt die Arme um meinen Hals und küsst mich. Da stehen wir, im obersten Stock eines grauen Gießener Wohnblocks, hinter der Tür ein verrückter Erzengel mit seinem Zoo, vor uns ein Berg aus Problemen, in unserem Rücken zwei todbringende Prophezeiungen. Aber wir halten einander fest und küssen uns, als gäbe es nichts anderes auf der Welt, das wichtig ist.

Ohne je darüber geredet zu haben, wissen wir beide, dass uns keine andere Wahl bleibt: Unser Leben wird nicht einfacher werden. Wir können nur jede Sekunde des Glücks herauspicken und sie feiern wie eine bombastische Hochzeitsparty.

Eigentlich haben wir vorgehabt, den restlichen Nachmittag dafür zu nutzen, um Maries Pastor aufzusuchen und ihm ein paar weitere Informationen über den Fluch zu entlocken. Aber als ich auf der Bundesstraße nach Breidenstein fahren will, legt Marie mir eine Hand aufs Knie.

»Ich will jetzt nicht in meiner Vergangenheit herumkramen. Oder in meiner Zukunft. Lass uns nach Hause fahren und überprüfen, wie es heute um deine Beherrschung bestellt ist.«

Das lasse ich mir nicht zweimal sagen. Die Aussicht darauf, mit Marie unter die Patchworkdecke zu schlüpfen, ist ungefähr drei Millionen Mal verheißungsvoller als das Gespräch mit dem Pastor. Ich schiebe es nur zu gern einen Tag lang auf.

Also verbringen wir die nächsten drei Stunden im Bett. Ich lerne dabei, meine Hände auf der Decke zu behalten, Marie erfährt, wie ich ohne T-Shirt aussehe. Langsam empfinde ich die Zurückhaltung, in der wir uns üben, weniger als Strafe, sondern eher als Gewinn. Sie treibt meine Sehnsucht wie einen Heißluftballon in Richtung Himmel. Aber irgendwann werde ich die Wolken erreichen. Und dann springe ich mit einem Fallschirm ins Glück. Ich freue mich auf den Moment, wenn es so weit sein wird.

Alles in allem bin ich trotzdem verstrubbelt und durch den Wind, als wir um halb neun Uhr das Haus verlassen und Richtung Marburg fahren. Marie kämmt mit den Fingern durch mein Haar, bevor die anderen am Marktplatz einsteigen.

»Man kann dir ansehen, dass du ein paar Stunden lang glücklich warst«, flüstert sie, bevor sie auf den Rücksitz wechselt, um vorne Platz für Rafail zu machen.

Elena, Isabell und Victor quetschen sich neben sie. Ich hoffe sehr, dass die Veteranen bald ein Auto für Rafail finden. Dieser Zustand ist echt nicht auszuhalten.

Die Party, die Elena in ihrer Vision ausgemacht hat, stellt uns vor ein Problem, denn sie ist riesengroß. Das Lahnufer ist nicht breit, aber kilometerlang. Ein Bierstand reiht sich an den nächsten. Dazwischen gibt es Fahrgeschäfte, Pommesbuden und Strandbars. Ich habe keine Ahnung, wie ich uns hier taktisch klug positionieren soll.

»Wir teilen uns auf und Marie informiert euch per Konferenzschaltung«, beschließe ich. »Isabell geht mit Victor, Elena mit Rafail und Marie mit mir.«

Niemand verdreht die Augen wegen der Aufteilung. Sie ist ja auch sinnvoll. Ein Blick in meinen Geldbeutel verrät mir, dass für jeden gerade mal ein alkoholfreies Bier drin ist. Ich muss die Veteranen dringend bitten, mir ein größeres Budget zur Verfügung zu stellen. Also statte ich jeden mit einer Alibi-Flasche aus und wir ziehen los.

Ich beobachte Marie, wie sie an ihrem Bier nuckelt und dabei das Gesicht verzieht. »Dein erstes?«, frage ich, während ich gleichzeitig die Umgebung scanne.

»Mein zweites«, sagt sie. »Das erste hat mir eine Woche Hausarrest eingebrockt. Da war aber auch Alkohol drin.«

Ich lege meinen Arm um ihre Schultern und schlendere mit ihr voran. Das Leben könnte so schön sein, wenn man nicht ständig Angst haben müsste, dass jemand einem das Genick bricht oder die Halsschlagader zerfetzt.

Wir beobachten die Leute am Autoscooter, lungern an der Strandbar herum und sehen einem Jungen dabei zu, wie er ungeschickt ein Mädchen umgarnt. Dabei fragt Marie alle paar Minuten in den Köpfen der anderen nach, wo sie sich befinden und ob sie etwas Auffälliges wahrnehmen. Aber bis zehn Uhr passiert nichts.

Wir sitzen an einer Weide am Fluss, Marie hat ihren Kopf auf meinen Schoß gelegt, als Elena fündig wird.

»Eine Gruppe aus acht Dschinn«, teilt sie uns in der Konferenzschaltung mit. *»Sechs Männer, zwei Frauen. Sie schwärmen gerade am Kettenkarussell aus.«*

So schnell wir können, arbeiten wir uns alle zu dem Punkt vor, den Elena genannt hat.

Als Marie und ich das Karussell erreicht haben, sind die anderen bereits im Einsatz. Ich sehe Rafail neben ein blondes Mädchen treten, das sich soeben von einem Dschinn einen Cocktail ausgeben lässt. Isabell zerrt einen Typen im Hawaiishirt aus dem Autoscooter und hakt sich bei ihm unter. Victor verschwindet gerade hinter einem Bierstand, wo er ein Pärchen anspricht, das sich schon gefunden hat.

»Wo sind die anderen Dschinn?«, frage ich Elena über die Konferenzschaltung.

»Da ist noch ein besonders toller Kerl für dich übrig«, antwortet sie. *»Rechts von dir, an der Strandbar. Der Typ im Muskelshirt. Er hat es auf das dunkelhäutige Mädchen abgesehen.«*

»Ist gut.« Ich drücke noch einmal Maries Hand und verschwinde dann in Richtung Strandbar. Ich hoffe nur, Marie beobachtet mich jetzt nicht. Genauso wenig will ich mitansehen, wie sie sich an irgendeinen dummen Kerl heranschmeißt, der sich von einer Dschinniya betören lässt.

»Da drüben, Marie«, höre ich Elena noch sagen. *»Langbeinige Dschinniya, krasse, rote Haare. Und der Typ … sag mal, spinnt die?«*

»Was ist los?«, klinke ich mich noch einmal in die Kommunikation ein.

»Die nimmt ihn mit!«, berichtet Elena.

»Warte!«, höre ich Marie sagen. Ich glaube, sie rennt. Irgendwie klingt sie außer Atem.

»Marie, bring dich nicht in Gefahr!«, denke ich. Ich kann mich nicht mehr überwinden, zu dem flirtenden Paar an der Bar hinüberzugehen. Im Moment ist mir herzlich egal, wer hier ausgesaugt wird, wenn es bloß nicht Marie ist! Ohne weiter darüber nachzudenken, mache ich auf dem Absatz kehrt und laufe zurück.

»Wo bist du?«

Doch anstelle einer Antwort empfange ich so etwas wie eine rauschende Störfrequenz. Dann höre ich Maries Stimme. *»Was machst du mit dem Jungen?«*

Die Antwort ist nur ein einziger Gedanke. *»Heimbringen.«* Und schon ist die Dschinniya wieder aus unserer Konferenzschaltung verschwunden.

»Marie, wo bist du?«, schreie ich, während ich mich durch die Menschenmenge auf dem Hauptgang kämpfe. Irgendwo hier müsste sie doch stecken!

»Auf dem Weg zum Parkplatz«, höre ich ihre Stimme in meinem Kopf. *»Die zerrt den Typen zu einem Taxi!«*

»Bleib stehen. Lass sie laufen!«

Nicht auszudenken, was geschehen würde, wenn die Dschinniya sich zur Wehr setzen sollte. Marie schießt viel zu schlecht, um sich zu verteidigen. Mal davon abgesehen, dass sie wahrscheinlich noch nicht mal ihre Pistole gezogen hat wegen der vielen Leute ringsum.

Im Laufen greife in die Innentasche meiner Jacke und entsichere meine Waffe. Hinter dem nächsten Fahrgeschäft taucht bereits der Parkplatz auf. Ich rempele ein knutschendes Pärchen zur Seite, zwänge mich durch eine Gruppe Saufkumpane, dann habe ich es geschafft.

Ratlos bleibe ich stehen und blicke mich in alle Richtungen um. Die Taxis sind garantiert oben auf der Straße. Also renne ich dorthin.

Kaum, dass ich über den mit Büschen bewucherten Wall gesprintet bin, sehe ich sie: Marie steht neben dem Taxi und will den Jungen am Arm aus dem Wagen zerren, während die Dschinniya schon auf dem Rücksitz sitzt und seinen anderen Arm gepackt hält. Glücklicherweise haben sie sich für diesen grotesken Tauziehkampf wenigstens eine Parkbucht ausgesucht, die auf beiden Seiten von Büschen umgeben ist. So wird hoffentlich niemand sehen, was ich jetzt tun muss. Ich ziehe meine Pistole.

»Halt, Polizei!«, schreie ich.

Der Taxifahrer, der bis eben wohl noch amüsiert von der Szene war, macht ein erschrockenes Gesicht und steigt aus dem Wagen.

Ich lege auf die Dschinniya an. »Aussteigen. Hände auf den Rücken!«, weise ich sie an. Hoffentlich kauft der Taxifahrer mir den Zivilbullen ab. Im Grunde sehe ich dafür ein bisschen zu jung aus. Ein Seitenblick auf Marie macht mir klar, dass ihr nichts passiert ist.

Die Dschinniya setzt einen Fuß aus dem Taxi. Wahrscheinlich wird sie die nächste Möglichkeit nutzen, um sich in ein Tier zu verwandeln und abzuhauen. Soweit ich weiß, müssen sie in der Öffentlichkeit die Form wahren. Aber wenn sie sich nun auf den Boden fallen lässt und aus dem Gesichtsfeld des Taxifahrers verschwindet, dann hat sie ihren Regeln wahrscheinlich Genüge getan.

»Ist das eine echte Silberkette, die du da trägst?«, frage ich Marie.

Sie fasst nach der Kette mit dem Kreuz um ihren Hals. »Ja.«

»Gib sie mir!«

Ohne nachzufragen, reißt sie sich die Kette ab und hält sie mir entgegen.

»Du musst sie damit fesseln. Wir nehmen sie mit.«

Um zu vermeiden, dass die Dschinniya ganz aus dem Wagen steigt, drücke ich ihr den Lauf meiner Waffe an die Schläfe. Furcht steigt in ihre Augen. Dann fällt ihr Blick auf den Jungen, der wie eine leblose Puppe neben uns steht.

»Marie, halte den Typen in Schach, er ist verzaubert! Er könnte dich angreifen.«

Nun zieht auch Marie ihre Pistole und fingert daran herum. Ich erkenne auf den ersten Blick, dass sie es nicht schafft, sie zu entsichern, aber sie ist geistesgegenwärtig genug, um sie trotzdem auf den Jungen zu richten. Hoffentlich haben weder er noch die Dschinniya genug Ahnung von Waffen, um den Bluff zu bemerken.

Dafür wird der Taxifahrer misstrauisch. Er kommt plötzlich um die Motorhaube herum auf uns zu. Ist der lebensmüde? »Kann ich mal Ihre Marke sehen?«, fragt er.

»Jetzt nicht!«, herrsche ich ihn an.

Ich hätte gerne drei Hände, um die verdammte Dschinniya gleichzeitig zu fesseln und zu bedrohen. Dummerweise kann ich sie weder festhalten noch aufstehen lassen.

Der Taxifahrer macht noch einen Schritt auf uns zu. Dabei hält er die Handflächen nach vorn ausgestreckt, um zu deeskalieren. Na prima: ein Held! Der hat mir gerade noch gefehlt. »Lassen Sie die Waffen fallen. Es wird sich alles klären«, nuschelt er.

»Bleiben Sie auf der Stelle stehen!«

Ich lege meine gesamte Befehlsgewalt in diesen einen Satz. Für den Bruchteil einer Sekunde fürchte ich, es würde nicht funktionieren. Aber dann hält er doch in der Bewegung inne und schaut mich seltsam verwirrt an. Da kommt mir der rettende Gedanke, der zumindest die Zahl der Angreifer zu unseren Gunsten verändern wird. Ich wende mich der Dschinniya zu: »Sag deinem Liebhaber, er soll abhauen. Zurück zum Autoscooter!«

Sie beißt die Zähne aufeinander. Unentschlossenheit steht in ihrem Blick. »Wenn ich das mache …«

»Sag es ihm! Sonst erschieße ich dich an Ort und Stelle. Für solche Fälle haben wir zwei gute Orakel in der Hinterhand.«

Das scheint sie zu überzeugen. »Geh zurück aufs Fest. Bis zum Autoscooter«, befiehlt sie dem Jungen.

Ungeachtet der Waffe, die auf seinen Kopf gerichtet ist, dreht er sich um und spaziert in die Gegenrichtung davon. Endlich!

»Binde ihre Handgelenke mit einem Knoten zusammen«, sage ich zu Marie.

Sie gibt sich alle Mühe, meine Anweisung zu befolgen. Was dabei herauskommt, ist garantiert die seltsamste Fessel seit Menschengedenken: eine hauchdünne, feingliedrige Kette mit einem silbernen Kreuz, die nun einen Dämon mit übernatürlichen Kräften in die Schranken weisen kann. Ich will nicht wissen, was der Taxifahrer darüber denkt.

»Ich hoffe, es hält.«

»Das hoffe ich auch. Ruf die anderen her.«

Zwei Minuten später sind wir von Talenten umringt. Elena nimmt sich zum Glück des Taxifahrers an, greift nach seinen Händen und erzählt ihm irgendein Märchen, in dem die Dschinniya als Drogendealerin auftritt. Ich höre nur mit einem halben Ohr hin. Es sieht ganz so aus, als erfülle Maries Silberkette voll und ganz ihren Zweck, denn die Dschinniya hat sich bisher weder verwandelt noch ihre Fessel gesprengt. Jetzt müssen wir es nur noch schaffen, zusammen mit ihr die Stadt zu verlassen. Und zwar möglichst bevor uns der Rest ihrer dämonischen Clique aufstöbert.

Ich werfe Rafail meinen Autoschlüssel zu. »Fahrt nach Hause. Aber bleibt wachsam. Ich rufe dich später an. Elena, du kommst mit uns. Wir nehmen das Taxi.«

Der Fahrer will protestieren, lässt sich jedoch schnell überreden, als ich meine Pistole zur Abwechslung mal auf ihn richte. Mit zusammengekniffenen Lippen steigt er in den Wagen. Seine Hände am Lenkrad zittern. Irgendwie scheint ihm der Mut nun doch abhandengekommen zu sein. Ich weise Elena an, ihn nicht aus den Augen zu lassen. Falls sie irgendwelche hilfreichen Orakelzauber auf Lager hat, um den Mann zu beruhigen, wird sie sie schon anwenden.

Marie und ich nehmen die Dschinniya in unsere Mitte. Nun werden wir einmal sehen, was unsere Feinde zu bieten haben. Ich jedenfalls will endlich wissen, warum sie unsere Volltreffer töten. Und die Rothaarige wird es mir noch in dieser Nacht sagen.

Der schöne Fremde, der aus dem Wasser stieg

Es müssen mindestens zwei Stunden vergangen sein, seit ich mich in das Loch im Stein gequetscht habe, aus dem das Wasser in mein Verlies gelaufen ist. Seitdem stemme ich mich gegen den Strom. Hätte ich die Idee mit dem jungen Molch nicht gehabt, so wäre ich längst tot.

Immerhin hat die Gestalt, die ich für meine Flucht angenommen habe, Kiemen. Ansonsten ist sie nicht wirklich gut gelungen. Weder meine Hände noch meine Füße haben sich verwandelt, was bedeutet, dass ich keine Schwimmhäute besitze. Ich habe mein Gesicht nicht gesehen, vermute jedoch, dass es alles andere als molchartig aussieht, denn mir hängen immer noch Haare in die Stirn. Aber die Hauptsache ist: Ich kann unter Wasser atmen.

Als sich der Tunnel endlich weitet, befinde ich mich in einer weiteren Höhle und muss rasch feststellen, dass es auch hier keinen offensichtlichen Ausgang gibt. Wenn ich Pech habe, führt mich der Verlauf gegen die Fließrichtung des Wassers immer tiefer ins Innere des Berges, anstatt hinaus. Ich schiebe den Gedanken beiseite. Der blinde Höhlenfisch hat ganz klar bestätigt, dass dies mein Fluchtweg ist. Er hätte das nicht getan, wenn es eine Sackgasse in den Tod wäre, oder doch? Andererseits: Wie soll dieser kleine Fisch wissen, woher das Wasser kommt, in dem er schwimmt?

Ich traue mich nicht, meine wahre Gestalt anzunehmen, um die Höhle auszukundschaften, denn vielleicht kriege ich den Molch danach nicht mehr hin. Also krieche ich weiter, Schritt um Schritt gegen den Strom, durch den engen, dunklen Gang, der kein Ende zu nehmen scheint. Ich versuche dabei, meine Sorgen um Morgana, Leviata und Nayo zu verdrängen. Wenn ich schwach werde oder aufgebe, kann ich ihnen nicht mehr helfen.

Aber die Zeit rinnt endlos langsam dahin. Oder vielleicht auch schnell – ich habe jegliches Gefühl dafür verloren. Mein Leben besteht nur noch aus Wassermassen, die mir ins Gesicht rauschen, und dem dumpfen Brennen in meinem Bauch, das mir anzeigt, dass ich Hunger bekomme. Richtigen Hunger. Ich habe seit Tagen nichts mehr gegessen. Dieser Mangel nimmt mir mehr und mehr an Kraft, von dem fehlenden Input ganz zu schweigen.

Gegen den Strom kämpfe ich mich in eine neue Höhle und diesmal schöpfe ich sofort Hoffnung, denn sie ist groß und nicht vollkommen dunkel. Ich lande in einem etwas ruhigeren Tümpel, an dessen Rand ich das Wasser verlasse. Dort bleibe ich erst einmal liegen und schicke ein Gebet zu Mutter Natur. »Lass dieses Gewölbe einen Ausgang haben!«

Da höre ich Stimmen. Menschliche Stimmen. Sofort sind alle meine Sinne hellwach. Ganz eindeutig: Es kommen Leute. Und so wie es sich anhört, ist es eine ganze Horde. Mindestens zwanzig Fußpaare, die über den Felsboden trampeln, kleine Steinchen anstoßen und Lärm machen.

Augenblicklich nehme ich meine Menschengestalt an. Ich stehe auf und kontrolliere sicherheitshalber, ob es geklappt hat. Geschwächt wie ich bin, würde ich nicht die Hand dafür ins Feuer legen, dass ich noch ein paar Molch-Attribute mit mir herumtrage. Aber es scheint alles zu passen: keine Kiemen, kein Schwanz, keine Amphibien-Haut. Nur klatschnass bin ich immer noch. Aber das sollte hoffentlich kein Problem sein.

Ich gehe in die Richtung, aus der der Menschenlärm kommt. Schon nach ein paar Metern sehe ich sie um die Ecke biegen: lauter wohlriechende Exemplare mit gelben Helmen auf den Köpfen. Der Mann, der die Gruppe anführt, hat den Blick über seine Schulter gewandt und plappert vor sich hin.

»Die kalkhaltigen Gewässer, die in die Teufelshöhle fließen, haben zur Entstehung der Tropfsteine beigetragen. Der Kalk löst sich im Wasser und …«

Er bleibt wie angewurzelt stehen, als er mich sieht. Die Menschen hinter ihm reagieren nicht schnell genug und laufen auf ihn auf. Jemand flucht.

»Was …«, stammelt der Führer. »Wer sind Sie? Und wie kommen Sie hier rein?«

»Das würden Sie mir ohnehin nicht glauben«, antworte ich.

»Brauchen Sie Hilfe?«

Seine Gefühle wehen mir entgegen. Ganz eindeutig weiß er nicht, was er mit mir anfangen soll, denn er ist gleichzeitig besorgt und verärgert über mein Erscheinen. Das ist eine seltsame Mischung.

»Nein«, antworte ich. »Ich will nur raus. Das hier ist der Ausgang, nehme ich an?«

»Es ist gleichzeitig der Ein- und Ausgang. Ich schätze mal, Sie sind auch auf diesem Weg hineingekommen«, sagt der Mann, nun ernsthaft verärgert. »Und warum sind Sie nass? Waren Sie etwa im Wasser? Und haben Sie überhaupt Eintritt bezahlt?«

»Nein, aber ich zahle liebend gern den Austritt.«

Er schüttelt den Kopf und greift nach einem Funkgerät an seinem Gürtel. »So geht das nicht. Ich verständige jetzt die Polizei.«

»Von mir aus.«

Ich dränge ich mich an ihm vorbei und gehe in die Richtung, aus der die Gruppe gekommen ist.

Die anderen Menschen sehen mich mit riesigen Augen an. Sie drücken sich an das Eisengeländer an der Wand, um mir Platz zu machen. Jeder Einzelne von ihnen quält mich im Vorübergehen unwissentlich mit seinen Gefühlen. In so geballter Form und auf derart engem Raum war ich schon lange nicht mehr damit konfrontiert. Und ich bin dermaßen ausgelaugt!

Am Ende der Schlange halte ich es nicht mehr aus. Da steht ein junges Pärchen, Hand in Hand. Sie duften wie ein Meer aus Veilchen. Das ist zu viel für mich. Ich bleibe stehen.

»Hallo, meine Blume«, sage ich zu dem Mädchen.

Sie schaut mich erst nur verwirrt an, dann trifft sie mein Liebeszauber. Von einer Sekunde auf die andere öffnet sich ihr Blick. Ich kann durch ihre Augen bis in ihr Herz sehen. Sanft, aber bestimmt ziehe ich sie heran und taste mich zu ihren Lippen vor. Meine sind nass vom Wasser, ihre heiß vor Hingabe. Das fühlt sich unglaublich gut an.

»Was …«, stammelt der Typ neben ihr. »Was soll das denn? Spinnst du?«

Mit dem linken Arm halte ich ihn auf Abstand.

»Rebecca, was machst du da? Lass mich los, du Arschloch!«

Rebecca schmeckt fantastisch! Der Raum dreht sich um mich, so viele Schmetterlinge hat sie im Bauch. Ich sauge sie alle aus ihr heraus, jeden einzelnen. Schließlich muss ich mich dazu zwingen aufzuhören, damit sie nicht komplett leer wird. Schlimm genug, dass ich ihr die ganze Verliebtheit geraubt habe.

»Danke. Das war einer der besten Küsse, die ich je bekommen habe«, seufze ich und kneife sie in die Wange. Ihr Gesicht ist jetzt ebenfalls nass, ihr T-Shirt auch. Die gesamte Menschengruppe starrt uns mit offenen Mündern an. Ich muss raus hier, sonst sauge ich gleich den Nächsten aus.

»Nimm's nicht so schwer. Du findest eine Neue«, sage ich zu dem Jungen und mache mich auf den Weg zum Ausgang.

Draußen erwartet mich bereits ein Empfangskomitee aus Höhlen-Mitarbeitern. Die Polizei war offenbar nicht schnell genug. Ich würde ihnen wirklich alles Menschengeld in die Hand drücken, das ich jemals gestohlen habe, aus Erleichterung darüber, dass ich meinem schrecklichen Verlies entkommen bin. Aber leider habe ich keine einzige Münze eingesteckt. Also stoße ich sie nur beiseite und renne in den Wald. Erst in maßvoller Geschwindigkeit, um nicht aufzufallen, dann so schnell, wie ein Faun es nur vermag.

Noch im Laufen nehme ich die Gestalt eines Raben an und steige in die Luft.

Jetzt gibt es nur noch einen Gedanken, der mich leitet: Ich muss nach Hause zu Morgana! Meine Gefährtin und meine Freunde schweben in Gefahr. Und ich bin der Einzige, der ihnen helfen kann.

Es ist schon später Abend, als der Hohenfels unter mir auftaucht. Das bedeutet: Alle Faune sind hellwach und irgendwo im Palast oder in der Menschenwelt unterwegs. Wie immer am

Wochenende wird auch heute ein ständiges Ein- und Ausgehen herrschen. Es wird schwer werden, unbemerkt bis zu Morgana vorzudringen. Zusätzlich fürchte ich, Deimon könnte meine Anwesenheit bemerken. Also drehe ich wieder ab und fliege auf die andere Seite von Buchenau.

An der Quelle der Ewigkeit lande ich und sauge den reinen Duft des Waldes ein, bevor ich mich verwandele. Er sagt mir: keine Menschen im weiteren Umkreis, also keine Gefahr für meine wahre Gestalt. Ich finde schnell einen Nachtfalter, dem ich meine Botschaft an Nayo mitgebe: »Komm zur Quelle der Ewigkeit. Und bring Morgana mit!«

Ich weiß, dass meine Gefährtin ihre Gestalt nicht mehr ändern kann. Aber um diese Uhrzeit ist kaum ein Mensch im Wald unterwegs. Wenn sie rennen, können sie in wenigen Minuten hier sein.

Dann warte ich. Ich warte. Und warte. Der Falter kommt nicht zurück, aber Nayo und Morgana tauchen ebenso wenig auf. Vielleicht hat das Insekt den Flug zum Hohenfels nicht geschafft, weil es unterwegs von einer Eule gefressen worden ist. Alles ist möglich.

Ich beschließe bereits, einen neuen Boten zu senden, als ich endlich den vertrauten Flügelschlag eines Waldkäuzchens in der Luft höre. Einen Augenblick später landet Nayo in ihrer Tiergestalt auf dem Holztisch neben der Quelle.

»Levian!«, ruft sie erleichtert, nachdem sie sich verwandelt hat, und fällt mir um den Hals. »Ich hatte Angst, dass Deimon dich getötet hat!«

»So leicht kriegt man mich nicht tot«, antworte ich und löse ihre Hände aus meinem Nacken. »Wo ist Morgana?«

Die Wiedersehensfreude weicht aus ihrem Gesicht. »Sie sagt … sie könne nicht mitkommen. Deimon habe es ihr verboten«, murmelt sie.

Das kann nur eines bedeuten: Der verfluchte Novize hat es geschafft, unseren Bund zu lösen. Ich fühle mich, als würde ich wieder in dem Tunnel stecken. Aber diesmal ohne Aussicht, jemals wieder das Licht zu erblicken. Und ohne Sauerstoff. »Nein«, wispere ich.

Nayo fasst mich an den Schultern und rüttelt mich. »Das bedeutet nicht, dass sie dich nicht mehr liebt!«, erinnert sie mich. »Bevor ihr den Bund geschlossen habt, habt ihr euch auch geliebt. Es bedeutet nur, dass ihr einander nicht mehr verpflichtet seid. Und sie ist zu schwach.«

»Er wollte sie immer für sich, hast du das gewusst? Die ganze Zeit über war er eifersüchtig auf mich.«

Nayo schüttelt den Kopf. »Das wusste ich nicht. Aber ich denke, sie ist nicht so weit gegangen, einen Bund mit ihm zu schließen. So wie ich sie einschätze, verbraucht sie eher ihre letzte Kraft, um es *nicht* zu tun.«

»Der Eibentrank fehlt ihr«, murmele ich. »Und der Input.«

»Das bringt uns zum nächsten Thema«, seufzt Nayo.

Ich schaue sie unsicher an. Hoffentlich spielt sie damit nur auf Leviata an. Sie müsste mittlerweile das gleiche Problem wie ich haben, denn sie hat ebenfalls seit Tagen keine menschlichen Gefühle mehr inhaliert. »Geht es um meine Schwester? Wo hält er sie gefangen?«

»Du weißt davon?«, platzt Nayo heraus.

»Ich war quasi live dabei. Deimon hat mich in einer Höhle hinter der Grotte festgehalten. Ich habe jedes Wort gehört, das ihr dort gesprochen habt. Aber ihr konntet mich nicht hören. Glaub mir, Nayo: Das waren die schlimmsten Minuten meines Lebens. Wo ist Leviata?«

»Das wissen wir nicht. Deimon hält sie vor uns verborgen und benutzt sie als Druckmittel gegen mich. Ich soll mich um die nächsten Volltreffer kümmern.« Sie lässt sich kraftlos auf die Bank sinken.

»Ich weiß.« Ich kann mich jetzt nicht hinsetzen. Dieses ganze Gespräch wühlt mich viel zu sehr auf.

»Es gibt aber keine Volltreffer mehr, die ich mir holen könnte«, erklärt Nayo. »Der Anführer rekrutiert keine neuen.«

Dieser verfluchte Anführer! Ich hätte ihm den Hals zerfetzen sollen, als ich die Gelegenheit dazu hatte.

»Und heute Nacht haben die Talente Luzilla gefangen genommen. Sie war in Marburg, um Input für Morgana zu besorgen. Dabei ist sie ihnen in die Arme gelaufen.«

Es hört einfach nicht auf! Geht denn alles schief, was wir anfassen? Ich kenne die Antwort, aber ich will nicht darüber nachdenken: Das alles haben wir uns selbst eingebrockt, als wir uns auf die Bruderschaft der Wildgeborenen eingelassen haben. Und auf Deimon. Ich balle die Hände zu Fäusten.

»Sie werden sie foltern, um herauszufinden, was hinter den letzten Morden steckt«, vermute ich.

Nayo nickt. Ihre Lidränder röten sich. Dazu zuckt ihre Unterlippe. Ich kenne diese unnatürliche Reaktion, die ihr Körper gerade zeigt. Ein schreckliches Gefühl. Es fühlt sich fremd und bedrohlich an – und es hilft kein bisschen.

»Darum ist Nayati auch schon losgezogen, um sie zu befreien«, schluchzt sie. »Ich habe versucht, ihn davon abhalten, aber er ließ nicht mit sich reden. Die Talente sind nicht dumm. Sie werden Wachen aufgestellt haben …«

»Wir helfen ihm«, beschließe ich.

Aber zuerst brauchen wir einen Plan. Einen, der mit dem dringlichsten Problem beginnt und sich dann systematisch vorantastet. Solche Pläne sind ja eigentlich nicht mein Ding. Im Normalfall lasse ich mich eher von meinen Emotionen lenken und schlage ungeplant und schnell zu. Aber das Wirrwarr aus Verstrickungen, mit dem Nayo und ich hier konfrontiert werden, lässt sich auf die übliche Art kaum lösen.

Wir sind die Einzigen aus unserem Freundeskreis, die noch übrig sind, um alle anderen zu retten. Ich habe keine Ahnung, wie wir das bewerkstelligen sollen.

Du sollst nicht denken.
Du sollst nicht fühlen.
Du bist nur ein Soldat.

»Du musst zu härteren Mitteln greifen!«

Es ist garantiert das zwanzigste Mal, dass Dönges das jetzt sagt. Dabei finde ich, dass meine Mittel schon hart genug sind. Jedes Mal, wenn ich meine Hand mit dem Bannzeichen anhebe und die Dschinniya es erblickt, bekommt sie einen Tobsuchtsanfall. So wie sich gebärdet, befürchte ich, dass sie die Handschellen und Ketten, die der Schuster mir gebracht hat, sprengen könnte. Aber so viel Kraft sie auch besitzt – mit dem Silber kann sie es nicht aufnehmen.

»Wenn du ihr vielleicht mal ein Ohr oder einen kleinen Finger …«

»Es reicht jetzt, Walter!«, fahre ich ihn an. »Lass uns allein. Geh wieder nach Hause!«

Beleidigt hievt der Schuster sich hoch und humpelt zur Wohnungstür. »Sie hat dich weich gemacht, weißt du das, Junge? Bei unserer ersten Begegnung warst du noch vielversprechender«, brummt er.

»Ich habe überhaupt nichts mit ihm gemacht«, wirft die Dschinniya ein.

»Wer redet denn von dir, du unterirdische Schlampe?«

Das ist das Letzte, was er von sich gibt, bevor die Tür hinter ihm ins Schloss knallt und ich mit meiner Gefangenen wieder allein bin. Ich habe sie absichtlich in die obere Wohnung gebracht, dorthin, wo angeblich die Klopfgeister und Grummelwichte unterwegs sind. Sollte an Sylvias und Sarahs Behauptung etwas dran sein, dann schwächt sie das vielleicht.

»So, du Biest«, wende ich mich wieder an sie. »Du sagst mir jetzt, warum ihr es auf unsere Volltreffer abgesehen habt. Wenn du nicht bald mit der Sprache rausrückst, denke ich vielleicht doch noch über härtere Maßnahmen nach.«

Sie schweigt stur.

Ich strecke ihr mein Bannzeichen entgegen, woraufhin sie wieder ausrastet. Sie zerrt an ihren Ketten, verzieht das Gesicht zu einer wütenden Fratze und beschimpft mich mit den schlimmsten Wörtern, die ihr einfallen. Sie nennt mich einen »Scheißkerl«, einen »Drecksack« und einen »verfluchten Kackstiefel«. Ich verkneife mir ein Lachen – da habe ich wirklich schon Schlimmeres gehört. Schließlich kommt sie auf die rettende Idee, einfach die Augen zuzumachen. Das hätte ihr auch schon vor einer halben Stunde einfallen können.

»So kommst du niemals weiter«, blafft sie mich an, nachdem ihr Atem sich wieder etwas beruhigt hat.

»Wechsele deine Gestalt«, schlage ich ihr vor. »Vielleicht bringt uns das weiter. Dann drehe ich vermutlich genauso durch wie du und prügele das Geheimnis aus dir heraus.«

»Das ist uns nicht erlaubt«, antwortet sie würdevoll. »Denn es führt nur zu einem sinnlosen Krieg. Wir wissen das, ihr nicht.«

Vielleicht hat sie recht. Womöglich hat sogar Dönges recht. Aber ich kann sie doch nicht wirklich mit dem Messer verstümmeln! Das, was da vor mir sitzt, ist ganz eindeutig ein hilfloses, gefangenes Lebewesen, das spricht und fühlt und mich mit seinen funkelnden Blicken am liebsten erdolchen würde. Aber sie kann es eben nicht. Sie ist weder auf der Flucht noch greift sie mich an. Ich hätte keine Probleme damit, ihr eine Kugel ins Herz zu jagen, wenn sie einen von uns bedrohen würde. Aber so? »Was ist mit eurem sagenumwobenen Liebeszauber?«, bohre ich weiter. »Wieso hänge ich nicht längst an deinen Lippen und lasse mich aussaugen?« Ich kenne die Antwort natürlich schon, aber vielleicht lässt sie sich ein bisschen einschüchtern, indem ich sie daran erinnere.

»Nimm dieses ganze verfluchte Silber weg von mir und du bist verloren«, murrt sie.

»Wie heißt du eigentlich? Habt ihr überhaupt so etwas wie Namen?«

»Natürlich haben wir Namen! Aber ich werde dir meinen nicht sagen. Genauso wenig, wie mich deiner interessiert.«

»Ich heiße Jakob«, sage ich im Plauderton. »Und dich nenne ich Trutschgunde, wenn du mir deinen richtigen Namen nicht verrätst.«

»Luzilla!«, blökt sie.

Ein bisschen zufriedener lehne ich mich zurück an die Wand und ziehe die Beine an. Diese Nacht könnte lang werden. Ich gebe mir bis Sonnenaufgang Zeit. Wenn sie bis dahin nicht ausgepackt hat, muss ich mir wohl etwas Neues überlegen. Das Sammelsurium aus silbernen Folterwerkzeugen, das der Schuster mir hinterlassen hat, liegt unangetastet neben mir.

»Okay, Luzilla«, schlage ich vor, »vielleicht könnte man einige Dinge klären, ohne sich gegenseitig fertigzumachen. Fangen wir mit dem heutigen Abend an. Wieso wolltest du den Jungen mitnehmen? Als Dessert zur guten Nacht?«

»Ich wollte ihn zu einer kranken Freundin bringen, das ist alles.«

Das wundert mich. Das ganze Auftreten dieser Dämonin wundert mich. Ich habe immer gehört, unsere Feinde seien unnahbar und kühl. Außer wenn man sie mit dem Bannzeichen konfrontiert. Nie hätte ich gedacht, dass sie so etwas wie ein Sozialleben haben und kranken Freunden eine Nachtmahlzeit ans Bett bringen.

»Wo wohnt ihr?«

»Vergiss es!«

»Was ist mit den Volltreffern?«

Die Antwort ist nur ein Fauchen.

Ich stehe auf, ziehe meine Pistole aus der Tasche und gehe zu ihr hinüber. Dann lade ich die Waffe durch und drücke den Lauf an ihre Schläfe.

»Du hast drei Sekunden!«

»Und du bluffst!«

»Reize mich nicht zu sehr! Eins …«

Die Dschinniya kneift die Augen zusammen.

»Zwei …«

In dem Moment fliegt die Tür auf und Marie kommt herein. Ich bin ihr irgendwie dankbar dafür. Ihr Blick streift über die silbernen Daumenschrauben und Dornenketten mir gegenüber.

»Jakob«, stößt sie hervor. »Das … machst du nicht wirklich …«

»Wenn du mich *so* fragst: doch!«

Sie klopft brav an und stellt die Frage noch einmal.

»Ich will es vermeiden. Aber das Miststück rückt nicht mit der Sprache heraus.«

»Vielleicht kann ich helfen«, schlägt sie vor.

»Versuch dein Glück!«

Wie schon zuvor bei dem Wolf im Wald verbindet sie unsere Gedanken auch jetzt wieder mit der Dschinniya. Aber sobald sie ihr eine Frage stellt, bricht die Verbindung zusammen, und wir sind allein in unseren Köpfen.

»Wie machst du das?«, frage ich die Dschinniya.

»Ich wehre euch ab. Es ist ganz einfach. Jedes Kind kann das, nur ihr seid zu dumm dafür!«

Ich schaue Marie an. »Mach weiter. Die ganze Nacht lang. Immer dieselbe Frage. Irgendwann wird sie schwächer werden. Vielleicht helfen uns ja die Klopfgeister und Grummelwichte.«

»Klopfgeister und Grummelwichte? Seid ihr verrückt? So etwas gibt es doch gar nicht«, stöhnt Luzilla.

Ich habe es ja geahnt.

»Wie auch immer: Mach weiter!«

So geht es die nächsten zwei Stunden hindurch: Marie baut eine Verbindung auf, stellt ihre Frage und fliegt raus. Einmal, zweimal, hundertmal.

Schließlich hocke ich mich wieder auf den Boden neben der Wand und ziehe Marie zu mir herunter. Mit dem Rücken an meine Brust gelehnt bearbeitet sie weiter konzentriert die Dschinniya mit ihrer Telepathie.

Ich lege meine Arme um Marie, zeichne den Haaransatz unter ihrem Pferdeschwanz mit den Lippen nach und hauche kleine Küsse darauf. Eigentlich habe ich damit gerechnet, dass sie mir nun sagt, ich solle aufhören, um sie nicht abzulenken. Aber stattdessen ist es Luzilla, die sich beschwert.

»Könnt ihr das vielleicht mal lassen?«, motzt sie uns an.

»Wieso?«, frage ich und mache unbeirrt weiter.

Marie dreht sich zu mir um und grinst. Ich schnappe mehrfach nach ihrer Unterlippe, bevor ich sie küsse.

»Das ist eine seltsame Foltermethode«, höre ich sie in meinem Kopf sagen.

»Ich finde sie super! Stell dir alles vor, was du jetzt gern tun würdest …«

»Ihr seid zum Kotzen!«, antwortet Luzilla, ohne unsere Sendung zu verlassen.

Marie dreht sich ein Stück weit zu mir um und sieht mir in die Augen. Ich denke an unseren gestrigen Nachmittag. An den Moment, als sie mir das T-Shirt ausgezogen hat. An ihre Hände auf meiner nackten Haut. Sie greift in meine Haare und drückt sich an mich. Ihre Zunge wandert in meinen Mund. Gleichzeitig läuft auch ihr Kopfkino an. Und was ich zu sehen bekomme, bringt mein Innerstes zum Bersten.

Wir liegen wieder im Bett, aber wir haben viel weniger an. Unsere Hände sind mutiger als beim letzten Mal. Wir berühren uns überall. Marie lässt sich in die Kissen sinken, ich lege mich auf sie …

»Was macht ihr mit unseren Volltreffern?«

Maries Frage kommt so unvermittelt, dass ich erstarre.

»Wir wollen wissen, ob ihr Talent durch die Dezimierung schwächer wird«, höre ich Luzillas Antwort in meinem Kopf. Dann wird die Verbindung wieder unterbrochen. »Du Schlampe! Du Mistkröte!«, schreit sie Marie an. »Du hast das nur gemacht, um mich zu knacken!«

Marie lächelt mir scheu entgegen. Ihre Wangen sind schon wieder etwas rot. »Nein, nicht nur«, flüstert sie mir ins Ohr.

Ein Glückstaumel überkommt mich, der angesichts der Folterwerkzeuge neben uns und der wütenden Dämonin vor uns total unangemessen ist. Ich koste ihn aus bis zum Letzten. Dann zwinge ich mich zum Denken.

»Ihr habt euch also ein Talent herausgesucht, dessen Fähigkeiten leicht zu messen sind. Die entsprechenden Leute bringt ihr um oder saugt sie aus. Und falls die nachrückenden Volltreffer schlechter werden sollten, dann habt ihr den endgültigen Beweis, dass es sich lohnt, uns regelmäßig abzuschlachten.«

Luzilla schweigt. Sie dreht sich weg und starrt auf den altmodischen Esszimmerschrank zu ihrer Rechten. Das ist mir im Grunde Antwort genug.

»Die Idee ist ja nicht gerade innovativ«, kritisiere ich. »Warum habt ihr das nicht schon längst gemacht? Warum machen es nicht alle Dschinn auf der Welt?«

»Wir sind keine Dschinn!«, motzt Luzilla.

Marie weiß die Antwort. »Weil es nicht funktioniert. Stattdessen kommen die Anführer aus Frankfurt, die Volltreffer aus Dillenburg ... und die künftigen Orakel sind noch Kinder. Aber unsere Dschinn scheinen das nicht zu verstehen.«

Damit ist alles klar. So viel also zu Sylvias »Opfer-Zauber«! Ich muss wirklich aufhören, mich auf die Aussagen einer Neunjährigen und ihrer verrückten Mutter zu verlassen! Während ich noch darüber nachdenke, gibt es plötzlich einen Tumult unten im Flur. Etwas Schweres kracht auf den Boden und jemand schreit. Rafail und Big T waren als Wachen dort stationiert, falls jemand versuchen würde in das Haus einzudringen. Ich springe auf.

»Du bewachst die Gefangene«, weise ich Marie an. »Falls sie versucht zu fliehen: Erschieß sie. Falls jemand kommt, um sie zu befreien: Erschieß beide!«

Dann stürme ich nach unten. Dort liegen Rafail und Big T auf dem Boden und winden sich. Rafail hält seinen Nacken umklammert, Big T sein Bein. Vor ihnen steht ein junger, gut aussehender Kerl mit schwarzen Haaren und einem stechenden Blick. Er hat die Hände hinter dem Rücken verschränkt, an seiner Schläfe glänzt der Lauf von Walter Dönges' Waffe. Der Schuster selbst fasst gerade mit der linken Hand in seine Jackentasche, zieht ein Paar silberner Handschellen heraus und legt sie dem Eindringling mit einer einzigen geübten Bewegung an. Ganz klar: *Er* braucht keine drei Hände, um jemanden gleichzeitig in Schach zu halten und zu fesseln.

»Anfänger!«, blökt er den beiden Muskelprotzen entgegen. »Man macht in einer solchen Situation nicht die Tür auf, ohne die Waffe im Anschlag zu haben, niemals!«

»Was ist hier los?«, frage ich.

»Deine beiden Idioten haben sich umnieten lassen. Und *dieser* Idiot hier ist hereinspaziert, ohne sich umzudrehen. Also einer dümmer als der andere«, lautet die Kurzzusammenfassung des Schusters.

Ich kann es nicht leugnen: Wir sind von einem krüppeligen Veteranen gerettet worden, den ich eigentlich schon längst heimgeschickt habe, weil ich der Meinung war, er sei hier überflüssig. Jetzt bin ich froh, dass er sich stattdessen draußen positioniert hat.

»Danke, Walter«, sage ich. Ich meine es ernst.

»Bitte, Hauptmann. Und weil du so gern Gefangene machst, habe ich sogar darauf verzichtet, den hier zu erschießen. Vielleicht tust du dich bei ihm ja leichter als bei der Rothaarigen.«

Ich sage ihm nicht, dass die Rothaarige uns bereits erzählt hat, was wir wissen wollten. Hinrichtungen von Gefangenen sind mir zuwider. Auch wenn ich absolut nicht weiß, was wir mit den beiden Dschinn jetzt anfangen sollen.

»Wer bist du?«, frage ich den Typen. »Der Freund von ihr?«

Als Antwort erhalte ich nur einen hasserfüllten Blick.

»Schafft ihn nach oben.«

Mithilfe der beiden angeschlagenen Muskelprotze verfrachte ich den Dschinn ins Stockwerk über uns. Marie stößt einen Seufzer der Erleichterung aus, als sie sieht, dass keinem von uns ernsthaft etwas passiert ist.

»Nayati«, ruft Luzilla dem Neuankömmling entgegen. »Das hättest du nicht tun dürfen!«

Der Dschinn lässt sich ohne Gegenwehr neben ihr anketten. »Ist dir etwas passiert?«, fragt er. »Haben sie dir etwas angetan?«

»Na ja«, stößt Luzilla hervor, »nicht wirklich …« Dabei schickt sie mir einen ihrer tödlichen Blicke.

Mit jeder Stunde, die vergeht, bin ich verwirrter. Ganz eindeutig hat dieser Nayati gerade sein Leben aufs Spiel gesetzt, um seine Freundin zu retten – oder was auch immer sie für ihn ist. Das alles wirkt auf mich so … menschlich. So wenig verabscheuenswürdig, so sozial.

Zum Glück lenkt Big T mich schnell von meinen revolutionären Gedanken ab. »Ich glaub, ich muss ins Krankenhaus«, jammert er. »Der hat mir voll gegen das Knie getreten!«

Die Dschinn lachen beide. Wahrscheinlich halten sie uns für erbärmliche Waschlappen.

»Ist gut, ich fahr dich. Was ist mit dir, Rafail?«

»Geht schon«, stöhnt der Muskelprotz. »Fühlt sich ein bisschen nach Schleudertrauma an, aber ich bin fit.«

»Gut, dann wirst du zusammen mit Walter Wache halten. Marie, du kommst mit mir.«

Der Schuster verdreht daraufhin die Augen, enthält sich aber glücklicherweise jeglichen Kommentars. Ich habe keine Lust auf einen weiteren Streit mit ihm. Nach dem Rambo-Auftritt, den der Veteran gerade hingelegt hat, kann ich davon ausgehen, dass die Gefangenen noch da sind, wenn wir zurückkommen.

Wir sind über eine Stunde unterwegs. Big T hat eine ausgerenkte Kniescheibe, die ihm im Krankenhaus zurechtgerückt wird. Danach lässt er sich erst einmal auf die Station verlegen. Ich hoffe nur, dass er jetzt nicht tagelang krankmacht.

Es ist zwei Uhr nachts, als ich endlich den Schlüssel wieder in meine Haustür stecke.

Marie fasst meine Hand. »Du musst schlafen, Jakob. Ich kann Wache halten, wenn du willst.«

Ich schüttele den Kopf. »Jemand muss die Gefangenen bewachen. Jemand, der schießen kann.«

»Der Schuster kann das wohl ziemlich gut.«

»Er ist ein Veteran. Er …«

»Ist ganz versessen darauf. Das ist doch offensichtlich.«

»Meinst du wirklich?«

Sie nickt.

Also fasse ich mir ein Herz, denn ich bin wirklich hundemüde. Ich muss gar nicht viel sagen. Kaum dass ich die Tür zur oberen Wohnung aufstoße, macht Dönges mir den gleichen Vorschlag: »Geht schlafen. Rafail und ich, wir verstehen uns!«

Ich will noch etwas sagen, aber er winkt ab. »Wir bewachen die beiden Missgeburten schon.«

Das ist so ziemlich das größte Geschenk, was man mir im Moment machen kann. Ich bin mit meinem Leben völlig zufrieden, als ich fünf Minuten später die Decke über Marie und mich ziehe und Nase an Nase mit ihr einschlafe.

Ich weiß nicht, was mich weckt. Aber als ich am nächsten Morgen aufwache, steht die Sonne schon verdächtig hoch am Himmel.

Marie liegt auf der Seite neben mir, hat den Ellbogen aufgestützt und den Kopf auf den Handballen gelegt. Anscheinend beobachtet sie mich schon eine Weile. »Du siehst so wunderbar friedlich aus, wenn du schläfst«, bemerkt sie. »Aber noch viel schöner ist es, dich aufwachen zu sehen. Deine Augen haben die Farbe einer einsamen Lagune, irgendwo im karibischen Meer. Ich werde immer stolz darauf sein, dass ich die Erste bin, die sie morgens sehen darf.«

Ihr Kopfkino von gestern kommt mir in den Sinn. Sie trägt schon wieder eines von Sarahs hässlichen Hippie-Shirts. Wie von selbst wandern meine Hände an den Saum und spielen daran herum. Zu meiner Überraschung hebt sie die Arme über den Kopf und lässt es sich ausziehen. Dann macht sie das Gleiche bei mir.

Eine Weile sehen wir uns einfach nur an.

»Weißt du, Marie, was auch immer mit uns passiert: Momente wie diesen werde ich nie vergessen«, flüstere ich.

Sie rutscht an mich heran und unsere nackte Haut berührt sich. Stromschläge jagen über mich hinweg. Ich verliere mich in ihrem überirdischen Geruch, dem Spiel ihrer Lippen, dem Rhythmus ihres Herzschlags. Meine Hände streicheln ihren Rücken, ihre Schulter, ihre Brüste. Ein leises Seufzen dringt an mein Ohr. Sie klopft an und gewährt mir Zugang zu ihren Gedanken. Ich sehe darin, wie wir einander lieben, unsere Körper zu einem verschmelzen.

»Bist du sicher?«, frage ich sie.

»Ja«, antwortet sie.

Ich würde nichts lieber tun, als mich ganz auf sie einzulassen. Aber dieser Morgen ist kein normaler Sonntagmorgen. Und wir sind keine normalen Jugendlichen. Der Anführer in mir meldet sich zu Wort. »Kannst du einmal kurz nach oben hören, ob alles in Ordnung ist«, murmele ich.

Marie hält kurz in ihren Bewegungen inne und lauscht. Dann zuckt sie zusammen und setzt sich auf.

»Du musst sofort nach oben!« Sie greift nach ihrem T-Shirt. Ihr Gesicht ist auf einmal ganz bleich.

»Was ist da los?«

»Der Schuster … die Dschinn … hilf ihnen!«

Innerhalb einer Sekunde bin ich aus dem Bett gesprungen. Barfuß, in Boxershorts, mit zerzausten Haaren und meiner Pistole in der Hand renne ich aus dem Raum, hechte die Treppe nach oben und stoße die Tür auf.

Das Bild, das mich erwartet, jagt einen Schauder über meinen Rücken: Walter Dönges sitzt neben seinen Folterwerkzeugen an der Wand. Sie sind allesamt mit Blut verschmiert. In der Hand hält er sein Silbermesser, seine Finger streichen über die Klinge. Ein süffisantes Grinsen liegt in seinem Gesicht.

Rafail steht ein ganzes Stück abseits. Er sieht verstört aus.

Dann sehe ich die Gefangenen: Luzilla sieht auf den ersten Blick unverletzt aus, aber ihr Gesicht ist von Schmerz und Entsetzen verzerrt. Nayati hingegen scheint nicht mehr bei Bewusstsein zu sein. Um seinen Hals windet sich der Abdruck der Dornenkette. Sein Gesicht ist von Hämatomen übersät und seine Arme von Schnittwunden überzogen.

»Er ist ein Monster«, schluchzt Luzilla und zeigt auf den Schuster. »Ihr seid alle Monster. Ihr habt kein Herz!«

Hinter mir erscheint jetzt Marie im Türrahmen. Ihre Hand krallt sich in meinen Oberarm. Ich mache mich los und gehe auf den Schuster zu.

»Wie konntest du das tun?«

Er steckt sein Messer ein und steht auf. »Oh, das war nicht schwer. Immerhin waren sie angekettet«, sagt er. »Und einer musste es tun. Also habe ich euch ins Bett geschickt und die Befragung gestartet. Ihr habt so tief geschlafen, dass ihr nicht einmal die Schreie gehört habt. Wobei ich zugeben muss, dass er recht tapfer war. Das Geheimnis habe ich erst vor einer Stunde aus ihm rausgeschnitten.«

»Wir wussten schon alles«, zische ich ihm entgegen.

»Das glaube ich kaum«, sagt der Schuster ruhig. »Ihr kanntet nur die Version der rothaarigen Schlampe. Es gibt aber neue Erkenntnisse. Wusstest du, dass es ein Nachwuchs-Orakel gibt, das einen Opfer-Zauber zusammenbraut? Nein, das wusstest du nicht, ich sehe es dir an. Also hast du Glück gehabt, dass ich die Drecksarbeit für dich erledigt habe.«

Die Stimme versagt mir. Das Schlimme ist: Aus Sicht der Armee hat er recht. Unsere Feinde verdienen keine Gnade. Sie haben keine Rechte. Für sie gelten andere Regeln als für uns. Niemand würde auch nur einen Finger krümmen, um sie zu schonen. Und niemand würde sich hinter mich stellen, wenn ich Dönges anklagen würde für das, was er getan hat.

»Siehst du sie denn nicht?«, frage ich ihn. »Sie leben. Sie atmen. Sie lieben. Sie …«

»Sie saugen uns aus und töten uns!«, schreit er. »Sie sind wilde Tiere, sonst nichts. Und wir sind die Jäger, die die Menschheit vor ihnen schützen müssen. Was ist mit dir los, Junge? Dein Vater würde sich im Grab umdrehen, wenn er wüsste …«

Das ist zu viel. Ich hole aus und schlage dem Schuster meine Faust in die Magengrube. Damit hat er nicht gerechnet. Er taumelt zurück an die Wand, sackt ein Stück in sich zusammen und hält sich den Bauch.

»Versuch gar nicht erst, die Führungsriege davon in Kenntnis zu setzen«, zische ich. »Das war nicht für die Dschinn. Das war für die Unverfrorenheit, mich derart zu hintergehen. In dieser Truppe habe *ich* das Sagen. Stell noch einmal meine Befehle infrage und du hast ein echtes Problem.«

Ich will nicht darüber nachdenken, wie viel Wahrheit in seinen Worten liegt. Aber selbst dann, wenn ich alles nur Erdenkliche als Anführer falsch gemacht haben sollte – mein Talent hat nicht darunter gelitten. Und es zeigt seine Wirkung. Dönges sagt nichts mehr. Er rappelt sich auf, kneift die Lippen aufeinander, dann poltert er an Marie vorbei die Treppe nach unten.

Ich wende mich an Luzilla. »Wie kann man ihm helfen?«

»Nicht mit Menschen-Medizin«, sagt sie abweisend. »Wir brauchen Heilkräuter.«

Ich lasse mir die Namen der Pflanzen nennen, die sie benötigt. Dann fasse ich nach Maries Hand und ziehe sie mit mir fort.

Im Türrahmen drehe ich mich noch einmal zu Rafail um. »Dein Dienst endet in einer Stunde. Bevor du dieses Haus verlässt, gebe ich dir die letzte Gelegenheit, um Fragen zu stellen. Danach werden wir nie wieder darüber sprechen.«

Marie beobachtet mich schweigend, wie ich mit Elena telefoniere, die Heilkräuter in Auftrag gebe und Victor und Isabell für den nächsten Wachdienst einteile. Erst als ich das Telefon zur Seite lege, setzt sie sich zu mir und streckt mir eine Tasse dampfenden Kaffee entgegen. Ich habe nicht einmal mitbekommen, wann sie den gemacht hat.

»Es erfordert viel Härte, ein Anführer zu sein. Mit dir selbst und mit anderen«, sagt sie.

»Findest du mich zu weich?«, frage ich tonlos. »Bin ich das, was der Schuster glaubt? Ein dünnhäutiger Versager?«

»Ich finde dich wunderbar, Jakob. Hätte ich einen Wunsch frei, so würde ich mir wünschen, dass du eines Tages ein Veteran wirst, ohne die Sanftheit in deinem Herzen verloren zu haben. Und die Güte in deiner Seele – gegenüber anderen und dir selbst. Ich verstehe dich vollkommen.«

»Aber so wird es wohl nicht laufen.«

Kaum merkbar schüttelt sie den Kopf. »Wohl nicht.«

Es ist einer jener Momente, in denen ich mir meines wahren Schicksals nur zu bewusst bin. Das komplette Gegenteil der wenigen Minuten, als ich in Maries Armen an eine bessere Zukunft geglaubt habe. »Du weißt, was jetzt kommt?«, frage ich sie.

Sie schüttelt den Kopf.

»Die Dschinn haben alles ausgeplaudert, was wir wissen wollten. Als Gefangene haben sie damit ausgedient.«

»Du meinst, du musst sie jetzt umbringen?« Ein entsetzter Ausdruck erscheint in ihrem Gesicht.

»Das müsste ich wohl.«

»Wir haben noch nicht erfahren, wo ihre Behausung liegt.«

Ich zögere. Diese Information wäre tatsächlich eine große Bereicherung für uns. Aber keiner der beiden wird sie uns verraten, solange wir nicht zu Dönges' Methoden greifen. Dazu kommt, dass ich mit einer weiteren Befreiungsaktion rechne. Mittlerweile ist mir mehr als nur klar, dass die Dschinn Freunde haben, die bereit sind, für sie zu kämpfen. Hätte ich diese Luzilla doch nie in das Taxi verfrachtet!

»Sie müssen hier weg«, beschließe ich. »Elena kennt den Wald in- und auswendig. Sie wird eine Lösung wissen.«

Ich habe mich nicht getäuscht. Als das Orakel mit einem Strauß Heilpflanzen zur Tür hereinstürmt, frage ich sie nach einem geeigneten Versteck.

Sie muss nicht lange nachdenken. »Es gibt einen ehemaligen Luftschutzbunker oben auf der Sackpfeife.«

»Der was?«

»Der Sackpfeife. Das ist ein Berg neben Biedenkopf. Der Bunker liegt dort ziemlich versteckt. Er ist abgeschlossen, aber bei deiner Begabung für Einbrüche …«

Ich bin immer noch von dem Namen *Sackpfeife* fasziniert. Dieses Hinterland ist wirklich eine seltsame Gegend! Aber davon abgesehen ist der Vorschlag grandios. Ich schaue auf die Uhr. Der Vormittag ist bald vorbei. Wir sollten schnell sein, wenn wir vor Einbruch der nächsten Dunkelheit alles geschafft haben wollen, was mir gerade vorschwebt.

Das Tier in dir

Ich habe kein gutes Gefühl im Bauch bei dem, was wir tun. Nayos Argumente sind allesamt richtig. Dennoch sagt mir meine innere Stimme, dass es besser gewesen wäre, unser Ding allein durchzuziehen. Eine Beichte bei Tharos könnte unser aller Schicksal erst recht besiegeln. Wer weiß, was er entscheiden wird. Vielleicht verbannt er uns, reißt unseren Freundeskreis auseinander, verändert unsere Erinnerungen, führt die Todesstrafe wieder ein. Ich kann unser oberstes Orakel überhaupt nicht einschätzen, weil Tharos seine Gefühle nicht offen zeigt. Ich habe mehr Vertrauen in ihn als in Deimon, ja, das schon. Aber in letzter Konsequenz vertraue ich nur meinen Freunden und mir selbst. Was im Moment leider nicht besonders hilfreich ist, denn wir sind nur noch zu zweit.

Aus der Tatsache, dass weder Luzilla noch Nayati von ihrem Ausflug zu den Talenten zurückgekehrt sind, schließen wir, dass sie mittlerweile beide gefangen gehalten werden oder sogar getötet worden sind. Nayo denkt, die Talente hätten ein Bollwerk aus Orakelzaubern um ihr Haus gebaut. Zumindest war es ihr unmöglich, das Dach zu durchdringen. Irgendetwas darunter hat ihr die Kraft geraubt und sie aufgehalten. Der einzige Weg nach drinnen würde also durch die Haustür führen – und dort rechnen wir mit Wachen. Wie es aussieht, bleibt uns der Bußgang zu Tharos nicht erspart.

In der Gestalt von Mäusen huschen wir durch die Gänge des Hohenfels zum Audienzsaal, in der Hoffnung, nicht entdeckt und aufgehalten zu werden. Doch schon auf halber Strecke springt uns von einer efeuberankten Säule aus eine Wildkatze an. Lautlos wie ein Schatten, aber mit einem so strahlend gelben Fell, dass ich instinktiv zurückschrecke. Ich komme nicht weit. Sie fährt ihre Krallen aus und schlägt erst nach mir, dann nach Nayo. Die Wucht, mit der sie unsere Körper trifft, ist nicht von dieser Welt. Wir kullern meterweit durch den Gang – kleine Fellknäuel außer Kontrolle.

Deimon verwandelt sich. »Da sind sie ja, unsere Abtrünnigen«, stellt er fest. »Verräter an der Bruderschaft und der Zukunft der Faune. Wisst ihr, was ich mit euch machen werde?«

Er schnippt einmal kurz mit dem Finger, woraufhin Nayo und ich ungewollt ebenfalls unsere wahre Gestalt annehmen. Ein Blick auf meine Freundin macht mir klar, dass sie mehr abbekommen hat als ich, denn sie bleibt reglos liegen. Bevor ich auch nur darüber nachdenken kann, zu ihr hinüberzurobben, hat Deimon hat mich am Hals gepackt und auf die Füße gerissen.

»Wie bist du aus meinem Gefängnis entkommen, Darksetter?«, fragt er mich. »Wer hat dir geholfen?«

»Das Schicksal womöglich«, krächze ich. Vielleicht stimmt das ja sogar.

»Wie auch immer: Ein zweites Mal entkommst du mir nicht! Tyros, Enya!«

Die beiden Faune treten aus dem Schatten der Säule hervor. Ich versuche, in ihren Mienen so etwas wie Zweifel zu erkennen, einen kleinen Hinweis darauf, dass sie vielleicht ahnen, wie schwarz die Magie ist, die von dem Novizen ausgeht, eine Spur von Mitleid für Nayo und mich. Aber von alledem ist nichts zu sehen. Nur fanatische Überzeugung und anbiedernde Bewunderung für Deimon.

»Tyros hat das Problem mit den Volltreffern einfach ein paar Kilometer weiter bei der Nachbartruppe gelöst«, sagt Deimon. »Und Enya wird nun das nächste Opfer bringen.«

Erst als er das sagt, tritt plötzlich Verwirrung in die Gesichter der beiden Faune.

»Wie meinst du das?«, fragt Enya vorsichtig.

Der Novize wendet sich zu ihr um und sieht ihr in die Augen. Mehr als das ist es nicht. Ein einfacher Blick. Aber darin liegt ein stärkerer Sog als in hunderten unserer Küsse. Ich glaube, Enya spürt nicht einmal, was mit ihr geschieht.

Aber ich weiß es. »Du raubst ihre Magie!«

Ein triumphierendes Lachen dringt aus Deimons Kehle.

»Nein!«, schreit Tyros und wirft sich vor ihm auf die Knie. »Nein, tu das nicht! Wir sind dir treu, wir haben alles getan, was du von uns verlangt hast …«

Ein Windstoß, durch Deimons winzige Handbewegung entfacht, fegt auf ihn zu und wirft ihn um. Tyros beginnt zu schreien, laut und schmerzerfüllt, als hätte man ihn mit Äther überschüttet.

Die nächste Woge trifft Enya. Auch sie geht schreiend zu Boden. Beide winden sich zu unseren Füßen, pressen die Hände an ihren Kopf, bis Deimon erneut mit dem Finger schnipst und ihre Bewegungen innerhalb von Sekunden erschlaffen. Noch nie zuvor habe ich diese Art von Magie erlebt. Ich versuche, mich frei zu strampeln, aber Deimons Kraft ist nicht von dieser Welt.

»Wo ist Leviata? Was hast du mit ihr gemacht?«, würge ich hervor.

»An einem abgelegenen Ort. Ich habe gar nichts mit ihr gemacht. Enya war schneller verfügbar. Vielleicht ist dir das noch ein Trost, wenn du gleich in die nächste Welt hinübergleitest. Womöglich möchte jemand eines Tages erneut ein Opfer bringen, um dich wieder zurückzuholen. Dann töte ich dich mit Freuden noch einmal.«

Mit einer schnellen Bewegung zieht er einen spitzen Eibenholzstock aus seiner Kutte. Seine Augen blitzen vor Gier. Dann holt er aus und rammt mir den Stock mit voller Wucht in den Hals, zielgenau in die Schlagader. Blut spritzt daraus hervor. Deimon reißt den Stock heraus und drückt seine Lippen auf meine Haut, saugt mein Blut auf, wie einer der Vampire, die sich die Menschen ausgedacht haben. Ich will schreien, fliehen, zuschlagen, aber nichts davon funktioniert. Meine Kräfte schwinden. Die Bilder vor meinen Augen verschwimmen. Als er mich endlich loslässt, sinke ich kraftlos zu Boden.

Deimon wischt sich mein Blut vom Kinn. »Und jetzt«, höre ich ihn noch sagen, »jetzt gehe ich zu Tharos.«

Dann senkt sich Dunkelheit über meine Sinne.

Ich befinde mich wieder in dem Tunnel. Aber ich bin kein Molch mehr, sondern stecke in meiner wahren Gestalt zwischen den Felswänden fest. Wasser schlägt mir ins Gesicht. Es ist zu viel davon. Die Luft wird knapp, das Gestein mich herum zieht sich immer enger zusammen. Verzweiflung macht sich in mir breit. Ich ertrinke. Ich werde zerquetscht. Ich komme hier niemals wieder heraus. Doch gerade als ich den Mund aufmachen und meinen letzten Atemzug tun will, zieht das Wasser sich zurück, die Felsen geben mich frei und jemand schlägt mich auf die Wange.

»Levian! Komm endlich zu dir!«

Ich reiße die Augen auf. Es dauert ein paar Sekunden, bis das Gesicht über mir eine klare Form annimmt. Doch dann erkenne ich die fein geschwungene Nase und den unsteten Blick von Orowar.

»Was für ein Opfer … hast du gebracht?«, stöhne ich.

»Opfer? Was für ein Opfer?«, fragt er verständnislos. »Ich habe dich gerade vor dem Tod bewahrt, wenn du das meinst. Du warst so gut wie aufgelöst. Deimon wollte dich umbringen.«

»Hat er es nicht geschafft?«

Der Schamane runzelt die Stirn. »Wenn er es geschafft hätte, dann wärst du jetzt wohl nicht mehr hier.«

Also hat er mich einfach geheilt. Ganz normal, wie Schamanen es eben tun. Ich war nicht tot, wurde nicht von Mutter Natur wiederbelebt. Was das jetzt für Deimons Opfer-Zauber bedeutet, weiß ich nicht. Das Blut eines Darksetters hat er immerhin getrunken.

»Nayo?«, bringe ich kraftlos hervor.

»Ich bin hier.«

Noch nie habe ich mich mehr darüber gefreut, ihre vertraute Stimme zu hören. Dann taucht ihr Gesicht hinter Orowar auf. Erleichterung überkommt mich.

»Deimon fordert Tharos zu einem Entscheidungskampf heraus«, informiere ich Orowar. »Seine Kraft ist stärker denn je. Wir müssen ihn aufhalten.«

Der Schamane schüttelt den Kopf. »Wir können ihn nicht aufhalten. Das Einzige, was es jetzt zu tun gilt, ist, unsere Liebsten zu retten und aus dem Hohenfels zu fliehen.«

»Aber dann setzen wir das Leben all unserer Brüder und Schwestern Deimons Willkür aus. Wenn er es schafft, sich zum obersten Orakel zu erheben, werden sie alle unter ihm leiden.«

»Ist mir egal«, sagt Orowar. »Ich rette meine Gefährtin. Rette du den gesamten Hohenfels, wenn du willst.«

Ich verstehe ihn. Seine Gefährtin hat für ihn einen höheren Stellenwert als alles andere auf der Welt. Genauso ist es auch bei mir. Aber ich bin nicht dafür geschaffen zu fliehen. Mein Schicksal ist ein anderes, das hat Tharos gesagt. Es muss einfach einen Grund geben, warum ich immer noch am Leben bin.

Orowar erhebt sich und reicht mir die Hand. Ich lasse mich hochziehen. Ohne zu schwanken, komme ich auf die Beine. Seine Heilung war also erfolgreich, wie immer.

»Auf Wiedersehen, Orowar«, sage ich. »Wünsche uns Glück.«

Dann drehe ich mich um und mache mich mit Nayo in die entgegengesetzte Richtung auf, zum Thronsaal von Tharos. Erst als wir schon fast außer Hörweite voneinander sind, lasse ich mich ein Stück zurückfallen und wende mich noch einmal zu Orowar um. »Sie war immer das Druckmittel, habe ich recht? Du hast Orowyn ohne ihr Einverständnis verwandelt.«

Der Schamane läuft stur geradeaus weiter. Ich bin sicher, dass er mich gehört hat. Aber es gibt keinen Grund auf der Welt für ihn, mir zu antworten. An seiner Stelle würde ich es auch nicht tun.

»Nun komm schon«, ruft Nayo nach mir. Als ich wieder an ihrer Seite bin, fasst sie meine Hand und sieht mich entschlossen an. »Wenn wir Morgana und den Rest unserer Familie retten wollen, müssen wir Deimons Zauber brechen. Ich schätze mal, wir beide gehen dabei drauf. Aber falls es nicht so sein sollte, wird es niemals mehr jemand wagen, uns abfällig Menschlinge zu nennen.«

Mir wäre es deutlich lieber, wir würden nicht dabei draufgehen. Zumal Nayo nur ein Leben hat.

Ohne einen genauen Plan, nein, ohne *jeglichen* Plan, rennen wir zum Audienzsaal. Das Eingangstor ist nur angelehnt. Offenbar hält Deimon es nicht für nötig, sich zu verbergen. Und wenn die gesamte Hohenfels-Bevölkerung hinter ihm her wäre – jetzt, nachdem er seinen Opfer-Zauber fertiggestellt hat, könnte es niemand mehr mit ihm aufnehmen. Genauso wenig wie wir. Nayo hat recht: Das hier ist ein Selbstmordkommando.

»Deine Zeit ist abgelaufen, alter Mann«, höre ich den Novizen drinnen sagen. »Tritt freiwillig zurück, dann verschone ich dich.«

Tharos schweigt einen Moment. Als er endlich antwortet, klingt seine Stimme traurig. »Es betrübt mich unendlich, dass ich so ein schlechter Lehrer für dich gewesen bin«, antwortet er. »Hätte ich meine Sache besser gemacht, so hättest du die Finger von dunkler Magie gelassen.«

»Ha!«, höhnt Deimon. »Diese Magie ist tausendfach stärker als deine. Sieh her!«

Eine heftige Detonation erschüttert den Thronsaal. Sturmböen schlagen durch den Türspalt nach draußen, gefolgt von schwarzen Rauchschwaden. Aus der Richtung des Throns ist ein dumpfer Schlag zu hören wie der Aufprall eines Körpers auf den Boden.

Nayo und ich sehen uns an. Wenn wir jetzt nicht eingreifen, dann können wir auch gleich davonlaufen wie Orowar.

»Was für ein schwacher Schutzschild«, urteilt Deimon. »Er hat gerade mal dafür gesorgt, dass du nicht gegrillt wurdest. Siehst du nun ein, dass deine kleinen Zaubereien niemals ausreichen werden, um mich zu besiegen? Ich bin jetzt viel mächtiger als du!«

»Nur im Kampf gegen das Licht«, stöhnt Tharos. »Aber du wirst dich auch der Dunkelheit stellen müssen.«

Ich halte es nicht mehr aus. »Bleib draußen, Nayo«, flüstere ich. »Vertrau mir.« Bevor sie reagieren kann, schubse ich sie zur Seite, husche durch den Spalt und schlage die Tür hinter mir zu.

Zu Nayos Sicherheit lasse ich auch noch den mächtigen Riegel heruntersausen.

Deimon fährt auf dem Absatz zu mir herum. »Du?«, schreit er fassungslos. »So schnell bist du wieder am Leben?«

Ich kann den Blick nicht von unserem obersten Orakel wenden. Tharos liegt auf dem Steinboden vor seinem Thron, kaum mehr fähig seine Beine zu bewegen. Zum allerersten Mal sehe ich eine Regung in seinem Gesicht, doch es ist kein Gefühl, das dahintersteckt, sondern grenzenloser körperlicher Schmerz.

Mühsam rafft er sich auf. »Ich wusste, dass du kommen würdest«, sagt er. »Du kannst ihn schlagen, Levian, aber nur mit deinem Talent. Sieh ihn dir an: Er brennt schon fast vor Zorn.«

Diese Aussage gibt mir gleichzeitig Hoffnung und verwirrt mich. Ich habe keine Ahnung, was ich jetzt machen soll. Mein Talent ist einfach nur da. Ich kann es nicht beeinflussen und es hat keine Kraft im Kampf. In den allermeisten Augenblicken meines Lebens war es nur hinderlich. Wie soll ich es denn nun bitte gegen Deimon einsetzen?

»Mach ihn noch zorniger«, keucht Tharos, als hätte er meine Gedanken gelesen. »Mach ihn neidisch, hochmütig, gierig, lüstern, maßlos und feige. Zeig ihm, was wahre Dunkelheit ist.«

»Wie denn?«, rufe ich.

Da schleudert Deimon eine Sturmböe nach mir. Ich springe zur Seite, um ihr auszuweichen, kann aber nicht entkommen. Hilflos werfe ich mich auf den Boden und schütze meinen Kopf mit den Armen. Gleichzeitig klopft Tharos mit seinem Stab auf den Boden und der Sturm fegt über mich hinweg. Erst die nachfolgenden Rauchschwaden offenbaren einen unsichtbaren Schutzschild, an dem sie entlangziehen, ohne mich zu berühren.

Als er das sieht, wendet sich Deimon mit hasserfülltem Gesicht zu Tharos um. »Warum wirkt dein Schild bei dir selbst nicht, aber bei ihm?«

»Weil du mit seiner Dunkelheit nicht umgehen kannst«, antwortet das Orakel. »Das konntest du nie. Aber je dunkler du selbst bist, desto schlimmer wird es. Dies, mein Lehrling, ist der Gegner, dem du dich stellen musst. Nun sieh zu, wie du mit ihm fertig wirst.«

Ich verstehe kein Wort von alledem. Das Einzige, was zu mir vordringt, ist die tödliche Zauberkraft, die von Deimon ausgeht. Sie ist stärker als jede andere Macht im Hohenfels. Und nun ist sie einzig und allein gegen mich gerichtet.

»Tharos, was soll ich tun?«, schreie ich.

»Hör auf, es zu unterdrücken. Erkenne dich selbst. Werde ein bisschen übermütiger.«

Übermütiger? Wie um alles in der Welt soll ich denn übermütig sein, wenn ich kraftlos vor einem schwarzen Orakel auf dem Boden liege und nur deshalb noch atme, weil ein unsichtbarer Schild mich schützt?

Aber alles Nachdenken ergibt ja keinen Sinn. Genauso wenig, wie es irgendjemandem etwas bringt, wenn ich noch länger auf dem Boden herumliege. Also stehe ich auf.

Deimon starrt mich an. Entrüstet. Voller Zorn. Und verwirrt. Das weckt meine Lebensgeister.

»War das alles?«, höhne ich und mache einen Satz hinter die nächste Säule. Diesmal fegt sein Äthersturm zu beiden Seiten an mir vorbei. Nur der Ärmel meines Hemdes, der durch die Berührung schmilzt, zeigt mir an, wie viel Gift in den Attacken des Novizen steckt.

»Daneben!«, flöte ich und springe hinter eine andere Säule.

Seine nächste Attacke verfehlt mich nur um Millimeter. Nun steigt doch Wut in mir hoch. »Meinst du, Morgana hätte dich jemals auch nur angesehen? Sie wollte immer nur mich«, brülle ich Deimon aus dem Schutz der Säule heraus an. Dann setze ich, etwas leiser, obendrauf: »Deshalb bist du ja auch so schön gelb vor Neid!«

»Schweig!«, donnert er. »Du hast sie verführt. Sie war rein und unschuldig, bevor du deine Klauen in sie geschlagen hast!«

Ich komme ein Stück hinter der Säule hervor und schicke ihm einen tödlichen Blick. Dabei kriecht plötzlich ein ganz neues Gefühl in mir hoch. Meine Mundwinkel verziehen sich zu einem überheblichen Grinsen. Der Impuls, laut loszulachen, wird immer stärker. »Jetzt ist sie nicht mehr ganz so unschuldig«, bemerke ich.

Deimons Hand saust nach oben. Meine Augen scannen meinen Fluchtweg. Ich weiß, dass ich es schaffen kann. Wenn es irgendjemand kann, dann ich. Gegen mich hat Deimons Äthersturm keine Chance. Ich bin der Berg, der ihn in seine Schranken weist. Meine Beine bewegen sich wie von selbst, schneller als ich es je zuvor vermocht habe. Ich sprinte zur nächsten Säule, an ihr hinauf, senkrecht nach oben, an der Decke entlang und wieder hinunter. Die tödliche Böe verfolgt mich, bis sie schließlich auf dem Boden zerschellt, ohne mich getroffen zu haben.

Tharos klatscht in die Hände. »Hochmut in Perfektion«, sagt er.

Ich höre ihm nicht mehr zu. Stattdessen lasse ich los. Ich öffne das Tor zu meiner Seele und heiße die lang unterdrückten Gefühle darin willkommen: meine dunkelsten Empfindungen, meine verbotenen Triebe, die menschlichen Schwächen. Ich spüre jedes Einzelne davon in seiner ganzen Grobheit und Kraft. Alles, was niemand sehen sollte, wofür ich mich mein Leben lang geschämt habe. Jetzt, zum ersten Mal, erfüllt es mich mit Stolz.

Deimon zuckt zurück, als er mich ansieht. Seine Augen sind weit aufgerissen. »Was passiert mit dir?«, stammelt er.

Ich weiß nicht, wovon er spricht. Es interessiert mich auch nicht. Langsam gehe ich auf ihn zu. Meine Schritte sind härter und schwerer als sonst. Ich habe den Eindruck, sie bringen den Audienzsaal zum Beben. »Ich werde dich töten, ich lösche dich aus!« Selbst meine Stimme klingt anders. Sie ist drei Oktaven tiefer, von Rauch und Heiserkeit erfüllt. Das Blut in meinen Adern brodelt. Mit jedem Atemzug wird meine Kraft größer, ich kann es spüren.

Ich weiche keinen Millimeter zurück, als der Novize erneut ausholt und seinen Sturm nach mir ausschickt. Die Böe trifft mich frontal, leckt über mich hinweg, versengt Haare, von deren Existenz ich nichts wusste. Schwarzer Nebel schlägt mir ins Gesicht. Aber meine Augen müssen glühen – ihr grünes Licht spiegelt sich auf Deimons Gesicht. Ich sehe nichts mehr, außer seiner Furcht. Habe kein anderes Ziel mehr, als ihn zu zerfleischen.

Er stolpert rückwärts gegen eine Felswand. Ich hebe meine Klauen zum Schlag und entblöße meine Zähne.

Da legt sich eine Hand auf meinen Kopf. Sie ist kühl, ihre Berührung sanft, wie der Flügelschlag eines Schmetterlings.

Deimon bricht zusammen. Seine Augen verdrehen sich nach oben, bevor er reglos liegen bleibt.

»Sachte, Levian«, sagt Tharos' Stimme an meinem Ohr. »Nun rette dich und komm zurück ans Licht. Ich helfe dir.«

Etwas verändert sich. Ich verändere mich. Dinge verschwinden. Ich kann es spüren, ohne dass ich weiß, was genau das für Dinge sind. Mein eigentlicher Körper nimmt wieder Gestalt an. Die zerstörerische Dunkelheit verlässt ihn und kehrt zurück in mein Herz. Ich schließe sie in seiner hintersten Kammer ein, verborgen vor der Welt.

Tharos nimmt seine Hand von meinem Kopf. Wie ein Kind fasst er mich an den Schultern und dreht mich zu sich um.

»Was war das?«, flüstere ich.

»Das warst du«, antwortet er. »Die Verkörperung aller finsteren Sehnsüchte. Nur die Nacht kann die Schatten schlagen. Und deshalb war es nötig, dass du ihre Dunkelheit über dich hereinbrechen lässt.«

Ich verstehe es immer noch nicht. »*Das* hat die Natur mir mitgegeben? Die Fähigkeit, mich in einen … Teufel zu verwandeln?«

»Ein Wort, das die Menschen erfunden haben. Aus Angst vor dir und deinesgleichen.«

»Es gibt mehrere wie mich?«

»Ich kenne keinen weiteren. Aber in den Aufzeichnungen der Menschen hat es sie zu allen Zeiten gegeben.«

Ich schüttele mich. »Wird mir das noch öfter passieren? Ich meine … die Vorstellung, dass dieses … dieses Etwas jederzeit aus mir herausbrechen kann, ist ziemlich beunruhigend.«

Ich denke an die Nächte in Morganas Armen, die noch kommen werden, an unsere Zusammentreffen mit den Talenten in den Marburger Clubs. Streitereien mit meinen Freunden. Alles Situationen, die mir die eine oder andere dunkle Sehnsucht entlocken. Nicht auszudenken, was passieren könnte, wenn ich mich dabei nicht im Griff hätte.

»Keine Angst«, beruhigt Tharos mich. »Es braucht die größte aller Provokationen, um das *Tier* zu wecken: die Konfrontation mit schwarzer Magie. Und deinen freien Willen, es herauszulassen.«

Was noch lange nicht bedeutet, dass ich mich jetzt sicher fühle. Sicher vor mir selbst. Die schlimmste aller Fragen habe ich noch nicht gestellt. »Heißt das, dass ich im Innersten meiner Natur böse bin?«

Tharos sieht mich lange an. »Das entscheidest du selbst«, sagt er schließlich. »Aber wenn du mich fragst: Du hast grüne Augen bekommen, keine schwarzen. Und nun schließe sie. Ich nehme dir diese Erinnerung weg. Sie ist eine zu schwere Bürde für dich.«

Ich habe keine Energie mehr, um mich dagegen zu wehren. Was richtig ist und was falsch, weiß ich in diesem Moment ohnehin nicht mehr.

Er legt mir die Hände auf und ein Ruck geht durch mich hindurch, Tharos' Finger an meinen Schläfen vibrieren. Die letzten Minuten laufen im Zeitraffer rückwärts an mir vorbei. Beruhigende Stille kehrt ein.

Meine Lider sind schwer, als ich sie anhebe und in das Gesicht unseres obersten Orakels blicke. Wie immer steht kein Lächeln darin, aber Tharos nickt mir zu. Ich weiß nicht, wie ich plötzlich an seine Seite gekommen bin. Das Letzte, woran ich mich erinnere, ist, dass ich den Riegel vor die Tür geschoben habe, um Nayo auszusperren. »Du musst sofort weg von hier«, beschwöre ich Tharos. »Deimon will dich töten!«

»Beruhige dich. Sieh hin.« Er weist auf die Felsmauer hinter mir. Dort liegt der Novize bewusstlos am Boden.

Ich traue meinen Augen nicht. »Was ist passiert? Warum erinnere ich mich an nichts mehr?«

»Mein Zauber hat ihn niedergestreckt. Aber ein Ausläufer davon hat leider dich getroffen«, erklärt Tharos.

Krampfhaft suche ich in meinem Gehirn nach einem Hinweis auf die letzten Minuten. Doch sosehr ich mich auch anstrenge – nichts.

»Was willst du jetzt mit ihm machen?«, frage ich Tharos mit einem Wink auf den ohnmächtigen Novizen.

»Seinen Zauber brechen und ihn für den Rest seiner Tage ins Verlies sperren. Verbannen kann ich ihn nicht, denn er würde seine Verbindung mit der Dunkelheit immer wieder neu gegen uns verwenden.«

Erst jetzt fällt mir auf, dass jemand permanent gegen die Tür hämmert. Arme Nayo! Garantiert hat sie eine Höllenangst um mich. Ich will gerade losgehen, um den Riegel wieder nach oben zu schieben, da hält Tharos mich auf. »Ihr beide könnt mir helfen. Um den Zauber zu brechen, brauchen wir das Gegenteil der Zutaten, die Deimon verwendet hat.«

»Das heißt?«

»Zwei Volltreffer retten. Jemandem mehr Magie verleihen und …«

»Und?«, hake ich verwirrt nach.

»Und die Tränen eines Darksetters.«

Ich bin entsetzt. »Tränen? Faune haben keine Tränen. Das ist ein Menschen-Makel.«

»Das stimmt«, sagt Tharos. »Doch je menschlicher der Faun, desto höher die Wahrscheinlichkeit, dass so etwas passieren kann. Bis es so weit ist, halten wir Deimon in seinem Verlies im Halbschlaf. Ich denke, unsere Kräuterküche kann einen entsprechenden Trank liefern. Wenn nötig, können wir das jahrelang durchziehen. Und nun erlöse deine Freundin. Sie schlägt sonst noch meine Türe ein.«

Die Wurzel allen Übels. Und die Frage, wie man sie ausreißen kann

Ich habe alle Tricks versucht, die ich kenne. Haken und Picks, eine Brechstange, sogar Maries Haarnadel. Aber die Tür zu dem Luftschutzbunker bekomme ich nicht auf.

Langsam wird meine Truppe hinter mir ungeduldig. Die Anwesenheit der beiden Dschinn macht sie nervös. Auch wenn sie mit Silberketten gefesselt sind und jeder drei Pistolen am Kopf hat, geht doch eine Gefahr von ihnen aus, die nicht von der Hand zu weisen ist. Zumal Nayatis Augen ungewöhnlich heftig blitzen, seit Dönges ihn gefoltert hat. Ich glaube, wenn er auch nur den Hauch einer Chance bekäme, würde er jedem von uns mit Vergnügen das Genick brechen.

»Es geht nicht«, gebe ich nach meinem dritten gescheiterten Versuch, das Schloss mit einem Elektropick zu knacken, zu. »Wir müssen uns etwas anderes einfallen lassen.«

»Das Gefängnis fanden wir fest verschlossen«, murmelt Mike, der Tiersprecher, hinter mir.

Eigentlich bin ich froh, dass er so schnell zu uns gestoßen ist, denn er hat ein Auto mitgebracht, womit er die Hälfte der Truppe transportieren kann. Aber gerade regt er mich auf. »Bibelsprüche helfen uns jetzt auch nicht weiter«, murre ich.

»Wieso nicht?«, fragt Mike. »Probier es doch einfach mal. Lukas 13, Vers 25 wäre eine Möglichkeit: Herr, tu uns auf!«

Ich wende mich kopfschüttelnd von ihm ab und betrachte das Schloss noch einmal genauer. Dabei lege ich meine linke Hand auf den Türgriff. Etwas knackt im Inneren des Schlosses, dann springt die Tür auf. Fassungslos drehe ich mich zu Mike um. Mir bleibt jedes Wort im Hals stecken.

»Himmeldonnerwetter!«, entfährt es Rafail. »War das jetzt … Zufall?«

»Kein Zufall«, antwortet Mike gut gelaunt. »Schicksal. Genau wie alles andere. Gerade du solltest das wissen. Oder warum sonst hast du ein Bild von mir auf deinem Oberarm?«

»Ein … ein Bild von dir?«, stammelt der Muskelprotz.

»Haltet die Klappe«, gehe ich dazwischen.

Ich habe eine ganz andere Vermutung, was gerade passiert ist. Ein Blick in die Gesichter der beiden Dschinn bestätigt das. Sie wissen es ebenfalls. Hier ist irgendein Zauber am Werk gewesen. Wie auch immer wir ihn geknackt haben – die Tür ist offen.

»Rafail und Mike, wir drei bilden die Vorhut«, befehle ich. »Bei diesem Bunker geht etwas nicht mit rechten Dingen zu. Ich will wissen, ob die Luft rein ist, bevor die ganze Truppe reinmarschiert. Ihr anderen bewacht die Dschinn.«

Ich hoffe, das funktioniert. Denn »ihr anderen« bedeutet so viel wie Marie, Elena, Isabell, Victor und Samira. Mehr ist von meiner Truppe nicht übrig, denn Big T und Cem sind im Krankenhaus. Isabell und Victor schießen ganz passabel, die anderen sind das absolute Gegenteil eines Volltreffers.

So leise wie möglich und mit gezückten Pistolen betrete ich mit Mike und Rafail im Schlepptau den Bunker. Stickige Luft schlägt uns entgegen. Die Wände sind aus Beton, der an manchen Stellen löchrig und von Wurzeln durchbrochen ist.

Schon nach wenigen Metern sieht man die Hand vor Augen nicht mehr. Auf die Art können wir nicht weitergehen. Auch wenn ein Licht uns verraten würde: Ich muss den Feind sehen können, der mich vielleicht gleich aus dem Hinterhalt anspringt.

Schnell zücke ich mein Handy und schalte die Taschenlampe ein. Damit leuchte ich in den Gang. Der Tunnel, der in den Bunker führt, ist nur wenige Meter lang. Dahinter tut sich ein viereckiger Raum auf. Erst glaube ich schon, meine Vorahnung hätte mich getäuscht. Doch dann, als wir um die letzte Ecke biegen, sehe ich sie: Eine junge Frau sitzt auf dem Boden und blickt uns misstrauisch entgegen. Sie muss das schönste Geschöpf sein, das je das Licht der Welt erblickt hat. Ihre langen, blonden Haare sind leicht gewellt und glänzen wie mit Seide durchwirkt. In ihrem Gesicht konkurrieren die vollen Lippen mit einer fein geschwungenen Nase und einem Paar funkelnder, grüner Augen um den Blick des Betrachters. Die schlanken Beine hat sie lässig angewinkelt. Man weiß gar nicht, wo man zuerst hinschauen soll.

Ich brauche allerdings nur eine Sekunde, um all die äußeren Attribute zu vergessen, die sie uns als Willkommensgruß präsentiert. Denn um ihren Hals liegt ein Ring aus Silber, der durch drei Ketten mit einem weiteren Ring in der Betonwand verbunden ist. Das kann nur eines bedeuten: Sie ist ein Feind. Zielsicher richte ich meine Waffe auf ihr Herz.

»Lass dich nach ihrer Schönheit nicht gelüsten in deinem Herzen, und lass dich nicht fangen durch ihre Augenlider«, rezitiert Mike neben mir.

Ich versuche, ihn irgendwie auszublenden. »Rafail, hol die anderen. Wir haben noch eine Gefangene mehr, wie es aussieht.«

Der Muskelprotz braucht eine Weile, bevor er seine Beine in Bewegung setzt. Er kann seinen Blick kaum von der Dschinniya losreißen. Aber dann stößt er ein ungläubiges »Puh!« aus und verschwindet in den Gang.

»Wer bist du?«, frage ich die Blonde.

Sie verdreht die Augen. »Dornröschen«, antwortet sie theatralisch. »Du hast mich aus meinem hundertjährigen Schlaf geweckt. Komm her und küss mich, mein Prinz!«

»Vergiss es! Sag mir, warum du hier gefangen gehalten wirst.«

»Das mache ich – wenn du meine Ketten löst. Danach verspreche ich dir, dass ich dich und deine Talente nie mehr angreifen werde. Mach mich los!«

Wenn ich nicht ganz falsch mit meiner Einschätzung liege, ist sie innerlich wesentlich weniger cool, als sie zu sein vorgibt. Ich habe sogar den Eindruck, sie ist zerfressen vor Angst und Sorge.

»Was soll ich mit deinem Versprechen anfangen?«, antworte ich kühl. »Du bist ein Dämon und wirst es gleichzeitig mit meinem Genick brechen.«

»Niemals!«, stößt sie erregt hervor. »Ich könnte doch nicht …« Sie verstummt, als sie die beiden Gefangenen sieht, die Rafail und Isabell in den Raum führen. »Luzilla, Nayati! Warum seid ihr hier? Was ist geschehen?«

Also noch eine aus derselben Gruppe. Auch unsere beiden Dschinn können sich nun kaum mehr beherrschen. Sie scheinen allesamt keine Ahnung davon zu haben, was den jeweils anderen widerfahren ist.

»Leviata! Hat Deimon dich hier …«, platzt es aus Luzilla heraus.

»Schscht!«, macht Nayati hektisch, doch es ist schon zu spät.

»Deimon? Ist das der Typ mit dem Opfer-Zauber?«, hake ich nach.

»Woher weißt *du* denn davon?«, blökt die Blonde.

Man kann Nayati ansehen, dass er nicht gerade nach meiner Antwort giert. Mittlerweile hat sich der ganze spärliche Rest meiner Truppe in den Bunkerraum gequetscht. Alle haben ihre Handylampen an, dadurch ist der Raum einigermaßen gut erleuchtet. Dennoch ist mir die Situation zu brenzlig. Hier überall könnten weitere Dschinn lauern. Sie könnten in Tiergestalt durch die zahlreichen Schatten an uns vorbeischleichen und uns allesamt einsperren. Wir brauchen Wachen draußen, aber auch mindestens zwei oder drei Leute, die mir helfen, unsere Gefangenen hier festzubinden.

»Rafail, Marie und Samira, ihr geht raus und bewacht den Eingang«, bestimme ich.

Samira und Rafail murmeln ein »Okay«, doch von Marie bekomme ich keine Antwort. Ich drehe mich zu ihr um. Sie steht regungslos da, vollkommen in die Augen der blonden Dschinniya versunken.

»Was macht ihr da?«, frage ich.

Erst antwortet keine von beiden. Dann zischt die Dschinniya, ohne mich anzusehen: »Kämpfen!«

Das erschreckt mich. Was auch immer sie da tun – ich will, dass es aufhört. Zuerst versuche ich, ihren Blickkontakt zu unterbrechen. Ich stelle mich direkt vor Marie und rüttele an ihren Schultern. Aber sie reagiert nicht, schaut direkt durch mich hindurch weiter die Dschinniya an.

»Hör sofort damit auf!«, befehle ich ihr. »Geh aus ihren Gedanken raus und komm zurück zu mir!«

»Ich … kann nicht«, murmelt Marie.

»Dummes kleines Ding«, säuselt die Dschinniya. »Hat wohl nicht damit gerechnet, dass ich darin ein bisschen mehr Erfahrung habe als sie.«

Die Angst um Marie macht mich fast wahnsinnig. Meine Bedenken in Bezug auf Hinrichtungen von Gefangenen sind so schnell verflogen, als wären sie nie existent gewesen.

»Isabell, erschieß das Miststück!«, rufe ich.

»Nein!«, schreien Luzilla und Nayati wie aus einem Munde. Isabell hebt ihre Pistole und tritt einen Schritt vor.

»Ist ja gut!«, gibt die Dschinniya sich geschlagen. »Ich bin schon raus. Oh, sie ist ja so verliebt in dich … Sag ihr, sie soll sich gefälligst nicht mit Stärkeren anlegen, wenn ihr ihr Leben lieb ist. Und bring ihr gefälligst das Anklopfen bei!«

Ein unermessliches Zittern läuft durch Maries Körper. Ihre Beine geben nach und sie sackt zusammen. Ich fange sie auf. Die Wut in meinem Bauch bringt mich gleich zum Platzen. Ich hätte größte Lust, diese blonde Schlampe in die ewigen Jagdgründe zu schicken.

»Jakob, was soll ich tun?«, fragt Isabell.

Ich atme aus. »So lange auf sie zielen, bis sie das nächste Wort von sich gibt. Dann abdrücken.«

Voller Sorge richte ich Marie auf und streiche ihr die Haare aus dem Gesicht. Sie sieht völlig erledigt aus, als hätte sie drei Tage lang nicht mehr geschlafen. Ich drücke sie an mich. »Bist du okay?«

»Ja«, murmelt sie an meiner Brust. »Alles gut.«

Dennoch ist ihr anzumerken, dass sie kaum stehen kann. Sie muss hier raus. Genau wie wir anderen auch. Sollen die Dschinn doch in dieser Betonhöhle verrotten. Ich hebe Marie auf meine Arme.

»Victor, Mike und Elena, ihr kettet die anderen an. Isabell, beim kleinsten Zeichen einer Telepathie-Attacke erschießt du die Blonde. Samira, Rafail, ihr kommt mit raus.«

Niemand sagt mehr ein Wort. Ich weiß nicht, ob es richtig war, diese Aktion hier abzubrechen. Womöglich hätte einer der Dschinns uns noch eine wertvolle Information über ihren Wohnort oder den Inhalt des Opfer-Zaubers geben können. Aber um sie weiter zu verhören, fehlt mir die Zeit. Oder die Grausamkeit, ganz wie man es nimmt. Ich muss jetzt Marie in Sicherheit bringen. Mit Samira dicht auf den Fersen trage ich sie nach draußen.

»Jakob … was, wenn jemand Dschinn rausholen?«, fragt das Flüchtlingsmädchen schüchtern. »Jemand hat eingesperrt blonde Frau. Er vielleicht wiederkommen und alle mitnehmen.«

»Das ist ein gutes Argument«, sagt Rafail.

»Dann hoffe ich, dass er sie alle für uns umbringt«, antworte ich.

Rafail pfeift durch die Zähne. Samira jedoch scheint meine Beweggründe nicht ganz verstanden zu haben. »Warum nicht machen du? Wir kämpfen gegen Dschinn. Wir schießen auf sie.«

»Ja, wenn sie uns angreifen. Aber nicht, wenn sie wehrlos in Ketten liegen.«

Ich bin mehr als froh, als ich wieder Sonnenlicht auf meiner Haut spüre. Das beruhigt meinen aufgewühlten Geist ein wenig.

Rafail hält sich mit seiner Meinung zurück. Aber als ich Marie draußen auf einem umgefallenen Baumstamm absetze, kommt Samira mir hinterher. »Was du tun, ist gut. Aber du Anführer. In einem Jahr du anders handeln. Ich das gesehen in Krieg. Menschen sich verändern, wenn zu lange Waffen tragen.«

Es passiert immer wieder, dass jemand so etwas sagt. Wirklich darüber nachdenken will ich nicht. Als Talent bleibt einem ohnehin nichts anderes übrig, als von einem Tag auf den nächsten zu leben. Niemand von uns weiß, ob er morgen noch am Leben ist. Noch viel weniger kann ich wissen, wie sehr die nächsten Jahre mich verändern werden. Aber einer Frage muss ich mich stellen, der allerwichtigsten: Was soll mit mir geschehen, wenn ich ausgesaugt werde? Ich nehme mir vor, das mit Marie zu besprechen. Sie ist der einzige Mensch, dem ich solche Gedanken anvertrauen will.

»Du hast die Tür mit deinem Bannzeichen geöffnet. Es bricht kleinere Zauber der Dschinn«, erzählt Marie auf der Heimfahrt. Sie hat sich schnell von dem telepathischen Angriff der Dschinniya erholt, worüber ich sehr glücklich bin. Und selbst wenn sie der Blonden eine Inhaltsangabe unserer letzten Tage gegeben haben sollte, sind dennoch auch einige wenige Informationen aus dem Geist der Dschinniya in Maries Gehirn gewandert. Die versucht sie nun zusammenzufassen.

»Es gibt insgesamt zwölf von denen, die sich zu einer Bruderschaft zusammengefunden haben. Ein Revolutionär will den eigentlichen Anführer stürzen. Aber unsere drei Gefangenen und noch ein paar andere haben sich widersetzt. Die Bruderschaft ist zerbrochen.«

»Was ist mit dem Opfer-Zauber? Wurde er ausgeführt?«, hake ich nach.

»Das weiß ich leider nicht.«

»Gibt es einen Hinweis darauf, wie er aussieht oder womit wir rechnen müssen?«

»Es scheint irgendeine dunkle Magie zu sein. Sie richtet sich gegen den momentanen Anführer der Dschinn. Aber wie auch immer es sich damit verhält: Ein Magier mit einer solchen Macht kann uns genauso schaden wie ihnen.«

Das bringt uns nicht wirklich weiter. »Hast du diesen … wie sagte der Dschinn … *Deimon* gesehen?«

»Ich bin mir nicht sicher. Ich habe jemanden in ihren Gedanken gesehen, immer wieder. Aber wer es war, weiß ich nicht.«

»Wie sah er aus?«

Marie denkt eine Weile nach. »Groß, dunkelhaarig, gut gebaut. Wie viele andere Dschinn. Das einzig Außergewöhnliche waren seine Augen ... sie waren so durchdringend grün, wie deine blau sind.«

Mir fällt auf Anhieb der Wolf ein, der mich dort oben auf dem Berg bei Allendorf fast getötet hätte. Auch er hatte auffallend grüne Augen. Ist es möglich, dass ich dem abtrünnigen Zauberer bereits damals begegnet bin, ohne es zu wissen? Die Kraft, die von dem Tier ausgegangen ist, spricht jedenfalls dafür. Ich erinnere mich noch gut an seine dunkle Ausstrahlung: Als er wütend geworden ist, habe auch ich in mir einen unermesslichen Zorn gespürt. Wahrscheinlich sind das bereits die ersten Auswirkungen seiner schwarzen Magie gewesen.

»Ich habe noch etwas in ihrem Kopf gesehen«, sagt Marie leise. Ihr Tonfall lässt vermuten, dass die nächste Nachricht die unangenehmste von allen ist.

»Was?«

»Die Blonde ... sie kennt Uriel. Er ist noch am Leben.«

Hinter uns, auf dem Rücksitz, sitzen Elena und Samira. Ich will mir vor ihnen nicht anmerken lassen, wie sehr mich diese Information trifft. Wenn der Dschinn, der damals den Fluch über Maries Familie ausgesprochen hat, noch lebt, dann könnte das bedeuten, dass sein Zauber bereits die Krallen nach uns ausgefahren hat. Es ist allerhöchste Zeit herauszufinden, was genau an der Sache dran ist und wie man den Fluch brechen kann.

Schweigend fahre ich Elena und Samira zum Marktplatz nach Biedenkopf.

»Ich bleibe noch hier«, verkündet Elena, während Samira ihr von draußen die Tür aufhält. Als ich mich zu ihr umdrehe, zieht sie die Augenbrauen hoch. »Das wird hilfreich sein, glaub mir.«

Ich nicke Samira zu. »Danke dir. Bis morgen.«

Marie lotst uns zum Haus ihres Pastors in Breidenstein. Es ist ein altes Bauernhaus, direkt an der Hauptstraße. Der Hof ist sauber gefegt und aus dem Garten dringt Kindergeschrei an unsere Ohren. Mir sticht sofort die Inschrift auf dem Balken am Hauseingang ins Auge, denn es ist derselbe Spruch wie an Maries Elternhaus: *Flieht, ihr Feinde, verbergt euch in den Klüften und Abgründen, denn Gottes Engel schützen und stärken mich.*

Während ich noch die akkurat geschnitzten Buchstaben anstarre, lege ich meine Hand etwas zu voreilig auf das Gartentor – und schrecke zurück. »Verflucht noch mal!«

Schon wieder ein Stromschlag! Diese Rockzöpfe mit ihren Anführerfernhalte-Systemen gehen mir langsam auf den Zeiger. Und natürlich kommt auch hier innerhalb von Sekunden eine besorgte Mutter aus dem Haus geprescht, diesmal sogar mit einem wüst bellenden Rottweiler am Halsband.

»Verschwinde! Hier gibt es nichts zu holen für dich!«, keift sie mich an. Dann sieht sie Marie neben mir und ihre Augen füllen sich augenblicklich mit Tränen. »Warum bist du mit ihm gegangen? Deine Eltern sterben fast vor Trauer um dich!«

»Sie sollten ihre Tochter besser vermissen, anstatt um sie zu trauern, denn sie erfreut sich bester Gesundheit«, antworte ich an Maries Stelle. Diese Leute scheinen sie allesamt bereits beerdigt zu haben, sogar ihre eigenen Eltern. Ich kann das einfach nicht verstehen.

»Was wollt ihr?«, fragt die Pastorenfrau, während der wütende Hund an ihrer Seite in voller Lautstärke weiterbellt. Schließlich hält sie ihm das Maul zu.

»Nur mit Ihrem Mann reden.«

»Über Rahel?«

Ich habe keine Ahnung, wer Rahel ist. Marie scheint besser Bescheid zu wissen. »Nein, Tante Mirjam«, stellt sie klar. »Er ist nicht gekommen, um Rahel zu holen. Es geht nur um den Fluch. Wir brauchen ein paar Informationen darüber, das ist alles.«

Die Frau sieht unentschlossen aus. Aber dann entdeckt sie die ersten Passanten, die auf dem Gehweg gegenüber stehen geblieben sind und sich die Köpfe nach uns verrenken. »Nun gut«, sagt sie. »Aus, Meisner, still!«

Augenblicklich hält der Wachhund das Maul. Dennoch knurrt er bedrohlich, als sie ihn ein Stück beiseiteschiebt und uns hereinwinkt.

Elena versteht meinen Blick zum Gartentor. Etwas zaghaft legt sie ihre Hand auf die Klinke, aber nichts geschieht. Das System erkennt also ganz genau, wer das Grundstück betreten will. Sie öffnet das Türchen und geht hindurch. Ich folge ihr. Dabei ziehe ich Marie an der Hand hinter mir her.

Der Pastorenfrau entgeht das nicht. »Du bist verloren. Ihr beide seid verloren«, raunt sie uns zu, während sie ins Haus geht und den Rottweiler in die Küche sperrt.

Dann greift sie nach einem Kartoffelsack neben der Eingangstür und faltet ihn auf. »Alle Waffen da rein«, weist sie uns an.

»Aber Sie dürfen Ihren Hund behalten, ja?«, beklage ich mich.

»Ihr wollt mit uns reden. Nicht wir mit euch.«

Das Argument ist nicht von der Hand zu weisen. Ich ziehe meine Pistole aus der Jackentasche und werfe sie in den Sack. Marie und Elena machen das Gleiche.

»Auch die Silbermesser!« Diese Frau weiß ganz genau, mit wem sie es zu tun hat. Aber das war ja nicht anders zu erwarten.

Zähneknirschend trenne ich mich von meinem Messer.

Erst danach führt sie uns eine schmale Treppe entlang nach oben. Darauf liegt ein abgewetzter, geblümter Läufer aus den Fünfzigerjahren. Die Tapeten an der Wand müssen aus derselben Zeit stammen. Etwas Modernes sucht man in diesem Haus wohl vergebens, genau wie Luxusgegenstände.

Der Raum, in den sie uns führt, enthält keine Möblierung, bis auf einen wuchtigen Tisch, an dem garantiert zwölf bis fünfzehn Menschen sitzen können. Ich frage lieber nicht nach, wie viele Kinder die Familie hat. An der Wand dahinter hängt ein riesiges Holzkreuz. Davor steht der Herr des Hauses, mit dem Rücken zu uns.

»Josef? Marie ist hier … mit ihrem Anführer«, kündigt die Frau uns an. Das letzte Wort spuckt sie mir förmlich vor die Füße.

Langsam, als ringe er um Fassung, dreht der Pastor sich zu uns um. Er wirkt vom Grundsatz her sympathisch, mit grau meliertem Haar und ein paar Lachfältchen um die Augen. Aber sein Gesichtsausdruck ist alles andere als freundlich. Er sieht aus, als wäre er unglaublich auf der Hut. Wahrscheinlich hat er eine Pistole unter seiner Strickweste versteckt.

»Dein Besuch ist sinnlos«, wendet er sich an Marie. »Du bist doch schon so gut wie tot.«

Das Gesicht meiner Freundin ist kalkweiß. Ich fasse wieder nach ihrer Hand. Sie fühlt sich klamm und kraftlos an.

»Machen Sie das mit Ihrer Gemeinde auch so? Den Leuten jede Hoffnung rauben?«, greife ich den Pastor an.

Er schüttelt den Kopf. »Das ist etwas anderes. Meine Gemeindemitglieder sind Gläubige unter der Obhut Gottes. Marie ist eine Abtrünnige, die sich dem Fluch ihrer Familie ausgeliefert hat. Für die einen besteht Hoffnung, für sie nicht mehr. Wir kennen das bereits seit Generationen.«

»Haben Sie deshalb die Gartentore manipuliert? Um ihre Töchter zu schützen?«

Der Pastor nickt. »Unsere Töchter ebenso wie die meiner Schwägerin. Ich war ein Orakel, müsst ihr wissen. Manche

Fähigkeiten bleiben uns auch als Veteranen erhalten. Für mich war das sehr hilfreich.« Er macht eine kurze Pause und sieht uns allen tief in die Augen. Erst dann spricht er weiter. »Aber dort, in Maries Elternhaus, hat es nicht funktioniert. Gleich zwei Anführer haben sich nicht abschrecken lassen. Sie waren zu hartnäckig. Erst der andere, dann du.«

»Judith!«, entfährt es Marie. »Was ist mit ihr geschehen?«

»Deine Schwester?«, frage ich nach.

»Ja. Sie ist eines Tages ganz plötzlich verschwunden. Als ich von der Schule nach Hause gekommen bin, war sie fort. Das war vor etwa einem Jahr. Meine Eltern haben mir nie erzählt, was mit ihr passiert ist. Ich dachte, sie sei einfach fortgegangen, um ein freieres Leben zu führen.«

Der Pastor seufzt leise. Er steht nach wie vor unter dem Kreuz wie eine Statue. Weder setzt er sich noch bietet er uns anderen einen Platz an seinem Tisch an. Vermutlich will er erst gar keine Atmosphäre aufkommen lassen, in der man sich zu wohl fühlen könnte.

»Sie ist mit ihrem Anführer nach Dillenburg gegangen«, sagt er tonlos. »Ich hatte noch eine Weile mit ihr Kontakt. Anfangs glaubten wir, sie könne ihm widerstehen. Oder er ihr. Eine ganze Weile haben sie es auch geschafft. Deutlich länger als ihr!«

»Und dann?«, hakt Marie mit brüchiger Stimme nach.

»Dann haben sie ihren Gefühlen nachgegeben und sind ein Paar geworden. Judith starb eine Woche später in einem Kampf gegen die Dschinn. Ihr Anführer schoss sich deshalb eine Kugel in den Kopf.«

Marie schlägt die Hände vors Gesicht und fängt bitterlich zu weinen an. Ich kann sie verstehen. Auf diese Weise vom Tod der eigenen Schwester zu hören, ist grausam. So kurz angebunden und abgeklärt wie eine Schlagzeile aus der Zeitung.

»Aber das … das muss überhaupt nichts mit dem Fluch zu tun haben!«, begehre ich auf.

»Hatte es aber«, behauptet der Pastor. »Ich habe ihre Leiche gesehen. Wisst ihr, womit sie ermordet worden ist?«

Ich will es nicht hören.

»Mit einer Wurzel. Genau so sterben alle Frauen dieser Familie seit Cassia. Eine Wurzel ins Herz. Deiner Großmutter Esther wäre es um ein Haar auch so ergangen, Marie!«

Das ist der Grund, warum wir hier sind. Wie auch immer es um den Gesundheitszustand der Großmutter bestellt ist – sie hat den Fluch zumindest überlebt. Und genau darin liegt unsere Hoffnung. Wenn wir erfahren, wie Esther vor Uriels Zorn bewahrt wurde, dann wissen wir vielleicht auch, wie wir Marie retten können – mal davon abgesehen, dass wir es besser machen müssen als die Truppe der Großmutter.

»Was hat sie gerettet?«, frage ich deshalb.

Wieder durchbohrt der Pastor mich mit seinem unsäglich tiefen Blick. »Der Verwirrungszauber eines Orakels«, antwortet er. »Uriel hat Esther durch den Wald gejagt. Nachdem er sie in die Enge getrieben hatte, fragte er sie, ob sie bereit sei, ihrem Leben selbst ein Ende zu setzen, so wie er es bei allen seinen Opfern tut. Und Esther antwortete mit Ja. Sie sagte, sie würde ins Wasser gehen. Uriel überwachte sie, als sie in den Stausee ging. Doch mittlerweile hatte ihre Truppe sie aufgespürt. Das Orakel trübte den Blick des Dämons. So konnte er nicht sehen, dass Esther auf Geheiß der Kommunikatorin zu schwimmen versuchte. Ihr Anführer dachte, damit sei sie gerettet. Doch er wusste nicht, dass sie nicht schwimmen konnte, wie viele aus unserer Familie. Wir schicken unsere Töchter schließlich nicht ins Freibad, wo sie sich vor aller Welt entblößen. Esther versuchte noch, ihre Schuhe und ihre Jacke abzustreifen, aber sie ging dennoch unter. Der Anführer sprang ins Wasser und tauchte nach ihr. Als er sie wieder an die Oberfläche brachte, war sie beinahe tot. Sie pumpten das Wasser aus ihrer Lunge und brachten ihren Körper zurück ins Diesseits. Aber ein Teil ihres Geistes ist auf dem Grund des Sees geblieben. Das Erste, was sie zu ihrem geliebten Anführer sagte, nachdem sie die Augen aufgeschlagen hatte, war: *Bring mir meine Schuhe zurück! Ohne meine Schuhe kann ich nicht leben!*«

Auf der Stelle kommt mir die Szene im Laden des Schusters in den Sinn. Mir schaudert vor Grauen. Kann es ein, dass die arme Frau diese Geschichte seither ständig aufs Neue erlebt? Stellt sie deshalb ihre Schuhe in den Teich und in den Regen?

»Hat er sie ihr gebracht?«, frage ich leise.

Der Pastor nickt. »Er tauchte noch einmal auf den Grund des Sees hinab und holte Esthers Schuhe. Aber ihr Geist erholte sich nicht mehr. Aus diesem Grund hat das Orakel dann ihre Erinnerungen gelöscht.«

»Aber nicht alle«, schlussfolgere ich. »Nicht die an ihren Anführer. Etwas davon ist übrig. Sonst würde sie das nicht tun. Jedes Mal, wenn sie ihre Schuhe nass macht, hofft sie, dass er zurückkommt, um sie ihr zu bringen.«

»Womöglich.« Die Stimme des Pastors klingt jetzt hart. »Aber das kann er ja nicht mehr.«

Erst diese Worte reißen Marie wieder aus der Starre der Trauer. Energisch wischt sie sich die Tränen aus den Augen. »Was ist mit ihm geschehen?«, will sie wissen.

»Das, was mit allen Anführern geschieht, die ihren Schwur brechen: Seine Seele zersplitterte. Er konnte Esthers Verlust nicht ertragen. Das hat schließlich dazu geführt, dass er sich das Leben genommen hat.«

Weder Marie noch ich bringen ein Wort heraus. Da liegt sie, unsere Zukunft: ein Haufen Scherben, direkt vor unseren Füßen. Dinge zu ahnen, ist das eine. Sie in dieser Deutlichkeit um die Ohren geschlagen zu bekommen, etwas ganz anderes. Zumindest weiß ich nun, warum Maries Familie sie bereits für tot erklärt hat. Sie wollen einfach nicht auf den Tag warten, an dem es so weit ist. Wie bei ihrer anderen Tochter.

Elena hat die ganze Zeit über schweigend zugehört. Nun räuspert sie sich und wendet sich an den Pastor. »Wenn ich das richtig verstehe, ist es möglich, Uriel durch einen Verwirrungszauber abzulenken«, sagt sie.

Er nickt bedächtig. »Ja. Ein Orakel kann ihm Trugbilder schicken, die ihn glauben lassen, sein Auftrag wäre erfüllt.«

»Aber warum jagt er dann weiter die Frauen aus Cassias Familie? Wenn er denkt, Esther sei im Wasser gestorben, dann müsste der Fluch doch gebrochen sein!«

»Das wäre er auch – wenn ich ein besseres Orakel gewesen wäre.«

»*Sie* haben den Zauber ausgesprochen?«

Nun endlich setzt der Pastor sich doch. Völlig unvermittelt lässt er sich auf einen der Stühle an dem großen Tisch plumpsen. Seine Hände krallen sich um die Tischplatte. Er presst die Lippen aufeinander. »Zuerst hat er geglaubt, dass Ester sich selbst getötet hat. Aber dann müssen kleine Informationen zu ihm durchgedrungen sein. Ich dachte, wenn ich Esthers Gedächtnis lösche, kann er sie nicht mehr aufspüren. Offenbar habe ich dabei versagt.«

»Ist er zurückgekommen, um sie zu töten?«

Der Pastor schüttelt den Kopf. »Ich weiß nicht, ob er sie je wieder aufgesucht hat. Aber falls ja, dann hat ihm ihr Zustand anscheinend ausgereicht – zusammen mit der Tatsache, dass auch der Anführer bereits tot war. Was ihm nicht gereicht hat, war seine Rache an unseren Frauen. Darum haben wir sie versteckt. Immer und immer wieder, über Generationen hinweg. Meine Mirjam hat ihren Anführer nicht getroffen, Maries

Mutter ebenfalls nicht. Von meinen acht Töchtern hat keine Einzige jemals den Schutzkreis dieses Hauses länger als eine Stunde verlassen, nicht einmal zur Schule. Sie wurden allesamt hier unterrichtet. Deine Mutter hat den größten Fehler gemacht, als sie euch nach Biedenkopf auf die normale Schule geschickt hat, Marie! Damit hat alles angefangen.«

»Nein«, antwortet Marie. Dann atmet sie tief durch, fasst nach meiner Hand und lächelt mir traurig zu. »Es hat mit Großmutters Schuhen angefangen. Und das war Schicksal.«

Elena ist die ganze Heimfahrt über redselig. Angesichts unserer gedrückten Stimmung versucht sie, ihre gute Laune im Zaum zu halten, aber es funktioniert nicht. Sie dringt einfach durch alle ihre Poren. Der Pastor hat versprochen, sie den Verwirrungszauber zu lehren, allein um der vagen Möglichkeit willen, Maries Leben zu retten. Jetzt sprüht mein Orakel vor Abenteuerlust und schmiedet einen Plan nach dem anderen.

»Wir müssen Maries Selbstmord eben gut inszenieren. Wenn Uriel uns glaubt, ist der Fluch gebrochen und ihr seid frei!«

»Das sind wir nicht«, grummele ich. »Uriel wird Marie wiederfinden, solange du nicht alle ihre Erinnerungen löschst. Und zwar erfolgreicher, als der Pastor es getan hat. Nur dann, wenn ihre Ausstrahlung komplett und dauerhaft verschwunden ist, wird er an Selbstmord glauben und von ihr ablassen.«

Erst als ich das sage, wird Marie bewusst, was es für uns bedeutet. »Aber dann … dann würde ich auch die Erinnerung an dich verlieren. Und meine Liebe zu dir.«

Ich nicke. Mehr als das bringe ich nicht zustande. Der Kloß in meiner Kehle raubt mir beinahe den Atem.

Marie krallt ihre Finger in mein Bein. »Es muss eine andere Lösung geben!«

»Gibt es aber nicht«, ringe ich hervor. »Es sei denn, ich komme an Uriel heran und töte ihn.«

»Dazu müssten wir erst einmal wissen, wo wir ihn finden können.«

Noch während als Elena das sagt, wird uns allen klar, was wir tun müssen. Was *ich* tun muss. Es ist an der Zeit, dass ich meine moralischen Bedenken über Bord werfe. Das Folterwerkzeug von Dönges werde ich dafür nicht brauchen. In meiner Jackentasche befindet sich alles, womit man einen Dschinn zum Reden bringen kann. Ich setze meinen Blinker nach links und biege in den Biedenkopfer Wald ab.

Eifersucht und ein Pakt mit dem Feind

Ich sage dir: Tharos hat deine Erinnerungen absichtlich gelöscht. Da drin ist etwas vorgefallen, was er nicht in die Öffentlichkeit dringen lassen will. Er hat sich verwandelt, Levian! Ich habe Schritte gehört, die niemals von einem Faun stammen konnten. Und eine Stimme, die nicht von dieser Welt war.«

Ich weiß nicht, warum Nayo so einen Aufstand um die Sache macht. Mir ist völlig egal, auf welche Weise Tharos Deimon besiegt hat. Selbst wenn er sich dazu in einen Feuer speienden Drachen verwandelt hätte, wäre mir das recht. Es kommt nur auf das Endergebnis an: Deimon hat keine Macht mehr über uns.

»Ich will jetzt zu Morgana«, murre ich.

»Da gehen wir doch hin. Aber unterwegs könntest du mir wenigstens zuhören. Levian! Ich glaube, Tharos hat sich ebenfalls schwarzer Magie bedient.«

Ich bleibe stehen. »Ja und? Lass ihn doch zaubern, wie er zaubern will. Hauptsache, wir sind diesen Deimon los!«

»Das ist so, als wollte man eine Krankheit durch eine andere austreiben«, beschwert Nayo sich. »Der Zweck rechtfertigt nicht jedes Mittel!«

»Doch, in diesem Fall schon«, stelle ich klar. »Ich weiß nicht, was passiert ist. Möglich, dass er meine Erinnerung gelöscht hat, weil ich – vielleicht – mitangesehen habe, wie er einen unsauberen Zauber angewendet hat. Aber selbst wenn das der Fall gewesen sein sollte, kann ich gut damit leben. Ich will jetzt zu meiner Gefährtin. Dann will ich unsere Freunde befreien und den Opfer-Zauber brechen. Und danach können wir gerne noch hundert Jahre in Frieden mit Tharos leben – und mit jeder Magie, die er auszubrüten gedenkt. Für mich ist das ganze Dilemma hiermit beendet.«

Nayo ist anzusehen, dass sie eine andere Meinung hat. Aber ich möchte nichts mehr davon hören. Alles, woran ich jetzt denken kann, ist Morgana. Ich habe Angst, ihr in die Augen zu sehen. Angst, dass Deimon tatsächlich unseren Bund gelöst hat. Angst vor den Auswirkungen. Wahrscheinlich merkt Nayo mir meine Besorgnis an, denn sie sagt nichts mehr.

Die Tür zu unserer Kammer zu öffnen, fühlt sich an, als würde ich mir eine zentnerschwere Last auf die Schultern hieven. Ich bete zu Mutter Natur, dass ich sie gleich wieder ablegen darf. Ein einziger Blick in Morganas Augen wird mir ausreichen, um zu wissen, was in der Zwischenzeit mit ihr passiert ist. Ich drücke die Klinke nach unten und trete ein.

Meine Gefährtin steht mitten im Raum und sieht uns entgegen. »Levian«, sagt sie vollkommen ausdruckslos. »Du warst lange weg. Zu lange.«

Es ist wie ein Faustschlag in meine Magengrube. Ich will zu ihr laufen, sie in die Arme schließen, heiße Liebesschwüre in ihr Ohr flüstern. Ich will sie an den Schultern packen und sie rütteln. Irgendetwas tun, um ihr klarzumachen, dass Deimon es war, der uns entzweit hat, nicht ich. Stattdessen bleibe ich wie angewurzelt stehen. Meine Kehle wird eng.

»Deimon hat unseren Bund gelöst«, krächze ich schließlich, weil niemand anderer etwas sagt. »Aber wir können ihn von Neuem schließen. Wir sind seelenverwandt, Morgana!«

Sie schüttelt den Kopf. »Nicht mehr. Du bist dunkler geworden. Ich heller. Der Eibentrank hat mir geholfen, das zu verstehen.«

»Der Eibentrank?« Ich fahre zu Nayo herum. »Den hatte ich doch weggekippt!«

Pikiert schüttelt Nayo den Kopf. »Ja, aber … Orowyn hat ihr einen neuen Becher gebracht. Und er hat geholfen, Levian. Sie hat zu sich selbst gefunden. Zu ihrem inneren Gleichgewicht.«

Eibe tötet Faune. Aber wie bei jedem anderen Gift auch kommt es immer auf die Dosierung an, genau wie Orowyn gesagt hat. Ein Fingerhut voller Eibenrinde reicht wahrscheinlich aus, um unser Leben zu beenden. Eine Prise davon tötet nur diejenigen Anteile in uns, die nicht wirklich zu uns gehören. Was Morgana betrifft: offenbar mich.

»Willst du damit sagen, Deimon hätte recht gehabt? Ich habe dich mit meinem Talent verführt? *Vergiftet?*«

»Ich weiß es nicht, Levian«, schluchzt Morgana. »Ich fühle mich so verwirrt … so voller Zweifel. Und nun, da wir nicht mehr verbunden sind …«

Ich warte. Warte, dass sie es ausspricht. Dass sie mir sagt, wie falsch die letzten zwanzig Jahre waren. Darauf, dass sie meine Liebe, den Sinn meines Lebens, mit Füßen tritt. Aber sie sagt es nicht.

»Du brauchst Input.« Das ist das Einzige, was mir einfällt.

»Ähm … und wir müssen unsere Freunde und Geschwister befreien«, erinnert Nayo mich.

Sie hat recht. Die Befreiung von Leviata, Luzilla und Nayati – sofern sie überhaupt noch am Leben sind – hat jetzt absoluten Vorrang. Erst wenn wir sie zurückhaben, können wir anfangen, unser Leben neu zu ordnen.

»Wirst du mitkommen?«, frage ich Morgana.

»Natürlich«, sagt sie entrüstet. »Es sind auch meine Freunde.«

»Kannst du deine Gestalt wieder wechseln?«

Sie versucht es mit einer Maus und hat Erfolg. Also hat Deimons Zauber entweder keine Wirkung mehr oder ist genauso geschwächt wie er selbst. Diese Erkenntnis könnte mich unendlich glücklich machen, wenn ich nicht wüsste, dass die Diskussion, die wir gerade geführt haben, noch nicht zu Ende ist.

Ich strecke Morgana meine Hand entgegen. Kurz zögert sie, dann greift sie danach.

»Lass uns gemeinsam gegen die Talente kämpfen. Wenn wir zurückkehren, können wir weiterreden«, schlage ich vor.

Mit einem schwachen Nicken zeigt Morgana mir, dass sie zumindest noch auf meiner Seite ist. Alles Weitere müssen wir wohl später klären. Ich zwinge mich dazu, jetzt nicht darüber nachzudenken.

Es ist ganz einfach. Nie denken die Talente an Wildgeborene wie uns. Sie verlassen sich einfach darauf, dass wir sie nicht zu Hause in ihren stickigen, langweiligen Wohnungen aufsuchen, weil es normalerweise keinen Grund für einen Faun gibt, das zu tun. Es ist einfacher, normale, wehrlose Menschen anzugreifen.

Für uns Wildgeborene gelten andere Regeln, denn wir haben andere Ziele. Das Haus des Anführers ist menschenleer. Zwar kommt weiterhin niemand von uns in Tiergestalt durch das Dach hinein, doch die Haustür öffnet sich ohne Widerstand und drinnen gibt es keine Wache, die sich uns in den Weg stellt.

Auf dem Computer des Anführers entdecken wir eine Liste mit sämtlichen Adressen und Telefonnummern der aktiven und inaktiven Talente.

Als Nächstes versuchen wir es bei den Orakeln, die wahrscheinlich den besten Draht zu den Vorhaben ihrer Truppe haben. Das weibliche Orakel ist ebenfalls nicht in ihrer Wohnung. Aber der Typ mit dem Kaffeesatz hätte besser mal denselben befragt, anstatt sich ins Bett zu legen und die Schusswunde in seiner Hand auszukurieren. Jetzt ist es zu spät.

»Wo sind unsere Freunde?«, frage ich ihn, während ich seinen Kopf so weit zur Seite drehe, dass sein Genick knackende Geräusche von sich gibt. Ein paar Sekunden lang bleibt er stark, dann lockert der herannahende Tod seine Zunge.

»In dem Luftschutzbunker auf der Sackpfeife!«

Diesen Ort kenne ich. Morgana und ich haben uns dort einmal geliebt, vor vielen Jahren. Wir haben den Eingang zufällig gefunden und dann beschlossen, die Nacht dort zu verbringen, anstatt im Hohenfels. Es ist eine jener Nächte gewesen, in denen wir uns so unendlich nah waren. Wut steigt in mir empor, weil die Talente ihn nun entweiht haben. Und nicht nur das: Alles ist entweiht! Mein ganzes Leben.

»Sind sie alle drei dort? Luzilla, Nayati und Leviata?«

»Von einer Leviata weiß ich nichts«, jammert das Orakel.

Ich lasse ihn los und stoße ihn in Morganas Richtung. »Hier, bediene dich!«

Das lässt sie sich nicht zweimal sagen. Gierig wie selten zuvor presst sie ihre Lippen auf den Mund des Jungen und saugt ihn aus. Ich sehe ihr dabei zu, die Hände zu Fäusten geballt. Der Moment, in dem ich das Mädchen in der Teufelshöhle ihrer Verliebtheit beraubt habe, scheint Jahrhunderte zurückzuliegen. Unendliche Gier steigt in mir empor. Und natürlich beflügelt sie Morgana in dem, was sie tut. Der Sog, mit dem sie das

Orakel leert, wird immer stärker. Ich hasse mein Talent. Selbst meine eigene Gefährtin lässt sich davon mitreißen.

Wie soll ich jemals unterscheiden, ob jemand wirklich *mich* meint, wenn mein Talent meinen Charakter so dermaßen in den Schatten stellt? Ich wende mein Gesicht von den beiden ab.

Nayo ist mein Gefühlschaos nicht entgangen. Schweigend legt sie mir eine Hand auf die Schulter.

Als Morgana endlich von dem Orakel ablässt, sieht sie gestärkt und zufrieden aus. »Auf zur Sackpfeife!«, verkündet sie strahlend.

Mir ist jedes Lachen vergangen.

Als Vögel fliegen wir zu dem Berg. Früher bin ich gern dort gewesen, denn Mutter Natur offenbart sich in solchen Höhelagen besonders spürbar. Die Luft ist kühler und rauer. Aber heute graut mir vor dem, was wir vorfinden werden. Nacheinander machen wir uns an dem Schloss an der Eingangstür des Bunkers zu schaffen, doch keiner von uns kann es öffnen.

»Das muss ein Zauber von Deimon sein, der immer noch aktiv ist«, vermutet Nayo.

»Warum kann Morgana sich wieder verwandeln, aber das Schloss hält weiterhin stand?«, frage ich verärgert.

»Morgana ist ein Faun. Selbst in ihrem Zustand hat sie mehr Widerstandskraft als ein lebloses Stück Metall. Die wird wohl ausreichen, um sich gegen Deimons geschwächte Zauberkraft zur Wehr zu setzen.«

Ich frage mich, wie um alles in der Welt die Talente hier reingekommen sind. Doch schon wenige Minuten später weiß ich es.

Zuerst sehen wir das Auto des Anführers auf dem Waldweg, der zum Bunker führt. Dann hält es an und ein paar Talente steigen aus. Es ist nicht die gesamte Truppe, nur drei von ihnen: der Anführer, seine Freundin und das weibliche Orakel. Letztere scheint noch nicht wahrgenommen zu haben, dass wir ihren männlichen Gegenpart ausgeschaltet haben. Das trifft sich gut.

Wir verstecken uns im Unterholz und lauschen ihren Stimmen, die unentwegt näher kommen. Zuerst reden sie über einen Pastor und einen Fluch, dann sagt der Anführer, dass er das Geheimnis jetzt aus den »Dschinn« herauspressen werde. Mehr als das kann ich nicht verstehen. Aber es reicht aus, um einen unsäglichen Hass in meinem Herzen zu entflammen.

Aus unserem Versteck heraus beobachten wir, wie er seine Hand mit dem Bannzeichen auf die Türklinke legt, was den Zauber auf dem Schloss in Sekundenschnelle zum Bersten bringt. Das also ist ihr Schlüssel! Ich will gar nicht wissen, wie sie diesen Trick herausgefunden haben. Sie verschwinden alle drei in dem Bunker und lassen die Tür hinter sich offen stehen.

»Ihnen nach«, flüstere ich.

Nayo hält mich am Arm fest. »Sie sind zu dritt. Und wir hatten es schon mal mit denen zu tun.«

»Damals waren sie zu viert«, erinnere ich sie. »Und wir nur zu zweit.«

»Es ist eng da drin …«

Ich runzele die Stirn. »Hast du nicht gehört, was er gesagt hat? Sie wollen sie foltern. Das können wir nicht zulassen.«

»Du hast recht«, sagt Nayo schließlich. »Vielleicht laufen wir in unser Verderben … Aber es führt wohl kein Weg daran vorbei.«

Morgana wirkt noch unschlüssiger. Doch auch sie folgt mir, als ich im Schatten der Bäume bis zum Bunker husche. In Sekundenschnelle sind wir alle drei am Eingang und betreten den Tunnel.

Es gibt nur einen einzigen Raum im Inneren und von diesem trennen uns nur wenige Meter. Ich kenne seine zerbröckelten, von Wurzeln durchlöcherten Wände in- und auswendig, obwohl ich nur eine Nacht hier verbracht habe. Morgana muss es ebenso ergehen. Aber ihrem Gesicht ist nicht anzusehen, was sie denkt.

Eine Kette rasselt über den Boden.

»Schluss jetzt mit diesem Spielchen«, höre ich den Anführer sagen. »Ihr drei könnt eurer Wege gehen. Aber erst nachdem ihr mir gesagt habt, wo eure Behausung liegt und wie man hineinkommen kann.«

»Das werden wir dir niemals sagen«, höre ich die Stimme meiner Schwester. Sie ist so kalt und unbeugsam wie immer. Mein Herz hüpft angesichts der Tatsache, dass sie zumindest nicht schwer verletzt sein kann. Ich war davon ausgegangen, nur Luzilla und Nayati hier vorzufinden, aber aus irgendeinem Grund haben die Talente auch meine Schwester in ihrer Gewalt, die ich eigentlich in einem Gefängnis von Deimon vermutet habe.

»Das ist ein Geheimnis, das du nicht einmal unter Folter erfahren wirst«, höre ich Nayati sagen. »Denn der Bund, der uns mit unserem Anführer verbindet, verhindert, dass wir es preisgeben.«

Gut gekontert! Denn keiner der drei hat noch einen Bund mit Tharos. Deimon hat ihn gelöst. Also ist der Standort des Palastes im Hohenfels durchaus erpressbar, zumindest unter Folter.

Ich hoffe aus tiefstem Herzen, dass die Talente ihre ganze Grausamkeit bisher noch nicht angewendet haben. Bei dem Gedanken, dass sie vielleicht einen meiner Freunde gequält haben, weil ich nicht schnell genug hier gewesen bin, stellen sich mir sämtliche Nackenhaare auf.

»Sag es mir und ich verschone deine Haut vor meinem Silbermesser«, kündigt der Anführer an.

Die Ausführung dieses Plans will ich keinesfalls abwarten. Zusammen mit Nayo und Morgana stürme ich in Richtung des

Bunkerraums. Doch im selben Moment erkennt auch das Orakel unsere Anwesenheit.

»Gefahr! Drei Dschinn im Tunnel!«, schreit sie.

Wir kommen nicht einmal auf Sichtweite an sie heran. Noch bevor ich den Raum erreiche, reißt Nayo mich am Oberarm zurück. Zeitgleich schlagen drei Silberkugeln wenige Zentimeter vor uns in die Wand ein. Ohne auch nur einen einzigen Blick auf meine Schwester und meine Freunde geworfen zu haben, muss ich aufgeben. Hass flammt in mir empor.

»Wer ist da? Gebt euch zu erkennen!«, schreit der Anführer.

»Ich bin dein schlimmster Albtraum, Junge«, fauche ich ihm entgegen. »Lass deine Gefangenen frei oder ich lösche deine gesamte Truppe aus. Mit deiner Freundin fange ich an.«

Ich kann seine Gefühle riechen. Sie überlagern alle anderen in dem Raum. Gerade eben noch war er voller Mut und Tatendrang, selbst in dem Moment, als das Orakel unsere Anwesenheit verkündet hat. Aber allein die Erwähnung des möglichen Todes seiner kleinen Telepathie-Freundin reicht schon aus, um eine gehörige Portion bitterster Furcht zu wecken. Es ist so wunderbar einfach, ihn in die Knie zu zwingen.

»Du bist Deimon!«, ruft er.

Ich habe keine Ahnung, wie er darauf kommt. Aber womöglich ist das eine Chance für uns. »Ja«, antworte ich.

»Warum hast du uns dann nicht längst mit deiner schwarzen Magie besiegt?«, schreit er zurück.

Dumm ist er nicht, das muss man ihm lassen. »Weil deine Pistole auf den Kopf derer gerichtet ist, die ich noch brauche«, rufe ich zurück und hoffe, dass meine Aussage irgendeinen Sinn ergibt. Immerhin habe ich weder Ahnung, was er weiß, noch, was er gerade tut. Aber ich kenne die Talente: Keiner von denen würde in einem solchen Moment anderswohin zielen.

Ein paar Sekunden lang sagt er nichts mehr. Dann bricht seine Freundin in meinen Kopf ein, ohne anzuklopfen.

»Bist du wirklich Deimon?«, fragt sie unvermittelt.

Anscheinend haben die Talente immer noch nicht verstanden, was Small-Think ist. Ich schaue auf die löchrige Betonwand vor mir und zähle die Löcher, die im Laufe der Jahre darin entstanden sind.

»Ja«, antworte ich. Und schon ist sie wieder weg. Das kleine Miststück, das mir fast ein Messer ins Herz gerammt hätte! Wahrscheinlich gibt sie jetzt gerade ihrem verbotenen Lover durch einen Wink zu verstehen, dass er mit seiner Vermutung recht hatte.

»Ich will mit dir reden!«, schallt dessen Stimme Sekunden später durch den Gang. »Zeige dich!«

Nayo hält mich fest. »Das ist eine Falle«, flüstert sie.

Ich schnuppere in die Luft. Zwei Gefühle erfüllen den gesamten Raum: Sorge und Hoffnung. Das deutet auf etwas ganz anderes hin als auf ein Erschießungskommando.

»Nein, ich glaube nicht«, sage ich. Dann wende ich mich wieder an den Anführer. »Gut. Aber wenn einer von euch seine Waffe benutzt, verfluche ich euch. Ich werde euch mit einem einzigen Handstreich niederstrecken und deine kleine Gefährtin in ein dunkles Grab schicken. Denk daran: Ich bin ein mächtiger Magier. Und ich bin nicht allein.«

»In Ordnung«, sagt der Anführer. »Wir schießen nicht. Komm hervor.«

»Tu das nicht!«, fleht Nayo.

Auch Morgana fasst mich jetzt am Arm. Ich blicke in ihre Augen und sehe Angst darin. Angst um mein Leben. Das gibt mir Zuversicht und den letzten Impuls nach vorn.

Ich trete in den Hauptraum des Bunkers. Der Anführer steht breitbeinig da, die Pistole tatsächlich nach unten gerichtet.

Auch seine Freundin und das Orakel haben ihre Waffen sinken lassen. Hinter ihnen, in silbernen Ketten, erkenne ich Leviata, Luzilla und Nayati. Sie sind allesamt noch am Leben und sehen auf den ersten Blick unversehrt aus. Ich atme auf.

»Hallo, Deimon«, sagt der Anführer.

»Schön, dich wiederzusehen«, antworte ich leicht heraus. »Was willst du?«

»Ich will Uriel. Tot oder lebendig. Wenn ich ihn habe, bekommst du deine Freunde zurück … oder sind es deine Feinde?«

Jetzt verstehe ich überhaupt nichts mehr. Was will der Anführer der Talente denn mit unserem eigenbrötlerischen Schamanen? Meine Verwirrung lasse ich mir nicht ansehen. »Tot kann ich ihn dir nicht liefern, denn wie du wahrscheinlich weißt, fließen unsere Körper sofort zurück zu Mutter Natur, wenn wir sterben.«

»Dann bring ihn mir lebendig und ich erledige den Rest.«

Kurz überlege ich, ob ich Leviata irgendwie bitten kann, in seinem Kopf nach einem Hinweis zu suchen, was ihn antreibt. Aber wie so oft ist mir meine Schwester schon einen Schritt voraus. Sie klopft an und ich gewähre ihr Zugang zu meinen Gedanken.

»Es geht um seine Telepathie-Schlampe«, berichtet Leviata aufgebracht. *»Uriel hat vor Jahren ihre Familie verflucht, ist das nicht amüsant? Sie wird sterben, wenn nichts geschieht.«*

Ich lächele. Das scheint den Anführer zu verwirren.

»Du kämpfst hier deinen privaten Kampf, habe ich recht?«, frage ich ihn. »Mit dem Auftrag deiner Armee hat das nicht mehr viel zu tun.«

Er antwortet nicht, aber ich rieche den kurzen Anflug von Scham, der ihn bei meinen Worten überkommt. Überraschend schnell hat er sich wieder unter Kontrolle. »Das geht dich nichts an. Bring mir Uriel und du bekommst die Gefangenen.«

»Was, wenn diese Gefangenen mich dabei unterstützen, meine Magie noch dunkler werden zu lassen? Was, wenn jeder Einzelne ein weiteres Opfer, eine Zutat für meinen Zauber ist? Hast du je darüber nachgedacht, was du deiner Truppe und deiner Armee vielleicht antust, indem du sie mir überlässt?« Es gefällt mir, ihm seine prekäre Situation in ihrem vollen Ausmaß vorzuführen. Er glaubt, ich sei Deimon. Und trotzdem ist er bereit, mir zu geben, was ich will. Nur um seine Freundin zu retten. Ein Anflug von Bitterkeit überkommt mich. Genau so sollte es auch zwischen Morgana und mir sein. Stattdessen …

»Das ist meine Entscheidung. Kümmere du dich um deine eigenen Angelegenheiten«, blafft er mich an.

Ich lasse das Lächeln einfach stehen. Damit bringe ich ihn eindeutig am besten aus dem Konzept. Mein Blick wandert weiter zu seiner Freundin, die mit verstörtem Gesichtsausdruck in seinem Windschatten steht. Ein hübsches Ding, keine Frage. Aber das wahrhaft Außergewöhnliche an ihr ist ihr Geruch. Die Leidenschaft, die von ihr ausgeht, raubt mir beinahe den Atem. Sie ist vollkommen rein und unzerstört, keine Spur von Bitterkeit liegt in ihrer Seele. Er hingegen ist randvoll davon. Das genaue Gegenstück von ihr: desillusioniert, verschlossen, tausendfach verletzt. Das Einzige, was in ihm leuchtet und pulsiert, ist seine Liebe zu ihr. Und die ist so stark, dass er bereit ist, dafür seine Armee zu verraten.

Genau wie ich!, schießt mir durch den Kopf. Auch ich war bereit, Tharos und dem Hohenfels den Rücken zu kehren, um Morgana nicht zu verlieren. Und was hat es mir gebracht?

»In Ordnung«, entscheide ich. »Du gibst mir heute den ersten Gefangenen als Zeichen deines guten Willens. Morgen liefere ich dir Uriel. Dann erfolgt der nächste Austausch.«

»Einverstanden«, sagt er. »Wen willst du?«

Ich würde gerne meine Schwester aus der Gefahr befreien, in der sie schwebt. Luzilla und Nayati sind meine Freunde, aber niemand steht mir so nahe wie Leviata. Gerade will ich ihren Namen nennen, da klopft sie erneut in meinem Kopf an.

»Nicht mich, Bruder. Ich bin die Einzige, die dich telepathisch darüber informieren kann, was hier läuft. Nimm Nayati. Er hat am meisten gelitten.«

Sie hat recht. Auch wenn es mir schwerfällt, sie hier zurückzulassen. Vermutlich wird der Anführer ihr nicht schaden, denn was ihn antreibt, ist weder Hass noch Grausamkeit. Also deute ich auf Nayati. »Ihn!«

Ich höre Nayo hinter mir erleichtert ausatmen. Wenigstens ein Geschwisterpaar wird heute wieder zusammenfinden.

Der Anführer zieht einen Schlüssel aus der Tasche und löst damit den Halsring und die Handschellen von Nayati. Seine Freundin und das Orakel haben währenddessen vorsorglich wieder ihre Pistolen angehoben. Mit unbewegtem, aber kalkweißem Gesicht steht Nayati auf. Er sieht Luzilla an.

»Geh!«, sagt sie. »Ich könnte es nicht ertragen, wenn du ein weiteres Opfer für mich bringst.«

Er nickt sachte. Wir alle wissen, was Luzilla damit ausdrücken will: Opfere dich nicht für eine Frau, die dich nicht liebt.

Langsam kommt Nayati zu uns herüber. Nayo nimmt ihn sofort in den Arm.

»Morgen Abend bei Sonnenuntergang werden wir wieder hier sein. Versucht nicht, uns zu betrügen. Ich kann eure Absichten hundert Meilen gegen den Wind riechen. Und ich bin mächtiger als ihr alle zusammen«, verkünde ich noch einmal. Irgendeinen Vorteil muss es ja haben, dass diese Idioten mich für Deimon halten.

Der Anführer nickt schweigend.

Ich gehe zwei Schritte rückwärts, bis die Tunnelwand uns vor den Silberkugeln schützt. Dann wende ich mich um und nicke meinen Freunden zu. Gleichzeitig verwandeln wir uns in Vögel, breiten unsere Schwingen aus und flüchten als dunkler Schwarm gemeinsam aus dem Gefängnis der Talente.

Ich weiß genau: Wenn ich meine Schwester und Luzilla wiederhaben will, gibt es nur zwei Möglichkeiten. Entweder ich liefere Uriel den Talenten aus oder es gibt ein Gemetzel, bei dem jeder von uns fallen könnte.

Meine Loyalität galt schon immer denjenigen, die ich am meisten liebe. Also ist völlig klar, was ich tun werde.

Halte die perfekten Momente des Lebens fest. Denn sie kehren niemals wieder

Ich habe Elena zu dem Pastor zurückgebracht, damit sie den Verwirrungszauber lernen kann. Allein auf den Pakt mit Deimon will ich mich nicht verlassen. Sollte er uns betrügen, so haben wir damit wenigstens noch die Möglichkeit, Uriel vorübergehend von Marie abzulenken. Was danach geschehen soll, weiß ich allerdings nicht. Sie aus der Armee auszuschließen und ihre Erinnerungen zu löschen, scheint dann die einzige Lösung zu sein, die nicht zu ihrem Tod führen würde. So schwer es mir fällt: Wenn der Tag kommen sollte, an dem uns nur noch dieser Ausweg bleibt, werde ich es tun. Das habe ich Marie nicht gesagt, aber Elena weiß bereits Bescheid.

Wir sind noch nicht einmal zu Hause angekommen, da ruft mein Orakel mich an, um mir die nächste Hiobsbotschaft zu verkünden. »Jakob, wir haben schon wieder jemanden verloren«, schluchzt sie ins Telefon. »Die Dschinn haben Cem ausgesaugt!«

Eine Eisschicht legt sich um mein Herz. »Die Dschinn? *Diese* Dschinn?«

»Ja!« Sie weint jetzt so sehr, dass sie kaum mehr sprechen kann. »Sie haben den Aufenthaltsort der Gefangenen aus ihm herausgepresst. Und nachdem er es ihnen gesagt hatte, haben sie ihn … einfach so … zerstört. Wie eine leblose Puppe. Als wäre er nichts weiter als ein … ein …« Die Stimme versagt ihr.

Mir ergeht es genauso. Warum unterstelle ich diesen Wesen eigentlich dauernd, dass sie uns ähnlich sind? Nur weil sie in manchen Lebensbereichen so eine Art Sozialverhalten aufweisen? Dabei sind sie uns im wichtigsten aller Punkte überhaupt nicht ähnlich: Denn während ich von Mitleid mit dem Feind überwältigt werde, saugen sie uns kaltherzig aus. Elena hat recht: Wir sind nichts weiter als leblose Gegenstände für sie. Eine Delikatesse auf ihrem Speiseplan. Niemals kann ich solchen Wesen trauen!

Gemeinsam mit Marie, Rafail und Mike fahre ich zu Cems Wohnung, einer kleinen Parzelle in einem riesigen Häuserblock auf der wenig malerischen Seite von Biedenkopf. Das Problem ist: Unser ehemaliges Orakel lebt hier nicht allein, sondern mit seiner gesamten Familie. Wir müssen ihn jetzt rausholen und in die Jugendpsychiatrie bringen, bevor jemand mitbekommt, was tatsächlich mit ihm geschehen ist. Erst dann dürfen wir die Verantwortung für ihn ablegen.

Ich habe meiner Truppe gesagt, dass sie sich still verhalten sollen. Ich werde Cems Eltern weismachen, mit ihrem Sohn und den anderen in einem Pub Karten spielen zu wollen. Sollten sie seinen veränderten Gefühlszustand bereits bemerkt haben, so müssen wir uns eben rausreden. Drogen oder Alkohol taugen immer als Erklärung.

Aber als sich die Wohnungstür nach mehrfachem Klingeln öffnet, steht ein Junge, vielleicht ein oder zwei Jahre jünger als Cem, vor mir. Er hat denselben Schmollmund und die gleichen dichten Brauen wie unser ausgesaugtes Orakel. In der Hand hält er eine türkische Kaffeetasse. Sein Blick wirkt gehetzt und sein Mund steht offen. »Heißt du … Jakob?«, fragt er mich.

Ich nicke. Dabei bin ich innerlich auf der Hut. Am Ende spielt Deimon uns gerade irgendeinen Streich.

»Ich bin Kadim«, nuschelt der Junge. »Und wenn ich dir jetzt sage, dass ich dein neues Orakel bin … ergibt das dann irgendeinen Sinn für dich?«

Jetzt begreife ich. Cems jüngerer Bruder hat sich selbst im Kaffeesatz gesehen. Und mein Auftauchen wahrscheinlich auch. Aber da er rein gar nichts über die Talente weiß, verwirrt ihn seine erste eigene Vision naturgemäß sehr.

»Ja, das ergibt sogar sehr viel Sinn«, sage ich ruhig. »Hol Cem und begleite uns. Ich erkläre dir alles.«

»Cem sitzt in seinem Zimmer. Er ist irgendwie komisch.«

»Ich weiß. Darum sind wir hier.«

Erst jetzt schaut Kadim sich auch meine Begleiter genauer an. Was er sieht, ängstigt ihn vermutlich noch mehr: ein tätowierter Muskelprotz und ein langhaariger Verrückter. Erst an Marie bleibt sein Blick länger haften. Ihre Anwesenheit scheint ihn zu beruhigen. »Malak«, sagt er leise. »Ein Engel. Genau das bist du.«

Ich weiß nicht, warum Mike daraufhin schon wieder auf seine irre Art loslachen muss. »Der Herr wird die Engel senden und wird seine Auserwählten versammeln von den vier Winden, vom Ende der Erde bis zum Ende des Himmels«, brabbelt er.

Ich gebe ihm mit einem deutlichen Zischlaut zu verstehen, was ich von seiner Einmischung halte. Daraufhin schweigt er, grinst aber weiterhin in sich hinein. Diesen Tiersprecher werde ich auf Dauer nicht ertragen können!

Ich beende das Gespräch mit einem deutlichen Befehl an Kadim. Anders komme ich hier nicht weiter: »Hol jetzt deinen Bruder und komm mit!«

Daraufhin nickt er, stellt die Kaffeetasse auf eine Anrichte bei der Garderobe und macht sich auf zu Cems Zimmer. Mir tut jetzt schon unendlich leid, was ich ihm gleich erzählen muss.

Drei Stunden später liegen Marie und ich nebeneinander im Bett und sehen uns an. Die Kirchturmuhr draußen schlägt gerade Mitternacht. Ihr Läuten dringt zum offenen Fenster herein, genau wie die lauwarme Sommerluft, die jeden normalen Menschen in einen Glückstaumel versetzen würde. Leider sind wir keine normalen Menschen.

Seit wir Cem in die Psychiatrie gebracht und seinen heulenden fünfzehnjährigen Bruder rekrutiert haben, bin ich schweigsam. Die Last, ein Anführer zu sein, liegt zentnerschwer auf meinen Schultern. An einem Tag wie heute fühlt sie sich zu schwer für mich an – und das kann ich nicht in Worte fassen.

Marie streicht mit der Hand über mein Gesicht und zeichnet die Konturen meiner Lippen, meiner Nase und meiner Brauen nach. Es liegt so viel Furcht und Sehnsucht in dieser Berührung, dass ich es kaum aushalte. Langsam greife ich nach ihrer Hand, hauche einen Kuss darauf und halte sie fest.

»Du bist mein Engel. Auch wenn dich neuerdings jeder so nennt«, versuche ich zu scherzen.

Ein winziges Lächeln stiehlt sich auf ihr Gesicht. Aber es schwindet sofort wieder. »Es war schrecklich, Cem so zu sehen. Er war so kühl, so interesselos … Alles, was ihn vorher ausgemacht hat, war einfach weg«, sagt sie leise.

Ich nicke. Mein altes Trauma sorgt dafür, dass ich diesen Anblick wahrscheinlich niemals werde ertragen können. Das Gespräch, das ich deshalb mit Marie führen wollte, kommt mir in den Sinn. Ich denke noch darüber nach, wie ich es ihr am besten sagen könnte, da hat sie den Faden bereits aufgenommen, diesmal offenbar ohne Telepathie.

»Ich möchte niemals so enden.«

»Ich auch nicht.«

Ihre glänzenden, braunen Augen sehen mich an. So tief, so voller Leben. Ich kann sie mir nicht anders vorstellen. Allein der Gedanke daran, dass dieser Ausdruck aus ihrem Blick verschwinden könnte, ist unerträglich.

»Wenn ich jemals ausgesaugt werden sollte, dann töte mich.«

Ich habe geahnt, dass sie das sagen würde. Trotzdem klingt der Satz, jetzt, hier, aus ihrem wundervollen Mund einfach unfassbar grausam.

Die Zustimmung zu diesem Wunsch kann ich ihr nur geben, wenn sie mich dabei festhält. Ich fasse auch nach ihrer anderen Hand und wir krallen unsere Finger ineinander. »Und wenn es mit mir geschehen sollte, dann tust du dasselbe für mich«, flüstere ich.

Sie nickt. In ihren Augen stehen Tränen. Ich küsse sie weg.

Marie schlingt Arme und Beine um mich und zieht mich auf sich. Die Intensität, mit der sie mich an sich drückt, lässt mich erahnen, wie unerträglich dieses Versprechen für sie ist. Wahrscheinlich fast so grausam wie für mich.

Zum ersten Mal in meinem Leben überlege ich, alles hinzuwerfen. Die Armee, die Truppe, die Rache, die ich ohnehin nicht imstande bin zu nehmen. Aber bevor ich diesen Gedanken zu Ende denken kann, muss ich erst einmal Uriel ausschalten. Denn vor ihm können wir nicht fliehen. Er würde uns bis ans andere Ende der Welt verfolgen, um Marie zu vernichten.

»Öffne mir deinen Geist«, flüstert Marie in mein Ohr. Die Bewegung ihrer Lippen kitzelt mich und jagt einen Schauder durch meinen Körper. Ich lasse sie eintreten, ohne mich für meine Gedanken zu schämen. Sie kennt ohnehin all meine Wünsche, weiß auch, wie sehr ich sie begehre.

»Und jetzt sieh dir an, was ich mir vorstelle«, haucht sie. Ein erneutes Beben läuft durch mich hindurch. Jeder klare Gedanke verabschiedet sich. Ich nehme nur noch ihre Lippen wahr, die meine liebkosen, ihre Beine, mit denen sie mich umschlungen hält, die süße Wärme, die von ihrer Körpermitte ausgeht.

Wenn man seine intimsten Gedanken mit einem Menschen teilt, dem man aus vollem Herzen vertraut, dann erübrigt sich jedes weitere Wort. Marie muss mir nicht sagen, was ich tun soll. Ich weiß, wann der Moment gekommen ist, sie auszuziehen, und wie viel Zeit ich mir dabei lassen muss. Sie weiß, wo sie mich anfassen muss und wie sehr ich ihre Berührungen genieße. Auch die peinlichen Fragen erübrigen sich. Die nach den Verhütungsmitteln und der Schublade, in der sie liegen.

Wir küssen uns, bis uns schwindelig wird. Dann verbinden wir auch unsere Körper. Wir verschmelzen zu einer einzigen großen Einheit, fühlen das Gleiche, spüren das Gleiche, wissen das Gleiche. Noch nie in meinem Leben war ich einem anderen Menschen so nah. Ich weiß nicht einmal mehr, ob wir überhaupt noch zwei Personen sind oder längst eine einzige.

»Ich liebe dich so sehr, Marie!« Diesen Satz will ich aussprechen, ihr ins Ohr flüstern, stöhnend und berstend vor Verlangen nach einem großen, ewigen Mehr.

»Und ich liebe dich, Jakob«, antwortet sie, während wir gegenseitig in den Augen des anderen versinken. »In diesem Leben und über den Tod hinaus.«

Es gibt Augenblicke, die sind so perfekt, dass man sie festhalten möchte. Ich würde das Bild von Marie am nächsten Morgen am liebsten in Stein meißeln oder auf eine Leinwand bannen: wie sie da in meinen Armen liegt, die Strahlen der Morgensonne in ihrem Gesicht, während draußen die Vögel pfeifen und die Leute in ihre Autos steigen, um zur Arbeit zu fahren.

Ihr Atem streicht über meine Wange. Ich beobachte das gelegentliche Zucken ihrer langen Wimpern und die Bewegungen ihrer Augen unter den geschlossenen Lidern. Könnte ich nur die Zeit anhalten und diesen Moment auf ewig mit ihr leben.

Das leise Piepsen meines Handys reißt mich aus meinem Tagtraum. Ich habe immer Angst, bevor ich eine Nachricht öffne. Aber in diesem Fall ist es endlich mal eine gute Neuigkeit, die mir Sarah schreibt: *Deine Sachen sind da. Komm rüber, wenn du wach bist.*

Das freut mich sehr. Denn der Inhalt des Pakets, das Sarah für mich bestellt hat, ist genau der richtige Abschluss für die perfekten Stunden, die Marie und ich gerade erlebt haben.

So leise wie möglich schäle ich mich aus dem Bett, schlüpfe in Jogginghose und T-Shirt und verlasse das Haus.

Ich habe kaum die Tür hinter mir zugemacht, da sehe ich Sylvia auf der Treppe des Nachbarhauses sitzen. Sie hat die Beine angezogen und den Kopf darauf gelegt. Man sieht ihr schon auf die Entfernung an, dass es ihr nicht gut geht.

Ich setze mich zu ihr. »Hey, Große«, sage ich. »Solltest du nicht in der Schule sein?«

»Nein«, murmelt sie. »Meine Klassenkameraden waren gemein zu mir. Ich bin in der ersten Stunde nach Hause gegangen, bevor wieder was passiert. Wenn ich sehr traurig oder verärgert bin, sticht sich manchmal jemand von selbst den Bleistift in die Hand oder rutscht auf der Treppe aus.«

»Wirklich?« Mir war nicht bewusst, dass halbwüchsige Orakel bereits über solche Macht verfügen.

»Sie sagen, ich sei eine Hexe«, erklärt Sylvia. »An manchen Tagen macht es mir nichts aus. An anderen schon.«

»Und heute ist so ein anderer Tag«, vermute ich.

Sie nickt. Dann schaukelt sie ein paarmal vor und zurück, bis sie sich endlich traut, mir in die Augen zu schauen. »Hast du Marie heute Nacht wehgetan? Oder sie dir? Es hat sich angehört, als ob …«

»Nein!«, unterbreche ich sie fahrig. »Nein, das würde keiner von uns jemals tun!« Es ist das erste Mal, seit ich in Biedenkopf bin, dass jemand mich komplett aus dem Konzept bringt.

»Aber warum habt ihr dann so laut …«

»Schschscht!«, mache ich.

In Gedanken verfluche ich das offene Fenster, das ich gestern Nacht noch so romantisch fand. Aber wer hätte wissen können, dass zwei Meter Luftlinie neben uns ein kleines, werdendes Talent noch wach liegt und uns zuhört?

Ich versuche, mich zu sammeln. »Du hast keine Ahnung, was wir gemacht haben, oder?«

Sie schüttelt den Kopf.

Himmel! Sarah lässt ihre Tochter dabei zusehen, wie sie das Blut toter Talente aufwischt, klärt sie aber nicht auf? Muss ich das jetzt etwa tun? Ich glaube, ich bin der denkbar schlechteste Kandidat für eine solche Aufgabe. Leicht panisch blicke ich mich nach allen Seiten um, aber es kommt niemand, um mir zu helfen.

Sylvia schaut mich mit großen Augen an.

»Okay«, seufze ich. »Ich erkläre es dir. Aber sag hinterher nicht, du hättest es nicht hören wollen.«

»Nein! Wieso denn?«

Ich komme mir furchtbar blöd vor, wie ich da morgens um acht irgendwo im hintersten Hinterland auf einer Treppe sitze und einer Neunjährigen erkläre, was passiert, wenn ein Mann und eine Frau sich so sehr lieben, dass sie ihre Körper miteinander vereinigen wollen. Jedes Mal, wenn ich dabei das eine oder andere Detail mit Rücksicht auf Sylvias Alter weglasse, hakt sie sofort nach. Sie scheint regelrecht fasziniert von dem Thema zu sein. Ich bin erleichtert, als ihr endlich die Fragen ausgehen.

»Also hat es euch nicht wehgetan, sondern ihr habt es so gut gefunden, dass ihr vor Glück geschrien habt«, fasst sie abschließend zusammen.

Falls ich nicht schon vor zehn Minuten knallrot geworden bin, dann passiert es wahrscheinlich jetzt gerade. »Sylvia, verdammt, wir haben nicht … geschrien!«

Das bringt sie zum Lachen. »Egal. Es war aber schön für euch.«

»Ja. Sehr sogar.«

Ich rede nie über Sex. Nicht mit anderen Jungs, nicht mit Bernd, meistens nicht einmal mit den beteiligten Frauen. Aber gerade eben tue ich es. Mit einer Grundschülerin!

»Wird es später bei uns auch so sein?«

Im ersten Moment meine ich, ich hätte mich verhört. Aber sie blickt mich mit so ernsten, fragenden Kinderaugen an, dass nur die eine Möglichkeit besteht: Sie hat ihre Frage ernst gemeint. »Wie … äh … meinst du das?«, hake ich vorsichtig nach.

»Na ja, später mal, wenn wir heiraten!«

Ich schlucke meine Überraschung hinunter. Das war nur die naive Vorstellung einer Neunjährigen. Dahinter steckt keine Vision und keine wirkliche Absicht. Es ist einfach das, was dabei herauskommt, wenn ich kleine Mädchen aufkläre.

»Nein«, antworte ich und kneife sie in die Wange. »Wir zwei sind wie Bruder und Schwester. Und Geschwister heiraten nicht. Ich bin sicher, irgendwann taucht ein hübscher, kleiner Volltreffer für dich auf.«

Sylvia lacht. »Hauptsache kein Muskelprotz. Die Muskelprotze sind mir unheimlich.«

»Dann kein Muskelprotz. Und jetzt komm, wir gehen hinein. Deine Mutter hat ein paar Sachen für mich bestellt.«

Wie üblich fasst sie nach meiner Hand, als wir nach drinnen gehen. Ich habe es immer noch nicht geschafft, ihr das abzugewöhnen. Irgendwann muss ich es dringend tun. Aber heute ist auch nicht der richtige Tag dafür.

»Bist du einer der Kerle, die morgens fluchtartig das Bett verlassen, weil sie der Frau von letzter Nacht nicht mehr in die Augen schauen können?«

Marie steht schon an der Kaffeemaschine in der Küche, als ich mit meinem Paket auf dem Arm zurückkehre. Sie trägt eines ihrer Schlabber-T-Shirts und einen schwarzen Slip, sonst nichts. Ich werfe das Paket auf die Couch, drücke sie an mich und stecke meine Nase in ihr Haar.

»Nein«, antworte ich, nachdem ich ihren Geruch bis in die äußersten Spitzen meiner Lungenflügel inhaliert habe. »Ich bin einer der Kerle, die aufstehen und Geschenke holen, bevor sie ihrer Liebsten das Frühstück ans Bett bringen. Dummerweise bist du eines der Mädchen, die vorher wach werden und selbst Kaffee kochen.«

Sie kichert und bedeckt mein Gesicht mit Küssen.

»Geschenke?«, fragt sie dann aufgeregt.

»Ja, pass auf!« Ich lasse sie los und gehe wieder zurück zur Couch. Als Erstes ziehe ich eine schwarze, eng anliegende Stretchjeans aus dem Paket hervor, dann das passende Oberteil dazu. Es sieht aus wie eine Korsage im Steampunk-Look, ist aber tatsächlich aus einem nachgiebigen Material gefertigt, das ihr völlige Bewegungsfreiheit lässt. Dazu habe ich einen breiten Ledergürtel mit einer Halterung für ihr Silbermesser besorgt, eine schulterfreie, rote Bluse und einen taillierten, grauen Armeemantel. So angezogen würde sie jede Rollenspieler-Convention aufmischen. Und diese Dinge werden ihr hundertmal besser stehen als Sarahs Hippie-Klamotten.

»Das ist … oh, wow, das sieht echt krass aus!«, kommentiert sie meine Geschenke etwas unsicher. »Ich habe so etwas nur noch nie getragen.«

»Dann wird's Zeit«, sage ich grinsend. »Probier es einfach mal. Wenn es dir nicht gefällt, musst du es ja nicht anziehen.«

Sie braucht noch ein paar aufmunternde Worte und jede Menge Küsse von mir, bis sie sich überwindet. Aber dann fliegt das aktuelle Batik-Shirt endlich in die Ecke und sie schlüpft in ihr neues Outfit. Es passt wie angegossen.

»Wahnsinn«, sage ich, als sie sich vor mir dreht und ihre offenen Haare in den Nacken wirft. »Du hast nichts mehr gemein mit dem Mädchen im Jeansrock.«

Es sieht ganz so aus, als würde das Outfit ihr gefallen. Ich bin ziemlich stolz darauf, dass ich es ausgesucht habe und es wie angegossen passt.

»Warte, da fehlt noch etwas!« Erneut husche ich zurück zu meinem Paket und ziehe eine kleine Schachtel daraus hervor. Ich öffne sie und halte sie ihr vor die Nase.

»Ein Ring? Für mich?«

Bei dem Anblick entgleiten ihr sämtliche Gesichtszüge. Der Ring ist nichts Besonderes. Er ist aus Edelstahl und trägt weder einen Stein noch eine Verzierung. Aber ich habe ihn gravieren lassen. »Lies«, sage ich, während ich ihn ihr in die Hand lege.

Sie hält ihn ins Licht und dreht ihn so, dass sie die Inschrift lesen kann. »Liebe besiegt alles?«

Ich nicke. Dann nehme ich ihr den Ring aus der Hand und stecke ihn ihr an.

»Oh, Jakob …«

Der Blick, mit dem sie mich jetzt ansieht, ist etwas für die Ewigkeit. Genau darauf habe ich gehofft.

»Nicht bewegen«, sage ich lachend, während ich rückwärts wieder zur Couch gehe und meine letzte Neuerrungenschaft auspacke, eine kleine Digitalkamera. Marie lacht und klatscht in die Hände, während ich umständlich die Batterien hineinfummele. Das hätte ich mal besser vorher gemacht.

»Nicht bewegen, habe ich gesagt.«

Sie stellt sich wieder in Position und versucht sich an einem ernsten Gesicht. Bis ich endlich so weit bin, dass ich die Kamera anhebe, ist der Blick wieder da. Nein, er ist noch besser als zuvor. Das ist der Tag, der Morgen, der Moment, den ich festhalten wollte. Wie vom Schicksal für uns gemacht. Ich drücke ein einziges Mal auf den Auslöser, dann habe ich das Bild. »Perfekt«, sage ich, als ich es ansehe.

Marie kommt zu mir und betrachtet es ebenfalls. Ihre Hand wandert in meine. »Ich möchte es auf deinem Schreibtisch stehen sehen, wie sich das gehört.«

»Okay«, verspreche ich. »Ich lasse einen Abzug machen.«

Ich will sie gerade an mich ziehen und küssen, da klingelt es. Wie immer, wenn irgendjemand etwas von mir will, werde ich von einer Sekunde auf die andere hoch konzentriert. Mein Talent sorgt dafür. In Sekundenschnelle erinnere ich mich daran, wo meine Waffen gerade stecken, wie viele Messer in meiner Küche liegen, welche Fenster geöffnet sind und welche tödlichen Pakte mit all ihren möglichen Hinterhalten zurzeit über uns schweben.

»Warte hier!«, sage ich zu Marie und gehe an die Tür.

Ein Blick durch den Spion lässt mich erst aufatmen und dann vor Verblüffung zurückschrecken. Letztere ist so intensiv, dass ich sogar meine Pistole ziehe. Dann öffne ich die Tür und richte den Lauf der Waffe direkt auf Jessys Stirn.

»Gut reagiert!«, sagt Bernd anerkennend. »Aber nimm sie runter, Jakob. Das ist wirklich Jessy. Deine Volltrefferin ist zurück. Und sie kann wieder gehen.«

»Außerdem hat sie uns etwas zu erzählen«, fügt Walter Dönges hinzu. Unsere letzte Auseinandersetzung übergeht der Schuster zum Glück.

»Wie ist das möglich?«, frage ich verwirrt.

Durch den Unfall wurde Jessys Wirbelsäule gebrochen. Keine Operation der Welt hätte sie jemals aus dem Rollstuhl geholt. Und erst recht nicht in diesem Tempo. So weit ist die menschliche Medizin noch nicht.

Ich lasse die Pistole sinken und bitte die drei herein. Als sie im Wohnzimmer Marie in ihrem neuen Outfit sehen, zieht Bernd die Augenbrauen hoch und der Schuster gibt einen anzüglichen Pfiff von sich. Ich würde mich direkt wieder mit ihm anlegen, würde Jessys Geschichte nicht alles andere in den Schatten stellen.

»Jessy!«, entfährt es nun auch Marie. »Du kannst gehen!«

Die Volltrefferin nickt. Dann setzt sie zu einer Erzählung an, die ich vom ersten bis zum letzten Satz unglaublich finde.

»Während meiner Reha ist spät abends ein Arzt zu mir gekommen. Mittlerweile weiß ich, dass es sich um einen verkleideten Dschinn gehandelt hat. Er hat vorgegeben, mich untersuchen zu wollen, und hat ein paar Minuten lang seine Hände auf meinen Rücken gelegt. Als er sie weggenommen hat, konnte ich plötzlich meine Beine wieder spüren. Dann wies er mich noch an, die nächsten Stunden vorsichtig zu sein und meinen Rücken keinesfalls schwer zu belasten.«

»Und dann?«, hake ich nach, als sie nicht gleich weiterspricht. »Hast du ihn gefragt, wer er ist und warum er das getan hat?«

Jessy nickt. »Er hat gesagt, er handele im Auftrag seines obersten Orakels. Er sei ein Schamane und habe mich nur gerettet, weil ein böser Zauber umgekehrt werden müsse. Ich solle mir aber nichts darauf einbilden, denn bei unserer nächsten Begegnung würde er mir mit Freuden das Genick brechen.«

Das kann nur eines bedeuten: Deimons Machenschaften sind aufgeflogen. Sein Gegner hat ihn wahrscheinlich besiegt und versucht nun, den Opfer-Zauber rückgängig zu machen. Vielleicht ist er dabei erwischt worden, wie er Uriel kidnappen wollte.

Die neue Entwicklung ist natürlich phänomenal für Jessy, aber weniger gut für Marie. Denn ohne Deimon kommen wir vermutlich nicht an Uriel heran. Es sei denn … immerhin haben wir noch zwei weitere Gefangene.

Mitten in meine Überlegungen hinein räuspert Jessy sich. »Jakob … da ist noch etwas.«

Ich schaue sie an. »Was?«

»Dieser Dschinn … bevor er ging, drehte er sich noch einmal um und sagte, ich solle euch etwas ausrichten.«

»Uns?«

Jessy nickt. »Dir und … und Marie. Der Wortlaut war: *Dies Schicksal führt euch hundert Jahre, all'samt auf die Totenbahre. Tut ihr es von eigener Hand, dann erst ist der Fluch gebannt.*«

Hilflosigkeit überkommt mich. Gleichzeitig fassen Marie und ich uns an der Hand. Es ist so weit: Uriel weiß von uns. Und er hat seine Forderung unmissverständlich wiederholt.

HALBHERZ

Als wir seine Kammer betreten, steht Uriel in derselben Haltung vor seiner Wurzel wie beim letzten Mal. Mit dem Unterschied, dass er diesmal sogar beide Hände auf das holzige Geflecht an seiner Wand gelegt hat. Wahrscheinlich ist er wieder tief in Meditation versunken, anstatt seinen Vorrat an Heilkräutern aufzufüllen und seinem Tagesgeschäft als Schamane nachzugehen. Wüsste ich nicht von Leviata, dass er irgendeinen Fluch über die Freundin des Talente-Anführers gelegt hat, so würde ich ihm nicht einmal zutrauen, einer Fliege etwas zuleide zu tun.

»Uriel«, spreche ich ihn an. »Wir benötigen deine Aufmerksamkeit.«

Um ihn unbemerkt und ohne Widerstand aus dem Hohenfels zu entführen, müssen wir ihm glaubhaft versichern, dass irgendwo da draußen ein Verletzter auf ihn wartet. Außerhalb der Palastmauern können wir ihn dann überwältigen. Uriel ist alt und nicht sehr kampferfahren. Ich sehe kein Problem darin, ihn bis zum nächsten Sonnenuntergang zu dem Bunker zu schaffen.

Viel zu behäbig für einen Faun reißt er schließlich seinen Blick von der Wurzel und wendet sich uns zu. Dabei sieht er aus, als weilte sein Geist in einer ganz anderen Sphäre.

»Wer?«, fragt er abwesend.

»Meine Schwester«, antworte ich kurz angebunden. Immerhin muss ich aufgewühlt und besorgt wirken. »Sie wurde von einem Silberpfeil getroffen. Oben auf der Sackpfeife.«

Der Schamane scheint keinen Verdacht zu schöpfen. »Ist gut. Ich hole noch ein paar Heilkräuter und komme mit.«

Er will gerade nach nebenan gehen, da tritt noch jemand in den Raum. Ich weiß, dass es Tharos ist, bevor ich mich zu ihm umwende. Die Präsenz, die von dem Orakel ausgeht, ist so stark, dass man sie regelrecht fühlen kann.

»Ich grüße dich, Tharos«, sage ich schnell.

»Und ich grüße euch«, antwortet er. Seine Augen ruhen einen Moment zu lange auf Nayati.

Eigentlich dürfte er nichts davon mitbekommen haben, dass Nayos Bruder für eine Weile verschwunden gewesen ist. Aber bei Tharos weiß man nie. Er spürt viele Dinge.

»Wie schlimm ist Leviatas Verletzung?«, fragt er mich.

»Ähm … es ist nicht tödlich. Aber der Pfeil steckt fest und sie ist sehr schwach.«

Tharos nickt. »Dann werde ich Orowar nach ihr ausschicken, sobald er heimkehrt. Er und seine Gefährtin sind schon auf dem Weg hierher. Sie werden reumütig sein und brauchen eine Aufgabe.«

Ich ringe mir ein »Wie du befiehlst« ab.

»Uriel, dich brauche ich, um Deimons Opfer-Zauber zu brechen. Mach dich auf zu dem Pflege-Krankenhaus der Menschen und heile die gelähmte Volltrefferin.«

Dieser Befehl hebt meine Laune wieder. Ganz egal, aus welchem Grund der Schamane den Hohenfels verlässt – in jedem

Fall können wir ihn vor seiner Rückkehr draußen abfangen. Zwar weiß ich nicht, wie ich sein Verschwinden anschließend Tharos erklären soll. Aber irgendwie kann ich es sicher den Talenten in die Schuhe schieben, ohne selbst verdächtigt zu werden.

Ein Blick auf meine Freunde macht mir klar, dass sie denselben Gedanken haben wie ich. Tharos' nächster Satz raubt mir allerdings meine Illusionen wieder.

»Du, Levian, wirst den zweiten Volltreffer retten.«

Ich schaue ihn verständnislos an. »Aber alle anderen Volltreffer sind tot.«

»Ja, und in wenigen Minuten wird es auch deren Nachfolger sein, wenn du nicht schnell genug bist. Du findest ihn in dem Fitnessstudio in der Menschenwelt.«

Manche Aussagen unseres obersten Orakels lassen an Sinnhaftigkeit zu wünschen übrig. »Draußen ist Nacht. Das Fitnessstudio hat geschlossen«, gebe ich zu bedenken.

»Eben deshalb«, sagt Tharos. »Und nun fliege!«

Mir bleibt nichts anderes übrig. Verärgert über diese Verzögerung lasse ich meine Freunde stehen und mache mich auf den Weg zu der Trainingsstätte der Talente. Nach gerade mal fünf Minuten lande ich auf dem Dach gegenüber und betrachte das Gebäude. Wie ich vorausgesagt habe, herrscht kein Betrieb mehr. Aber in einem Raum ganz hinten brennt noch Licht. Dort muss der Volltreffer sein.

In Menschenhäuser hineinzukommen, ist ganz einfach. Die Wege führen entweder durch ein offenes Fenster oder durch Spalten zwischen der Hauswand und dem Dach. Außer beim Haus des Anführers, bei dem irgendwelche seltsamen Kräfte im oberen Geschoss zugange sind. Ins Fitnessstudio gelange ich ganz klassisch als Maus durchs Fenster der Umkleidekabine. Die Person, die Tharos in seiner Vision gesehen hat, hat also zumindest gut gelüftet. Dennoch – das sehe ich auf den ersten Blick – ist der Junge am Ersticken. Er liegt mit dem Rücken auf einer Bank, hat ein viel zu schweres Gewicht eingesetzt und wohl versucht, es nach oben zu stemmen. Das scheint nicht geklappt zu haben, denn nun liegt die Stange direkt auf seinem Hals. Sein Gesicht ist schon blau angelaufen, seine Augen starren flackernd an die Decke und aus seiner Kehle dringt nur noch ein Röcheln. Noch eine Minute länger und er wäre tot.

Ich nehme meine Menschengestalt an, gehe zu ihm hinüber und packe das Gewicht mit einer Hand. Ohne große Mühe lege ich es zurück in die Ausgangsposition. Der Junge schnappt nach Luft und hustet, aber sein Bewusstsein kehrt zurück.

Ich habe keine Lust auf eine Dankesrede von ihm. Mein Auftrag ist erfüllt. Jetzt muss ich mich um Uriel kümmern. Also drehe ich mich weg und marschiere in Richtung der Umkleidekabine davon, ehe er sich aufgesetzt hat.

»Hey«, höre ich schließlich seine brüchige Stimme hinter mir. »Hey, danke, du hast mich gerettet! Wer bist du?«

Ich antworte nicht.

»Ich heiße Henry, ich habe …«

Die Tür fällt hinter mir zu. Ich will die Namen meiner Feinde nicht wissen. Am Ende geht es mir noch wie ihrem Anführer und ich verspüre Gewissensbisse dabei, sie zu töten oder auszusaugen. Einen solchen inneren Konflikt kann ich nicht brauchen. Es ist alles schon schwer genug.

In der Umkleidekabine öffne ich das Fenster, verwandele mich und fliege zurück zum Hohenfels. Dabei denke ich an Morgana und den letzten Moment, in dem wir glücklich miteinander gewesen sind. Hätte ich damals den ausgesaugten Volltreffer weggebracht und darauf verzichtet, Orowar und Orowyn zu belauschen, so hätte ich Morgana wenigstens noch einmal in meinen Armen gehalten, noch einmal ihre Lippen geküsst, noch einmal ihren Körper spüren dürfen. Stattdessen habe ich mich von Deimon fangen lassen und meine Gefährtin seiner Willkür ausgesetzt. Das alles wäre nicht geschehen, wenn ich besser auf uns aufgepasst hätte.

Voller Gram komme ich schließlich wieder im Palast an. Mein erster Weg führt mich zu meiner Gefährtin. Noch bevor ich Nayo und Nayati aufsuche, noch bevor wir uns um Uriel kümmern, muss ich mit ihr sprechen. Wir haben noch mehr als einen halben Tag bis zum nächsten Sonnenuntergang. Die Zeit müsste also reichen.

Doch Morgana ist nicht in unserer Kammer. Ich warte eine Weile, dann suche ich Nayo und Nayati auf. Die beiden sitzen in Nayos Rumpelkammer, die sie ein »Sonnenwelt-Museum« nennt, und sind offenbar in ein ernstes Gespräch vertieft.

»Wo ist Morgana?«, unterbreche ich sie unvermittelt.

Nayo schüttelt den Kopf. »Keine Ahnung. Sie wollte sich hinlegen.«

»Hat sie aber nicht getan. Unser Bett ist leer.«

Eine Sorgenfalte schleicht sich auf Nayos Gesicht.

»Was denkst du?«, will Nayati wissen.

Erst rückt sie nicht mit der Sprache heraus. Aber dann senkt sie den Kopf und murmelt: »Im schlimmsten Fall ist sie bei Deimon.«

»Bei *Deimon*?« Meine Stimme überschlägt sich fast.

Nayati legt einen Zeigefinger auf seinen Mund, um mir klarzumachen, dass der ganze Hohenfels mich hören kann.

Ich versuche, mich zu beherrschen. »Wie kommst du darauf?«, frage ich etwas leiser.

Nayo windet sich. »Ich wollte es dir nicht sagen, Levian. Ich dachte, es sei einfacher, wenn du es nach und nach erfährst. Aber Deimon hat Morgana stärker gebrochen, als du denkst. Es könnte sein, dass sie doch den Bund mit ihm geschlossen hat.

Das würde auch erklären, warum sie ihre Magie zurückbekommen hat.«

Nein! Warum tut das Schicksal mir das an? Ich würde Nayo am liebsten so lange durchschütteln, bis sie die Worte zurücknimmt, die sie gerade gesagt hat.

»Noch wissen wir nicht, ob es wirklich so ist«, versucht Nayati mich zu beruhigen.

Aber das wühlt mich nur noch mehr auf. »Wir werden es gleich erfahren«, zische ich.

Nayo ist mein Blick auf ihre Museumsgegenstände nicht entgangen. »Was suchst du, Levian?«, fragt sie alarmiert.

Ich habe es bereits gefunden. Einer der Silberpfeile, die Orowar Nayo einmal herausgeschnitten hat, liegt ganz oben im zweiten Regal rechts. Ich strecke mich und hole ihn herunter.

»Das darfst du nicht«, begehrt sie auf. »Waffen sind uns verboten, das weißt du genau. Tharos wird eine solche Regelverletzung niemals durchgehen lassen!«

Mir ist egal, was Tharos durchgehen lässt und was nicht. Seine Strafen interessieren mich nicht, ebenso wenig wie die nächsten hundert Jahre meines Lebens. Ich verbringe sie gern im Verlies, wenn Deimon dafür im Nichts verschwindet. Oder in der Hölle schmort, falls die Menschen mit ihren Vorstellungen recht haben.

Ich lasse den Pfeil in meinem Ärmel verschwinden und stampfe davon in Richtung Verlies. Nayo und Nayati kommen mir hinterher. Unterwegs beschwören sie mich beide im Flüsterton, ich möge meinen Plan aufgeben und ehrenvoll handeln. Aber ich habe keine Ehre mehr. Deimon hat sie mir entrissen, genau wie meine Gefährtin.

Auf dem Weg hinunter zum Kerker nehme ich meine Umgebung kaum wahr. Erst als ich am Fuße der Treppe stehe, komme ich wieder zu mir. Das Bild, das sich mir hier bietet, lähmt alle meine Muskeln. Vor der hintersten Zelle kniet Morgana und küsst Deimon. Ihre Arme hat sie durch die Gitterstäbe geschoben, um ihn an sich heranzuziehen. Er selbst hält sich schwankend an ihr fest, kaum in der Lage, seinen Körper in einer aufrechten Position zu halten. Neben der Zelle liegt ein umgestoßener Becher, der so intensiv nach Kräutern duftet, dass ich es bis hierher riechen kann.

»Nein«, entfährt es mir. »Nein! Morgana, tu mir das nicht an!«

Sie wendet sich mir zu und ich kann ihr Gesicht sehen. Ihre Züge sind verzerrt vor Schmerz und innerer Zerrissenheit. »Levian«, schluchzt sie. »Ich breche unseren Bund. Aber ich kann nicht anders. Deimon besitzt mich mit Haut und Haar!«

»Du brichst ihn nicht«, höre ich den Novizen sagen. Seine Stimme klingt zittrig. »Ich habe ihn gelöst.«

»Offenbar nicht ganz«, murmele ich.

Dann greife ich in meinen Ärmel und ziehe den Pfeil hervor. Noch ehe Nayo oder Nayati mich aufhalten können, hole ich aus und werfe. Die Silberwaffe zischt quer durch den Kerker, streift aber einen der Gitterstäbe vor Deimons Zelle und trifft ihn nur in den Oberarm, anstatt ins Herz. Dennoch entgleitet er Morganas Armen und kippt zur Seite.

Ich lege die paar Schritte zurück, die mich von ihm und meiner früheren Gefährtin trennen. Voller Hass blicke ich auf Deimon hinab. »Ich weiß nicht, warum das Schicksal dich immer wieder verschont. Aber eines weiß ich genau: Morgana wirst du nicht bekommen. Und die Herrschaft über den Hohenfels ebenso wenig.«

»Geh mir aus den Augen, Satan«, knurrt der Novize. »Ich bekomme immer, was ich will. Das nächste Mal bin ich besser auf dich vorbereitet.«

Bevor ich nachfragen kann, was er damit meint, übermannt die Schwäche ihn vollends und er schließt die Augen. Ich wage es kaum, mich Morgana zuzuwenden. Wie ein Häufchen Elend sitzt sie auf dem Boden vor dem Verlies und hat die Hände vors Gesicht geschlagen. Ihre Schultern zucken erbärmlich. Ich beuge mich zu ihr hinab und hebe sie hoch. Sie wehrt sich nicht, als ich sie an meine Brust drücke und ihr beruhigend über den Rücken streiche.

»Was geschieht mit einem Faun, der sein Versprechen bricht?«, fragt sie leise.

»Ich weiß es nicht. Aber in diesem einen Punkt gebe ich Deimon recht: Du hast es nicht gebrochen. *Er* war es.«

Da hebt sie den Kopf an und sieht mir endlich in die Augen. »Aber er hat es geschafft, Levian. Ich bin jetzt ihm zur Treue verpflichtet.«

»Wenn du das wirklich aus ganzem Herzen wärst, würdest du jetzt nicht in meinen Armen liegen.«

Daraufhin macht sie sich los und betrachtet den ohnmächtigen Novizen in der Zelle. »Aber auch mein halbes Herz wird ausreichen, um ihm morgen den nächsten Stärkungstrank zu bringen. Hätte ich die Möglichkeit, würde ich ihn sogar befreien.«

Meine Brust wird eng. Dazu darf es niemals kommen. Ich greife nach Morganas Hand und ziehe sie hinter mir her zum Treppenaufgang. Nayo und Nayati machen uns unsicher Platz.

»Was hast du vor?«, fragt Nayo.

»Wir gehen zu Tharos. Er sollte ebenfalls in der Lage sein, einen Bund zu lösen, oder nicht?«

Erst erhellt sich das Gesicht meiner Freunde. Aber dann gibt Nayati zu bedenken: »Er wird bereits wissen, dass du eine Waffe benutzt hast. Am Ende sperrt er dich neben Deimon ein, anstatt euch zu helfen.«

Ich bleibe stehen. Das ändert nichts an meiner Entscheidung. »Wenn er wirklich so weise ist, wie er zu sein vorgibt, dann tut er alles, nur das nicht.«

Ich bin nicht mehr sicher, ob ich mit meiner Einschätzung recht behalte, als wir wenig später vor Tharos stehen. Das oberste Orakel sitzt hoch aufgerichtet auf einem Thron, die Mimik so unbewegt wie immer, aber schweigend und mit aufeinandergepressten Lippen. Seine hellgrauen Augen durchdringen mich bis tief hinein in meine Seele.

»Unsere Grundgesetze wurden zum Schutz aller Faune im Hohenfels erlassen«, sagt er schließlich. »Wir zeigen den Talenten unser Bannzeichen nicht, wir offenbaren uns keinem Menschen in unserer wahren Gestalt und wir benutzen keine Waffen. Es sind nur drei Gesetze, aber die sind uns heilig.«

»Auch der Bund zweier Gefährten ist heilig«, ergänze ich. »Und was ist mit schwarzer Magie? Wir dürfen sie nicht anwenden, oder? Aber du und Deimon, ihr habt diese Regeln zuerst gebrochen!«

»Ich habe nie etwas Derartiges getan«, antwortet Tharos herrisch.

Es wird schwer werden, ihm das nachzuweisen, da ich ja keinerlei Erinnerungen an den Kampf zwischen ihm und seinem Novizen habe. Dennoch bleibe ich stur. »Wie hast du Deimon dann besiegt? Seine Macht war stärker als deine, das habe ich gemerkt, schon bevor ich den Saal betreten habe.«

Tharos bleibt ruhig sitzen. Nicht einmal seine Finger zucken auf der steinernen Lehne seines Throns. Dennoch kann ich den Ärger spüren, der von ihm ausgeht. Er atmet einmal tief durch, um sich zu sammeln.

»Ich schulde dir keine Rechenschaft, Levian«, sagt er dann. »Aber *du* schuldest sie *mir*. Da du deine Tat mit dem Silberpfeil weder bereust noch sie zurücknehmen kannst, werde ich dir eine Strafe auferlegen.«

Strafen sind so eine Sache bei uns: Kein Faun darf zum Tode verurteilt werden. Körperliche Folter ist eine Erfindung der Menschen, die wir ablehnen. Also bleibt noch Entzug im Verlies oder die Verbannung. Beides ist die Hölle für uns. Aber ich werde sie überstehen. Vielleicht bietet sich mir dadurch sogar die Gelegenheit, Deimon endgültig zu erledigen. Und wenn ich mich durch den Felsboden zu ihm durchgraben muss!

Trotzig recke ich mein Kinn in die Luft, um Tharos zu zeigen, dass ich seine Entscheidung wegstecken werde, ganz gleich, wie sie auch ausfällt. Ich habe nur einen einzigen Wunsch und den wird er mir wahrscheinlich sogar erfüllen, weil er trotz allem ein gerechter Anführer ist: Ich will meinen Bund mit Morgana zurück.

»Zur Strafe verweigere ich dir die Bitte, die du mir hier vorzutragen gedachtest.«

Es dauert ein paar Sekunden, bis mein Verstand die Worte des Orakels verarbeitet hat. Meint er das im Ernst? Will er nun Morgana dafür büßen lassen, dass ich gegen seine Regeln verstoßen habe? Ich schnappe nach Luft. »Dieses Urteil ist eines obersten Fauns nicht würdig«, stammele ich.

»Ich weiß«, antwortet Tharos. »Aber manchmal zwingt das Schicksal uns zu Entscheidungen, die wir nur mit schwerem Herzen treffen können. Diese ist eine davon. Ich wünschte, es wäre anders, Levian!«

Ich bin außer mir. Will er mich jetzt damit trösten? Das ist in etwa so, als wenn man einem Kind eine Erdbeere schenken würde, als Ausgleich dafür, dass man gerade seine Eltern umgebracht hat.

»Das kannst du nicht tun!«, schreie ich.

Tharos antwortet mir nicht mehr. Stattdessen wendet er seinen Blick von uns ab und gibt Nayo und Nayati zu verstehen, dass sie Morgana und mich aus dem Audienzsaal entfernen sollen.

Ich lasse mich von ihnen hinauszerren, aber mein Impuls, hilflos um mich zu schlagen wie ein Tier, das in die Enge getrieben wurde, ist übermächtig.

Draußen packt Nayati mich am Kragen und drückt mich gegen die Wand. »Du beruhigst dich jetzt augenblicklich«, sagt er schneidend.

Wie soll ich mich denn beruhigen? Morgana ist nicht mehr meine Gefährtin, Leviata und Luzilla sind Gefangene der Talente, Deimon ist immer noch am Leben und Tharos verweigert mir seine Hilfe in größter Not. Ich wüsste nicht, was es da zu beruhigen gibt.

»Hör mir zu, Bruder«, zischt Nayati mir entgegen. »Die Talente haben mich gefoltert. Es war schrecklich. Ich habe mir gewünscht zu sterben, um es nicht mehr länger ertragen zu müssen. Doch irgendwann hat das Schicksal sich erbarmt. Und jetzt bin ich wieder hier und die Schmerzen sind weg. Manche Dinge muss man einfach aushalten – und weiterleben.«

Im ersten Moment will ich ihm antworten, dass diese beiden Situationen ja wohl nicht vergleichbar sind. Aber dann wird mir bewusst, dass es eben doch so ist. Noch sind wir alle am Leben. Noch kann das Schicksalsrad sich drehen. Womöglich verfolgt Tharos sogar ein Ziel, das uns alle am Ende glücklich macht. Mir fehlt es dennoch an Vertrauen.

»Du hast recht«, sage ich und mache Nayatis Hände von meinem Kragen los. »Kämpfen wir weiter. Wir dürfen nur Morgana nicht mehr aus den Augen lassen.«

Damit erklären sich alle einverstanden. Sogar Morgana selbst, die weiterhin neben uns steht, als wäre sie allenfalls körperlich anwesend und im Herzen ganz weit weg.

»Also, was ist unser nächster Plan?«, will Nayo wissen. »Verfolgen wir nun Uriel?«

»Nein«, sage ich. »Von mir aus darf sein Fluch gern diejenigen treffen, die deinen Bruder gefoltert und Luzilla gekidnappt haben. Wir holen unsere Freunde auf andere Weise da raus. Wer von euch hat Lust, in die Gestalt eines alten Schamanen zu schlüpfen?«

Ich wundere mich etwas darüber, dass zuerst weder Nayo noch Nayati etwas zu meinem neuen Plan sagen.

Nayo ringt sich schließlich zu einer Bemerkung durch. »Gibt es einen Grund, warum du plötzlich die Taktik wechselst?«

»Gibt es einen Grund, warum ich es nicht tun sollte?«, frage ich zurück. »Ich habe den Talenten kein Versprechen gegeben. Und es ist besser, sie zu opfern als einen der unseren. Uriel hat uns nichts getan.«

Nayo schüttelt den Kopf. »Ja, das stimmt alles. Nur ... kann es sein, dass du von Stunde zu Stunde irgendwie ... dunkler wirst?«

Ich kann diese Frage nicht beantworten, denn ich bin zu sehr außer mir, um tief in mich hineinzuhorchen. Was auch immer dort in meinem Inneren brodelt, es ist ohnehin unaufhaltsam. Die gefräßige Bitterkeit, die ich verspüre, das tiefe Trommeln einer finsteren Sehnsucht – all das sucht seinen Weg aus mir heraus. Und ich habe keine Ahnung, wie lange ich es noch zügeln kann. Das einzige Heilmittel, das es dafür geben könnte, steht gerade mit hängenden Schultern neben mir und sehnt sich nach einem anderen Mann.

Was rechtfertigt das Recht, Unrecht zu tun?

Unglaublich, aber ich habe eine komplette Truppe! Big T ist aus dem Krankenhaus zurück. Mike hat sein Appartement in Gießen mit all seinen Mitbewohnern aufgegeben und die Wohnung bezogen, die Bernd eigentlich für Marie ausgesucht hat. Kadim ist über sich hinausgewachsen und hat sich von mir tätowieren lassen, obwohl die Trauer um Cem ihm immer noch das Herz zerreißt. Jessy ist als Volltrefferin zurück und Henry … ja, auch Henry ist nun ein stolzes, frischgebackenes Talent.

Ich konnte Albert ansehen, dass er nicht gerade begeistert davon war, einen Volltreffer als Sohn zu haben anstatt eines Muskelprotzes. Aber wen interessiert das schon? Wenn ich den schlaksigen Vierzehnjährigen dabei beobachte, wie er seinen Bogen spannt und einen Pfeil nach dem anderen mittig in die Scheibe jagt, dann kann ich getrost auf die Meinung eines brummigen Veteranen verzichten. Selbst Jessy schafft nicht dieselbe Trefferquote wie er.

Ich frage Henry erst gar nicht nach der Herkunft des blutunterlaufenen Striemens an seinem Hals. Solche Verletzungen kenne ich. Wahrscheinlich hat er nächtelang im Fitnessstudio Hanteln gestemmt, die viel zu schwer für ihn waren. Eine davon scheint ihm aus den Händen gerutscht zu sein. Er kann froh sein, dass er das überlebt hat.

Auf einmal fühlt sich alles wieder machbar an. Um Deimon scheint sich ja bereits der Anführer der Dschinn gekümmert zu haben. Nun müssen wir es nur noch schaffen, Uriel aus seinem Versteck zu locken. Und das ist der einzige Grund, warum ich mich immer noch nicht wohl in meiner Haut fühle: Ich brauche Walter Dönges, um uns den Weg dorthin zu ebnen.

Zur Schutzhütte kommt der Schuster in Rafails neuem Auto, einem rabenschwarzen, zerbeulten Volvo. Der Muskelprotz strahlt wie ein Honigkuchenpferd, als er es sieht. Ich muss zugeben: Das Auto, das die Veteranen für ihn gefunden haben, ist ziemlich cool. Auch wenn es nicht ganz mit meinem Land Rover mithalten kann. Ich schaue Rafail an und recke meinen Daumen nach oben. Da verbreitert sich das Grinsen in seinem Gesicht noch einmal.

»Hat ein paar Tage länger gedauert«, sagt Dönges zur Begrüßung und klopft auf die Motorhaube. »Aber dafür war es ein echtes Schnäppchen.«

Er drückt Rafail den Schlüssel, die Papiere und den gefälschten Führerschein in die Hand und kommt zu mir.

»Hast ja jetzt wieder genug Autos. Auch genug Soldaten. Aber auf den krüppeligen Veteranen kannst du eben doch nicht verzichten, habe ich recht?«

Ich schlucke alles hinunter, was mir in diesem Moment auf der Zunge liegt. Das Problem an der Sache ist: Es stimmt.

Vielleicht hätte ich vor ein paar Wochen sogar noch anders reagiert. Womöglich ist an seiner Behauptung, Marie würde mich schwach machen, etwas dran. Aber ich kann nicht dieselben Hände auf ihre reine Haut legen, mit denen ich zuvor lebendige Wesen gequält habe. Schlimm genug, dass ich den Befehl dazu gebe. Stünde nicht Maries Leben auf dem Spiel, so würde ich die beiden Dschinniyas wahrscheinlich laufen lassen.

Dönges macht erst eine Runde durch die Truppe und inspiziert jede einzelne Waffe. Die meisten meiner Soldaten müssen sich sagen lassen, dass sie ihre Pistolen besser putzen sollen. Henry bekommt einen anderen Bogen empfohlen. Dann gibt er Marie, Jessy und Kadim noch einen Schnellkurs im Messerschärfen. Der Schuster sonnt sich sichtbar in der Tatsache, unentbehrlich für uns zu sein. Ich warte ab, bis er damit fertig ist.

»Geht's los?«, fragt er schließlich ungeduldig. Dabei reibt er die Handflächen aneinander, als wäre es ein Festessen, das ihn erwartet, und nicht die Ausübung von Folter.

»Wann immer du so weit bist«, antworte ich.

»Gab's nicht so etwas wie einen Termin?«

Ich schüttele den Kopf. »Wir wollten uns bei Sonnenuntergang mit Deimon treffen, damit er uns Uriel ausliefert. Aber mittlerweile wissen wir, dass Deimon selbst geschlagen worden ist. Er ist also entweder tot oder in Gefangenschaft. Zumindest wird er nicht kommen, um seinen Teil der Abmachung zu erfüllen.«

Es geht jetzt auf sieben Uhr abends zu. Sonnenuntergang ist erst um halb zehn. Ich werde natürlich aufmerksam sein, wenn es so weit ist. Und zur Sicherheit nehme ich auch die ganze Truppe mit. Aber die Chance, dass jemand kommen wird, um Uriel bei uns abzuliefern, ist so gering, dass ich nicht warten will. Dazu drängt das Ultimatum, das der Schamane uns über Jessy ausgerichtet hat, viel zu sehr.

Die drei Autos, die uns nun zur Verfügung stehen – bald vier, wenn Jessy ein neues bekommt –, fassen meine Truppe locker. Obwohl Dönges mitfährt, müssen sich meine Leute nicht mehr auf den Rücksitzen zusammenquetschen. Mike hat sogar nur zwei Fahrgäste geladen, nämlich Henry und Kadim, die noch nicht wissen, was sie unterwegs erwartet. Für den Fall, dass die beiden kein besonderes Interesse an Bibeltexten haben, werden sie den Rückweg vermutlich lieber im Kofferraum eines anderen Fahrzeugs antreten.

Ich werde immer wortkarger, je näher wir der Sackpfeife kommen.

Marie sitzt in ihrem neuen Outfit neben mir und hat eine Hand auf mein Bein gelegt. »Du musst das nicht tun«, wispert sie, leise genug, damit Elena und Samira auf dem Rücksitz es nicht mithören können.

Als Antwort schüttele ich nur den Kopf. Es ist sinnlos, sich darüber Gedanken zu machen. Die Entscheidung ist bereits gefallen. Und die beiden Dschinniyas haben immer noch die Möglichkeit, uns ihren Wohnort zu verraten und damit den Silberwerkzeugen des Schusters zu entgehen. Irgendwann werden sie es ohnehin tun. Ich hoffe für uns alle, dass sie schnell einbrechen.

Wir schlagen unser Lager direkt vor dem Bunker auf. Elena und Kadim positioniere ich rechts und links am Waldeingang, wo sie nicht abgelenkt werden und mögliche herannahende Feinde hoffentlich schnell erkennen können. Die Muskelprotze stelle ich als Wachen direkt neben den Bunkereingang. Alle anderen müssen einfach warten. Ich will nicht riskieren, dass ein Förster oder Spaziergänger uns mit Pistolen herumfuchteln sieht und deshalb einen Polizeieinsatz auslöst, während Walter Dönges gerade die Dschinniyas foltert. Das wäre selbst mir zu viel.

Marie will mir folgen, als ich mit dem Schuster zusammen das Gefängnis betrete. Ich halte sie zurück. »Du gehst da nicht rein.

Je nachdem, was passiert, wird die Blonde sich vielleicht aus Rache wieder an dir vergreifen. Uns anderen kann sie nichts anhaben – außer unsere Gedanken zu lesen.«

Ich verstehe die Gesetze der Telepathie immer noch nicht, die dazu geführt haben, dass die Dschinniya diesen zermürbenden inneren Kampf mit Marie ausfechten konnte. Aber irgendetwas in ihren Gehirnwindungen scheint sich gegenseitig zu elektrisieren. Wahrscheinlich gewinnt der Stärkere dabei die Oberhand und bringt die Frequenz des Schwächeren aus dem Takt. So zumindest stelle ich es mir vor. Was es auch immer gewesen ist: Ich will nicht, dass es noch einmal geschieht.

Mal davon abgesehen, dass Marie die Grausamkeiten nicht sehen soll, die Dönges sich gleich ausdenken wird. Selbst Rafail ist kreideweiß im Gesicht, als wir an ihm vorbeigehen. Er weiß am besten, was gleich geschehen wird, denn immerhin hat er es schon einmal erlebt.

Kurz bevor der Gang des Bunkers mich schluckt, bleibe ich stehen und atme noch einmal durch. Da höre ich die Stimme meines Tiersprechers hinter mir. »Lass nicht ab, sie zu züchtigen. Denn wenn du sie mit der Rute schlägst, so werden sie ihr Leben behalten.«

Ärgerlich fahre ich herum. »Willst du dich über mich lustig machen?«

Mike schüttelt irritiert den Kopf. Mit einem Mal wirkt er gar nicht mehr verrückt, eher mitfühlend und ein bisschen zerknirscht. »Natürlich nicht. Ich wollte nur helfen«, sagt er entschuldigend. »Dir bleibt doch gar nichts anderes übrig. Das wollte ich damit sagen.«

»Dann sag es nächstes Mal einfach so«, grummle ich.

Ohne mich noch einmal zu den anderen umzudrehen, betrete ich den Gang und stelle mich der Dunkelheit der Folterkammer. Die beiden Gefangenen sitzen immer noch an die Wand gelehnt da, in derselben Pose, in der wir sie zurückgelassen haben. Kein Staubkorn hat sich in der Zwischenzeit in ihren Haaren verfangen, keine Spur von Schmutz hat sich auf ihre Haut gelegt. Sie sehen weiterhin aus, als hätte man sie Minuten zuvor aus einem hippen Stadtcafé entführt. Die Rothaarige, Luzilla, gibt ein verängstigtes Wimmern von sich, als sie den Schuster erblickt.

»Leviata«, jammert sie. »Dieser Mann dort … er ist gekommen, um uns wehzutun!« Dabei rutscht sie noch ein Stückchen näher an die Betonwand.

»Ist das wahr?«, fragt Leviata mich. Ihre grünen Augen blitzen gefährlich.

Ich nicke. »Ihr werdet ihm verraten, wo eure Behausung liegt und wie man hineinkommt. Sagt es gleich, dann bleiben euch die Schmerzen erspart.« Ich höre mich selbst reden, kann aber kaum glauben, dass es wirklich ich bin, der diese Worte ausspricht.

»Aber du hattest einen Pakt mit meinem … Deimon«, sprudelt Leviata heraus. »Noch ist kein Sonnenuntergang. Gib ihm die Chance, dir Uriel auszuliefern, so wie es besprochen war.«

»Deimon hat versagt«, antworte ich kurz angebunden. »Und nun rede.«

»Was soll das heißen, er hat versagt?«

»Ich werde hier nicht mit dir diskutieren. Du erzählst uns, was wir wissen wollen, oder mein Freund hier holt es auf andere Weise aus dir heraus.«

Zum Beweis dafür lässt der Schuster sich nun gemächlich auf dem Fußboden nieder und packt das Sammelsurium an Folterwerkzeugen aus seiner Tasche. Fein säuberlich, wie ein Arzt vor einer wichtigen Operation, legt er sie in Reih und Glied vor die Dschinniyas. Beide starren darauf. Luzilla voller Angst, Leviata eher hasserfüllt. Doch auch in ihren Augen kann ich erste Furcht erkennen.

»Es bringt nichts«, startet sie noch einen Versuch, um uns von unserer Absicht abzubringen. »Nayati hat dir doch gesagt, dass wir unseren Lebensmittelpunkt nicht preisgeben dürfen. Wir sind durch einen Schwur gebunden.«

»Dann werdet ihr diesen Schwur jetzt eben brechen.«

»Aber das können wir nicht!«, schreit Leviata mich an.

Walter Dönges hat jetzt wohl genug. Er zieht ein Klebeband hervor, reißt ein Stück davon ab und bringt sie damit zum Schweigen.

»Da sind Silberionen drauf«, sagt er achselzuckend. »Das Geplärre war ja nicht auszuhalten.«

Dann dreht er sich ungewohnt schwungvoll um und lächelt Luzilla an. Er bückt sich und greift nach der Kette mit den Dornenstacheln, die er schon zuvor bei Nayati angewendet hat.

»Du bist diejenige von euch beiden, die schneller reden wird«, sagt er. »Also, erste Frage: Wo finden wir diesen Uriel?«

Mit einem Mal ist es ganz still im Bunker. Luzilla, die sich gerade noch aus Furcht vor dem Schuster gegen die Wand gedrückt hat, schließt die Augen und atmet tief ein. Ich sehe neben mir, dass Leviata das Gleiche macht. Wahrscheinlich verbinden sie sich über Telepathie, um einander Kraft zu spenden. Doch was auch immer die beiden an Hypnose oder Besinnung anzubieten haben – der Schuster beendet ihre Verbindung ganz leicht, indem er Luzilla die Kette um den Hals legt und sie zuzieht. Die Dschinniya reißt die Augen auf und schreit so erbärmlich, dass mein Herz sich vor Scham zusammenkrampft.

Fünf Minuten später verlasse ich den Bunker mit einer Wegbeschreibung. Ich stecke meine Hände in die Hosentaschen, damit niemand sieht, wie sie zittern. Das, was ich hier mache, ist nicht richtig. Als Anführer hätte ich einen anderen Weg finden müssen, um Uriel zu beseitigen. Oder ich hätte auf den Verwirrungszauber bauen und danach Marie aufgeben müssen. Aber zu nichts davon bin ich in der Lage. Stattdessen lasse ich es zu, dass der Schuster Luzillas makellose Haut mit einer Dornenkette malträtiert. Wenigstens hat es nicht lange gedauert.

Ohne Marie in die Augen zu sehen, rufe ich Elena, Rafail, Victor und Isabell zu mir. »Ein aufgelassener Steinbruch in Eckelshausen«, sage ich. »Fahrt dorthin und überprüft, ob es tatsächlich eine Höhle in der westlichen Steilwand gibt. Angeblich führt sie in eine kleine Grotte. Von dort aus kommt man nur weiter, indem man entweder einen riesigen Stein bewegt oder aber einen Zauberspruch aufsagt. Falls dem so ist, müsstest du zumindest die Magie spüren, die von dem Ort ausgeht, Elena. Ich will nicht, dass ihr euch in Gefahr bringt. Wir müssen nur wissen, ob ein Zauber über der Grotte liegt oder nicht.«

»Ich hoffe, ich kann das erkennen«, murmelt mein Orakel.

Ich lege ihr die Hand auf die Schulter. »Du schaffst das.«

Elena versucht sich an einem verkrampften Lächeln. »Und du zitterst, Jakob.« Sie sagt es leise genug, dass Big T und Victor neben ihr es nicht hören. Aber auch in ihrer Stimme schwingen nun Vorwürfe mit.

Ich rechne damit, dass sie eine gute Stunde lang unterwegs sein werden. Währenddessen schicke ich Samira aus, um Heilpflanzen für Luzilla zu besorgen. Außer Elena ist sie die Einzige aus der Truppe, die die richtigen Kräuter erkennt. Ich bin froh, als sie endlich zurückkehrt und mir einen Strauß davon in die Hand drückt.

»Lass mich das machen«, bietet Marie an und will mir die Pflanzen aus der Hand nehmen.

Ich halte sie fest. »Nein. Ich habe das zu verantworten. Dann muss ich den Anblick auch aushalten können.«

Meine Stimme klingt dunkel, beinahe abweisend. Marie nickt, aber ihre Finger streicheln sachte über die geballte Faust, mit der ich die Kräuter umklammere.

»Wie hart du sein musst«, flüstert sie. »Ich wünschte, ich könnte einen Teil der Last tragen, die auf deinen Schultern liegt.«

Aber das kann sie nicht. Niemand kann das. Ich habe immer gewusst, dass ich an diesen Punkt kommen werde.

Mit zusammengebissenen Zähnen gehe ich zurück in die Höhle und drücke der blutenden Dschinniya ihre Medizin in die Hand.

»Was denn? Du lässt zu, dass sie sich heilt?«, begehrt Dönges auf.

»Er hat auch zugelassen, dass sie verletzt wird!«, keift Leviata von der anderen Seite.

Offenbar hat der Schuster ihr Klebeband entfernt. Über seine Beweggründe will ich gar nicht nachdenken. Vermutlich will er als Nächstes bei ihr weitermachen, falls die Information mit dem Steinbruch sich als Finte erweist. Ein Blick auf die Uhr sagt mir, dass es schon auf halb neun zugeht. Nur noch eine Stunde, dann geht die Sonne unter. Ich hoffe, die Dschinniyas spielen nicht auf Zeit, weil sie mehr wissen als wir.

Nicht ohne Faszination sehe ich dabei zu, wie Luzilla sich die Heilkräuter auf ihre Wunden legt und die Handflächen darüber breitet. Dann schließt sie kurz die Augen, konzentriert sich und nimmt die Blätter wieder weg. Innerhalb von Sekunden sind die blutenden Stellen an ihrem Hals verschwunden.

Eine Stimme, die meinen Namen ruft, reißt mich aus meinen Gedanken. Ich glaube, ich weiß, zu wem sie gehört. Und ich hoffe, ich täusche mich!

Auch Dönges runzelt nun die Stirn. »War das …?«

»Ich fürchte, ja.« Hastig verlasse ich die Höhle.

Draußen steht, von meiner verwirrten Truppe umringt, Sylvia.

Ich traue meinen Augen nicht. »Was willst du denn hier?«, blaffe ich sie an. »Du bist noch kein Talent. Du hast hier nichts verloren!«

Falls sie von meinem wüsten Auftreten irritiert ist, lässt Sylvia es sich nicht anmerken. Stattdessen verdreht sie lediglich die Augen. »Das hat Mama auch gesagt und mich im Zimmer eingesperrt. Aber ich bin durchs Fenster rausgeklettert. Ich muss dir unbedingt etwas sagen.«

Ich verstehe nur Bahnhof. »Wie bist du überhaupt hierhergekommen? Und warum hast du nicht angerufen?«

»Zu Fuß, meiner Vision folgend«, antwortet Sylvia. »Und übrigens: Hier ist kein Empfang. Niemand von euch ist erreichbar.«

Das stimmt natürlich. Ich habe es vor einer halben Stunde auch schon festgestellt, als ich meinen Spähtrupp anrufen wollte und keine Verbindung herstellen konnte. Mit Problemen wie diesen rechnet ein Großstadttalent natürlich nicht.

»Und was ist das nun für eine Vision, die du so dringend loswerden willst?«

»Das weiß ich nicht so recht«, ist ihre vielsagende Auskunft. »Ich sah die Sonne früher untergehen als sonst. Ihre letzten Strahlen offenbarten einen Mann mit grünen Augen. Und einen weiteren mit einer Wurzel. Kannst du dir das erklären?«

Ich nicke mechanisch. Unwillkürlich rücke ich ein Stück zu Marie auf. Es ist seltsam, aber die absolute Panik, in die ich nun eigentlich verfallen müsste, stellt sich nicht ein. Mein Talent schiebt sich wie ein Schutzschild vor mein Herz.

»Wir brechen diese Operation auf der Stelle ab«, verkünde ich. »Big T und Henry, ihr eskortiert Sylvia zurück zu den

Autos. Setzt sie in den Land Rover und passt auf sie auf. Ihr anderen wartet hier, bis ich das Gefängnis wieder verschlossen habe. Es sieht aus, als bekämen wir Besuch.«

Für einen kurzen Moment habe ich darüber nachgedacht, ob wir kämpfen sollen. Aber falls es wirklich Deimon und Uriel sind, die laut Sylvias Vision auf uns zukommen, dann werden wir ihnen nichts entgegenzusetzen haben. Der eine ist der Maries Todfeind, der andere ein mächtiger Schwarzmagier, der offenbar immer noch – oder wieder – auf freiem Fuß ist. Alles, was uns bleibt, ist ein geordneter Rückzug.

Ich hetze nach drinnen in den Bunker, wo Dönges gerade über seinen Folterwerkzeugen hängt und grübelt, welches er als Nächstes benutzen soll.

»Lass alles liegen. Wir müssen hier weg!«, teile ich ihm mit.

»Weg?«

»Ja. Sylvia hatte eine Vision. Sie sah Deimon und Uriel zusammen vor Sonnenuntergang hier ankommen. Diesen Kampf werden wir nicht überleben.«

Ich habe erwartet, ein hämisches Lachen von Leviata zu hören. Stattdessen stößt sie einen verwirrten Laut aus.

»Deimon? Also wirklich Deimon?«

»Was soll das heißen: *wirklich Deimon*?«, fahre ich sie an.

Jetzt lacht sie doch. »Ich denke, du wirst noch die eine oder andere Überraschung mit ihm erleben.«

Mehr als das werde ich wohl nicht aus ihr herausbekommen. Es fehlt mir auch die Zeit für alberne Ratespielchen. Wir müssen schleunigst hier weg. Ich kontrolliere noch einmal die Ketten der beiden Gefangenen, dann scheuche ich den Schuster vor mir her, durch den Gang nach draußen. Dort steht der Rest meiner Truppe, etwas fahrig und aufgeregt, aber immer noch unverletzt.

Big T und Henry haben Sylvia bereits zu den Autos auf dem Parkplatz weiter unten begleitet. Elena, Rafail, Victor und Isabell sind noch am Steinbruch in Eckelshausen oder vielleicht schon auf dem Weg zurück.

Das heißt, mir bleiben nur Marie, Mike, Jessy, Kadim, Samira und der Schuster. Mein Glück ist: Ich habe ein Orakel und einen Volltreffer, die unseren Rückzug hoffentlich abdecken können. Zum Glück haben wir weder ein Lagerfeuer entzündet noch Übungsstationen aufgebaut. So können wir direkt verschwinden.

Ich knalle die Tür des Bunkers hinter mir zu. »Zieht alle eure Waffen! Entsichern! Zielt auf den Waldrand. Jessy links außen, ich rechts.«

Dann greife ich nach Maries Hand und dirigiere sie neben mich. Wenn ich eines weiß, dann das: In den nächsten Minuten darf ich sie auf keinen Fall aus den Augen lassen.

Vorhang auf für das Drama deines Lebens!

Als wir am Bunker ankommen, sehen wir die Talente gerade noch bei ihrem Abzug. Das verstehe ich nicht. Wir haben doch verabredet, dass ich ihnen Uriel nach Sonnenuntergang übergebe. Wollen sie ihn nun etwa gar nicht mehr haben? Dabei hat Nayati sich solche Mühe mit der Gestalt des Schamanen gegeben – ich sehe wirklich keinen Unterschied zwischen den beiden. Im Grunde vermuten wir zwar, dass keiner unserer Gegner so genau weiß, wie Uriel aussieht, aber da es Orakel in ihrer Mitte gibt, ist es immerhin möglich, dass eines davon ihn in einer Vision gesehen hat. Wir sind lieber vorsichtig.

»Das schaut nach einer Flucht aus«, urteilt Nayati.

»Sehe ich genauso. Aber warum machen sie das?«

Nayo weiß die Lösung wie üblich als Erste. »Weil sie Angst vor uns haben. Besser gesagt: vor Deimon und Uriel. Mit uns würden sie es wahrscheinlich aufnehmen. Das Schlimme ist: Es gibt nur einen Grund, warum sie uns plötzlich so fürchten … Sie haben uns betrogen.«

Leviata und Luzilla!

»Ich muss näher ran. Dann bekomme ich vielleicht eine Verbindung zu meiner Schwester«, beschließe ich.

Ohne Rücksicht auf mögliche Wachen, die die Talente zurückgelassen haben könnten, um uns eine Falle zu stellen, rennen wir hinüber zu dem Bunker. Die Tür ist von Deimons Zauber wieder fest verschlossen. Aber als ich daran rüttele, klopft Leviata sofort in meinem Kopf an.

»Sie haben Luzilla gefoltert!«, schreit sie. *»Verfolgt und tötet sie! Den Veteranen und den Anführer. Und seine Freundin gleich mit!«*

»Geht es euch gut?«, frage ich besorgt.

»Ja. Jetzt geh schon und kümmere dich um die Talente! Sie halten euch für Deimon und Uriel. Die ganze Truppe flieht vor euch!«

Damit kappt sie die Verbindung. In kurzen Worten teile ich den anderen mit, was ich soeben erfahren habe.

»Diese Bestien«, zischt Nayo. »Hinterher!«

Wir wollen gerade losrennen, da fasst Morgana mich am Arm.

»Levian, ich … ich kann nicht. Dafür bin ich zu schwach. Lass mich hierbleiben. Ich könnte inzwischen versuchen, das Gefängnis zu öffnen. Vielleicht lässt Deimons Zauber mich durch.«

Kurz schwanke ich. Aber dann beschließe ich, dass ich besser kämpfen kann, wenn ich auf Morgana in ihrem geschwächten Zustand nicht auch noch aufpassen muss. So habe ich den Kopf und den Rücken frei. »Okay«, sage ich und gebe ihr einen kurzen Kuss auf die Wange. »Ich bin bald wieder da, Geliebte.«

Wir nehmen unsere Tiergestalten an, um weniger auffällig zu sein. Die Orakel werden uns trotzdem bemerken, aber in einem Wald voller dämmerungsaktiver Rehe, Eulen und Füchse ist es dennoch schwierig, uns zu erkennen. Es wäre nicht das erste Mal, dass ein Talent ein echtes Wildtier erschießt anstatt einen von uns.

Auf halber Strecke zu dem Parkplatz, den die Menschen auf das Plateau der Sackpfeife betoniert haben, holen wir sie ein. Ein Orakel hat unsere Anwesenheit natürlich längst bemerkt. Deshalb haben die Talente einen Kreis gebildet und zielen allesamt mit ihren Pistolen auf den Wald. Es ist nicht die gesamte Truppe, nur die Hälfte und der Veteran. Ich frage mich, wo die anderen sechs stecken.

Bevor sie uns sehen können, bleiben wir stehen und nehmen unsere wahre Gestalt an.

»Was sollen wir tun? Wir sind nicht Deimon und Uriel. Es wird schwer werden, diesen Kreis zu durchbrechen«, flüstert Nayo.

»Mit Gewalt schaffen wir das nicht. Aber vielleicht mit einer List.« Ich grübele. Aber dann fällt mir plötzlich die Lösung ein. Der Weg zu unserem Sieg führt über die Gefühle des Anführers. Und ihn knacken wir am besten über seine Freundin. Wozu können wir unsere Gestalt wechseln, wenn wir diesen Umstand nicht ausnutzen? Ich erzähle Nayo und Nayati von meiner Idee.

»Gut«, sagt Nayo. »Aber wie heißen die beiden überhaupt?«

Ich habe nicht die Spur einer Ahnung.

»Jakob und Marie«, hilft Nayati uns. »Ich habe es mehrfach gehört, als wir in ihrem Haus gefangen waren.«

Damit wäre alles geklärt. Ich nehme Jakobs Gestalt an und Nayo die von Marie. Zusammen mit dem als Uriel auftretenden Nayati sind wir jetzt die perfekte Theatergruppe. So leise, wie es nur Faune vermögen, schleichen wir näher an die Talente heran und teilen uns auf. Nayo und ich sind gerade auf der gegenüberliegenden Seite des Waldes angekommen, da hören wir bereits Nayatis Stimme.

»Marie!«, ruft er. »Komm zu mir und erfülle dein Schicksal!«

Wie erwartet richten die Talente daraufhin fast alle ihre Waffen in die Richtung, aus der die Stimme gekommen ist, und feuern in den Wald. Sie werden Nayati nicht treffen, denn aus genau diesem Grund hat er sich hinter einem Felsvorsprung versteckt.

Der Anführer erkennt, wie sinnlos das Unterfangen ist, und befiehlt, das Feuer einzustellen.

Mittlerweile müsste Nayati zum nächsten Felsen weitergerannt sein. Entsprechend kommt seine zweite Botschaft von weiter rechts.

»Sei stark, Marie! Mir geht es nicht um deine Freunde. Opfere dich und sie dürfen alle am Leben bleiben!«

Jetzt geht die Diskussion los, ich kann es ganz genau beobachten. Marie entzieht Jakob ihre Hand. Ihre Augen füllen sich mit Menschentränen. »Ich kann es nicht ertragen, dass jemand wegen mir sterben muss!«, schluchzt sie.

»Du gehörst zu meiner Truppe, Marie. Und in dieser Truppe opfert sich niemand. Ich verbiete es, hörst du!«, redet Jakob auf sie ein.

Das ist Nayatis nächstes Stichwort. »Auch ihn kannst du retten, Marie. Komm in den Wald und er darf weiterleben. Kommst du nicht, wird er als Erster fallen. Deimon hat bereits seine Hand nach ihm ausgestreckt!«

Anstatt irgendetwas darauf zu erwidern, erteilt der Anführer wieder den Befehl zu schießen. Mittlerweile haben sich alle Talente in Nayatis Richtung gewandt. Jakob schiebt Marie hinter seinen Rücken. Jetzt wird es spannend. Kommt sie von selbst oder müssen wir sie holen?

Ich habe mich nicht in ihr getäuscht. Während ihr Liebster noch wie besessen auf einen Felsbrocken im Wald feuert, huscht Marie ins Gebüsch hinter ihm – und damit uns genau in die Arme. Nayo greift sie sich und hält ihr den Mund zu, während sie sie tiefer ins Unterholz zieht. Der Blick, mit dem Marie ihre Doppelgängerin anstarrt, ist vollkommen entgeistert. Aber als sie dann mich in Jakobs Körper sieht, glaube ich fast, sie könnte das Bewusstsein verlieren, so groß ist ihr Entsetzen.

»Immer schön leise, Marie, sonst küsse ich dich«, raune ich ihr zu.

Auf meinen Wink hin lässt Nayo sie los und ich greife sie mir. Den winzigen Moment, in dem niemand seine Hand auf ihren Mund presst, nutzt sie, um einen erstickten Laut von sich zu geben. Da erst registriert ihr Anführer, dass sie nicht mehr hinter ihm steht. Ein heiserer Schrei dringt aus seinem Mund. Er sieht sich um und hechtet dann über eine Wand aus Brennnesseln hinweg ebenfalls in den Wald. Die gesamte Truppe mitsamt dem Veteranen stolpert hinter ihm her.

Wir sind schneller. Während ich Marie den Mund zuhalte, renne ich mit ihr ein Stück am Waldrand entlang, parallel zum Weg nach unten. Nayo hingegen überquert die Straße und schließt sich wieder Nayati an. Länger müssen wir die Talente gar nicht mehr verwirren. Der Höhepunkt unseres Theaterstücks ist der Schrei, der nun durch den Wald dringt. Denn er stammt von Nayo in Maries Gestalt. Theatralisch lässt sie sich von dem angeblichen Uriel aus dem Wald ziehen und am Hals packen. Damit haben wir unser Ziel erreicht: Gleich wird Jakob aus dem Unterholz stürzen, um seine Geliebte zu befreien. Dann können Nayo und Nayati ausdiskutieren, wer von ihnen sein Genick brechen darf. Ich tippe darauf, dass Nayati es tut. Immerhin ist er derjenige, der gefoltert worden ist.

Es passiert genau das, womit ich gerechnet habe.

»Nein!«, schreit Jakob wie von Sinnen. »Nein, nein, lass sie los!«

Er wirft seine Pistole weg und rennt auf seine Todfeinde zu, bereit, sich ihnen in den Rachen zu werfen. Die echte Marie strampelt, beißt und schlägt in meiner Umklammerung um sich, kann mir aber nicht entkommen. Sobald Jakob tot ist, werde ich ihr ebenfalls das Genick brechen, genau wie Leviata gesagt hat. Und danach nehmen wir uns gemeinsam den Veteranen vor. Noch während ich darüber nachdenke, bleibt Jakob plötzlich stehen und starrt Nayo durchdringend an.

»Wo ist dein Ring?«, fragt er unvermittelt.

Ich greife nach Maries linker Hand und sehe dort tatsächlich einen kleinen, unauffälligen Ring am Finger. Darauf haben wir bei unserer Maskerade nicht geachtet.

Aber Nayo weiß sich zu helfen. »Ich muss ihn verloren haben«, behauptet sie.

Immer noch steht der Anführer zu weit weg, um ihm einfach so das Genick zu brechen. Zudem kommt nun ein Talent nach dem anderen aus dem Wald. Die meisten zielen mit ihren Pistolen auf Nayati. Sie werden nicht schießen, solange er ihre angebliche Marie als Geisel hat. Sollte Nayo allerding als Doppelgängerin entlarvt werden, sieht es schlecht für uns aus.

»Wie lautet die Inschrift?«, fragt Jakob.

Ich kann die Ratlosigkeit in Nayos Augen bis hierher sehen. Panisch springe ich auf und zerre Marie hinaus auf die Straße. Ich will schreien, auf uns aufmerksam machen, damit die Talente von Nayo und Nayati ablassen. Aber ehe ich einen Ton herausbringe, legt sich von hinten eine Hand um meinen Mund. Jemand flüstert mir ins Ohr. »Ein schändliches Schauspiel. Niemals würde ich eine derart bemitleidenswerte Show abziehen. Man merkt, dass ihr keine Ahnung vom Inhalt meines Fluchs habt!«

Uriel! Wie ist der denn hierhergekommen? Ich würde ihm ja gern weiterhelfen. Doch die einzige Chance, meine Freunde zu retten, ist, die Talente von ihnen abzulenken. Und das geht nur, wenn Marie genau jetzt kräftig schreit. Also lasse ich sie los.

Schneller, als ich das von den meisten Menschen gewohnt bin, springt sie auf und rennt zurück zu ihrer Truppe. Dabei macht sie jede Menge Lärm, indem sie wie von Sinnen ständig den Namen ihres Geliebten brüllt. Hinter mir ertönt ein wütendes Brummeln von Uriel. Er weiß natürlich so gut wie ich, dass er gar nicht erst versuchen muss, sich mit mir anzulegen.

Es ist interessant: Keines der Talente gibt auch nur einen einzigen Schuss ab. Wahrscheinlich ahnen sie allesamt, welche die richtige Marie ist. Aber eine Garantie haben sie dafür nicht. Jakob ist der Einzige, der reagiert. Er hechtet zurück zu der Pistole, die er weggeworfen hat. Das registriert auch Nayati. Mit einem einzigen, pfeilschnellen Satz springt er in das Dickicht des Waldes hinter ihm. Nayo tut es ihm gleich.

»Sieht so aus, als müsstest du deine Marie selbst einfangen«, sage ich zu Uriel. »Warum willst du sie eigentlich töten?«

Anstelle einer Antwort greift er zu der altbekannten Wurzel, die nun wie eine Waffe in seinem Gürtel steckt. Hat er heute noch nicht genug meditiert?

»Fang du lieber mal deine Gefährtin ein«, sagt er mit einem Wink zur Theaterbühne. »Das kann nicht sinnvoll sein, was sie da macht.«

Damit wendet er sich ab und schlägt sich mitsamt seiner Wurzel in den Wald hinein. Gehetzt blicke ich nach vorn und sehe es ebenfalls: Während alle nur auf Marie achten, die kurz davor ist, ihrem geliebten Jakob in die Arme zu sinken, hat Morgana sich von hinten an die Gruppe der Talente herangeschlichen. Unbemerkt hat sie es sogar geschafft, der kleinen Telekinetikerin eine Hand auf den Mund zu pressen und sie mit sich zu ziehen.

Im ersten Moment glaube ich zu wissen, was sie vorhat: Das Bannzeichen eines Talents kann den Zauber knacken, der auf dem Schloss des Bunkers liegt. Aber dann sehe ich, dass Morgana das Mädchen nicht in Richtung des Bunkers davonzieht, sondern in die Gegenrichtung. Zum Hohenfels. Zu Deimon! Und schlagartig wird mir klar: Sein Gefängnis öffnet sich mit demselben Schlüssel.

Ich springe auf und renne Morgana entgegen. Durch das Gestrüpp hindurch, das mir ins Gesicht klatscht, bekomme ich mit, wie Jakob und Marie sich in die Arme fallen. Aber anstatt sie festzuhalten und glücklich mit ihr von dannen zu ziehen, lässt er sie los und wendet sich zu seiner Telekinetikerin um. Das Mädchen hat sich jetzt auf den Boden fallen lassen und schlägt mit Armen und Beinen um sich. Damit hat Morgana einen Großteil ihrer Deckung verloren.

Es wird gut gehen! Er schießt nicht!, rede ich mir ein.

Ich renne nicht mehr, ich fliege fast. Das Unterholz hat sie doch schon verschluckt. Er ist kein Volltreffer. Er könnte das Mädchen treffen. Er wird nicht schießen! Aber warum zielt er dann? Warum zielt er so lange? Morgana ist der schnellste Faun der Welt. Schneller als ich. Niemand kann sie treffen. Er wird nicht schießen!

»Morgana! Lass sie los und flieh!«, brülle ich.

Die anderen Talente haben mich gehört. Silberkugeln rauschen durch die Luft. Ich weiche einer aus, noch einer. Eine dritte streift mich am Arm.

Er wird nicht schießen!

Es passiert ganz leise. Keine der Waffen, die die Talente benutzen, macht wirklich Lärm. Das Geräusch aus der Pistole des Anführers, das meinem Leben ein Ende setzt, ist ein einfaches »Plopp«.

Alles in mir stirbt. Nicht einen Tod, sondern Tausende. Die Kugel bohrt sich mitten durch Morganas Herz. Sie lässt das

Mädchen los und wendet den Blick in meine Richtung. Ein Schrei dringt aus meiner Kehle, tief und heiser und so laut, dass der ganze Wald den Atem anhält. Morganas Beine knicken ein und sie sinkt ins Gras. Ich erreiche sie, ehe sie die Augen schließt.

»Jetzt«, flüstert sie noch, »bin ich frei … und ganz bei dir.«

Dann ist es vorbei. Ich sehe hilflos dabei zu, wie sie sich auflöst, warte auf ein letztes Geschenk von Mutter Natur, eine Seelenblume, die ich besuchen und pflegen kann. Aber als gar nichts aus dem Boden wächst, gebe ich auf. Gleich trifft mich ohnehin der tödliche Schuss. Er wird eine Erlösung sein.

Die Stiefel, die schließlich irgendwo in meinem Gesichtsfeld auftauchen, gehören weder zu der Telekinetikerin noch zu Jakob, sondern zu dem Veteranen. Er also wird mich hinrichten – der Schuster.

Das Bild vor meinen Augen verschwimmt. Meine Verzweiflung sucht sich ihren Weg aus mir heraus. Es geschieht wirklich: Ich weine.

Der richtige Grund. Die falsche Entscheidung

Mir bleibt keine Zeit, um meinen gemarterten Geist zu beruhigen. Ich sehe gerade noch, dass Samira zitternd und auf allen vieren aus dem Wald gekrochen kommt. Da reißt Marie mich auch schon am Arm und deutet auf den Waldrand gegenüber.

»Uriel!«, schreit sie.

Ich fahre herum. Dort, unter einer ausladenden Fichte, steht der Schamane und starrt uns an. Ich habe keine Ahnung, ob es sich wieder um einen Doppelgänger handelt. Aber die Wurzel in seiner Hand deutet darauf hin, dass es diesmal der Richtige ist. Sie glänzt, als hätte er sie im Laufe der letzten fünfzig Jahre gehegt und gepflegt, geölt und gestreichelt. Sein Blick aus wässrigen grauen Augen fixiert Marie.

Ich lege meine Pistole auf ihn an und drücke ab. Doch er ist schneller hinter dem Baum verschwunden, als eine Kugel fliegen kann. Dann passiert etwas Seltsames: Ich sehe das Profil des

Schamanen erneut hinter dem Stamm auftauchen. Aber diesmal beobachtet er nicht Marie und mich, sondern irgendetwas anderes. Etwas, das sich zu bewegen scheint. Von unserem Waldweg aus, direkt in das Unterholz hinein. Sein Blick folgt ihm, bis sein Gesicht wieder komplett aus meiner Schusslinie verschwunden ist. Dann sehe ich nur noch die unteren Zweige der Fichte in Bewegung geraten. Uriel ist weg. In den Wald gerannt. Aus welchem Grund auch immer.

»Oh, Elena«, stöhnt Marie erleichtert. »Du kannst den Zauber!«

Verwirrt schaue ich mich um und sehe mein Orakel mit ausgebreiteten Armen mitten auf dem Weg stehen, hinter ihr Rafail, Isabell und Victor, jeder mit seiner Waffe im Anschlag. Sie sind gerade rechtzeitig zurückgekommen.

»Hast du ihn verwirrt?«, frage ich atemlos.

Elena nickt. Sie wirkt erschöpft, als hätte der Zauber sie ausgelaugt.

»Wohin rennen wir seiner Meinung nach gerade?«

»Den Berg hinunter, immer geradeaus. Etwas Besseres fiel mir nicht ein.«

Das ist meine Chance. Wenn Uriel glaubt, dass er uns verfolgt, dann wird er vielleicht nicht hinter sich blicken. Ich drücke Marie an mich und küsse sie leidenschaftlich auf den Mund. »Ich schaffe ihn dir jetzt vom Hals. Wenn ich zurückkehre, fangen wir ein neues Leben an.«

Genau das werden wir tun. Ich werde meine Rache begraben. Niemanden mehr foltern, niemanden in den Tod schicken. Tätowierungen kann man entfernen lassen, Schwüre kann man brechen. Soll die Armee mit mir machen, was sie will. Ich möchte wieder ein Schlosser mit einem alten Auto und einer Billig-Wohnung sein. Hauptsache, Marie wacht dort jeden Morgen neben mir auf.

»Geh nicht!«, fleht sie mich an. »Nicht allein!«

Ich schüttele den Kopf. »Das hier ist ein Krieg, in den ich meine Truppe niemals hätte hineinziehen dürfen. Hier geht es nur um Uriel und uns. Warte hier, ich komme zurück.«

Dann löse ich ihre Hände von mir, übergebe das Kommando an Elena und renne in den Wald, bevor Marie mich doch noch daran hindern kann.

Ich komme nur langsam voran, denn meine Unfähigkeit, mich lautlos auf dem Waldboden zu bewegen, hemmt mich enorm. Trotzdem höre ich schon nach wenigen Minuten Stimmen. Vorsichtshalber verlangsame ich meinen Schritt, bis ich schließlich fast auf Zehenspitzen gehe. Im Schutz einer kleinen Ansammlung von Felsen krieche ich ein Stück nach oben und blicke in die Senke vor mir. Im ersten Moment traue ich meinen Augen nicht: Dort unten steht Marie und zerrt an Uriels Armen.

»Er ist dort runtergerannt. Sie sind beide dort runtergerannt!«, behauptet der Schamane.

»Sie sind *nicht* dort runtergerannt!«, beschwört ihn Maries Doppelgängerin. »Sie sind immer noch oben am Weg. Nayati, glaube mir: Das Orakel hat deine Augen manipuliert!«

»Was? Bist du sicher?«

»Hundertprozentig, ich habe es gesehen! Aber dein Einsatz war trotzdem wirkungsvoll. Du hast alle von Levian abgelenkt.«

Ich höre ihnen nicht mehr zu. Wenn das da unten ein Doppelgänger ist, dann ist der echte Uriel vielleicht gar nicht da. Seltsam ist allerdings, dass der Doppelgänger bei seinem ersten Einsatz keine Waffe dabeihatte. Gerade eben hat er jedoch ganz bewusst an seiner Wurzel herumgespielt, um mich von seinem Schauspiel zu überzeugen. Das bedeutet: Er hat in der Zwischenzeit dazugelernt. So wie die falsche Nayo jetzt garantiert eine Kopie von Maries Ring trägt, hat er sich irgendeine Wurzel besorgt. Was der endgültige Beweis dafür ist, dass der echte Uriel hier ebenfalls herumschleicht. Und ich bin an einer völlig falschen Stelle im Wald. Weit weg von Marie.

Für immer. Unendlich. Grenzenlos. Der Hass eines Dschinns

Wenn man komplett am Boden ist, dann lohnt der Blick nach oben nicht mehr. Ich will das Gesicht des Schusters nicht sehen, in dem Moment, wenn er abdrückt. Aber meine Tränen sehe ich. Sie tropfen auf den Waldboden und versickern zwischen Wurzeln und Laub, als wären sie nie da gewesen. Nur eine Legende. Faune weinen nicht.

Es fällt kein Schuss. Stattdessen gibt es einen leisen Knall, mehr ein »Pffft« und der Schuster segelt mehrere Meter weit durch die Luft. Den Aufprall seines Körpers kann ich hören, aber zum Schreien kommt er nicht mehr. Jemand legt seine Hände auf meine Schultern. Sie sind warm und voller pulsierender Energie. Ich erkenne den grauen Mantel von Tharos. Als er sich zu mir hinabbeugt und mein Kinn anhebt, baumelt seine goldene Spange direkt vor meinen Augen.

»Verzeih mir, Levian«, sagt er. Dann beugt er sich vor und küsst meine Wangen. Meine Tränen berühren seine Lippen.

Ich beginne zu verstehen. »Du hast sie geopfert«, flüstere ich. »Damit ich weine.«

»Es war die einzige Möglichkeit, die das Schicksal mir geboten hat.«

Die dumpfe Taubheit, die sich in meinem Kopf ausgebreitet hat, verhindert, dass ich mich auf ihn stürze und seinem eigenen Schicksal auf die Sprünge helfe. Ich fühle mich so schwach wie nie zuvor. Verraten, verkauft, geopfert. Der Sinn meines Lebens – verweht wie ein Herbstblatt im Wind.

»Dann hol sie zurück!«, fordere ich. »Du hast es bei Leviata und mir gemacht, warum also nicht bei Morgana? Ich biete Mutter Natur dafür alles an, was sie haben will.«

Tharos schüttelt den Kopf. »Das ist unmöglich. Irgendetwas von der Person muss übrig sein, um sie zurückholen zu können. Ein kleiner Rest von ihr auf dieser Welt. Leviata und du, ihr hattet euch noch nicht aufgelöst. Gäbe es eine Seelenblume, so wäre es vielleicht möglich. Aber von Morgana ist nichts mehr da.«

Ich bringe lange keinen Ton heraus. Dann, ganz allmählich, versiegt der Fluss meiner Tränen, und ich sehe wieder klarer. Unfassbare Wut steigt in mir empor. Wut auf Tharos, der meine Gefährtin dem Schicksal überlassen hat. Wut auf mich selbst, weil ich ihm geliefert habe, was er wollte. Aber über all dieser Wut steht ein Zorn, der so unermesslich, so tief und grausam ist wie kein anderer: der Hass auf den Anführer der Talente. Jakob. Seine Kugel hat Morgana den Tod gebracht. Und ich trage immer noch seine Menschengestalt.

Ohne ein weiteres Wort zu Tharos stehe ich auf und überblicke den Weg, wo ich die Talente zuletzt gesehen habe. Sie stehen jetzt etwas weiter unten. Ein gutes Stück abseits, in ihre Gedanken vertieft, sitzt Marie auf einem Baumstamm und hat die Hände vors Gesicht geschlagen.

»Wo ist der Anführer?«, frage ich Tharos.

Er verweigert mir die Auskunft nicht. »In den Wald gerannt. Hinter Nayati her, der sich für Uriel ausgegeben hat.«

»Und wo ist der echte Uriel?«

»Längst nicht mehr hier. Er erledigt solche Dinge lieber auf seine Art.«

Das reicht mir an Informationen. Ich lasse Tharos stehen. Er weiß, was ich vorhabe, doch er ruft mich nicht zurück. Nur diesen einen Satz höre ich ihn noch sagen: »Es wird nicht ausreichen, um dich wieder ans Licht zu führen. Aber irgendwann kommt jemand, der es vermag.«

Das ist ein schwacher Trost. Viel befriedigender ist das Gefühl, Rache nehmen zu können. Nicht, indem ich ihn töte. Der Tod hätte nichts Unerträgliches für ihn. Marie soll sterben, genau wie Morgana gestorben ist. Aber durch seine eigene Hand. Er soll in ihre Augen sehen und nichts mehr von der Hingabe wiederfinden, die einmal darin gestanden hat. Ihr Herz soll schlagen, doch ihr Puls wird nicht mehr ansteigen, wenn er sie an seine Brust drückt. Ich mache ihm ihren Anblick so unerträglich, dass er es selbst tut. Und sollte er sich jemals wieder in ein Mädchen verlieben, dann werde ich meine Rache wiederholen. Bis zu dem Tag, an dem er seines Lebens überdrüssig ist. Ich töte Jakob auf meine Art. Ich zerschlage seine Seele. Dafür, dass er das einzige Licht in der meinigen ausgelöscht hat.

Maries Augen blitzen erleichtert auf, als sie mich kommen sieht. Sie springt auf, rennt mir entgegen, wirft ihre Arme um meinen Hals. Ich hasse sie dafür, dass sie die Gefährtin eines Mörders ist.

»Hast du ihn getötet?«, fragt sie aufgewühlt.

»Ja«, sage ich. »Du bist frei. Und morgen wirst du noch freier sein.«

Sie runzelt die Stirn, doch ich lächele ihr entgegen und greife in ihren Nacken. Irgendetwas an meiner Art, sie anzufassen, scheint nicht zu stimmen, denn plötzlich will sie mich von sich stoßen. Aber das ist mir egal. Es ist zu spät. Ich drücke meine Lippen auf ihre und öffne ihren Mund durch meinen Sog. Kein Liebeszauber soll sie einlullen. Sie soll spüren, was mit ihr geschieht. Die Talente stehen hinter ihr, während ich sie aussauge. Alle beobachten uns, aber keiner merkt, was wirklich geschieht. Die tiefe Leidenschaft, die schwere Süße ihrer Seele fluten in mich hinein. Sie wehrt sich, will mich von sich stoßen, versucht, in meinen Geist einzudringen. Doch ich halte ihre Arme fest und wehre sie ab.

In dem Moment sehe ich Jakob durch den Wald rennen, genau auf uns zu. Er hat seine Pistole im Anschlag, brüllt aus Leibeskräften. Ich drehe Marie ein kleines Stück, sodass ihr Körper mein Schutzschild vor den Talenten ist, die plötzlich unruhig werden, weil selbst ihre Menschenohren etwas gehört haben. Gleichzeitig kann Marie jetzt ihrem echten Jakob in die Augen sehen. Den Kampf gegen mich hat sie aufgegeben. Gierig inhaliere ich ihre Trauer, die wie eine Sturzflut über mich hereingebrochen kommt.

Sie sprechen telepathisch miteinander, ich kann es ihren Gesichtern ansehen. Ich wüsste gern, was der Inhalt ihres letzten Gesprächs ist. Nein, ich weiß es. Marie fleht Jakob an. »Töte mich!« Aus tiefstem Herzen weiß ich, dass sie ihm das gerade sagt. Da nehme ich meine Menschengestalt an, damit er mich sehen kann. Niemals soll er mein Gesicht vergessen.

Es gibt keinen größeren Schmerz als eine zerbrechende Seele

Ich bin kein Mensch mehr. Ich bin nur noch ein Körper, dessen Muskeln zerreißen. Ein Herz, das kollabiert. Ein Geist, der vor Wahnsinn zerfällt. Ich kann nichts tun. Ich bin zu langsam. Meine Truppe ist zu langsam. Als Mike endlich sein Schwert zieht und auf den Dschinn losgeht, spricht Marie schon nicht mehr mit mir.

»Wenn du mich liebst, dann töte mich, wie du es versprochen hast!« Mehr als das hat sie nicht gesagt. Ich will den Sinn dieser Worte nicht verstehen.

Der Dschinn lässt sie los, weicht den Schwerthieben aus, routiniert, geschickt und blitzschnell. Dabei nimmt er den Blick seiner grünen Augen keine Sekunde lang von mir. Abscheu, Hass und Befriedigung stehen darin. Ich bin jetzt nah genug, um zu schießen. Meine Finger drücken den Abzug der Pistole, aber die Kugel findet nicht ihr Ziel.

Auch Jessy und Victor legen auf ihn an, nach und nach kommen immer mehr Pistolen dazu. Aber all das geschieht wie in Zeitlupe. Ich glaube fast, ich sei am Boden festgewachsen, während mein Körper mir weismacht, ich würde rennen, so schnell ich kann.

Niemand trifft ihn. Der Dschinn wechselt seine Gestalt, schrumpft zu einem Eichhörnchen und flieht in den Wald. Ich fühle keinen Ärger, weil er entkommen ist. Die Trauer und Verzweiflung in meinem Inneren füllen mich vollkommen aus. Es müssen Stunden sein, die ich brauche, um mich zu Marie vorzukämpfen. Als ich sie erreiche, nehme ich ihr Gesicht in beide Hände und schaue ihr in die Augen. Das Leuchten darin ist verschwunden. Ihre Liebe ist verschwunden, ihr Licht, ihre Unschuld. Es ist nichts mehr von ihr übrig.

»Marie! Komm zurück!«, flehe ich. »Komm zurück. Komm zurück!«

Ich schließe sie in meine Arme, drücke sie an mich, warte auf einen tröstenden Satz, die Bewegung eines Muskels, aber sie reagiert überhaupt nicht.

In dem Moment geschieht es. Ich spüre die Stelle in meinem Körper, an der meine Seele sitzt. Es ist mittig in meiner Brust, ein Stückchen über dem Herzen. Sie krampft sich zusammen, schrumpft, pulsiert und wehrt sich. Doch gegen die Macht, die mit zentnerschweren Hieben auf sie einschlägt, hat sie keine Chance. Mit einem Urknall bricht sie auseinander und schickt ihre tausend Splitter als glühende Kometen in ein Universum aus Eis.

Noch nie in meinem Leben habe ich einen solchen Schmerz verspürt.

Weisheit bedeutet, denjenigen Macht zu geben, die sie niemals haben wollten

Tharos hat recht gehabt: Es hilft nicht. Die Trauer um Morgana vergeht nicht, nur weil ich ihrem Mörder ebenfalls seine Gefährtin genommen habe. Im Gegenteil: Sie kehrt umso intensiver und qualvoller zurück.

Ich streife die Tiergestalt ab und laufe als Mensch weiter, immer bergab. Fort von diesem Schauplatz des Todes, den wir nie hätten betreten dürfen. Ich lasse Luzilla und Leviata in ihrem Gefängnis sitzen, kümmere mich nicht darum, wo Nayo und Nayati abgeblieben sind.

Während die Trauer meine Gedanken vergiftet und die Dunkelheit mein Herz umwabert, sehe ich sie plötzlich dastehen: zwei Talente, neben einem Auto, wie aus dem Nichts. Ein Muskelprotz und ein Volltreffer. Der kleine Junge, den ich gestern von seinem Gewicht befreit habe. An seinem Hals befinden sich immer noch hässliche Striemen. Jetzt darf er endgültig sterben.

Sie sind so verwirrt von meinem Erscheinen, dass sie viel zu spät ihre Waffen ziehen. Ich schlage erst den Volltreffer, dann den Muskelprotz nieder. Beide kippen um wie Strohpuppen.

Konzentrierte Angst weht mir entgegen. Sie kommt aus dem Auto. Ich reiße die Tür heraus. Im ersten Moment bin ich irritiert. Darin sitzt ein Kind. Das Mädchen kreischt und schreit, doch die Schreie verstummen, als ich sie an den Beinen packe und herauszerre.

»Tu das nicht!«, brüllt sie mich plötzlich an. »Wenn du das tust, werden Generationen von Dschinn darunter leiden!«

Ich habe keine Ahnung, was sie da erzählt. Sie ist nur ein kleines Mädchen. Doch sie wird ein Talent werden. Eine Mörderin. Besser wäre es, ihr direkt den Hals umzudrehen. Aber sie ist so winzig!

»Nicht«, sagt sie, nun plötzlich ganz ruhig. »Ich bin nicht gemacht für so viel Macht. Ich habe schreckliche Angst davor. Levian … geh einfach!«

Woher kennt dieses verfluchte kleine Nachwuchs-Orakel meinen Namen? Und wovon redet sie? Irgendetwas an ihr ist bedrohlich. Aber ich bringe es nicht fertig, sie zu töten. Also stoße ich sie von mir und will gehen. Doch das Mädchen stolpert rückwärts über seine eigenen Füße, rutscht aus und knallt mit dem Kopf gegen die herausgerissene Autotür auf dem Boden. Der Aufprall hört sich schlimm an. Auch das viele Blut, das sich plötzlich von ihrem Hinterkopf aus über die Tür und den Parkplatz verteilt, spricht dafür, dass diese Sache nicht gut ausgehen wird. Das wollte ich nicht. Das, was da sterbend vor mir auf dem Boden liegt, ist ein kleines Kind! Und ich bin schuld an seinem Unglück, weil ich die Kontrolle verloren habe. Oder war ich nur zur falschen Zeit am falschen Ort?

»Was hast du getan?«, höre ich zum zweiten Mal Tharos' Stimme hinter mir. Er kommt er aus der Dunkelheit des Waldes auf mich zu. Nacheinander prüft er bei allen drei Menschen, die da bewusstlos um mich herumliegen, die Lebensfunktionen.

»Diese beiden werden es schaffen«, sagt er dann, »aber das Mädchen nicht. Sie stirbt.«

»Ich habe ihr nur einen kleinen Stoß gegeben. Sie ist unglücklich gefallen!«, verteidige ich mich.

»Manchmal hat ein kleiner Stoß große Konsequenzen«, urteilt das Orakel. »Wir töten keine Menschen. Nur Talente, wenn sie uns zu nahe kommen. Aber dieses Mädchen ist noch nicht einmal ein Talent und sie hat dir nichts getan. Ich werde Mutter Natur bitten, die Konsequenzen deiner Tat rückgängig zu machen.«

Ich nicke.

Tharos legt der Kleinen die Hände auf. »Zwei Opfer«, sagt er. »Eines du, eines ich. Aber es müssen gute Opfer sein, damit die Natur sie annimmt. Ich gebe ihr einen Teil meiner Magie. Was gibst du?«

Damit hat er gleichzeitig auch Deimons Opfer-Zauber gebrochen. Denn das, was er gerade tut, ist der letzte Punkt auf seiner Liste: jemandem mehr Magie verleihen. Es ist also wahr. Ich bin nichts als ein Werkzeug gewesen. Was immer ich auch mache, ich spiele nur dem Schicksal in die Hände. Gibt es überhaupt noch irgendetwas, das ich selbst entscheiden kann? Die Antwort auf diese Frage taucht unvermittelt in meinem Kopf auf. Ich weiß nicht, woher sie kommt. Aber es fühlt sich an, als hätte mir jemand diesen Satz schon einmal gesagt. Und er könnte die einzige Rettung für meine Seele sein.

»Ein Versprechen: Ich werde der Dunkelheit nicht verfallen. Ich entscheide mich für das Gute.«

»Das ist ein sehr gutes, starkes Opfer«, sagt Tharos. »Es wird deine Lebensaufgabe werden.«

Er schließt die Augen, seine Lippen bewegen sich, doch ich kann keine Worte verstehen. Es muss ein Gebet an Mutter Natur sein. Eine Bitte an unsere Göttin, das Menschenkind zu verschonen. Dieses kleine, zukünftige Orakel, das mir mit seinen Aussagen schon Angst macht, bevor es überhaupt aktiv ist. Hat sie etwa gewusst, was passieren würde? Ob Tharos weiß, was er da gerade tut?

Es ist egal, ob ich zweifele. Mutter Natur hat unsere Opfer bereits angenommen. Die Kleine schlägt die Augen auf. Sofort laufen die Tränen heraus. »Ihr habt es getan!«, schluchzt sie los. »Ich wollte irgendwann mal heiraten und Kinder kriegen und normal sein. Was soll jetzt aus mir werden? Wann geht das wieder weg?«

»Nie mehr«, antwortet Tharos.

»Aber dann bin ich auf ewig ein Talent. Ich werde niemals aus der Armee ausscheiden.«

»Nein. Meine Magie wird dich von heute an für immer begleiten. Lerne, mit ihr umzugehen und sie weise einzusetzen. Dann lassen wir dich am Leben.«

Sie schluchzt erbärmlich. Ich fühle Mitleid für sie. Denn genau wie ich ist auch sie nur Wasser auf den Mühlen des Schicksals. Tharos macht sie gerade dazu. Erneut legt er die Hände auf ihren Kopf. »Aber all das musst du selbst herausfinden. Denn diese Erinnerung lasse ich dir nicht.«

Ihre Pupillen tanzen, während Tharos ihr die einzige Information raubt, die ihr den Rest ihres Lebens erklären könnte. Als er sie wieder loslässt, kippt sie nach hintenüber zu dem Muskelprotz und dem Volltreffer.

Unser oberstes Orakel wendet sich wieder an mich. »Du wirst um Morgana trauern. Aber nicht jetzt. Geh wieder zurück zum Bunker. Deimons Zauber ist gebrochen. Das Tor zum Gefängnis deiner Schwester steht offen. Verwende das hier, um ihre Ketten zu lösen.«

Er drückt mir einen silbernen Schlüssel in die Hand.

»Woher hast du den?«, frage ich.

»Er ist gänzlich magiefrei in meine Hände geraten. Aus der Jackentasche des Schusters, der diesen Tag ebenfalls nie vergessen wird. Denn mein Schlag hat eines seiner Augen zum Erlöschen gebracht. Was ihn nicht davon abhalten wird, uns weiterhin zu jagen. Und nun mach deinen Frieden mit dieser Truppe, Levian. Sonst kommst du selbst niemals zur Ruhe.«

Hinauf in den Himmel, hinab in die Hölle

Ich sitze mit einer Fremden auf meinem Bett. Sie sieht aus wie Marie, trägt Maries Kleidung, sogar den Ring, den ich ihr geschenkt habe. Aber sie versteht die Inschrift nicht mehr. *Liebe besiegt alles!* Wie konnte ich mir das nur einreden? Sie hat nichts besiegt, sie war unser Verderben.

Jeder Atemzug, den ich mache, schmerzt in meiner Brust. Jede Berührung mit Marie brennt wie Feuer. Ich möchte stundenlang weinen, aber ich bringe keine einzige Träne hervor. Trotzdem klingt meine Stimme wie ein Reibeisen, als ich den vertrauten Körper neben mir anspreche.

»Ich weiß nicht, ob noch irgendetwas von dir da drin ist, Marie. Aber wenn dem so sein sollte, gib mir ein Zeichen. Sag mir, was ich tun soll.«

»Zu diesem Thema hatten wir eine Absprache«, antwortet sie. Es klingt nicht nach Marie. Der Singsang in ihrer Stimme fehlt, das Lächeln auf ihren Lippen, das Funkeln in ihren Augen.

Ich hebe die Bettdecke an und sage ihr, dass sie darunter schlüpfen soll. Sie macht anstandslos, was ich ihr auftrage. Ich bin immer noch ihr Anführer, auch wenn sie mich nicht mehr liebt.

Mit klammen Bewegungen lege ich mich neben sie, streichele ihr Gesicht, rieche an ihren Haaren. Zum letzten Mal. Es steigt keine Überraschung in ihre Augen, als ich die Pistole hervorziehe, keine Furcht, kein Entsetzen. Der Einzige, der innerlich immer weiter zerbricht, bin ich selbst. Ich presse den Lauf gegen ihre Schläfe. Es ist das Beste so. Erst sie, dann ich. Hier, an dem Ort, an dem wir glücklich waren. So wie auch die anderen vor uns es getan haben. Der gleiche Gram, der Uriel quälte. Den gleichen Weg, den Cassia wählte. Wir waren vom Tag unserer Geburt an füreinander bestimmt. Unser Schicksal hat uns nur wenige glückliche Stunden geschenkt, die wir miteinander erleben durften. Nun sind sie vorbei. Vielleicht sehen wir uns eines Tages wieder.

Meine Hand, die die Pistole hält, zittert. Der Moment abzudrücken kommt – und zieht vorbei. Ich kann es nicht. Bei mir selbst vielleicht, aber nicht bei Marie.

Mit einem Schwung fliegt die Zimmertür auf. Bernd stürmt herein. Er erkennt sofort, was ich vorhabe, und reißt mir die Waffe aus der Hand. Ich bin fast froh darüber, dass er mir weiteres Grübeln erspart.

»Bist du wahnsinnig geworden, Jakob?«, fragt er entsetzt.

»Nein«, antworte ich, weiterhin nur auf Marie konzentriert. »Wahnsinnig trifft es nicht. Es ist eher so etwas wie … ausgesaugt. So als hätte er nicht nur sie erwischt, sondern auch mich. Etwas in mir ist tot. So tot wie unsere Liebe.«

Bernd setzt sich zu uns aufs Bett und betrachtet mich eine Weile nachdenklich. Schließlich legt er mir eine Hand auf den Arm und drückt etwas unbeholfen zu. »Als Stefan damals getötet wurde, habe ich das auch gedacht. Aber es stimmt nicht, Jakob. Die Liebe hört niemals auf.«

Ich weiß, dass er nie wieder einen anderen Partner hatte. Das ist der Lebensweg eines Talents. Der Weg, der nun auch vor mir liegt: Trauer, Tod, Selbstzerstörung. Als einziger Trost die Erinnerung an einen geliebten Menschen, den man niemals wieder lachen sehen wird. Wie soll ich das ertragen?

»Elena hatte eine Idee«, wechselt Bernd das Thema. »Sie kann noch einmal einen Verwirrungszauber sprechen. Locken wir Uriel in die Psychiatrie und machen ihm weis, Marie würde vom Dach springen. Dann sind die anderen Frauen aus ihrer Familie erlöst. Anschließend bringe ich sie weit weg. Irgendwohin, wo weder Uriel noch du sie finden könnt. Du kämpfst deinen Kampf weiter, bis du Veteran bist. Danach bringe ich dich zu Marie und du wirst sehen, ob ein Leben an ihrer Seite möglich ist.«

»Marie hat keine Gefühle mehr für mich«, sage ich tonlos.

»So wenige wie Karl für Sarah. Und doch sind sie eine Familie. Sarah hat eine Tochter, die sie über alles liebt.«

Ich schüttele entrüstet den Kopf. Diese Vorstellung beunruhigt mich über alle Maßen.

»Nein, ich … ich könnte doch niemals …«

»Doch, du könntest«, sagt Bernd überzeugt. »Da draußen sind jede Menge Menschen, die genau so leben. Manche von ihnen wissen, wie es passiert ist, andere haben keine Ahnung. Sie alle wurden ihrer Illusion vom ewigen Glück beraubt. Aber trotzdem haben sie sich zusammengerauft und weitergemacht.«

Wie er das sagt, klingt es so, als wäre dieser Zustand etwas Erstrebenswertes. Etwas, wofür es sich zu leben lohnt. Aber für mich ist es das nicht. Ich will viel mehr. Oder einfach gar nichts mehr.

»Denk darüber nach«, sagt Bernd. »Jetzt bringen wir Marie erst mal fort.«

Er schlägt die Patchworkdecke zurück, weil ich es nicht mache. »Steh auf, Marie. Wir fahren dich nach Marburg.«

Es ist das zweite Mal innerhalb von drei Tagen, dass ich ein Mitglied meiner Truppe zu den Veteranen in die Psychiatrie bringe. Und dennoch ist es etwas ganz anderes als bei Cem. Diesmal funktioniere ich nicht. Sollte mein Talent noch irgendwo vorhanden sein, dann kann ich es nicht mehr spüren.

Das Einzige, was ich fühle, ist der Schmerz, den jeder einzelne Splitter meiner Seele in meiner Brust verursacht. Ich kann mit den Veteranen nicht einmal reden. Bernd übernimmt das für mich.

Nur nebenbei bekomme ich mit, wie Marie eine Diagnose erhält. Schwere Depression mit Suizidgefährdung nennen sie das nun. Jemand beschließt, dass sie in die geschlossene Abteilung eingewiesen werden soll. Ohne sich noch einmal zu mir umzudrehen, lässt sie sich von den Ärzten mitnehmen. Ich kann ihr nur mit glasigen Augen hinterherstarren.

Bernd schiebt mich schließlich aus dem Sprechzimmer und danach aus der Klinik hinaus. Draußen zieht er mich um die Ecke des Gebäudes herum und drückt mich gegen die Wand. Zweimal ohrfeigt er mich, einmal von rechts und einmal von links. Ich reagiere nicht.

»Komm zu dir, Jakob!«, beschwört er mich. »Ich brauche dich und dein Talent, wenn wir das heute Nacht durchziehen wollen. Tu ein letztes Mal etwas für Marie und reiß dich zusammen!«

»Ich glaube, mein Talent ist weg«, sage ich. »Genau wie alles andere.«

Ärgerlich rüttelt Bernd mich an den Schultern. »Du gibst auf, das ist alles! Du weißt nicht, was die Zukunft bringt. Vielleicht gibt es irgendwann eine Lösung für euch.«

»Was denn? Eine Dschinn-Mutation, die Gefühle nicht aussaugt, sondern einflößt? Glaubst du daran?«

»Ich weiß es nicht. Aber ich weiß, dass die Hoffnung immer zuletzt stirbt. Manchmal geschehen Dinge, mit denen man nie gerechnet hat.«

Das ist alles nur dummes Geschwätz. Aber nun habe ich Marie schon in die Psychiatrie gebracht. Ich habe ihren letzten Wunsch missachtet und sie stattdessen zurückgelassen wie einen wilden Tiger in einem engen Käfig, aus dem er nie mehr entkommen kann. Wenn ich so weit gegangen bin, dann kann ich es jetzt auch zu Ende bringen.

»Ist gut«, sage ich und mache Bernds Hände von mir los. »Ich bin heute Nacht dabei.«

Ich halte Wache, während der Veteran zurück nach Biedenkopf fährt, um Elena zu holen. Als er zurückkehrt, tauschen wir die Plätze. Bernd übernimmt die Wache, ich klettere mit Elena über die Feuerwehrleiter auf das Krankenhausdach. Wir finden einen hohen Lüftungsschacht, hinter dem sie sich verstecken kann. Von hier aus wird sie alles erkennen, was geschieht, und ihren Verwirrungszauber steuern. Falls überhaupt etwas geschieht. Wir wissen ja nicht einmal, ob Uriel kommt.

»Alles klar?«, frage ich sie. »Bist du auch gut bewaffnet?«

Sie nickt. Ich sehe die Anspannung in ihrem Gesicht.

»Dann gehe ich jetzt runter zu Marie, okay?«

»Okay.«

Ich bin schon wieder halb auf der Feuerwehrleiter, da kommt Elena mir noch einmal hinterher und fasst nach meiner Hand.

»Es tut mir schrecklich leid für euch, Jakob«, sagt sie. »Manchmal habe ich schlecht über euch gedacht, weil ihr euch gegen die Regeln gestellt habt. Aber ich war nur neidisch auf das Glück, das ihr dabei versprüht habt.«

»Du warst die ganze Zeit über loyal«, antworte ich. »Ich trage dir nichts nach. Pass gut auf dich auf!«

Über die Leiter und den durchgezogenen Balkon gelange ich zu Maries Zimmer. Leise hebele ich das Fenster auf und steige hinein. Marie liegt schlafend im Bett. Jemand hat ihr eines dieser schrecklichen Krankenhaus-Nachthemden angezogen. In ihren Armen stecken Nadeln und Schläuche. Ihr Gesicht ist blass. Ich wende mich von ihr ab, bevor die Schmerzen in meiner Brust mir das Bewusstsein rauben.

Ihr Schrank ist leer. Ich steige hinein und ziehe die Tür bis auf einen Spalt zu. Meine Waffe lege ich auf meine Knie. Elena ist Plan A. Aber für den Fall, dass weder sie noch Bernd Uriel rechtzeitig erkennen und täuschen, werde ich Plan B sein. Sollte der Schamane es bis in dieses Zimmer schaffen, kann ich zumindest versuchen, ihn zu erschießen.

So warte ich, immer wieder mit Blick auf mein Handy, das hartnäckig schweigt. Stunden verstreichen, in denen die schlimmsten Minuten meines Lebens wieder und wieder an mir vorbeistreichen. Ich erlebe alles noch einmal und noch einmal. Hundertfach hintereinander.

Wahrscheinlich ist es die Taubheit in meinem Kopf, die verhindert, dass ich das Trippeln auf dem Linoleum-Fußboden rechtzeitig wahrnehme. Jemand schlägt die Schranktür zur Seite, ehe ich die Pistole hochreißen kann. Wässrige, hellgraue Augen. Und eine Wurzel. Das ist das Letzte, was ich wahrnehme, bevor mich ein heftiger Schlag an der Schläfe trifft.

Ich habe keine Ahnung, wie viel Zeit vergangen ist, als ich wieder aufwache. Vielleicht Stunden, vielleicht nur Minuten.

Zuerst weiß ich nicht, was zu tun ist. Mein Talent schweigt hartnäckig. Ein dumpfer Schmerz pocht in meinem Kopf, doch ich spüre ihn kaum.

Ganz langsam kommt mein Verstand in Gang. Marie ist nicht mehr in ihrem Bett. Also hat Uriel sie nicht getötet. Und wenn er sie nicht getötet hat, so kann das nur eines heißen: Sie will es selbst tun. Diesen Entschluss muss sie bereits gefasst haben, lange bevor der Dschinn sie ausgesaugt hat. Ein letztes Opfer für die Frauen aus ihrer Familie – das passt zu der Marie, die ich geliebt habe. Ich muss unbedingt verhindern, dass sie es vollbringt!

Was sie vorhat, ist leicht zu erraten: Um Suizid zu begehen, gibt es hier nicht viele Möglichkeiten, wenn man nicht in das Stationszimmer einbrechen und sich wegen einer Schachtel Tabletten mit dem Nachtdienst anlegen will. Ich muss hinaus aufs Dach! Die Leiter kann ich nicht nehmen, da würde Uriel mich sofort bemerken. Also bleibt nur eines: der Weg, den wahrscheinlich auch Marie und er genommen haben, über den Dachboden und durch den Lüftungsschacht.

Hier, auf ebenem Grund, kann ich mich bewegen, ohne Geräusche zu verursachen, das habe ich in meiner Ausbildung gelernt. Lautlos schleiche ich mich hinauf und hebe den Deckel des Schachts an. Was ich sehe, lässt mein Herz mehrere Schläge lang aussetzen. Direkt neben mir, an der Stelle, wo ich sie zurückgelassen habe, liegt Elena leblos am Boden. Ihr Körper ist unnatürlich verdreht. Ich fühle ihren Puls. Nichts. Panik kommt in mir auf. Wo ist Marie?

Ohne jeglichen Plan hieve ich mich ganz hoch und richte mich auf. Dann sehe ich sie: Barfuß und in ihrem weißen Nachthemd steht sie am Rand des Dachs und schaut hinunter. In ihrem Rücken steht Uriel, hoch aufgerichtet und mit seiner Wurzel in der Hand.

»Marie! Nicht!«, schreie ich. »Ich verbiete dir zu springen!«

Ich bin ihr Anführer. Ich kann es mit Gewalt verhindern, allein durch meinen Befehl. Erst als ich das denke, erinnere ich mich daran, dass mein Talent verschwunden ist.

Sie wendet sich zu mir um. Ich sehe ihr unbewegtes, schönes Gesicht. Und doch rinnt eine einzelne Träne über ihre Wange, ein letztes Aufbäumen ihrer Gefühle. Unser Augenkontakt bricht nicht einmal in dem Moment ab, als sie sich nach hinten fallen lässt.

Es geschieht in Zeitlupe. Genau wie vor wenigen Stunden im Wald. Fast könnte man glauben, sie würde gar nicht fallen, sondern davonschweben. Ihre Flügel ausbreiten und zurück in den Himmel gleiten. Dorthin, wo sie hergekommen ist. Doch der Himmel ist in der anderen Richtung. Hier bei uns ist nur die Hölle. Sie tut sich dreißig Meter unter mir auf, verschluckt Marie und die letzten zerschlagenen Stücke meiner Seele im selben Moment. Berstend stürzen sie mit ihr in die totale Finsternis. Dann ist alles still.

Meine Hand zittert nicht mehr. Ich hebe sie langsam und gezielt an, richte die Pistole auf Uriel. Er lächelt zufrieden, als er den Ausdruck in meinem Gesicht sieht. Ich glaube, nur deshalb ist er überhaupt noch hier. Um zu sehen, was seine endlose Rache mit uns allen macht. Eine Sekunde zu spät verwandelt er sich in einen Raben und will davonfliegen. Ich drücke so oft ab, bis ich keine Kugeln mehr habe. Welche davon ihn trifft, weiß ich nicht. Ich schieße einfach weiter, weiter und weiter. Selbst als gar keine Kugeln mehr da sind. Der Körper des Raben überschlägt sich in der Luft, seine Flügel geraten außer Kontrolle. Taumelnd stürzt auch er hinab. Sein Körper löst sich auf, bevor er den Boden erreicht. Die Natur ist so viel gnädiger zu ihren dämonischen Kreaturen als zu uns.

Die Waffe gleitet aus meiner Hand. Mit unsicheren Schritten trete ich an den Rand des Daches und blicke hinunter in die

Hölle, die heiß und rot zu mir emporzüngelt. Ich lasse mich gern von ihr verschlingen, wenn ich sie nur nicht mehr ansehen muss.

»Jakob!«

Bernds Stimme, irgendwo hinter mir.

»Tritt zurück!«

Er kann mich nicht aufhalten.

Aber die Waffe, die er dabei hat, kann es. Was auch immer es ist – ein Gewehrkolben, ein Stock oder ein Besenstiel – es trifft mich mit voller Wucht am Kopf, fast genau dort, wohin Uriel mich geschlagen hat.

Zum zweiten Mal in dieser Nacht schwinden mir die Sinne. Zum hundertsten Mal habe ich versagt.

Das Versprechen, der Dunkelheit nicht zu verfallen. Der Plan, auf ewig Rache zu nehmen

Deimon ist verschwunden. Niemand weiß, wie er das gemacht hat. Morgana hat es nicht geschafft, ihm zu helfen, aber wahrscheinlich hat es jemand anderer aus der Bruderschaft getan.

Ich habe Orowar und Orowyn im Verdacht, denn neben der leeren Zelle liegt ein ebenso leerer Becher, der nach einem Stärkungstrank riecht. Und wenn ich mir den Schamanen und seine Gefährtin so anschaue, dann habe ich das Gefühl, dass etwas mit ihnen passiert ist. Sie sind ruhiger geworden, mehr wie normale Faune, keine Wildgeborenen mehr. Und Orowyn hat ihre Magie zurück.

Niemand kann ihnen etwas nachweisen, nicht einmal Tharos, obwohl er lange mit ihnen allein war. Falls Deimons Befreiung also einen Preis hatte, so hat er sich bei seinem letzten Zauber noch einmal richtig Mühe gegeben.

»Ob er zurückkommen wird?«, fragt Leviata besorgt. Unsere Freunde und wir haben uns in der Grotte zusammengefunden, um ungestört reden zu können.

»Frag die Fische«, schlage ich vor. »Wenn sie die Antwort kennen, werden sie sie vielleicht verraten. Bei mir hat das funktioniert.«

Erst runzelt sie die Stirn. Aber dann steht sie auf und kniet sich an den Rand des Sees. Sie schlägt den Tellerärmel ihres Kleids zurück, damit er nicht nass wird, und ruft die Fische. Ihre Frage stellt sie lautlos, in der Seelensprache, die alle Tiere verstehen. Der Schwarm antwortet, indem er geschlossen zum Stalagmiten schwimmt, auf die Seite hinüber, wo wir anderen sitzen.

»Was bedeutet das jetzt?«, fragt meine Schwester.

»Es ist ein Ja«, erkläre ich.

Aufgewühlt greift Leviata noch einmal ins Wasser und stellt weitere Fragen, wahrscheinlich eine nach der anderen. Aber der Schwarm antwortet ihr nicht mehr. Ob aus Unwissen oder Bosheit, werden wir nie erfahren. Schließlich gibt sie auf und kommt zu uns zurück. Sie greift nach meiner Hand und hält sie fest.

»Dein Verlust ist schrecklich, Bruder«, flüstert sie. »Es wird Jahre dauern, bis du ihn überwunden hast.«

Ich glaube, ich werde ihn nie überwinden. Ebenso wenig wie meinen Hass auf Jakob. Aus tiefstem Herzen hoffe ich, dass er in diesem Moment genauso leidet wie ich selbst. Aber die Menschen sind nicht wie wir. Sie leben und lieben schneller. Ich gebe ihm höchstens drei oder vier Jahre. Dann wird er sich von seinem Schock erholt haben und sich die nächste Freundin suchen. Wenn es so weit ist, werde ich wieder zuschlagen. So lange, bis er es nicht mehr ertragen kann. Wie ich die Trauer um Morgana nicht ertragen kann.

Mein Versprechen an Mutter Natur fällt mir ein. Nicht der Dunkelheit verfallen. Das Gute in mir bewahren. Ich werde mich daran halten. Aber meine Feindschaft mit Jakob steht auf einem anderen Blatt, denn hier geht es um Gerechtigkeit. Ich kann ein gutes Leben führen und trotzdem nach Rache dürsten, bis dieser Gerechtigkeit Genüge getan ist. So sehe ich das.

Tharos sieht es anders. Das hat er mir auch deutlich gesagt, als er mich wieder an sich gebunden hat. Meine Freunde haben wahrscheinlich auch diverse Ratschläge und Ermahnungen von ihm bekommen, denn jeder Einzelne von ihnen ist nach der Audienz bei Tharos verdächtig still gewesen.

»Was hat Tharos zu euch gesagt, als ihr bei ihm wart?«, frage ich in die Runde.

Erst drucksen alle herum. Dann fasst Nayo sich ein Herz. »Ich soll gut auf dich aufpassen. Und nicht immer tun, was du vorschlägst.«

»Aha«, sage ich. »Und zu dir, Schwester?«

Leviata lässt sich noch länger Zeit als Nayo. Sie lässt ihre Stimme tief klingen, als imitiere sie das Orakel. »Urteile nicht über andere Wesen, sondern fühle erst mit ihnen!«

Das alles hört sich für mich schwer nach tiefschürfenden Orakel-Erkenntnissen an. Ich weiß nicht recht, was ich davon halten soll.

Luzilla ringt sich schließlich auch zu einer Beichte durch. Dabei schaut sie mir nicht in die Augen. »Ich soll mein Herz öffnen und die Sehnsucht darin befreien, sodass es offen für Neues ist.«

Das ist auf jeden Fall ein sinnvoller Ratschlag. Ich hoffe, Luzilla beherzigt ihn. Denn sie wird mir Morgana niemals ersetzen können. Vermutlich hat Tharos ihr das bereits klargemacht.

Alle Augen wenden sich nun zu Nayati um. Er sitzt am Rand des Sees und malt gedankenverloren Kreise ins Wasser. »Das passt zu dem, was er mir gesagt hat«, eröffnet er uns. »Denn ich soll das Gleiche tun. Und wenn es nicht funktioniert ...«

»Dann?«, hake ich nach.

»... dann soll ich mir neue Freunde suchen.«

Ich bin sprachlos über die Art der Ratschläge, die unser oberstes Orakel uns zumutet.

»Das kann er doch nicht einfach so sagen!«, empört sich nun auch Nayo. »Ich bin deine Schwester! Wir alle sind deine Schwestern und Brüder.«

»Und doch ist es Zeit für mich, neu anzufangen. So wie jeder von uns auf seine Art neu anfangen muss. Tharos' Worte will man vielleicht nicht immer hören. Aber es liegt doch große Wahrheit darin.«

»Heißt das, du verlässt uns?«, presst Nayo hervor.

Ihr Bruder schüttelt den Kopf. Dann zieht er die Hand aus dem Wasser und umarmt sie. »Nein. Das bedeutet nur, dass ich mehr zu mir selbst finden muss. Seid nicht verärgert, wenn ich künftig öfter meine eigenen Wege gehe.«

Das sind Entscheidungen, die Faune akzeptieren können. Sogar Wildgeborene. Ich werde Nayati vermissen, sollten unsere Wege sich trennen. Aber es macht mich auch glücklich zu wissen, dass er sein inneres Gleichgewicht finden wird.

Nayo leidet vermutlich mehr unter der Entscheidung ihres Bruders. Aber genau wie wir anderen kann sie sie dennoch annehmen. Sie legt ihren Kopf auf seine Schulter und fasst nach seiner Hand.

Ich weiß nicht, wie viele ruhige Jahre das Schicksal uns geben wird. Niemand kann voraussehen, ob und wann Deimon zurückkehrt, um uns die Kraft eines neuen Opfer-Zaubers zu offenbaren, welche Entscheidungen Jakob treffen und wie sehr der Verlust von Morgana mich verändern wird, wer von meinen Freunden als Nächstes sterben muss oder von den Talenten gefoltert wird. Es liegt so vieles in den Sternen. Damit leben können wir nur, indem wir uns unserer eigenen Dunkelheit und Angst stellen, allen voran ich selbst.

Um herauszufinden, wer ich wirklich bin, werde ich die Hilfe meiner Freunde brauchen. Vielleicht auch die von Tharos. Und ganz sicher die des Schicksals. Aber eines Tages werde ich wissen, warum Mutter Natur mir grüne Augen gegeben hat. Bis dahin versuche ich, ihr ein guter Diener zu sein. Perfektion erwartet sie von mir wahrscheinlich nicht.

Engel sind Wesen, die eine Kerze für dich anzünden, wenn die Nacht am finstersten ist

Ich bin allein, als ich am nächsten Morgen aufwache. Das Fenster steht offen und der Gesang der Vögel dringt herein. Es ist wie ein subtiler Gruß aus der Hölle, ein Hinweis darauf, dass es kein Albtraum war, der mir widerfahren ist, sondern bittere Wirklichkeit.

Um meinen Kopf trage ich einen Verband. Ich richte mich auf und nehme ihn ab, ungeachtet der dumpfen Schmerzen, die dabei durch mein Gehirn jagen.

Bernd hat weder meine Pistolen an sich genommen noch die Messer in der Küche weggeräumt. Vermutlich ist er der Meinung, man könne mich nicht auf Dauer davon abhalten, mich umzubringen. Der halb gedeckte Tisch und die blubbernde Kaffeemaschine in der Küche lassen darauf schließen, dass er nur kurz das Haus verlassen hat, um Brot zu kaufen.

Ich laufe ziellos umher. Durch die Küche, durch das Wohnzimmer, zurück ins Schlafzimmer, ins Bad. Im Spiegel sehe ich mein Gesicht. Es ist grau, von Bartstoppeln überzogen und von Schmerzen gezeichnet. Zwischen meinen Augenbrauen prangt eine Falte, die so tief aussieht, als würde sie nie mehr verschwinden. Ich wende meinen Blick ab.

Die Einsamkeit in dieser Wohnung ist unerträglich. Alles hier erinnert mich an Marie. Ich muss raus.

In einer Jogginghose und ohne Schuhe verlasse ich das Haus. Draußen singen die Vögel noch aufdringlicher, die Luft ist wärmer und geschwängert von fröhlichem Kindergeschrei. Ich beschließe, umzukehren und wieder unter meine Bettdecke zu kriechen. Die Bilder des Lebens, die von überallher auf mich einstürmen, kann ich nicht aushalten.

Da entdecke ich Sylvia auf den Stufen zu ihrem Haus. Sie sitzt in genau derselben Stellung da wie beim letzten Mal. Nur schaukelt sie diesmal sehr viel intensiver vor und zurück. Ich weiß, dass sie gestern ebenfalls von den Dschinn angegriffen wurde und nur knapp mit dem Leben davongekommen ist. Ihr zuliebe sollte ich versuchen, es mit den Vögeln und dem Kindergeschrei aufzunehmen. Also wanke ich zu ihr hinüber und setze mich neben sie.

»Hey, Große.«

Ihre Augen tauchen zwischen ihren Armen und einem verstrubbelten Haarschopf auf. »Hey, Hauptmann.«

Ein Stich jagt mir durchs Herz. So weit hatte ich überhaupt noch nicht gedacht. Elena ist tot. Und wir wussten immer, wer in unserer direkten Nähe zurzeit ein Talent ausbrütet.

»Oh nein, Sylvia …«, ist alles, was ich herausbringe.

Sie hebt den Kopf ganz an und streicht sich die Haare aus dem Gesicht. »Schon okay. Ich wusste immer, dass es passieren würde. Und immerhin bin ich schon fast zehn. Das Gute daran wird sein, dass ich endlich eine Diagnose bekomme, die mich von der Schule befreit.«

Als ich nicht gleich antworte, merkt sie, dass ich nicht bereit für ein normales Gespräch bin. Ihre braunen Augen mustern mich intensiv. Dann sagt sie leise: »Marie hätte nicht gewollt, dass du das tust.«

»Was?«

»Dich umbringen.«

Ich habe keine Ahnung, von wem sie das erfahren hat. Vielleicht hat Bernd darüber mit ihrer Mutter gesprochen. Oder sie hat es einfach in meinen Blick gesehen. Immerhin ist sie jetzt ein vollwertiges Orakel.

»Ich weiß nicht, was ich sonst gegen den Schmerz tun könnte«, murmele ich.

Da legt sie eine Hand auf meinen Arm und schüttelt den Kopf. »Natürlich weißt du das. Du hast es doch schon getan.«

»Was denn?«

»Dichtgemacht. Deine Augen waren vorher azurblau wie ein tropischer Ozean. Jetzt haben sie die Farbe eines undurchdringlichen Eismeers. Du hast die Bruchstücke deiner Seele mit Felsbrocken ummauert. Aber das war richtig. Es hält sie am Leben. Vielleicht wächst sie eines Tages wieder zusammen.«

»Meine Seele ist tot.«

»Nein, sie … ist nur kaputt, genau wie du. Sie lebt weiter, obwohl sie zerbrochen ist. So wie dein Herz immer noch schlägt.«

Ihre kleinen Hände streicheln über meinen Kopf und betasten die riesige Beule über meinem rechten Ohr, die Bernd und Uriel mir verpasst haben. Die Berührung schmerzt, aber sie ist trotzdem angenehm, so voller Leben.

Als ich mich nicht dagegen wehre, rutscht sie eine Stufe nach oben und näher an mich heran, um mir die Hände aufzulegen. Ich spüre, dass sie mich reinigt, genauso wie ihre Mutter es getan hat. Danach fühle ich mich immer noch am Ende meiner Kräfte. Aber etwas hat sich verändert: Ein Funke meines Talents glimmt wieder in mir. Ich kann es spüren, wenn ich ganz tief einatme. Wahrscheinlich muss ich nur zulassen, dass dieser Funke mich entzündet. Dann könnte ich wieder der Anführer werden, der ich einmal war – zumindest, was die Stärke meines Talents anbelangt. Wenn ich das möchte.

»Sie war mein Engel …«, flüstere ich.

Sylvia setzt sich wieder auf die andere Stufe und greift nach meiner Hand. »Und jetzt ist sie nach Hause zurückgekehrt. Eines Tages wirst du einem anderen Engel begegnen.«

Es ist offensichtlich, dass sie mich trösten will. Aber eine solche Vorstellung hat in meinem Kopf überhaupt keinen Platz. »Nein«, sage ich. »Das wird nicht passieren. Und ich werde es auch nicht noch einmal zulassen.«

Sylvia tätschelt meine Hand, als wäre sie meine Großmutter und nicht das jüngste Orakel, von dem ich je gehört habe.

»Pass auf, Jakob, wir fragen jetzt das Schicksal«, sagt sie. »Wenn wir in den nächsten fünf Minuten irgendwo einen Engel sehen, dann heißt das, es gibt noch Hoffnung für dich. Okay?«

Das ist typisch Sylvia. Ich weiß nicht, ob ich losheulen oder darüber schmunzeln soll. Aber ihre kindliche Art, mit Tod und Verzweiflung umzugehen, ist seltsamerweise das Einzige, was ich im Moment an menschlicher Zuwendung aushalten kann.

»Ist gut«, antworte ich deshalb.

Wir bleiben nebeneinander sitzen und suchen mit den Augen die Straße ab, die Geschäfte gegenüber, die vorbeifahrenden Autos und die Passanten, die an uns vorübergehen. Aber nirgendwo ist ein Engel zu sehen. Kein Plakat, kein Kuscheltier, keine baumelnde Figur am Innenspiegel eines Autos. Nach vier Minuten fängt Sylvia an, nervös mit den Beinen zu wippen und sich auf die Unterlippe zu beißen.

»Sieht nicht gut aus für meine Hoffnung«, bemerke ich.

»Das kann nicht sein«, platzt Sylvia heraus. »Ich war mir so sicher … Da!«

Ihre unangebrachte Freude ist so groß, dass sie mir den Ellbogen in die Seite rammt. Sie zeigt ans Ende der Straße in Richtung des Kreisverkehrs. Von dort aus kommt tatsächlich ein Engel auf uns zu. Es ist ein Mädchen, vielleicht ein paar Jahre älter als Sylvia. Sie ist ziemlich groß und derb, bewegt sich ungeschickt in ihrem weißen Kleid und fasst ständig nach den riesigen Flügeln, die auf ihrem Rücken herumrutschen. Als sie näher kommt, erkenne ich den Hauch orientalischer Züge in ihrem ansonsten eher unspektakulären Gesicht. Sie könnte Türkin sein oder zumindest einer ihrer Elternteile. Warum sie mitten im Sommer in einem Engelskostüm durch die Stadt läuft, verstehe ich allerdings nicht.

»Siehst du!« Sylvia klatscht vor Freude in die Hände. »Hier ist dein Engel, deine Hoffnung, der Grund für dein Weiterleben. Ich habe es gewusst!«

»Ich glaube, mein neuer Engel ist schon vergeben«, sage ich und zeige auf den blonden Jungen im weißen Kittel, der in einigem Abstand dem Mädchen hinterherläuft. Um seinen Hals hängt ein Stethoskop. Wahrscheinlich will er einen Arzt darstellen. Als sie näher kommen, höre ich sie sogar reden.

»Bitte komm zurück, Melek!«, jammert der Junge.

Daraufhin dreht das Mädchen sich zu ihm um und motzt ihn wütend an: »Ich hasse dieses Theaterstück und alle, die darin mitspielen. Warum rennst du mir immer hinterher, Erik?«

Darauf weiß er wohl nichts zu sagen. Aber dennoch gibt er nicht auf und verfolgt sie weiter. Sie laufen an uns vorbei und verschwinden um die nächste Hausecke Richtung Marktplatz.

»Okay, ich gebe es zu: ein etwas launischer Engel«, sagt Sylvia. »Aber immerhin ein Engel. Und wir haben besprochen, dass …«

»Ist ja gut«, unterbreche ich sie.

Wie oft werden wir noch auf diesen Stufen sitzen und solche Gespräche führen? Ob das Schicksal mir wenigstens dieses besondere Mädchen lässt, das ich wie eine kleine Schwester in mein Herz geschlossen habe? Noch einen Verlust könnte ich nicht ertragen.

Ich merke, dass mir die Sonne auf der Haut doch guttut. Sie wärmt mich, wenigstens von außen. Die Eismauer in meinem Inneren wird vermutlich niemals mehr schmelzen. Aber trotzdem könnte es stimmen, was Sylvia sagt, und das Leben hat auch mit einer zerbrochenen Seele noch irgendeinen Sinn.

Ich schaue sie an und beschließe, es zu versuchen. Für sie, für die Menschheit, vielleicht auch eines Tages wieder für mich selbst.

Dabei fällt mir auf, dass sie immer noch meine Hand hält. Eigentlich wollte ich ihr das abgewöhnen. Aber heute … heute ist schon wieder nicht der richtige Tag dafür.

ENDE

VON TEIL 4

Über die Autorin

© wustaphoto

Mira Valentin war jahrelang Journalistin für Jugend-, Frauen- und Pferdezeitschriften. Seit 2018 schreibt sie hauptberuflich Fantasybücher – ein Traum, den sie seit ihrem zwölften Lebensjahr verfolgt. Gemeinsam mit Sam Feuerbach und Greg Walters bildet sie die Autorenvereinigung »Weltenbauer«. In der Öffentlichkeit tritt sie grundsätzlich in einem Cosplay auf, das entweder eine Figur aus ihren eigenen Büchern zeigt oder die Protagonisten befreundeter Autoren darstellt.

Auszeichnungen:

- Gewinner des Kindle Storyteller Awards 2017 für »Der Mitreiser und die Überfliegerin«
- Gewinner Seraph 2020 Bester Independent Titel für »Windherz« (mit Erik Kellen)
- Gewinner des Skoutz Award 2021 in der Kategorie Fantasy für »Nordblut – Wölfe wie wir«
- Nominiert für den Skoutz Award sowie den Deutschen Phantastik Preis 2018 und 2019 mit »Enyador«. Mehrfach BILD-Bestseller und Nummer-1-Fantasy auf Amazon mit »Enyador«
- Nominiert für den Selfpublishing-Buchpreis 2020 und den Krefelder Preis für phantastische Literatur mit »Nordblut – Wölfe wie wir«

www.mira-valentin.de

Bitte an dich

Autoren leben von Empfehlungen. Selfpublisher wie ich, die ohne Verlag im Hintergrund arbeiten, erst recht. Wenn dir also »Das Schicksal der Talente« gefallen hat, du Fragen, Lob oder Kritik für mich hast, dann freue ich mich über deine Rezension, die gerne auch kurz und knackig sein darf. Und wenn du magst, sprich mit Freunden über dieses Buch. Denn nichts ist erfolgreicher als eine ehrliche Empfehlung von einer nahestehenden Person. Ich danke dir ganz herzlich und freue mich jetzt schon auf ein Wiederlesen in Band 5!

Übrigens:
Wenn du meinen Newsletter abonnierst, bleibst du immer über neue Veröffentlichungen auf dem Laufenden und bekommst direkt nach der Anmeldung eine Kurzgeschichte als Hörbuch oder E-Book kostenlos:
www.mira-valentin.de